D0669196

Une troublante demande

Secrète passion

SARA ORWIG

Une troublante demande

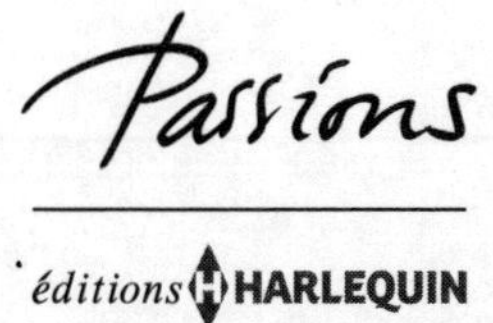

Collection : PASSIONS

Titre original : THE TEXAN'S CONTRACT MARRIAGE

Traduction française de ANDREE JARDAT

HARLEQUIN®
est une marque déposée par le Groupe Harlequin

PASSIONS®
est une marque déposée par Harlequin S.A.

ÉDITIONS HARLEQUIN

83-85, boulevard Vincent Auriol, 75646 PARIS CEDEX 13.

Service Lectrices — Tél. : 01 45 82 47 47
www.harlequin.fr

ISBN 978-2-2803-1334-6 — ISSN 1950-2761

- 1 -

Marek Rangel jeta un coup d'œil à sa montre puis repoussa les papiers qui se trouvaient devant lui. C'était une journée d'avril douce et ensoleillée et il lui restait deux minutes avant le rendez-vous qu'il avait accordé à la chanteuse lyrique Camille Avanole.

Il n'avait pas la moindre idée de la raison pour laquelle elle avait demandé à le voir et encore moins de la façon dont elle s'était procuré le numéro de sa ligne privée. Il ne fréquentait pas l'opéra et ne figurait pas sur la liste des œuvres caritatives de sa famille. Dans un premier temps il avait été tenté de refuser cette entrevue mais sa bonne éducation l'avait emporté. Il avait donc accepté de lui consacrer quelques minutes de son précieux temps.

Pensif, il balaya du regard son vaste bureau situé au vingt-deuxième étage d'un bâtiment qui abritait le siège social de la société Rangel Energy, Inc.

Heureusement, il avait eu la présence d'esprit de briefer son assistante qui avait pour consigne de venir interrompre l'entrevue si celle-ci excédait les trente minutes autorisées.

De légers coups frappés à sa porte interrompirent le cours de ses pensées.

— Camille Avanole est arrivée, l'informa sa secrétaire.

— Faites-la entrer, dit-il en s'éloignant de quelques pas de son bureau en acajou massif.

Une jolie jeune femme brune entra et s'approcha de lui d'un pas décidé tout en lui tendant la main. Elle lui adressa un sourire rayonnant qui dévoila une rangée de dents blanches parfaitement alignées. Au fond de ses prunelles d'un bleu profond brillait une étincelle qui accentuait l'intense joie de vivre qui émanait d'elle.

— Monsieur Rangel, dit-elle d'une voix mélodieuse, je suis Camille Avanole.

Sa main était douce et chaude mais ne manquait pas de vigueur. A ce contact, plus que banal, il sentit une onde électrique parcourir tout son corps en même temps qu'il lui faisait prendre conscience de sa virilité, ce qu'il n'avait pas éprouvé depuis la mort de sa fiancée. Il relâcha sa main après l'avoir gardée dans la sienne plus que nécessaire.

— Asseyez-vous, je vous en prie, dit-il d'une voix neutre destinée à cacher le trouble qu'elle suscitait en lui. Et appelez-moi Marek, ajouta-t-il, fort de la certitude qu'ils ne se reverraient jamais.

Tandis qu'elle prenait le siège qu'il lui avait indiqué il se plut à détailler les courbes harmonieuses que laissait deviner sa robe noire pourtant tout en sobriété. Son regard s'attarda sur ses longues jambes fuselées. La plus belle paire de jambes qui ait jamais foulé une scène d'opéra !

— Etes-vous à Dallas pour raison professionnelle

ou parce que vous y vivez ? s'enquit-il poliment en cherchant à fuir le regard envoûtant de sa visiteuse.

— Je dois me produire d'ici à la fin du mois dans *Roméo et Juliette*, répondit-elle en le scrutant aussi intensément que s'il était un insecte coincé sous le verre grossissant d'un microscope.

— Quelle est cette mystérieuse raison pour laquelle vous teniez tant à me voir en personne ? demanda-t-il.

Le sourire de Camille se dissipa en même temps que son corps se raidissait un peu. Mais même en dépit de cette soudaine réserve, elle restait irrésistiblement attirante.

— Vous avez perdu en même temps, voici presque un an, votre frère et votre fiancée, commença-t-elle. Aussi, permettez-moi tout d'abord de vous exprimer toute ma compassion.

— Merci, répondit-il d'une voix pincée.

Où voulait-elle bien en venir en faisant resurgir des souvenirs aussi douloureux ? se demanda-t-il, sur la défensive.

— En fait, je connaissais votre frère.

Il la fixa, son visage marquant la surprise que suscitait une telle révélation.

— Comment cela ?

— Nous nous sommes rencontrés à un réveillon du nouvel an, expliqua-t-elle. Votre frère était un homme exquis.

— Je sais. Tout le monde s'accordait à le trouver drôle et charismatique, rétorqua-t-il l'esprit en ébullition.

Kern et cette inconnue s'étaient-ils mariés en

secret ? se demanda-t-il avant de rejeter prestement cette éventualité. Son frère n'aurait jamais franchi une étape aussi importante de sa vie sans lui en parler.

— Mademoiselle Avanole, venons-en au fait, je vous prie. Pouvez-vous me dire quel est le lien entre le fait que vous connaissiez mon frère et votre présence ici, dans mon bureau ?

— Ce que j'ai à vous dire peut se révéler un choc pour vous et votre entourage. Aussi ai-je préféré venir vous annoncer la chose en douceur plutôt que, brutalement, par téléphone.

— Eh bien, allez-y. Je vous écoute, l'encouragea-t-il, au comble de la curiosité.

Elle sortit de son sac à main une photo qu'elle lui tendit et sur laquelle figurait un bébé joufflu souriant à l'objectif. Marek en eut le souffle coupé. Ce cliché ressemblait aux dizaines d'autres qui se trouvaient dans la maison de ses parents. L'enfant, avec ses grands yeux noirs et ses cheveux bouclés était tout simplement le portrait craché de son frère, Kern.

— Qui est-ce ? demanda-t-il en levant les yeux sur Camille.

— Je suppose que vous avez deviné, répondit-elle d'un ton calme. C'est mon fils. Et celui de votre frère.

Si cette déclaration ne faisait que confirmer ce qu'il avait déjà compris, il n'en laissa pourtant rien paraître.

— Si je ne peux nier la ressemblance frappante qui existe entre ce bébé et Kern, permettez-moi de douter de la crédibilité de vos affirmations. Mon frère ne m'aurait jamais caché quelque chose d'aussi important. Cette similarité ne peut être qu'une coïncidence. Quel âge a votre fils ?

— Six mois. Il est né le quatre octobre.

— Six mois, répéta Marek, comme pour lui-même.

Il se remit à scruter la photo, profondément troublé. Camille serait-elle venue le trouver pour réclamer de l'argent, au nom de son fils ? ne put-il s'empêcher de se demander.

— Kern ne m'a jamais parlé de vous, insista-t-il. Et cela me paraît incroyable.

— Comme je l'ai déjà mentionné, Kern et moi nous sommes rencontrés au cours du réveillon, l'an dernier. Il m'a séduite et je me suis autorisée une parenthèse de deux jours dans ma petite vie bien organisée. Malgré toutes les précautions prises, je suis tombée enceinte. Lorsque je l'ai appris, j'ai décidé de garder ce bébé tombé du ciel. Ma carrière n'était pas vraiment lancée et je pouvais me le permettre. Vous savez, je commence à peine à être connue.

— Je n'arrive pas à croire que mon frère ait eu un enfant sans que je n'en sache rien.

— Pourtant, je peux vous l'assurer. Je suis même prête à faire subir un test ADN à mon bébé. Vous serez alors bien obligé d'en convenir.

— Comment s'appelle-t-il ?

— Noah. Noah Avanole, précisa-t-elle comme pour le rassurer. Je pense que si votre frère ne vous a rien dit, c'est parce qu'il n'en a pas eu le temps.

— Vous avez raison, concéda-t-il.

Incapable de rester en place, il alla se poster devant l'une des baies vitrées qui surplombaient l'avenue, les yeux rivés sur le visage du bébé.

— Kern avait un enfant, murmura-t-il. Quand l'a-t-il appris ?

— Je lui ai annoncé la veille du crash aérien au cours duquel il a trouvé la mort.

Marek resta silencieux un long moment à ruminer des plaies encore vives. Presque un an plus tôt, Kern s'était rendu en avion jusqu'à Kansas City pour assister à une vente au bétail. Il lui avait proposé de passer au retour par Denver récupérer Jillian, sa fiancée. Aucun des deux n'était revenu, tués sur le coup dans ce stupide accident d'avion. Marek se demanda dans quelle mesure son frère n'avait pas été perturbé par cette nouvelle au point de manquer de la concentration nécessaire au pilotage d'un jet privé.

— Merci d'être venue m'informer de cette nouvelle, Camille. Mais j'imagine qu'il y a une autre raison à votre présence ici, avança-t-il avec toute la diplomatie dont il était capable.

— J'ai beaucoup réfléchi avant de venir. Je vous rassure tout de suite, ce n'est pas de l'argent que je suis venue chercher. Je suis capable d'assumer seule mon enfant. Non, ce que j'aimerais, c'est qu'il connaisse sa famille. Je voudrais qu'en découvrant la vie au ranch, il en sache un peu plus sur l'univers qui était celui de son père et des siens.

Décidément, il allait de surprises en surprises ! songea Marek qui ne pouvait croire qu'elle n'était venue le rencontrer, poussée uniquement par cette très honorable raison. Ne serait-ce pas plutôt une façon très habile de lui faire baisser sa garde ?

— J'ai besoin d'un peu de temps, finit-il par dire. Il faut que j'en parle à mon avocat.

Elle lui adressa un sourire empreint d'indulgence.

— J'espère que nous n'aurons pas à en arriver là, dit-elle. Vous savez, pour moi aussi, cela a été un choc mais je peux vous assurer que je n'ai aucun regret. Noah est l'une des plus grandes fiertés de ma vie.

— Cela va faire un an que mon frère est mort, pointa Marek. Pourquoi avoir attendu jusque-là pour venir m'annoncer cette nouvelle ?

— Entre mon métier et mon bébé, mon agenda était plus que serré, plaida-t-elle. Et puis, je tenais vraiment à vous parler de vive voix ; aussi ai-je attendu l'opportunité qui se présentait de venir chanter ici. Je crois que Noah serait heureux, plus âgé, d'avoir un référent masculin dans sa vie.

Marek poussa un profond soupir à l'idée de l'énorme responsabilité qu'elle souhaitait lui voir endosser. Pourtant, et malgré ses réticences, si cet enfant était bien son neveu, il était de son devoir de veiller sur lui et de l'aider à grandir dans de bonnes conditions.

Il se perdit encore une fois dans la contemplation de ce portrait d'enfant. Pourquoi Kern ne l'avait-il pas informé aussitôt qu'il avait su ? La réponse s'imposa à lui dans toute son affreuse réalité. Probablement parce qu'il ne pouvait pas prévoir qu'il allait mourir de façon aussi tragique.

Une part de doute subsistait encore, qu'il ne parvenait pas à dissiper totalement.

— Kern n'a pas eu l'occasion de connaître son fils et vous donnez l'impression de bien vous en sortir toute seule, finit-il par dire avec une certaine raideur. Il vaut mieux que les choses continuent ainsi et que je reste en dehors de sa vie.

— Très bien. Je respecte votre choix mais si vous changez d'avis, n'hésitez pas à me contacter.

Elle marqua une pause au bout de laquelle elle ajouta en souriant :

— Kern m'avait dit à quel point vous étiez différents l'un de l'autre. Il n'avait pas tort. Lui n'aurait pas réagi comme vous venez de le faire.

Elle prit dans son sac un document qu'elle lui tendit.

— Tenez. C'est la copie d'un e-mail que m'avait envoyé votre frère, précisa-t-elle. J'ai conservé l'original pour Noah.

Pour la première fois depuis le début de cette entrevue Marek commença à croire vraiment à son histoire. Il hésita quelques secondes à prendre connaissance de ce qui allait s'avérer être une preuve de sa bonne foi. Quand il aurait confirmation de la paternité de son frère il ne pourrait plus se soustraire à ses responsabilités.

Il se mit à lire :

Camille,

Dès que je serai rentré de Denver, je viendrai te voir. Il faudra que nous en discutions mais je tiens à être à tes côtés pour la naissance de Noah.

Noah. C'est un très joli nom. Je n'arrive pas encore à m'habituer à l'idée que je vais être père mais je trouve ça absolument fantastique ! Je ferai de mon mieux pour être à la hauteur. Je veux faire partie intégrante de vos vies car ce bébé, je l'aime déjà. Merci mille fois de m'en avoir informé. Je t'appelle demain soir.

Kern.

Marek sentit ses jambes flageoler sous lui. A présent, plus aucun doute n'était permis. Ce message émanait bien de Kern et Noah était bien l'un des descendants directs de la famille Rangel. Une boule se forma dans sa gorge tandis que son cœur se serrait. Kern lui manquait terriblement et cette révélation ne faisait que raviver des plaies encore douloureuses. Des images de Jillian vinrent se superposer à celles de son frère et il dut lutter contre les larmes qui lui brûlaient les yeux. Il attendit de retrouver le contrôle de ses émotions pour relever la tête et tendre la lettre à Camille.

— Absolument fantastique…, répéta-t-il lorsqu'il eut retrouvé l'usage de sa voix. C'était une de ses expressions préférées.

— Gardez-la si vous voulez. Ce n'est qu'une copie.

— Merci, dit-il en plaçant la feuille sur son bureau. Je la montrerai à ma sœur. Ne le prenez pas mal mais, même si peu de doutes subsistent, j'aimerais tout de même qu'un test ADN soit effectué, histoire de dissiper tout éventuel malentendu.

Elle acquiesça, toute souriante, visiblement soulagée.

— Je comprends d'autant mieux que je vous l'ai moi-même proposé.

— Quelle émotion ! Je n'aurais pas été plus sonné si vous m'aviez annoncé que cet enfant était de moi. Mon frère et moi étions très proches, alors vous pouvez imaginer ce que je ressens. Je suppose que vous n'avez pas contacté ma sœur, elle m'en aurait parlé.

— En effet. Si je suis venue spontanément vers vous plutôt que vers elle, c'est parce que, dans le bref intervalle durant lequel nous sommes restés ensemble, Kern vous évoquait souvent.

— Telle que je connais ma sœur, dès que je lui aurais appris la nouvelle elle va vouloir tout connaître de Noah.

— Sachez que si vous et votre sœur désirez le voir, c'est tout à fait possible.

Il acquiesça d'un hochement de tête. Déjà, des milliers de questions se bousculaient dans sa tête.

— Vous ne vivez pas toute l'année à Dallas, n'est-ce pas ?

— Non. C'est la troisième fois que je viens ici mais je vais y rester jusqu'au mois de juin. Ensuite, je devrais me rendre au Nouveau-Mexique pour le début de mon tour de chant.

— Et vous comptez amener Noah avec vous ?

— Bien sûr. Mais j'espère que vous saurez tisser des liens avec lui de sorte qu'il puisse grandir en partie dans sa famille paternelle. Je sais que Kern aurait fait un très bon père, ajouta-t-elle avec une pointe de regret.

Marek la scruta un bref instant en silence.

— Vous auriez pu continuer votre vie sans m'informer de l'existence de cet enfant, dit-il avec gravité. Je ne l'aurais jamais su. Alors que maintenant vous allez devoir le partager avec nous.

— Vous avez raison, cela aurait été infiniment plus simple de me taire, répliqua-t-elle en soutenant son regard sans ciller. Mais ça n'aurait pas été loyal. J'aime mon fils et je veux pouvoir lui dire la vérité lorsqu'il sera en âge de s'interroger. Et il se trouve que la vérité, c'est aussi qu'il est en partie issu d'une famille de ranchers. Je tiens à ce qu'il connaisse cette vie-là, qui était celle de son père.

— C'est tout à votre honneur et je vous remercie d'en avoir tenu compte dans votre décision.

Il s'interrompit, incapable de poursuivre tant sa gorge était nouée d'émotion.

— Comment voyez-vous les choses ? s'enquit-il dès qu'il put articuler de nouveau.

— Comme je viens de vous le dire, je serai à Dallas jusqu'en juin. En juillet et en août, je me trouverai du côté de Santa Fe puis, de là, je me rendrai chez moi, à Saint-Louis pour séjourner dans ma famille. Mais entre-temps, je compte venir ici plus souvent que par le passé. Il y a à Dallas un très bon professeur de chant qui pourra m'entraîner aussi bien que le mien.

— A ce que je vois, votre planning est très chargé, dit-il encore sous le coup de l'émotion. Je vous suis d'autant plus reconnaissant d'avoir pris la peine de venir jusqu'ici.

— Vous savez, j'ai dû moi aussi encaisser le choc de cette grossesse. Je ne m'y attendais pas du tout. Je pensais qu'elle sonnerait la fin de ma carrière. J'ai longtemps hésité à en informer Kern. Nous nous connaissions si peu ! Mais plus le temps passait, plus j'avais la certitude que je voulais que Kern fasse partie de la vie de notre enfant.

Lorsqu'elle se dirigea vers la porte, de sa démarche naturellement chaloupée, il comprit pourquoi son frère était tombé sous le charme.

— Dès que vous serez partie, je mettrai ma sœur et mes parents au courant, dit-il. Je ne manquerai pas de vous recontacter très vite.

Elle approuva d'un signe de tête accompagné d'un sourire irrésistible.

— Je suis contente d'être venue. A bientôt.

Une fois seul, Marek se laissa aller à imaginer sa vie avec un enfant. Et quel enfant ! Le fils de Kern, son cher frère.

Porté par ce bonheur, nouveau pour lui, il fit annuler ses rendez-vous et demanda au pilote de son jet privé de prendre ses dispositions pour l'amener au ranch.

Il avait besoin de partager ses doutes et ses émotions avec le seul homme qui le comprendrait mieux que quiconque.

Deux heures plus tard Marek se trouvait dans l'écurie du ranch où Jess Crayson était occupé à renforcer les planches branlantes de la porte de l'un des box. Stetson repoussé sur le front et manches relevées jusqu'aux coudes, il s'appliquait à clouer des planches que Marek tenait fermement l'une contre l'autre.

— Si tu n'es pas sûr à cent pour cent, il existe des tests de paternité, conseilla Jess avec sagesse.

— Je sais. Je lui en ai demandé un, juste pour éviter tout problème mais je connais déjà la réponse. Ce message que j'ai eu en main provient bien de Kern et tu verrais ce bébé ! C'est son portrait craché.

— Que comptes-tu faire, alors ? Tu en as parlé à Ginny ?

— Pas encore. Je voulais en discuter d'abord avec toi.

— Ginny fait partie de ta famille. Pas moi.

— Je te considère comme l'un des nôtres et ton opinion compte beaucoup pour moi. C'est pourquoi j'aimerais que tu jettes un coup d'œil au message de Kern lorsque tu en auras fini avec ça.

Il prit pour un assentiment le silence du vieil homme. Aussitôt que ce dernier eut terminé d'assembler ses planches il sortit la lettre de sa poche et la lui tendit.

— Absolument fantastique, lut Jess tout haut. Pas de doute, c'est bien Kern qui a écrit ça.

Il secoua la tête, pensif.

— Il a fait cet enfant avec une star de l'opéra.

— Ce n'est pas encore une star. Enfin… je n'en sais trop rien. Comme je ne sais rien d'elle sauf qu'elle dit la vérité au sujet du bébé.

— Tu es bien certain qu'elle n'est pas intéressée par la fortune des Rangel ?

— En tout cas, rien dans son comportement ne le laisse à penser. Et même si c'était le cas, peu importe. Maintenant que je sais que Noah est l'enfant de mon frère, je ne peux pas me soustraire à mes responsabilités.

— Même s'il n'aimait pas cette femme ?

— Même. D'ailleurs, dans sa lettre, Kern laisse clairement entendre qu'il aurait pris en charge la mère et l'enfant. Et je te fiche mon billet qu'il aurait fini par l'épouser.

— Tu as peut-être raison. Tu es bien décidé ? Tu veux vraiment que cet enfant entre dans votre famille ?

— Oui, affirma fermement Marek après un temps d'hésitation. Je ne supporterais pas l'idée que ce petit garçon grandisse en dehors de la famille de son père. Je ne pourrais pas faire une chose pareille. Et puis, c'est aussi la volonté de sa mère de voir leur enfant vivre de temps en temps la vie du ranch. Je ne peux pas lui refuser cela.

— Dans ce cas, n'attends plus. Il faut que tu mettes Ginny au courant.

— Je vais le faire.

— J'avoue qu'il me tarde de voir ce petit bonhomme.

— Après avoir appelé Ginny, j'appellerai Camille pour lui fixer rendez-vous. Si tu la voyais ! ajouta-t-il en revivant sa première impression. Une véritable beauté. Cela ne m'étonne pas de Kern. Il a toujours eu bon goût. J'oubliais ! ajouta-t-il avec une pointe de fierté. Elle m'a dit aussi qu'elle aimerait que je sois une figure paternelle pour le petit.

— Je ne vois pas bien comment si elle est toujours par monts et par vaux.

— C'est exact. Elle doit quitter Dallas fin juin pour se rendre à Santa Fe. Mais d'ici là, j'espère avoir fait connaissance avec Noah.

— Tu as appelé tes parents ?

— Je vais appeler d'abord Ginny et eux dans la foulée. D'ailleurs, j'y vais de ce pas. Merci, Jess.

— Quand j'y pense ! Tu vas peut-être nous ramener un petit bout de Kern ici.

— J'aimerais bien, mais ne nous faisons pas trop d'illusions. Il est encore trop tôt.

Une fois seul, il appela sa sœur. Alors qu'ils bavardaient de tout et de rien ses pensées allaient sans cesse vers Camille. Il se surprit à revoir avec acuité son regard pétillant de vie, sa présence énergique. Ces charmants traits de caractère combinés à ceux de Kern ne manqueraient pas de produire une parfaite combinaison. Après avoir brièvement bavardé avec chacune de ses nièces, il décida que le moment était venu d'attaquer le sujet délicat qui était le motif véritable de son appel.

— Ginny, je dois t'annoncer une grande nouvelle. Ce que j'ai à te révéler est tellement énorme que je suis prêt à sauter dans mon avion pour venir te l'annoncer sur place.

— Grands dieux, Marek ! Après ça, comment veux-tu que j'aie la patience d'attendre que tu arrives à Dallas ? Je suis prête à tout entendre. Vas-y.

— Sais-tu qui est Camille Avanole ?

Un long silence répondit à sa question avant que Ginny ne précise :

— Je ne vois pas, non. D'ailleurs, je ne connais aucune Camille dans mon entourage.

— Même le nom ne te dit rien ? insista Marek.

— Marek, gronda Ginny, je te prédis les pires ennuis si tu me fais languir plus longtemps.

— D'accord. Cette Camille est venue me trouver dans mon bureau. Elle connaissait Kern. Ils ont eu une aventure, il y a un an et demi et de cette aventure est né un petit garçon.

— Kern allait avoir un bébé ? souffla Ginny, saisie de stupeur.

— Oui. Mais il n'a appris qu'il allait être père que la veille de sa disparition. Le jour où il rentrait de Denver dans son jet privé.

— Mon Dieu ! Tu crois que c'est ça qui lui a fait perdre le contrôle ? Il devait être assommé par une telle nouvelle ! Mais comment être sûr que cet enfant est bien de lui ? Cette… Camille a peut-être vu l'avantage qu'elle pouvait tirer de…

— Ginny, la coupa Marek, écoute-moi. Elle m'a montré un e-mail que Kern lui avait écrit juste avant son départ. J'ai bien reconnu son style. Je te le ferai lire, tu verras qu'il n'y a aucun doute.

— Attends un moment, Marek, je dois m'asseoir. Quel choc ! Un bébé de Kern dans la famille.

— Il s'appelle Noah. Il a six mois. Je dois dîner avec Camille demain soir pour faire le point et évoquer avec elle l'avenir de cet enfant.

C'est en formulant ces mots qu'il réalisa à quel point il était impatient de la revoir. Quelque chose frémit en lui. Camille aurait-elle le pouvoir de le sortir de la torpeur dans laquelle il vivait depuis la mort de sa fiancée ?

— Tu comprends, poursuivit-il, je ne peux pas

tourner le dos à cet enfant. L'enfant de Kern. Si tu voyais comme il lui ressemble !

— Il me tarde de le voir. Crois-tu qu'elle acceptera ? Et au fait pourquoi m'as-tu demandé si j'avais entendu parler d'elle ? Elle est célèbre ? demanda Ginny.

— Elle est chanteuse d'opéra. Elle est jeune, à peine vingt-cinq ans. J'avoue que son parcours m'impressionne.

— Comment se sont-ils rencontrés avec Kern ?

— C'était lors d'un réveillon du nouvel an chez des amis communs.

— Que comptes-tu faire ?

— Je ne sais pas encore. J'envisage quelques options mais je t'en parlerai le moment venu.

— Elle vit au Texas ? questionna encore Ginny.

— Non. Elle doit partir en juin, avec Noah.

— Tu en as parlé à Jess ?

— Oui. Lui aussi meurt d'envie de voir ce bébé. Je crois que nous souhaitons tous voir cet enfant entrer dans nos vies.

— Ce serait merveilleux ! Prends tes précautions lorsque tu annonceras la nouvelle à papa et maman. Ils vont être bouleversés.

— Ne t'inquiète pas. J'y mettrai les formes.

Aussitôt dit aussitôt fait. Il attendit une bonne demi-heure avant d'annoncer à ses parents qu'ils avaient un nouveau petit-fils. Une fois le choc encaissé, ils se laissèrent aller aux larmes, trop heureux de retrouver un peu de leur fils perdu dans ce bébé tombé du ciel.

*
* *

— Tu ne vas quand même pas sortir avec lui ? demanda Stéphanie Avanole d'un ton cassant alors que sa sœur s'affairait à récupérer ses bagages sur le tapis roulant.

— Mais si. J'ai beaucoup réfléchi avant de prendre cette décision. C'est dans l'intérêt de Noah. N'oublie pas que les Rangel sont aussi sa famille. Je sais bien que tu n'es pas d'accord mais ils ont le droit de voir leur neveu et petit-fils.

— Ils vont vouloir te le prendre ou se mêler de son éducation, s'entêta Stéphanie. Tu penses bien qu'ils ne vont pas lâcher l'affaire aussi facilement ! Ce sont des gens puissants, fortunés, qui n'ont pas l'habitude qu'on leur tienne tête. D'après ce que tu m'as rapporté des propos de Kern, il disait que c'était son frère qui dirigeait le ranch ; qu'il était bien plus sérieux que lui.

— Demain soir, Marek Rangel aura le droit de s'exprimer et j'écouterai ce qu'il a à dire. Tu imagines un peu le choc que cela a dû être pour lui d'apprendre que son frère qu'il adorait a laissé un enfant derrière lui !

— Et moi je persiste à affirmer que tu vas t'en mordre les doigts. Tu n'aurais pas dû lui en parler et encore moins accepter de le revoir demain soir. J'ai entendu dire qu'il était dur en affaires et qu'il n'était pas du genre à prendre les choses à la légère.

— Il fallait que je lui dise.

Stéphanie se plaça face à sa sœur, sourcils froncés et poings sur les hanches.

— Tu maudiras le jour où tu as mis les pieds dans le bureau de ce type, prévint-elle. Il va vouloir s'immiscer dans notre vie.

— Qui pourrait lui en vouloir ? Mais je ne le perçois pas comme une menace.

— Tu peux bien dire ce que tu voudras, tu ne me convaincras pas.

— Franchement, tu exagères. Marek Rangel n'est pas un monstre, tout de même !

Il était même tout le contraire, se dit-elle, en revoyant ses traits séduisants et sa silhouette athlétique. Il lui était apparu comme un homme très sensible et très humain, plus préoccupé par les autres que par lui-même. Un homme qui n'avait rien à voir avec le séducteur aguerri qu'était son frère Kern.

Ce mercredi-là, en début de soirée, elle hésita longtemps à choisir la tenue adéquate. Elle finit par opter pour une robe dotée d'un décolleté en V et de manches longues, du même bleu que ses yeux et attacha ses cheveux sur un côté avec un ruban assorti.

Tandis qu'elle contemplait son reflet dans le miroir, une boule d'anxiété se forma au creux de son ventre. Ce rendez-vous l'inquiétait bien plus qu'elle n'avait voulu le laisser paraître. Et si Stéphanie avait raison ? Si la famille Rangel voulait la séparer de son enfant ?

Ses doutes se confirmèrent lorsqu'elle ouvrit sa

porte à Marek et qu'elle le vit, vêtu d'un costume sombre et élégant qui accentuait sa stature imposante. L'espace d'un bref instant il lui parut menaçant. Puis elle croisa son regard, un regard doux qui inspirait confiance. Elle inspira profondément, prête à la confrontation.

— Entrez, lui dit-elle.

A la seconde où il passa sa porte, elle eut l'impression qu'elle-même pénétrait dans un monde nouveau, un monde qui allait changer sa vie à jamais.

— Noah est réveillé, annonça-t-elle d'un ton qu'elle s'appliqua à garder léger. Vous allez pouvoir faire sa connaissance.

- 2 -

Marek inspira profondément, attentif au bruit sec que faisaient les talons de ses santiags sur le plancher en chêne. Il aperçut à sa droite une vaste pièce au plafond voûté au milieu de laquelle trônait un piano à queue. Dans un angle, un canapé en cuir moelleux assorti de deux fauteuils invitaient à la paresse tandis qu'un bureau ancien complétait ce mobilier harmonieux.

La nervosité qu'il avait ressentie en se rendant chez Camille monta d'un cran.

— Je vais pouvoir le voir ? demanda-t-il en tentant de contenir son impatience.

Elle referma la porte derrière eux et lui fit signe de la suivre.

— Venez, il est dans la nursery avec mes deux sœurs.

Les battements de son cœur redoublèrent à chacun de ses pas.

— Mes nièces ont bien grandi et j'avoue que j'ai oublié comment on doit s'y prendre avec un bébé, dit-il pour combler le silence embarrassant qui s'était installé entre eux.

Elle émit un petit rire en cascade qui lui parut

le plus joli des sons et qui détendit un peu l'atmosphère pesante.

— Lorsque j'étais enceinte, j'ai eu des moments d'angoisse terribles. Mais on apprend vite. Une fois que j'ai eu mon bébé, je ne me suis plus posé la question. Les choses se font naturellement, vous savez.

Il plaça une main compatissante sur son épaule.

— Je suis désolé que vous ayez dû faire face seule à cette situation. Je regrette tellement que Kern n'ait pas été là pour la naissance de son fils ! Il aurait su vous épauler. Je ne suis pas Kern mais je vous promets de faire de mon mieux pour vous faciliter les choses.

— Je vous remercie. Je suis certaine que vous serez un oncle merveilleux pour Noah.

Elle le précéda dans une salle aux tons de bleu dont les murs étaient décorés d'animaux stylisés. Aussitôt qu'il entra, deux paires d'yeux hostiles le dévisagèrent. L'une des deux jeunes femmes présentes était une brunette charmante qui lui parut moins revêche que l'autre.

— Ashley, dit Camille, je te présente Marek Rangel, l'oncle de Noah. Marek, voici ma sœur Ashley.

Puis elle se tourna vers son autre sœur qui ne chercha pas à cacher l'aversion qu'elle éprouvait pour lui.

— Et voici Stéphanie.

Il ne s'attarda pas sur le regard glacial que cette dernière posa sur lui car son attention fut aussitôt attirée par la petite forme vagissante étendue sur un tapis de jeux rembourré.

Camille souleva son enfant de terre pour le montrer à Marek.

— Marek, je vous présente votre neveu, Noah Avanole.

Un large sourire fendit la frimousse du bébé en même temps qu'il tendait ses petits bras potelés vers Marek. Celui-ci le prit délicatement, comme un précieux trésor, et le cala entre ses bras musclés. Lorsque son regard plongea dans les yeux noirs du bébé, une boule d'émotion se forma dans sa gorge. Ses jambes flageolèrent, son cœur battit à tout rompre. Il tenait entre ses bras un Kern miniature. Ses derniers doutes se dissipèrent instantanément.

— C'est Kern, murmura-t-il, submergé d'émotion.

Il eut une vision soudaine du futur : Noah, heureux, entouré de ses cousines, les deux filles de Ginny. Grâce à Camille, il allait donner à cet enfant une nouvelle famille dont il serait l'épicentre. Ses bras se resserrèrent un peu plus sur ce bébé qu'il aimait déjà de manière inconditionnelle. Un lien indestructible venait de se former.

— Il me semblait bien qu'il y avait une ressemblance frappante, dit Camille mais je pensais que c'était surtout dû à mon imagination.

— Il est toujours d'aussi bonne humeur ? s'enquit Marek, sous le charme.

— Oui, répondit Camille en souriant au tableau attendrissant que formaient l'homme et l'enfant. Il est vraiment facile.

Comme pour preuve de ce qu'avançait sa mère,

Noah émit de petits sons inintelligibles à l'adresse de Marek qui se sentit fondre de tendresse.

— Comme il est mignon ! Il est si minuscule !

Camille leur accorda quelques minutes supplémentaires avant de se décider à les séparer.

— Si vous voulez bien, nous pouvons y aller.

Marek lui rendit Noah à contrecœur.

— Vous êtes sa nounou ? demanda-t-il à Ashley.

— Oui. Et j'en suis ravie.

— Quant à moi, je sers de manager à Camille, dit Stéphanie, anticipant ainsi sur la question que Marek ne manquerait pas de lui poser. Et nous adorons Noah, ajouta-t-elle en guise d'avertissement.

Si le ton était poli le regard, lui, restait glacial et hostile. Pour la première fois, les certitudes qu'il nourrissait en ce qui concernait ses droits sur cet enfant vacillèrent. Il était évident que les deux sœurs étaient moins conciliantes que leur aînée.

— J'ai été ravie de vous rencontrer, assura Ashley d'un ton peu convaincant.

Quant à Stéphanie, elle daigna à peine l'effleurer du regard, les lèvres pincées en une ligne fine qui durcissait un peu plus ses traits.

— Il est clair que Stéphanie ne partage pas votre avis, dit-il une fois qu'ils se furent éloignés d'elles. Quant à Ashley, je ne saurais pas dire ce qu'elle pense.

— Ne vous inquiétez pas pour cela. C'est moi la mère de Noah et en tant que telle, c'est moi qui décide de ce qui est bon ou pas pour lui.

— J'en suis heureux, dit-il, sincèrement soulagé.

Libéré d'un poids, il se surprit à se griser des

effluves du parfum fleuri que Camille laissait dans son sillage.

— Est-ce ici que vous prenez vos cours de chant ? s'enquit-il lorsqu'ils passèrent de nouveau devant la salle voûtée.

— Oui. C'est mon bureau, en quelque sorte. J'y prends également des cours d'italien, de français et d'allemand. Quant à mon piano, je le fais suivre partout où je vais.

— Bonne idée, approuva Marek qui se demanda quelle place occupait Noah dans un planning aussi serré.

Quelques minutes plus tard ils montaient dans une luxueuse limousine qui les conduisit à l'aéroport. Assis face à elle il ne put qu'admirer sa silhouette parfaite, révélée par le choix de sa robe à la fois chic et décontractée.

— J'ai du mal à l'admettre mais j'ai l'impression de ne plus avoir le moindre contrôle sur ma vie, admit-il en toute humilité. Si vous n'y voyez pas d'inconvénient, et si cela vous est possible, bien sûr, j'aimerais voir Noah de façon régulière, ajouta-t-il d'une voix plus assurée.

— Laissons nos avocats se charger du problème.

— Pourquoi ne pas nous organiser nous-mêmes ? suggéra-t-il tout en fixant ses lèvres pulpeuses.

Quel effet cela lui ferait-il de les embrasser ? se demanda-t-il, troublé de renouer avec des sensations disparues en même temps que Jillian. Depuis presque un an, il s'était fermé à toute tentative de séduction mais Camille, sans en avoir conscience et bien malgré elle, parvenait à éveiller en lui un désir qui ne demandait qu'à s'épanouir.

— J'ai à ma disposition un jet privé qui me permet de me déplacer très facilement, poursuivit-il pour rompre le silence que ses pensées personnelles avaient installé entre eux. Il suffirait que nous ajustions nos plannings respectifs.

— En tout cas, nous pourrions essayer.

Un nouveau silence plana avant qu'il ne demande d'un ton désinvolte :

— En attendant, parlez-moi un peu de vous, de votre vie. Je suis vraiment désolé de ne pas connaître l'artiste que vous êtes mais je n'ai jamais mis les pieds dans un opéra.

Elle lui adressa un sourire indulgent.

— L'opéra, on aime ou on déteste. Pour moi, et dès l'enfance, cela a été une évidence. C'est à mes yeux la plus belle musique au monde.

Son enthousiasme amena un sourire amusé sur ses lèvres.

— Vous avez toujours rêvé de cette carrière ?

— Oui. J'ai commencé à prendre des cours de chant alors que j'étais très jeune.

Il l'écouta avec ravissement évoquer son enfance à Saint-Louis. Lorsqu'elle fit une pause dans son récit il se pencha vers elle pour lui demander sur le ton de la confidence :

— Avez-vous déjà été amoureuse ?

— Pas vraiment, non, répondit-elle de bonne grâce. J'ai cru l'être mais avec le recul j'ai compris que ce n'était pas sérieux. Et depuis, ma vie professionnelle ne laisse guère de place à une vie amoureuse.

— Il vous suffirait peut-être de prendre le temps, suggéra-t-il avec une pointe d'espoir.

Elle éclata d'un rire cristallin.

— Maintenant que ma carrière commence à décoller ? Avec un bébé ? Vous n'y pensez pas ! Je ferais fuir n'importe quel homme un peu sensé.

— Peut-être que cet homme voudrait fuir *avec* vous et non *loin* de vous, suggéra-t-il dans un souffle.

— Merci, c'est un joli compliment, répondit-elle, légèrement rougissante. Plus sérieusement, je n'ai pas une seconde à consacrer à ce genre de considération. Pour l'heure, ce qui occupe mes pensées, c'est l'école dans laquelle je vais pouvoir inscrire mon fils.

— Vous avez bien le temps d'y penser. Il est encore si petit !

— Le temps passe plus vite qu'on ne croit et vous n'imaginez pas le nombre d'écoles qui m'ont proposé de l'inscrire sur une liste d'attente.

Marek ne répondit rien. Il fallait qu'il trouve une solution pour éviter que Noah ne passe des mois entiers en France, en Italie ou en Allemagne, loin de lui.

Il emmena Camille dans un restaurant chic de Houston qu'il connaissait pour y être venu quelquefois en compagnie de Jillian. La piste de danse sur laquelle ils avaient évolué ensemble, complices, aux sons de musiques diverses le plongea dans une profonde nostalgie.

— Vous pensez à votre fiancée, dit-elle d'un

ton plus affirmatif qu'interrogateur. Quoi de plus normal ? Surtout si vous aviez l'habitude de venir ici ensemble.

— Vous avez raison. Par moments, le passé me rattrape. Voulez-vous danser ? demanda-t-il d'un ton faussement enjoué.

— Ne vous sentez pas obligé de m'inviter, Marek. Tout va bien.

La compréhension dont elle faisait preuve à son égard le soulagea. Pourtant, il se leva et s'inclina légèrement devant elle, dans une courbette aussi galante que désuète. La vie devait reprendre le dessus.

— Venez. Cela me fera le plus grand bien de me trémousser un peu, affirma-t-il dans un sourire moqueur.

— Je vous le répète, vous n'êtes pas obligé.

Sans émettre le moindre commentaire, il la prit par la main et la conduisit sur la piste.

— Vous aimez danser ?

— J'adore ça.

Il la prit dans ses bras, prenant bien soin de laisser entre eux la distance qu'il jugeait respectable.

— Vous êtes très attentive aux autres, dit-il au bout de quelques secondes. C'est si rare de nos jours ! Et puis, je n'ai pas encore eu l'occasion de vous le dire mais vous êtes très en beauté ce soir.

— Merci.

— Je le pense vraiment.

Alors qu'ils esquissaient les premiers pas d'un tango, une nouvelle vague de tristesse le submergea. Jillian lui manquait tant ! Jillian et son rire en cascade ; Jillian et son corps souple et élancé entre ses bras. Il chassa ses pensées mélancoliques pour demander :

— Vous n'avez pas revu Kern après ce réveillon ?

— Deux ou trois fois. Autant dire que nous ne nous connaissions pas vraiment.

Il se laissa emporter par la danse, sous le charme de cette quasi-inconnue avec qui danser se révélait aussi facile que parler.

— Aimeriez-vous vous marier ? Donner un petit frère ou une petite sœur à Noah ? s'enquit-il, sincèrement intéressé.

— Pourquoi pas ? Mais dans un futur très lointain, alors. Pour l'heure, entre ma carrière naissante et mon bébé, je ne sais plus où donner de la tête.

Sans même se concerter ils enchaînèrent sur un morceau endiablé sur lequel il se déhancha avec un enthousiasme non feint qui lui était peu habituel. Il eut l'impression que, au fil de la musique, le fardeau qui lui étreignait le cœur s'allégeait. Ils ne s'interrompirent pas plus lorsque le groupe musical entama une samba puis une salsa.

Entre deux morceaux, Marek prit quelques secondes pour se débarrasser de sa veste et aller la poser sur un siège vacant à proximité. Lorsqu'il regagna la piste il ne put s'empêcher d'imaginer la chevelure soyeuse de Camille cascader sur ses épaules rondes plutôt qu'attachée comme elle l'était. Il ressentit un profond désir pour elle. Cette prise de conscience le fit culpabiliser en même temps qu'elle le choquait. Se pouvait-il qu'il soit en train de faire son deuil d'une femme qu'il avait aimée au-delà du possible ? Un an à peine après sa disparition ?

Il décida de ne pas laisser ces interrogations gâcher ce moment agréable et c'est le plus naturellement du monde qu'il se rapprocha de Camille lorsque l'orchestre attaqua les premières notes d'un slow langoureux.

— Je dois admettre que danser m'amuse beaucoup, dit-il le cœur plus léger. Je lui trouve même des vertus thérapeutiques.

— Vous avez raison de le penser. Je ressens la même chose. Danser me détend énormément. Il faut dire que vous êtes un très bon danseur.

— Merci. Je vous retourne le compliment.

Il riva son regard à celui de Camille et le temps suspendit son vol. L'instant cessa d'être impersonnel pour prendre une tournure plus intime. Des émotions, en sommeil depuis un an, affleurèrent de nouveau, plus puissantes cette fois. Il fixa ses lèvres pleines et sensuelles, sans chercher à cacher le désir qu'elles lui inspiraient.

Ils ne regagnèrent leur table que lorsque la dernière danse s'acheva. Marek mit à profit ces quelques secondes pour reprendre le contrôle de lui-même et axer la conversation sur Noah.

— Connaissez-vous votre emploi du temps pour les mois à venir ? interrogea-t-il d'un ton qu'il voulait neutre.

— Oui. Après Dallas, j'enchaîne avec Santa Fe et Saint-Louis. En octobre, je mets le cap sur Budapest où je resterai jusqu'en décembre puis je devrai me rendre à New York en mars. Je dois chanter au Met, vous vous rendez compte ? Pour moi, c'est la consécration totale.

— Budapest, New York, répéta Marek, songeur. C'est bien loin du Texas.

— En effet, mais c'est ma vie et je l'aime.

— Je comprends. Mais en attendant, accepteriez-vous que ma sœur rencontre à son tour Noah ?

Elle attendit que le serveur eut déposé leurs assiettes devant eux avant de répondre :

— Bien sûr. Pourquoi pas samedi matin ? Noah sera réveillé, il ne fait la sieste que l'après-midi. De mon côté, j'aurai mon cours de chant mais cela n'a pas d'importance ; vous pourrez bien rester seuls avec mon fils.

— C'est gentil, merci. Je vous confirmerai cela dès que j'en aurai parlé à ma sœur. Elle aussi a une famille et il faudra qu'elle puisse se libérer. Sans vouloir abuser, verriez-vous un inconvénient à ce que notre régisseur se joigne à nous ? Nous le connaissons depuis toujours et je le considère comme un membre à part entière de notre famille. Il était très proche de Kern et voir son fils lui procurera une grande joie.

— Je ne vois rien qui puisse s'opposer à un tel souhait, répondit-elle dans un sourire chaleureux.

Elle observa quelques secondes de silence durant lesquelles elle le fixa avec curiosité.

— Vous êtes très différent de l'homme que j'imaginais, reprit-elle. Différent de Kern.

— C'est vrai, répondit-il avant d'ajouter d'un ton plus léger : mais dites-moi un peu à quoi vous vous attendiez. J'avoue que vous avez piqué ma curiosité.

— Vous êtes beaucoup plus sympathique que je ne pensais. Je vous trouve moins austère qu'au premier abord, dans votre bureau.

— J'avoue que je ne savais trop à qui j'avais affaire. Je pensais que vous étiez venue dans le but de récolter des fonds pour une quelconque mission caritative.

Elle émit de nouveau ce petit rire cristallin qui le charmait tant et qui lui donnait envie de le provoquer inlassablement.

Ils abordèrent d'autres sujets, moins personnels, mais qui leur permirent d'apprendre à se connaître et de prendre conscience des qualités appréciables de l'autre. Lorsque, leur dîner achevé, ils regagnèrent la piste de danse, Marek se sentit plus à l'aise. Et même si la pensée de Jillian ne le quittait pas, il parvint à contrôler ses émotions et à prendre un réel plaisir à danser avec la cavalière émérite qu'était Camille.

— J'aimerais revoir Noah avant le rendez-vous de samedi. Pensez-vous que ce soit possible ? demanda-t-il d'une voix douce.

— Bien sûr. Venez demain, j'ai prévu de passer la journée chez moi. J'ai un cours de chant et un autre de français mais j'arriverai bien à m'échapper quelques minutes entre les deux, répondit-elle d'un ton jovial.

— Dans ce cas, je viendrai demain matin.

— Parfait. En plus, cela permettra à Ashley de faire une petite pause. Quant à Stéphanie, dès qu'elle apprendra votre venue, il ne fait pas l'ombre d'un doute qu'elle aura des courses à faire en ville. Vous ne risquerez pas de vous croiser.

— Elle me déteste à ce point-là ?

— Elle a peur, voilà tout.

— Mais de quoi ? Je ne vais pas vous voler Noah, que je sache ! Et même en imaginant le pire, la loi serait contre moi.

— Elle doit penser que vous êtes assez influent pour faire pencher la balance en votre faveur. Vous et votre famille êtes des notables de poids dans cet Etat.

Comprenant son point de vue, il préféra changer de sujet.

— Où est né Noah ?

— La coïncidence est assez curieuse mais il est né à Dallas où je me produisais quelques semaines encore avant sa naissance.

Cette idée amusa Marek qui eut une ébauche de sourire.

— Ainsi, nous comptons un Texan de plus dans notre famille. Cela aurait plu à Kern.

— Et vous, cela vous plaît ?

— J'en suis fier, en effet.

— Je ne sais plus si je vous l'ai dit mais j'ai ajouté le prénom de Kern au sien. J'espère que vous n'y voyez pas d'objection.

— Au contraire, j'en suis heureux. Vous en aviez parlé à Kern ?

— Oui. Il s'en était réjoui.

— Malgré les circonstances dramatiques, je n'arrive toujours pas à croire que mon frère ne m'ait pas touché un mot de tout ceci.

Il ajouta dans un souffle, comme pour lui-même :

— Noah Kern Avanole. C'est vraiment un très joli nom.

— Merci. Pour ne rien vous cacher, je suis ravie de l'intérêt que vous et votre famille portez à mon fils. Profitez de lui tant que je suis dans les parages. Après, cela risque de se compliquer.

— J'y compte bien, répondit Marek en resserrant imperceptiblement son étreinte.

Ils dansèrent, ainsi enlacés, jusqu'à ce que Camille donne le signal du départ.

Aucun silence embarrassant ne pesa entre eux sur le chemin du retour. Ils parlèrent, parlèrent, avec l'étrange impression de se connaître depuis toujours. Et lorsqu'ils se retrouvèrent devant la porte de Camille, il lui prit la main dans un geste aussi impulsif que tendre.

— J'ai passé une excellente soirée, Camille. Les mots me manquent pour vous exprimer toute ma gratitude de nous laisser voir Noah comme nous l'entendons.

— C'est moi qui vous remercie de l'intérêt que vous portez à mon enfant. Vous auriez pu douter de ma bonne foi et le renier.

— Rassurez votre sœur, Camille. Je n'essaierai jamais de vous enlever Noah. Ce n'est pas mon but.

— Elle va s'habituer, ne vous inquiétez pas. Elle craint que l'argent ne vous permette ce que nous ne pouvons pas nous permettre. Pour l'instant elle ne comprend pas mes raisons mais elle y viendra, tout doucement.

— Je l'espère.

Il s'inclina légèrement vers elle et déposa un baiser chaste sur sa joue douce et veloutée.

— A demain. Je vous passerai un coup de fil avant de partir.

— Très bien, dit-elle en lui souriant avant d'entrer et de refermer la porte derrière elle.

Une fois seul dans la limousine qui le ramenait chez lui il se laissa aller à revivre cette soirée délicieuse. Le corps souple et chaud de Camille contre le sien était une image qui resterait gravée en lui à jamais. De même que celle de Noah, minuscule petit être blotti entre ses bras puissants et musculeux.

Comment s'y prendre pour garder cet enfant dans la vie des Rangel alors qu'il était encore à un âge où il ne pouvait se passer de sa mère plusieurs semaines d'affilée ? Cette question le tarauda jusque tard dans la nuit mais elle resta sans réponse.

Ce samedi-là, Camille s'affairait à s'habiller et à se coiffer sous le regard réprobateur d'Ashley.

— Tu es sortie avec Marek trois fois cette semaine et il vient tous les jours rendre visite à Noah, lui reprocha Ashley. Tu ne crois pas que c'est trop ?

— Si je veux qu'il devienne pour mon fils une figure paternelle digne de ce nom, il faut bien qu'ils apprennent à se connaître.

— Ce type a peut-être en tête d'obtenir une garde alternée. A moins qu'il ne cherche à te séduire pour mieux te poignarder dans le dos.

Les soupçons de sa sœur firent rire Camille aux éclats.

— Mais que vas-tu chercher ? Les raisons de sa présence ici sont beaucoup plus simples et je ne le soupçonne d'aucune malveillance à mon égard. Par ailleurs, il est encore très affecté par la disparition de sa fiancée. Et s'il m'invite à sortir aussi régulièrement c'est encore et toujours en rapport avec Noah. Il a tellement envie de le voir intégrer sa famille ; de lui faire connaître la vie de cow-boy dans un ranch.

— Tu parles d'un cow-boy ! railla Ashley. Il est milliardaire !

— Je t'assure, tu te trompes sur son compte. C'est un type bien. Il nourrit une affection sincère pour Noah et m'a dit et répété qu'il ne ferait jamais rien contre nous. De son côté comme du mien, nous essayons juste de trouver une solution qui conviendra à tout le monde.

— Mieux vaut entendre ça qu'être sourde, ronchonna Ashley qui, Noah dans les bras, se dirigea vers la table à langer.

— Je ne laisserai personne nous séparer, affirma Camille en embrassant son fils.

Le peu que Kern lui avait confié sur son frère avait suffi à la mettre en confiance. Marek était un homme de parole et, jusque-là, il lui avait toujours donné raison de le penser.

Lorsqu'il était venu ce jeudi-là rendre visite à son neveu elle l'avait observé attentivement et toutes ses dernières appréhensions s'étaient dissipées. C'est en toute confiance qu'elle les avait laissés seuls tous les deux. Lorsqu'elle était revenue, le tableau touchant qu'ils formaient de même que l'évidente complicité qui les liait l'avait émue aux larmes.

La voix rauque de sa sœur s'éleva soudain, interrompant le fil de ses pensées.

— Camille, lui reprocha encore Ashley en revenant vers elle après avoir changé Noah, tu n'as pas écouté un traître mot de ce que je t'ai dit.

— Excuse-moi. J'étais perdue dans mes pensées.

— Je vois. Il est certain que ce Marek ne manque pas de charme, concéda Ashley du bout des lèvres. Il est même plus beau que ne l'était son frère. Mais je me trompe peut-être, je n'ai vu de Kern que quelques rares photos dans la presse people.

— Non, tu ne te trompes pas. Mais Marek prend la vie avec moins de légèreté.

— Vous avez de sérieux problèmes à régler, chacun de votre côté. Toi tu dois réfléchir à la façon dont tu vas élever ton fils et d'après ce que tu me dis Marek n'a pas encore surmonté la disparition de sa fiancée, poursuivit Ashley, la mine grave.

— Tu as raison. Justement, Noah le distrait de cette mélancolie. Il est pour lui source d'un bonheur nouveau.

— Bon, soupira sa sœur, je file donner à manger à ce petit bonhomme,

— Je peux le faire si tu veux, proposa Camille en tendant les bras vers son fils.

— Pour avoir à te changer dans dix minutes ? Laisse-moi donc faire. Mieux vaut qu'il régurgite sur moi que sur toi.

Camille esquissa un sourire affectueux à l'adresse de sa sœur.

— Merci. Je dois admettre que je suis un peu nerveuse à l'idée de rencontrer la sœur de Marek et son homme de main.

— Pourquoi ? demanda Ashley, sincèrement surprise.

— Parce qu'elle est mère de deux enfants et que, à côté d'elle, j'ai l'impression d'être une débutante qui manque d'expérience. Je me sens… comment dire ? Novice.

— Ne sois pas ridicule. D'ailleurs, tu l'as dit toi-même, Marek est très gentil, il saura te mettre à l'aise et détendre l'atmosphère.

— Oui, tu as raison, approuva Camille.

Mais en dépit des paroles rassurantes de sa sœur, elle sentit une boule se former au creux de son ventre.

Deux heures plus tard, une fois les présentations faites, elle laissait Marek, Ginny et Jess seuls en compagnie de l'être qui lui était le plus cher au monde.

Une fois leur visite achevée, Marek regagna le ranch en avion avec Jess. Il travailla aux côtés du vieil homme le reste de la journée, heureux d'effectuer des tâches physiques qui le tenaient éloigné du flux d'émotions contradictoires qui l'agitait. Il passa les deux jours suivants à passer en revue les différentes solutions qui se présentaient à lui et permettraient à chacun d'y trouver son compte.

Le dimanche soir il alla rejoindre Jess dans le corral où il montait un nouveau cheval. D'un geste agile il se percha sur la barrière et regarda son régisseur faire travailler leur nouvelle recrue, un quarter horse de toute beauté. Au bout d'un long moment, Jess dirigea sa monture vers Marek et mit pied à terre.

— Sacrée bête, dit-il avec satisfaction.

— Il faut dire que tu sais y faire, le complimenta Marek. Tu l'as rendu aussi docile qu'un agneau.

— N'empêche que c'est une excellente acquisition. Tu veux le monter ?

— Volontiers, accepta Marek sans se faire prier.

A son tour, il enfourcha la monture puis fit plusieurs tours de corral avant de lancer l'animal au trot et au galop.

— Tu as raison, c'est une bonne acquisition, approuva-t-il une fois revenu vers Jess.

Côte à côte, silencieux, les deux hommes conduisirent le cheval à l'écurie.

— J'ai beaucoup réfléchi, déclara Marek tout en observant Jess desseller le cheval. J'en suis arrivé à la conclusion que nous ne pouvons séparer Noah de sa mère trop longtemps. Ses sœurs en sont folles et Camille elle-même ne pourrait souffrir d'être éloignée trop longtemps de son enfant.

— La solution n'est pas simple, en effet, concéda Jess d'un ton docte. Mais c'est votre problème, à Camille et à toi.

— Je n'en dors plus la nuit mais je n'ai pas

encore trouvé de solution satisfaisante. Ginny aussi s'inquiète de me voir aussi hésitant. Elle sait que ce n'est pas dans mes habitudes, mais je me vois mal imposer ma volonté. Dans ce cas précis, il ne s'agit pas d'une banale affaire de gros sous.

— Parfois, il faut savoir s'adapter à ce que la vie a à nous offrir.

— Jess, si je prends le temps de réfléchir comme je le fais c'est pour ne pas prendre le risque d'échouer. J'étudie cette situation sous tous les angles, en tenant compte des avantages et des inconvénients de chaque éventuelle proposition. Mais le plus difficile sera sans doute de persuader Camille de coopérer.

— Tu peux toujours essayer. Il n'est pas dit qu'elle refuse de vous laisser Noah régulièrement.

— J'ai bien pensé à quelque chose mais je ne suis pas sûr que tu vas aimer.

— Dis quand même, l'encouragea Jess, sourcils froncés.

Le vendredi suivant, par une douce soirée de printemps, Camille était installée face à Marek, dans le patio de sa maison de Dallas. Elle sirotait un verre de vin tandis qu'il avait opté pour un martini. Elle avait choisi avec le plus grand soin sa tenue — une ravissante petite robe en coton léger assortie de sandales dorées à hauts talons — mais Marek n'était certainement pas le genre d'hommes à s'attarder à ce genre de détail. D'ailleurs, c'était tout juste s'il la percevait comme une femme séduisante.

Ce soir-là son invitation à dîner ne visait qu'à trouver un arrangement commun, elle le savait, et pour sa part, la solution qui s'était imposée à elle était de louer, au gré de ses déplacements, ici ou à l'étranger, une maison suffisamment grande pour pouvoir y accueillir un ou plusieurs des membres de la famille Rangel lorsqu'ils le souhaiteraient. Car, bien évidemment, il était impensable qu'elle sillonne l'Amérique ou l'Europe en laissant son fils derrière elle, fut-ce aux bons soins de son oncle.

Elle inspira un grand coup pour calmer la tension qu'elle sentait monter en elle et se donner le courage de lui faire part de l'offre qu'elle envisageait de lui faire.

Encore hésitante, elle regarda la spirale de fumée s'élever du barbecue tandis qu'il retournait les steaks qu'il avait mis à cuire. Il émanait de lui une assurance qui ne s'était jamais démentie depuis qu'elle le fréquentait.

Bien loin d'imaginer les pensées qui agitaient Camille, il s'empara de son verre et retourna s'asseoir à côté d'elle.

— Ce sera bientôt prêt. J'espère que vous avez faim.

— Je ne vous cacherai pas que je suis un brin anxieuse ; beaucoup plus que lorsque je dois entrer en scène, ce qui est un comble.

— Ne vous minez pas pour rien. Nous allons trouver une solution qui conviendra à tous mais surtout qui servira les intérêts de Noah. N'oublions pas qu'il s'agit avant tout de son bien-être.

— Vous avez raison, concéda Camille, soulagée par ces paroles.

Il se pencha légèrement en avant pour prendre sa main dans la sienne. A ce simple contact les battements de son cœur redoublèrent et de petits frissons de plaisir la parcoururent tout entière. Pourquoi était-elle aussi troublée face à cet homme, si différent de celui qu'elle avait connu ?

— Détendez-vous, Camille, lui dit-il gentiment.

Au son de cette voix basse et envoûtante elle sentit une vague de chaleur envahir son corps. Pourtant, elle ne se faisait pas d'illusions. Elle ne devait voir dans cette proximité qu'il instaurait entre eux ainsi que dans la sollicitude dont il faisait preuve à son égard que de la bienveillance et rien d'autre. Il était bien évident que cette attirance n'était pas réciproque et qu'il n'agissait ainsi que parce qu'il avait à cœur de faire entrer Noah dans sa vie, d'une façon ou d'une autre.

— Tenez, ajouta-t-il d'un ton léger, avant d'aborder le sujet de discussion pour lequel nous nous sommes réunis ce soir, prenons le temps de boire un verre de bon vin et de déguster ces grillades qui, ma foi, me paraissent délicieuses.

Elle opina, incapable d'articuler un mot, l'estomac noué. Il leva son verre pour trinquer avec elle.

— Je lève mon verre à Noah, à sa jolie maman et à son père qui doit nous regarder de là où il se trouve et se réjouir de nous voir réunis dans l'intérêt de son enfant.

Elle lui retourna son sourire en même temps qu'elle heurtait légèrement son verre contre le sien.

— A nous, dit-elle avant de boire une gorgée.

— Je dois dire que mon frère a fait preuve d'un goût indéniable en portant son choix sur une aussi jolie femme que vous, la complimenta-t-il dans un sourire enjôleur qui ne lui était pas coutumier.

— Merci, répondit-elle en rougissant légèrement. Mais vous savez, ça n'a été qu'un concours de circonstances. L'ambiance était festive, nous avions un peu bu…

— Peu importe. Le résultat de cette rencontre est un bébé adorable. Une fois encore, laissez-moi vous remercier de m'avoir permis de connaître Noah.

— Je vous ai expliqué mes raisons. Et je suis ravie que vous ayez réagi aussi positivement.

Il la remercia d'un sourire avant de se lever pour aller chercher les steaks, cuits à point.

Ils dînèrent dans le patio, servis par l'un des nombreux domestiques officiant dans la demeure de Marek. Leur dîner achevé, ils allèrent s'installer dans des chaises longues qui surplombaient la piscine et le jardin. Marek attendit que le personnel eût débarrassé la table pour se tourner vers elle et engager la conversation.

— Allez-y, Camille, l'encouragea-t-il. Quelle solution avez-vous à me proposer ?

Sans l'interrompre, il écouta attentivement sa proposition qui consistait à louer des logements assez grands pour pouvoir héberger un ou plusieurs des membres de la famille Rangel prêts à faire le déplacement pour profiter de Noah aussi longtemps qu'ils le voudraient.

A mesure qu'elle parlait, d'une voix qui se voulait ferme, elle sentait son cœur s'emballer et ses mains devenir moites.

Lorsqu'elle eut terminé, il hocha la tête et but d'un trait un verre de thé glacé qu'un serviteur était venu lui apporter avant de s'éclipser. Elle ne chercha pas à l'inciter à parler, préférant lui laisser le temps de la réflexion. Il prit enfin la parole après un temps qui lui parut une éternité.

— Votre proposition est en effet envisageable, finit-il par dire, d'un ton qui lui laissa supposer qu'il avait autre chose en tête. Mais je vais quand même vous soumettre la mienne, enchaîna-t-il. Tout ce que je vous demande, Camille, c'est de me laisser parler jusqu'au bout et de ne pas me donner de réponse dans la foulée. Prenez le temps d'y réfléchir.

— Je suis impatiente de savoir. Tout cela me semble si mystérieux que vous avez piqué ma curiosité.

Il ébaucha un sourire qui adoucit ses traits et le rendit moins intimidant.

— Bien, commença-t-il. D'après les échanges que nous avons eus, j'ai compris que votre vie se partageait exclusivement entre votre carrière et votre fils.

— C'est exact.

— J'ai perdu la femme que j'aimais dans les circonstances dramatiques que vous connaissez. Je sais que je referai ma vie un jour mais pour l'heure mon cœur appartient toujours à Jillian et je suis bien incapable de me projeter dans une relation amoureuse sérieuse.

— Je comprends tout à fait, acquiesça Camille qui ne voyait pas où il voulait en venir.

— Camille, voulez-vous m'épouser ? demanda-t-il sans détour. En fait ce serait plutôt un arrangement entre nous. Nous vivrions une relation stable qui donnerait à Noah l'équilibre dont tout enfant a besoin.

De surprise, elle en laissa tomber son verre qui alla se briser sur le sol avec fracas.

- 3 -

— S'il vous plaît, Camille, comme je vous l'ai demandé, ne me répondez pas tout de suite, l'implora presque Marek. En prenant votre décision maintenant vous ne feriez qu'agir dans la réaction. Et donc, forcément, ce ne serait pas en ma faveur. Je vous le répète, je ne vous propose qu'un mariage de convenance.

Il marqua quelques secondes de silence avant de préciser :

— Qui pourrait déboucher, malgré tout et avec le temps, sur une relation physique. Pourquoi pas ? Il me semblerait utopique de ne pas envisager une telle éventualité.

Camille l'écoutait parler, bouche bée. Sa voix lui semblait lointaine, presque irréelle. Epouser Marek ! Coucher avec lui ! Elle ne pouvait croire qu'il venait de lui faire pareille proposition.

— Excusez-moi mais je ne me sens pas très bien, articula-t-elle avec peine.

Il se leva aussitôt, visiblement inquiet.

— Penchez votre tête légèrement en avant, dit-il avec douceur tandis qu'il lui appliquait une serviette fraîche sur la nuque.

Elle apprécia la douceur de ses mains sur sa

peau qui contrastait totalement avec la brusquerie de sa proposition. Il lui fallut quelques minutes pour recouvrer ses esprits et pouvoir se redresser dans son siège.

— Inspirez profondément et essayez de vous détendre, lui conseilla-t-il, toujours aussi attentif.

— J'ai cassé votre verre, bredouilla-t-elle, les yeux rivés sur les morceaux de cristal à ses pieds.

— Ça n'a aucune importance. Je comprends qu'il ait pu vous échapper dans un moment pareil. Evidemment, vous ne pouviez vous attendre à une telle proposition ; c'est pourquoi je vous ai demandé d'y réfléchir, d'en soupeser les avantages et les inconvénients. Lorsque vous aurez surmonté le choc et serez en mesure de m'écouter de nouveau, je vous expliquerai les raisons qui m'ont amené à vous faire cette offre.

— Je suis prête et même impatiente, dit-elle d'une voix qu'elle s'appliqua à garder neutre. Vous pouvez y aller. Je vous écoute.

Elle scruta son visage en silence tout en cherchant à recouvrer un semblant de calme. Pourquoi avait-elle accepté d'écouter ce qu'il s'apprêtait à lui dire puisqu'il était bien évident qu'elle n'allait pas l'épouser ? Pourquoi n'avait-elle pas coupé court en refusant tout net ? Pourquoi avoir repoussé le moment fatidique où elle allait lui dire non ?

— En acceptant ce mariage, plaida Marek, Noah prendra le nom des Rangel. Si je deviens votre mari, vous serez moins anxieuse à l'idée de me confier Noah durant vos absences. Je serai un vrai père pour lui, j'irai même jusqu'à l'adopter.

— Je le perdrai, dit-elle dans un souffle. En acceptant, je perdrai mon enfant. Il deviendra votre fils légitime et vous aurez sur lui plus de droits qu'en restant juste son oncle.

— Vous ne le perdrez pas, je vous en fais le serment. D'ailleurs, nous ferons établir un contrat prénuptial qui déterminera différentes clauses. Je veillerai à ce que Noah et vous ne manquiez matériellement de rien. Je mettrai un jet privé à votre disposition, de façon à faciliter vos déplacements et vous allouerai une rente mensuelle confortable. Ainsi, vous pourrez poursuivre votre carrière en toute insouciance. Ne le prenez pas mal, Camille. Je sais que vous vous en sortez très bien sans moi mais je peux être un plus dans vos vies.

— En effet, je n'ai pas besoin de votre argent, pointa-t-elle d'un ton pincé.

— Je vous rendrai les choses plus faciles. Et ce serait définitivement mieux pour Noah.

— Je tiens à mener ma carrière à bien, insista-t-elle, à court d'arguments.

— Il n'est pas question que je vous en empêche. Au contraire, même, j'attends de vous que vous continuiez sur votre lancée et deveniez un grand nom de l'opéra.

Il lui prit de nouveau la main mais cette fois il effleura ses phalanges du pouce, dans un geste qui se voulait réconfortant. *Il voulait l'épouser.* Cette proposition, aussi incongrue fut-elle, lui fit battre le cœur.

— Je tiens vraiment à faire partie de la vie de Noah, poursuivit Marek. Je veux apprendre à le connaître, je veux le guider. Je suis certain que Kern aurait fait la même chose pour moi et mon enfant si les rôles avaient été inversés. Par ailleurs, si vous acceptiez, ce serait une façon de rester en contact permanent avec ce frère que j'aimais tant.

Il avait prononcé ces derniers mots d'une voix nouée par l'émotion. Touchée, Camille sentit ses yeux se brouiller de larmes.

— Vous savez, je ne veux ni vous faire de mal, ni vous inquiéter, reprit-il aussitôt qu'il se sentit de nouveau capable de parler. Je veux juste que vous soyez heureuse.

— Comment voudriez-vous que je le sois ? En fait, vous voulez mon fils ! Et une fois que vous l'aurez, je ne pourrais plus rien contre cela !

Elle criait presque tant elle était bouleversée. Elle se leva brusquement et lui tourna le dos pour lui cacher ses larmes qui, à présent, coulaient librement sur ses joues.

Il se leva à son tour pour aller la rejoindre et poser ses grandes mains rassurantes sur ses épaules. Lorsqu'il sentit qu'elle se calmait il la fit pivoter vers lui et essuya du pouce ses joues encore humides.

— Ne pleurez pas, dit-il d'une voix douce. Je vous promets que je ne vous veux aucun mal. Provoquer une telle détresse n'était pas du tout mon intention. Si c'était Kern qui vous avait demandé de l'épouser alors que, de votre propre aveu, vous ne vous aimiez pas, auriez-vous accepté ou refusé ?

Ces derniers mots l'ébranlèrent. En effet, si cette offre lui avait été faite par Kern plutôt que par Marek, qu'aurait-elle décidé ? Elle s'octroya quelques secondes de silence, semblant réfléchir à la question qu'il venait de lui poser.

— Je suppose que j'aurais pris le temps de la réflexion, finit-elle par répondre. Vous êtes tellement différent de votre frère ! Beaucoup plus sérieux et déterminé que lui.

— Certes, je ne suis pas Kern mais, croyez-moi, ses intérêts me tiennent à cœur.

Marek lui adressa un sourire rassurant qui lui redonna quelque peu confiance en lui.

— Tout ce que je vous demande c'est d'envisager les différentes possibilités qui s'offriraient à vous si vous acceptiez. D'ailleurs, vous sentez-vous capable d'écouter jusqu'au bout ce que j'ai à vous proposer ?

— Si c'est d'argent que vous voulez parler, ça n'est pas le problème. Je ne mène peut-être pas une vie aussi confortable que la vôtre mais j'arrive à subvenir aux besoins de Noah, seule.

— J'en suis bien conscient, mais il est indispensable que nous passions en revue tous les aspects de cette situation. Argent, garde, résidence, relation physique… Voulez-vous un peu plus de thé ? demanda-t-il d'un ton désinvolte destiné sans doute à faire oublier les deux derniers mots de sa tirade.

Au son de sa voix, redevenue grave, elle sentit un courant électrique parcourir ses veines.

— Volontiers, répondit-elle d'un air détaché visant à cacher le trouble qu'elle ressentait.

Elle observa attentivement cet homme, si séduisant et si riche, remplir deux verres de thé glacé, comme si de rien n'était, alors qu'il venait de lui proposer de devenir sa femme. Cette perspective lui parut soudain aussi impossible qu'incongrue.

Ils retournèrent s'asseoir en silence. Tout en sirotant sa boisson, elle scruta son visage cherchant à y déceler la moindre émotion. En vain. Le visage de Marek restait aussi impassible que s'il venait de lui parler de la pluie et du beau temps.

Ce fut lui qui rompit le silence le premier.

— Si vous acceptez ma proposition, je vous paierai cinq millions de dollars.

La somme était si exorbitante que de nouveau le doute s'insinua en elle. Quelles étaient ses véritables intentions ? Entendait-il, à plus ou moins long terme, lui disputer la garde de son fils ?

— Si j'accepte de vous épouser, vous me versez cinq millions de dollars ? répéta-t-elle autant pour s'en assurer que pour gagner du temps.

— C'est exact, confirma-t-il. Vous toucherez un million à la signature du contrat et les quatre autres aussitôt que nous serons mariés. Par la suite, je vous verserai un million par année de mariage qui viendront s'ajouter à une rente très confortable. En ce qui concerne Noah, j'envisage de le faire bénéficier d'un fonds fiduciaire et, bien sûr, je le prendrai financièrement totalement à charge. Cela vous laissera la possibilité de dépenser l'argent que je vous verse selon votre bon plaisir.

Cet arrangement financier la mit mal à l'aise. Il lui balançait sa fortune à la figure comme s'il s'agissait de la chose la plus naturelle au monde. Elle était tiraillée entre la répulsion et l'envie. Car si elle était choquée qu'il cherche à l'acheter, il n'en restait pas moins que cet argent changerait à jamais sa vie ainsi que celle de ses proches.

— Maintenant, je comprends pourquoi vous obtenez tout ce que vous voulez, dit-elle comme pour elle-même.

Elle, qui jusque-là avait prévu de ne compter que sur sa carrière pour aider les siens, devait bien reconnaître que ce coup de pouce du destin lui faciliterait bien les choses. Elle n'aurait à se soucier de rien d'autre qu'à devenir la grande cantatrice qu'elle avait toujours rêvé d'être.

— C'est énormément d'argent, ajouta-t-elle évasivement.

Marek parut se détendre, probablement comme lorsqu'il se détendait lorsqu'il remportait un marché important à grands coups de millions de dollars. Comment pourrait-elle refuser une somme aussi astronomique qui lui garantirait une vie insouciante ?

— Je peux me le permettre, expliqua-t-il sans forfanterie. Si vous acceptez, vous me donnerez quelque chose de beaucoup plus précieux que l'argent.

— Vous connaissez à peine Noah. Pourquoi vous acharner ainsi à vouloir faire partie intégrante de sa vie ?

— La réponse est simple : dans les veines de cet enfant coule le sang de mon frère. Il est lié à lui à jamais.

Elle opina en silence, touchée par la sensibilité qu'elle sentait pointer chez cet homme dès qu'ils évoquaient les membres de sa famille.

— Je comprends, dit-elle en se frottant les tempes.

On peut dire que depuis que j'ai fait irruption dans votre vie, la mienne n'est plus aussi linéaire qu'elle l'était. Mais dites-moi un peu comment vous envisagez les choses en ce qui concerne la garde de Noah.

— Eh bien, la plupart du temps je nous vois vivre, vous, moi et Noah, sous le même toit, répondit-il sans la quitter des yeux. Et s'il n'est pas question que j'abandonne mon métier de rancher, je vous accompagnerai de temps en temps dans vos déplacements. Lorsque Noah sera en âge d'aller à l'école, ce sera à vous de décider s'il devra ou non vous suivre partout.

— Vous savez, ma carrière n'en est qu'à ses premiers balbutiements. Pour l'heure, je vis encore dans l'incertitude.

— Si vous le souhaitez bien entendu, vous aurez assez d'argent pour vous consacrer uniquement à votre rôle de mère, renchérit-il.

— Il n'en est pas question. Je rêve de ce métier depuis que je suis toute petite et ce n'est pas maintenant que les choses commencent à bouger pour moi que je vais renoncer. Le chant, c'est toute ma vie. Avec Noah, bien sûr, s'empressa-t-elle d'ajouter.

— Dans ce cas, il ne vous reste qu'à considérer sérieusement mon offre.

— C'est ce que je compte faire, répondit-elle en soutenant son regard. Cet endroit est vraiment magnifique, ajouta-t-elle d'un ton plus léger en parcourant le patio du regard.

— Je considère cet endroit comme un pied-à-terre, répondit-il. Ma vraie maison, c'est le ranch.

— J'avoue que je ne connais pas grand-chose à la vie des éleveurs.

— Vous apprendrez, vous verrez.

— Et si vous tombez amoureux durant notre mariage ? demanda-t-elle abruptement.

— Je vous l'ai dit, j'étais follement épris de Jillian et je doute de pouvoir jamais aimer de nouveau. Mais si toutefois le problème se posait, nous divorcerions.

Il se mura alors dans un profond silence qui lui fit regretter d'avoir abordé un sujet aussi sensible. Cette fois, ce fut elle qui chercha à lui témoigner son affection en posant une main affectueuse sur son bras.

— Marek, je suis désolée, je ne voulais pas vous faire de peine.

— Ne vous excusez pas, vous n'y êtes pour rien. Parfois, la réalité me rattrape et dans ces moments-là je me sens profondément mélancolique.

— Vous avez évoqué une possible relation physique, avança-t-elle prudemment. Je ne vois pas comment je pourrais envisager une telle éventualité alors que nous ne serons jamais que des étrangers l'un pour l'autre, même si nous partageons de temps en temps le même toit. A force de charme et de séduction votre frère m'avait amenée à tenter l'expérience mais je ne pense pas me laisser avoir une seconde fois.

— Soyez rassurée, je saurai rester à ma place, assura Marek d'une voix calme. Ma proposition ne vaut que si le désir est partagé.

Sa réponse sembla la rassurer. Elle lui adressa un sourire qui n'avait rien de forcé.

— Vous verrez, vous en arriverez peut-être à souhaiter me voir à des milliers de kilomètres de vous, plaisanta-t-elle d'un ton léger.

Il esquissa un sourire en coin qui en disait long sur les doutes qu'il nourrissait à ce sujet.

— Nous pourrions déjà songer à une ébauche de planning. Qu'en pensez-vous ?

— Les choses me paraissent si compliquées ! Par exemple, comment nous organiser lorsque je serai au Nouveau-Mexique, cet été ?

— C'est à vous de décider ce que vous voulez et moi je m'adapterai en fonction de vos choix.

Elle resta silencieuse un long moment avant de déclarer, l'air pensif :

— Comme les choses seraient différentes si Kern était encore en vie !

En même temps qu'elle parlait ses pensées allaient aux deux frères dont les seules similitudes étaient le sang qui coulait dans leurs veines et l'attachement qu'ils portaient au ranch familial.

— Pour avoir bien connu mon frère, je persiste à croire qu'il aurait agi comme moi. Il vous aurait demandée en mariage et aurait totalement assumé sa paternité.

Elle scruta encore une fois ses traits réguliers et virils. *Mme Marek Rangel*, songea-t-elle, soudain rêveuse. Elle serait riche à millions ; pourrait dépenser sa fortune comme bon lui semblerait ; rendrait la vie de ses proches beaucoup plus facile. Bien que séduisante, cette perspective d'avenir n'arrivait pas à la convaincre tout à fait.

Comme le lui conseillait Marek, elle allait réfléchir avant de prendre une décision sur laquelle elle ne pourrait pas revenir facilement ; sans compter qu'il fallait qu'elle en parle à ses sœurs, qui en s'impliquant comme elles le faisaient dans sa vie et celle de Noah, avaient leur mot à dire sur la question.

Un long silence lourd de réflexions s'installa que ni l'un ni l'autre ne chercha à rompre. Marek sirotait son thé en contemplant la fontaine centrale qui ornait le patio. Dans quelle mesure sa solitude — imposée par la perte des deux personnes qu'il aimait le plus au monde — avait-elle contribué à l'offre qu'il venait de lui faire ? se demanda-t-elle. Elle comprenait aisément pourquoi il se raccrochait à son neveu avec une telle force désespérée.

Elle étudia son profil régulier qu'encadrait la masse volumineuse de sa chevelure noir de jais.

Qu'adviendrait-il si elle l'épousait et tombait amoureuse de lui ? Si cet amour n'était pas réciproque ? Car s'il avait clairement évoqué l'idée de coucher avec elle, il lui avait tout aussi clairement signifié que son cœur appartiendrait toujours à sa défunte fiancée.

— Je crois qu'il est temps que je rentre, déclara-t-elle, désireuse de se retrouver seule et de prendre un peu de distance. Je vous promets de réfléchir très sérieusement à votre proposition.

— Très bien, répondit-il avec un large sourire.

Il se leva pour lui prendre le bras et la raccompagner jusqu'à la porte.

— Prenez tout votre temps, ajouta-t-il, soucieux de se montrer conciliant. Parlez-en à vos sœurs, à vos parents et vous aviserez en conséquence. Voulez-vous que nous sortions quand même ensemble demain soir ?

— C'est gentil mais nous sommes déjà vendredi et j'ai l'intention de passer le week-end en famille. Cela me laissera un délai assez long pour préparer mes sœurs qui, je n'en doute pas, ne manqueront pas de me traiter de folle. Mais, si je décidais d'accepter votre proposition, comment pourrais-je leur en vouloir ? Cette décision aurait également des répercussions sur leurs vies personnelles. Voyons-nous plutôt mardi, si cela vous convient.

— Mardi. C'est parfait.

Tandis que Marek prenait place à son côté dans la limousine qui allait la raccompagner chez elle, elle contempla la grande maison de style colonial dont les colonnes corinthiennes bordaient le porche qui la ceinturait. Si elle épousait Marek, cette demeure deviendrait la sienne, elle aussi, songea-t-elle.

— Et vos parents ? demanda-t-elle soudain. Seront-ils prêts à vous voir épouser la mère de l'enfant de votre frère ?

— Je suis un grand garçon, vous savez. Et puis, ils ont leur vie en Californie. Une vie bien remplie qu'ils partagent entre leurs œuvres caritatives, les voyages et le golf. Pour l'heure, mon père s'est fracturé une cheville et tourne entre les quatre murs de sa maison comme un lion en cage. Mais si j'ai à vous présenter à eux il ne fait aucun doute qu'ils ne vous laisseront rien passer. Ils adoraient

Jillian ! Ils ne se sont pas encore remis de cette double perte.

— C'est bien compréhensible.

— Mais vous savez, je les connais bien. Vous êtes belle, intelligente et sur le point de devenir une grande star de l'opéra. Vous allez les impressionner.

— C'est leur premier petit-fils, n'est-ce pas ? Votre sœur, elle, n'a que deux filles.

— C'est exact. Pour en revenir à mes parents, ce ne sont pas les grands-parents idéaux sans quoi ils ne seraient pas partis vivre à des milliers de kilomètres de leurs petites-filles.

— Et votre sœur, que pense-t-elle de votre offre ?

— Elle n'est pas encore au courant

— Et Jess ? vous lui en avez parlé ?

— Oui, confirma Marek dans un hochement de tête. J'avais besoin d'avoir son avis. Il m'approuve totalement.

— Vous êtes très proches tous les deux.

— C'est vrai. Je suis plus proche de lui que de mes parents d'ailleurs. Je le considère comme un père. Du plus loin que je me souvienne il a toujours été là pour mon frère et moi lorsque mes parents étaient occupés ailleurs. C'est lui qui m'a tout appris de la gestion d'un ranch. Il est mon meilleur ami et mon meilleur allié.

— Je suis contente pour vous. Avoir un ami tel que lui est un don précieux dans la vie. Mais dites-moi, votre sœur ne va-t-elle pas voir d'un mauvais œil un mariage de convenance ? demanda-t-elle, incertaine.

— Ginny sait que je n'en fais qu'à ma tête.

Heureusement pour elle, elle a une grande faculté d'adaptation. Vous et vos sœurs êtes très proches aussi. Je me trompe ?

— Je m'entends très bien avec Ashley, confirma-t-elle avant de marquer un bref moment de silence. J'ai la tête qui tourne, tout cela est si rapide ! Je n'arrive pas à y croire !

— Pourtant, ma proposition est bien réelle et j'espère que vous l'accepterez. Croyez-moi, il sera bien plus confortable pour Noah de séjourner de temps en temps au ranch que de suivre sa maman par monts et par vaux.

— Il est évident que la vie au ranch serait plus excitante à la fois et plus stable pour un petit garçon, concéda-t-elle.

— Qui plus est, n'oubliez pas que le ranch lui reviendrait après ma mort. C'est un détail qui n'est pas négligeable.

— C'est vrai… Vous êtes un homme très fortuné, très puissant. J'ai un peu trop tendance à l'oublier lorsque je suis en votre compagnie, remarqua-t-elle sur la défensive.

— Ne craignez rien, Camille. Contrairement à ce que vous pensez, je ne cherche pas à vous acheter, vous et votre fils. J'essaie simplement de négocier tout en me montrant généreux.

— Vous l'êtes déjà, au-delà de l'imaginable. Vous savez, lorsque j'ai rencontré Kern, j'ignorais tout des Rangel. Je ne suis pas d'ici. J'étais loin d'imaginer ce que ce nom pouvait représenter. Et puis, votre frère était si simple, si insouciant ! Il adorait la vie et la prenait avec légèreté.

— C'est exact, approuva-t-il avec nostalgie. C'était tout à fait Kern. Il se moquait de l'argent, ce n'était pas ça qui le rendait heureux. Il avait d'autres valeurs. Croyez-moi, il aurait été fou de joie de fonder une famille avec vous et le petit Noah.

Cette pensée les plongea dans un silence chargé de tristesse. Ils n'échangèrent plus un mot jusqu'à ce qu'il la raccompagne devant sa porte.

— Faites-moi confiance, Camille, dit-il en lui prenant les mains. C'est ce qu'aurait voulu Kern, je peux vous l'assurer.

Elle opina d'un hochement de tête, consciente du trouble que la chaleur de ce contact suscitait en elle.

— Il me faut un peu de temps pour m'habituer à cette idée. Devenir Mme Marek Rangel serait un tel chamboulement dans ma vie ! Et puis, je ne sais pas si je serais capable de me séparer de mon fils même si je le sais entre de bonnes mains. Il est encore si petit ! Il faut vraiment que je réfléchisse à tous les aspects de votre proposition.

— J'ai pensé aussi que votre sœur pourrait continuer à être sa nounou. De toute façon, il m'en faudra une.

— J'avoue que c'est une excellente idée. Reste à savoir si elle accepterait. J'ignore si elle serait prête à sacrifier la vie qu'elle mène entre ses deux sœurs pour vivre dans un ranch isolé.

— En tout cas, n'hésitez pas à lui faire passer le message. Le ranch est assez vaste pour qu'elle ne me croise pas si elle ne souhaite pas me voir, ajouta-t-il dans un clin d'œil de connivence.

Redevenu grave, il encadra son visage de ses mains et plongea dans son regard.

— Je promets de faire de mon mieux pour vous rendre heureuse.

Elle soutint son regard sans ciller, s'interrogeant sur son avenir. Noah était le lien qui la reliait à cet homme séduisant et il était trop tard pour reculer. Même si elle refusait de l'épouser elle ne pourrait désormais plus lui refuser un droit de visite.

Il se pencha vers elle et effleura son front de ses lèvres douces et chaudes.

— Je vous appelle d'ici à mardi, dit-il avant de s'éloigner à grandes enjambées.

Elle le regarda s'engouffrer dans la limousine puis rentra chez elle et s'adossa contre la porte, cœur et corps sens dessus dessous. Aussitôt, Ashley vint à sa rencontre, visiblement inquiète.

— J'ai cru que tu ne rentrerais jamais, dit-elle d'un ton réprobateur. Que s'est-il passé ?

— Il faut que je vous parle. Où est Stéphanie ?

— Elle est sortie avec son nouveau petit ami.

— Je vais voir Noah. Retrouve-moi dans ma chambre dans cinq minutes.

— D'accord, mais avant peux-tu au moins me dire ce que vous avez fait ? demanda sa sœur, curieuse.

— Nous sommes restés dans sa maison de Dallas où nous avons dîné de grillades cuites par ses soins, figure-toi. Et pourtant, il ne manque pas de personnel, tu peux me croire !

— Je te crois sans problème, assura Ashley qui ne put s'empêcher de lui poser la question qui lui brûlait les lèvres : alors, comment est la maison ?

— Luxueuse sans être ostentatoire. Et avec tout le confort que l'on peut imaginer : Patio, piscine, salle de fitness, jardins magnifiques et j'en passe.

— Je vois, fit-elle, visiblement impressionnée. Je vais t'attendre dans ta chambre. Fais vite.

Camille opina avant de gagner la nursery où Noah dormait d'un profond sommeil. Son cœur se serra à l'idée qu'elle pourrait être séparée de lui, même dans les meilleures conditions. Il n'en resterait pas moins qu'il passerait une partie de sa vie avec Marek et que celui-ci aurait une influence sur son éducation, sur sa vie. L'espace d'un instant elle regretta d'avoir franchi la porte de son bureau. La minute suivante, la raison l'emportait. Elle avait bien fait en allant le trouver et en lui révélant l'existence de son neveu. Dans les veines de Noah coulait le sang des Rangel et elle n'avait pas le droit de le priver d'une partie de sa famille. Par ailleurs, si influence il y avait, elle ne pourrait qu'être bénéfique pour son enfant.

— Je t'aime tant, mon petit cœur, chuchota-t-elle en caressant les cheveux de son fils, doux comme de la soie.

Elle essuya une larme qui roulait sur sa joue et inspira profondément avant d'aller rejoindre Ashley qui l'attendait patiemment, pelotonnée sur le canapé.

— Laisse-moi encore quelques secondes, le temps de me changer, demanda-t-elle à sa sœur. En attendant, si tu nous servais quelque chose à boire ? Il y a des sodas dans le minibar.

— D'accord, mais dépêche-toi. Je meurs d'impatience de savoir ce que tu as de si important à nous dire.

— Je reviens tout de suite.

Un bref moment plus tard elle réapparaissait, vêtue d'un pyjama turquoise. Ashley avait posé sur la table basse deux verres remplis de soda et une assiette de cookies.

— Vas-y, je t'écoute, la pressa Ashley qui ne pouvait plus contenir son impatience.

— Attends-toi à un choc, la prévint Camille. Un très gros choc. Figure-toi qu'il m'a proposé de l'épouser.

— Non ! s'exclama Ashley, les yeux écarquillés de surprise. Tu l'as envoyé promener, j'espère ! Tu ne peux pas faire une chose pareille !

— Calme-toi, je ne lui ai pas encore donné de réponse mais sache que ce n'est pas si simple. C'est quand même moi qui suis allée le trouver parce que je voulais que Noah connaisse sa famille paternelle. Ce mariage serait, disons… un arrangement entre nous. Je lui ai répondu que j'allais y réfléchir et que je voulais vous en parler d'abord.

— Je ne comprends même pas tes hésitations ! Tu n'as aucune raison d'accepter et toutes les raisons de refuser.

— Tu veux entendre la suite, oui ou non ?

— Ce mariage est tout simplement impossible, trancha Ashley comme si elle n'avait pas entendu sa sœur. Tu serais empêtrée dans une relation avec un homme qui, aussi séduisant et sexy soit-il, ne t'aimera jamais. Sans compter que, légalement, il aurait autant de droits que toi sur Noah. Tu devras partager ton fils avec lui, Camille ! Tu as pensé à ça ?

— Veux-tu écouter la suite, oui ou non ? répéta Camille aussi calmement qu'elle le put.

Puis, sans laisser à sa sœur le temps de reprendre la parole, elle lui énuméra les avantages qu'il y aurait à tirer de cette union. Lorsqu'elle révéla la somme qu'il était prêt à lui allouer, Ashley devint blême.

— Cinq millions à la signature du contrat plus un million par année de mariage, répéta Ashley comme pour elle-même.

— Tu as bien entendu. J'ai beau essayer ne pas tenir compte de l'aspect financier du contrat, je n'y arrive pas. Avec une telle fortune, finis les soucis des uns et des autres. Je pourrai tous vous aider et poursuivre ma carrière en toute insouciance. Ashley, cet argent m'ôterait un poids énorme des épaules.

— Je savais qu'il était riche mais à ce point-là…, commenta Ashley qui n'en revenait toujours pas.

— Imagine un peu… Cet argent changerait nos vies et celle de Noah. Il a prévu de le faire bénéficier d'un fonds fiduciaire et je ne doute pas que, là encore, il saura se montrer très généreux. Par ailleurs, il n'est pas question que Marek tire la couverture à lui, il propose juste d'être là lorsque mes récitals m'obligeront à voyager. Il m'a chargée de te dire que tu serais la bienvenue si tu souhaitais continuer à t'occuper de Noah. Moyennant rétribution, bien sûr. A mon avis, tu gagnerais au change.

— Seigneur, Camille ! Tout cela semble tellement incroyable ! Et maman ? Que vas-tu lui dire ?

— Je verrai plus tard, lorsque j'aurais pris ma décision. Mais je compte la préparer en douceur.

— En ce qui concerne Stéphanie, je suis prête à parier que lorsque tu lui annonceras la somme que Marek est prêt à débourser, elle ne verra aucun inconvénient à ce que tu l'épouses. Tu la connais, l'argent tient une grande importance à ses yeux.

— Marek est très gentil. Il m'assure qu'il ne veut que notre bonheur et j'aurais tendance à le croire.

— Tu te rends compte ! Tu vas devenir millionnaire !

— Ashley, arrête avec ça ! la réprimanda Camille. Si l'argent se révèle un plus, ce n'est pas la raison qui me pousserait à accepter. Je pense surtout à Noah et au fait que Marek ferait figure de repère masculin fiable dans sa vie.

— Tu as raison mais je ne peux pas m'empêcher de penser à toutes les possibilités que cet argent nous ouvrirait.

Tandis que Camille écoutait d'une oreille distraite sa sœur débiter les nombreux avantages qu'il y aurait à devenir riche, ses pensées dérivèrent vers Marek. Comment vivrait-il ce mariage ? Qu'arriverait-il s'il se lassait du rôle de père qu'il souhaitait si ardemment assumer aujourd'hui ?

N'ayant aucune réponse à ces questions, elle préféra ne plus y penser et reporter son attention sur Ashley qui n'en finissait pas de monologuer.

*
**

Le lendemain matin Jess et Marek buvaient leur café en silence dans la vaste cuisine du ranch.

— Alors ? s'enquit Jess. Tu as parlé à Ginny ? Qu'est-ce qu'elle a dit ?

— Comme tu peux l'imaginer, elle est totalement opposée à cette idée. D'après elle, je regretterai forcément un jour ce mariage sans amour. Sans compter que, toujours selon elle, j'aurais beaucoup à perdre.

Son téléphone portable se mit à sonner, interrompant la suite du rapport qu'il était en train de faire à son ami.

— Quand on parle du loup…, dit-il d'un ton moqueur. C'est encore elle. Salut, Ginny, dit-il après avoir décroché.

Marek raccrocha au bout de quelques secondes à peine.

— Elle arrive, annonça-t-il. Elle débarque avec toute la famille Dalton. Les filles en profiteront pour monter à cheval avec leur père. Elle veut me parler en personne. Faire tout ce chemin en voiture depuis Dallas pour me parler de vive voix, ce doit être sérieux, se moqua-t-il encore.

Jess but sa dernière gorgée de café tout en se levant, prêt à partir.

— Je vais préparer les chevaux. Ne sois pas trop dur avec ta sœur. Tes intérêts lui tiennent à cœur. Elle craint simplement que tu ne fasses une bêtise. Alors, écoute ce qu'elle a à te dire jusqu'au bout.

— Tu as raison. Comme toujours.

Au moment où les deux hommes s'apprêtaient à franchir la porte, le fourgon familial de Ginny vint se garer dans la cour dans un nuage de poussière. Ginny et sa petite marmaille en sortirent en trombe. Tout le monde se salua, s'embrassa puis, Jess en tête, la petite troupe se rendit dans les écuries, à l'exception de Ginny et de Marek.

— Marek, tu as perdu la tête ? attaqua Ginny d'emblée, ne faisant que répéter ce qu'elle lui avait déjà rabâché au téléphone. Tu ne peux pas épouser une femme que tu n'aimes pas !

En dépit de la promesse faite à Jess, Marek sentit la colère monter en lui. Il fit un effort surhumain pour proposer d'un ton aimable :

— Je peux te servir une boisson fraîche ? Tu es rouge comme une tomate, tu dois mourir de chaud.

— Je n'ai pas fait tous ces kilomètres pour me voir offrir une boisson fraîche, Marek ! Je suis venue pour tenter de te ramener à la raison. J'espère que cette Camille a de la jugeote pour deux et qu'elle va refuser ta proposition.

— Moi, je boirais bien quelque chose et j'espère que *cette Camille* va accepter, rétorqua-t-il d'une voix faussement calme. Tu ne vois donc pas que c'est la seule solution ?

— Et si tu tombes amoureux d'une autre femme ?

— Les lois sont bien faites. Si ce mariage me pèse trop, nous divorcerons. Et pour répondre franchement à ta question, je ne pense pas aimer de nouveau un jour. Jillian était la femme de ma vie et je l'ai perdue. Jamais je ne retrouverai quelqu'un comme elle.

— Tu souffres encore de cette perte, Marek. C'est encore trop tôt. Mais tu es jeune et fort et je te prédis, moi, que tu aimeras encore, répondit fermement Ginny.

— Tu as lu ça dans ta boule de cristal ? railla-t-il d'un ton sardonique. Tu crois savoir mieux que moi ce que je ressens peut-être ?

— Je ne veux pas te voir empêtré dans une situation que tu risquerais de regretter un jour, voilà tout.

Sa colère retomba d'un coup face à tant de sincère sollicitude. C'était sa sœur, elle l'aimait et ne voulait que son bien.

— Détends-toi, Ginny, dit-il d'une voix radoucie. Je te remercie de t'inquiéter pour moi mais tu n'as aucune raison. Tu sais, j'ai beaucoup réfléchi avant d'en arriver là.

Il marqua une pause durant laquelle il alla chercher une bière dans le réfrigérateur et la décapsula.

— Viens, allons discuter dans le salon, ce sera plus confortable. Et puis, de là, tu auras vue sur le corral et tes filles.

— Tu les aurais vues ! Elles étaient folles de joie à l'idée de monter à cheval, fit-elle, esquissant un sourire.

Mais son regard s'assombrit aussitôt et son sourire s'évanouit.

— Marek, s'il te plaît, ne fais pas ça. Je sais que tu ne seras pas heureux.

— Cesse de te faire du souci à mon sujet. Fais-moi confiance, c'est la meilleure solution. Une solution qui nous permettra non seulement de ne pas perdre de vue notre neveu mais de le voir plus souvent.

Je suis sûr que toi aussi tu l'aimes, cet enfant. Je me trompe ?

— Ce n'est pas le problème. Toi aussi je t'aime et je ne veux pas te voir souffrir plus que tu ne souffres déjà.

— Ginny, si c'est le cas, je n'hésiterai pas à reconnaître que ce n'était pas une bonne idée et mettrai un terme à notre contrat. Camille est une jeune femme ambitieuse et très occupée. Sa carrière commence à décoller et je pourrais lui être d'une aide précieuse en la relayant auprès de Noah.

Ginny secoua la tête en signe de dénégation.

— Elle n'a pas besoin d'aide, comme tu me l'as expliqué, sa sœur s'occupe déjà de son fils, contra-t-elle.

Elle réfléchit un instant avant d'avancer un nouvel argument :

— Et si c'était d'elle que tu tombais amoureux ? Elle ne sacrifiera pas plus sa carrière que tu ne laisseras tomber le ranch. Que ferez-vous, alors ?

— Je ne tomberai pas amoureux d'elle, assura Marek d'une voix ferme.

— Mais pourquoi vouloir l'épouser, Marek ? Elle te laissera bien voir Noah autant que tu voudras sans que tu l'épouses.

— Parce que je veux plus que de simples visites ponctuelles, se défendit-t-il.

— Quand t'est venue cette envie d'être père, tu peux me le dire ?

— Ce n'est pas nouveau. Tu sais bien à quel point j'aime tes filles.

— Je n'en doute pas une seconde. Mais être

père, ce n'est pas être oncle. C'est une autre paire de manches, crois-moi ! C'est un boulot à plein temps. Et puis, imagine un peu que cette situation soit insupportable à Camille et qu'elle t'abandonne, son enfant sous le bras. Tu auras le cœur brisé, une nouvelle fois.

— La vie est ainsi faite et lorsqu'on aime quelqu'un, que ce soit un adulte ou un enfant, il faut savoir prendre des risques.

— L'amour que l'on porte à son enfant est un amour inconditionnel, professa Ginny en regardant ses filles évoluer sur la piste poussiéreuse. Notre vie, à Frank et à moi, tourne essentiellement autour d'elles.

— Ecoute, j'aime déjà cet enfant comme s'il était le mien et je suis sûr de mon choix, affirma-t-il d'un ton sans réplique.

Un long silence s'installa. Ginny l'interrompit la première.

— D'accord, Marek. Je ne t'importunerai plus à ce sujet, même si je pense que tu vas commettre une terrible erreur. Quand Camille doit-elle te donner une réponse ?

— Nous devons nous voir mardi soir. Je pense qu'elle me fera connaître son choix à ce moment-là. Je t'appellerai aussitôt que je saurai.

— Je n'arrive pas à croire que tu aies fait une chose pareille, se lamenta Ginny, manquant à sa parole de ne plus importuner son frère à ce sujet. Et que Camille puisse même y réfléchir. Je n'ai plus qu'à espérer que ses sœurs sauront réussir là où j'ai échoué !

— Je t'appelle mercredi matin, décida-t-il, pressé de mettre fin à la discussion.

— Tu m'appelles mardi soir ! Je ne pourrais jamais attendre jusqu'au lendemain.

— D'accord, Ginny, dit Marek en souriant. Je t'appelle mardi soir. A ce moment-là, je saurai si Camille veut bien devenir Mme Rangel.

Ce mardi-là, Marek se rendit chez Camille l'estomac noué et les nerfs à vif. Dire qu'il avait l'habitude de traiter des marchés de plusieurs millions de dollars sans éprouver la moindre nervosité ! Il se sentait à présent démuni, et, pour la première fois de sa vie, sans la moindre solution de repli en cas de refus. Il ne lui restait plus qu'à prier pour que sa proposition soit acceptée.

Lorsqu'elle lui ouvrit il la revit telle qu'elle lui était apparue lors de leur première rencontre : rayonnante de vie et d'énergie. Il ne put s'empêcher d'admirer la robe noire qu'elle portait et qui soulignait joliment ses courbes sensuelles. A son cou brillait un diamant retenu par une délicate chaîne en or.

— Bonsoir, dit-elle en lui souriant.

— Bonsoir, répondit-il. Vous êtes très belle.

Il chercha sur son visage une expression qui pourrait la trahir et lui donner une indication quant au choix qu'elle n'avait pas manqué de faire. En vain. Camille Avanole était aussi grande actrice que chanteuse lyrique et ce soir-là elle ne laissait rien entrevoir de ses émotions.

— Installez-vous, le pria-t-elle en l'introduisant dans le salon. Je vais chercher Noah ainsi vous pourrez le voir avant que nous sortions.

Elle se pressa vers la nursery où Ashley l'attendait en compagnie du bébé.

— Merci, dit-elle en prenant Noah des bras de sa sœur. Tu es sûre de ne pas vouloir venir saluer Marek ?

— Non. Je serais bien capable de fondre en larmes, répondit Ashley en remontant nerveusement les manches de son pull.

— Ashley, nous en avons parlé des dizaines de fois. C'est le mieux, crois-moi.

— Je sais mais je ne peux pas m'empêcher de me faire du souci pour toi. J'ai bien peur que ton fils te manque terriblement lorsque tu le laisseras à Marek.

— Tu verras, tout se passera bien. Et puis, Marek m'a assuré qu'il ferait tout son possible pour que personne ne soit lésé.

— Alors espérons qu'il tiendra ses promesses, murmura Ashley.

Jugeant inutile de rétorquer, Camille sortit de la pièce pour regagner le salon où Marek attendait près du piano, les yeux rivés sur des partitions. Aussitôt qu'il les vit arriver il alla à leur rencontre.

— Le joli bébé, dit-il en tendant les bras à Noah qui se mit à gigoter et à battre l'air de ses menottes.

— Vous tenez vraiment à le prendre ? demanda

Camille. Il risque de salir votre belle chemise blanche, vous savez.

En guise de réponse, il retira son manteau qu'il alla poser sur le canapé et revint prendre Noah dans ses bras.

— Je me fiche bien de ma chemise, finit-il par répondre en voyant le visage du bébé se fendre d'un large sourire. Regardez, il a l'air heureux de me revoir.

— C'est vrai. On dirait qu'il vous reconnaît.

Son précieux trésor serré contre lui, il alla se poster à l'une des larges baies vitrées pour lui commenter la vue qui s'offrait à eux. Il s'assit ensuite par terre, l'enfant bien calé entre ses jambes et agita devant lui un hochet qui eut pour effet de le faire rire aux éclats. Fort de son petit succès, il émit toute une série de borborygmes et de sons bizarres qui redoublèrent les rires du bébé.

Camille sentit son cœur se gonfler d'émotion à la vue de ce tableau attendrissant que formaient ce roc athlétique et Noah si petit et si vulnérable en comparaison.

— Pourquoi faut-il que les adultes se ridiculisent pour faire rire un enfant ? demanda-t-il à Camille.

— Vous n'êtes pas ridicule, corrigea-t-elle. Vous êtes drôle. Mais maintenant, et si vous n'y voyez pas d'inconvénient, il est l'heure que Noah aille se coucher.

Marek se releva et rendit l'enfant à sa mère.

— Salut, bonhomme, dit-il en embrassant la joue rebondie du bébé. Nous jouerons plus longtemps la prochaine fois.

Son enfant serré contre elle, Camille sortit de la pièce, se demandant si elle avait fait le bon choix. Demain, il serait trop tard pour faire marche arrière.

Quelques minutes plus tard ils montaient à bord d'une limousine qui les conduisit chez Marek. Tout comme la fois précédente, ils s'installèrent dans le patio pour siroter les verres de vin que leur avait apportés l'un des domestiques.

Elle le regarda à la dérobée, troublée de sentir son cœur s'emballer, comme chaque fois que son regard se posait sur lui. Etait-elle en train de succomber au charme indéniable du beau Marek Rangel ?

— J'ai attendu assez longtemps, Camille, attaqua-t-il sans préambule. Qu'avez-vous décidé ? Allez-vous accepter de devenir ma femme ?

- 4 -

Camille sentit ses paumes devenir moites tandis qu'elle rivait son regard à celui de Marek.

Elle prit une profonde inspiration avant de déclarer solennellement :

— Oui, je le veux.

De soulagement, il ferma les yeux et les rouvrit très vite pour la prendre dans ses bras et la faire virevolter.

— Oh, merci ! s'exclama-t-il joyeusement en la serrant contre lui.

Il émanait de lui un parfum subtil, mélange d'agrumes et de bois de santal dont elle se grisa. Bien à l'abri au creux de ses bras musculeux, elle se sentit rassurée.

— Ça va marcher, ajouta-t-il plus doucement en se penchant à son oreille.

Pour la première fois depuis leur rencontre, elle eut l'impression qu'il la voyait comme une femme désirable. L'espace d'un bref instant, elle se sentit alors en danger. Il ne fallait surtout pas qu'elle tombe amoureuse, cela ne ferait que compliquer les choses. Forte de cette bonne résolution, elle se dégagea doucement de son étreinte et s'éloigna de lui de quelques pas.

— Merci, répéta-t-il. Nous allons pouvoir finaliser les derniers détails et demander à nos avocats d'établir un contrat prénuptial. Qu'en penses-tu ?

— C'est parfait.

Elle retourna s'asseoir dans son transat imité par Marek qui s'installa face à elle.

— J'avais commencé à mettre en place un planning. Nous pourrions y jeter un coup d'œil si tu veux bien.

Quelques secondes plus tard, il était de retour, une tablette numérique à la main.

— Tiens, dit-il en la lui tendant. C'est juste une ébauche qui ne demande qu'à être corrigée. En outre, toi seule connais les dates de tes déplacements. L'argent sera versé sur ton compte dès que le contrat sera signé.

— J'ai l'impression de rêver, murmura-t-elle, encore incapable de réaliser qu'elle allait devenir l'épouse de cet homme si séduisant et qui plus est, millionnaire.

— Comme je te l'ai déjà dit, cet argent sera à toi, tu pourras en user comme tu voudras. Bien évidemment, je prendrai à ma charge les dépenses courantes de nos différents lieux de vie.

— C'est vraiment très généreux de ta part.

— Je te traite juste comme l'épouse que tu vas devenir, même si notre mariage ne sera pas conventionnel. Au fait, que pensent tes sœurs et tes parents de notre « arrangement » ?

— Ashley s'inquiète pour moi et pour Noah. Elle pense que tu ne cherches qu'à nous l'enlever. Quant à Stéphanie, l'appât du gain est le plus fort.

Elle aime l'argent et ne s'en est jamais cachée d'ailleurs. Elle est enchantée à l'idée de pouvoir créer sa propre affaire et de voler de ses propres ailes.

— Et Ashley ? Que pense-t-elle de l'idée de continuer à être la nounou de Noah ?

— Elle accepte volontiers. Mais il ne lui déplairait pas de reprendre ses études si, plus tard nous trouvions une nounou compétente susceptible de la remplacer.

— Bien sûr. Elle n'aura qu'à me dire quand elle sera prête à céder sa place.

— Quant à mes parents, je ne leur ai pas parlé d'un mariage de convenance ; ni d'argent bien sûr. Je préfère attendre qu'ils t'aient rencontré sans quoi ils pourraient se méprendre sur les raisons qui m'ont poussée à accepter ta proposition.

Elle étendit ses longues jambes devant elle, paraissant aussi détendue que s'ils discutaient de choses on ne peut plus anodines.

Et pourtant, elle n'en revenait pas encore d'avoir accepté d'épouser un homme que non seulement elle n'aimait pas mais qu'elle connaissait à peine. Même si, admit-elle en son for intérieur, le simple fait d'imaginer ses mains courir sur son corps nu allumait en elle le feu d'un désir intense.

— Comme tu peux le constater sur cette ébauche de planning, j'ai imaginé plusieurs manières de nous partager Noah.

— A vrai dire, je pense qu'il est un peu tôt, dit-elle, les yeux soudain brouillés de larmes. J'ai du mal à imaginer passer beaucoup de temps sans mon petit garçon. Il me manque déjà tellement lorsque je suis loin de lui quelques heures !

Durant quelques secondes la panique l'envahit. Et si elle allait signer là son arrêt de mort ? Si, en acceptant ce mariage, elle allait perdre son enfant ?

Comme s'il avait deviné ses doutes, Marek s'empressa de la rassurer :

— Nous procéderons par étapes, Camille. Dans un premier temps, je pourrais t'accompagner, de sorte que tu n'auras pas à être séparé de lui. Et puis, n'oublie pas que lorsque tu ne seras pas en tournée nous vivrons sous le même toit.

Ces mots, prononcés le plus naturellement possible, prirent soudain tout leur sens. Un délicieux frisson la parcourut tout entière lorsqu'elle sentit les doigts de Marek lui caresser la main. Pourtant, malgré cette attirance évidente, elle se sentait déchirée, ballottée par un flot de sentiments contradictoires.

— Ne nous voilons pas la face, Camille, ajouta-t-il d'une voix douce. Nous sommes physiquement attirés l'un vers l'autre. Voyons-y un élément positif supplémentaire à cette union.

— Parce que toi aussi… ? demanda-t-elle, réellement surprise.

— Bien sûr, répondit-il d'un ton rauque qui ne laissait planer aucun doute sur la réciprocité de son désir. Les apparences ont peut-être été trompeuses mais tu m'as plu à la seconde où je t'ai vue. Pourtant je ne te brusquerai pas, Camille. Je te laisserai t'habituer à cette idée qu'un jour, peut-être, nous ferons l'amour. Pour en revenir à Noah, ajouta-t-il du ton grave qu'il devait employer lorsqu'il était en affaires, j'ai pensé que, dans un premier temps et dès que tu te sentiras prête, je pourrais m'en occuper une semaine par mois. Les trois autres semaines il sera avec toi. Qu'en dis-tu ?

Elle baissa les yeux sur le planning qu'il avait esquissé.

— Je serai à Budapest en automne, dit-elle d'une voix ferme visant à masquer son émotion. Si je me fie à tes calculs, tu devrais l'avoir deux semaines durant cette période.

— Comme je te l'ai dit, rien ne presse. Nous pouvons attendre six mois. Noah aura alors un an et aura pris l'habitude de me voir dans ton entourage.

D'un coup, elle se sentit libérée d'un poids énorme.

— C'est vrai ? demanda-t-elle sans pouvoir cacher sa joie.

— Bien sûr ! Nous adapterons ces changements en fonction de Noah, de ses réactions.

— Je suis tellement contente, Marek ! Et soulagée ! Tu ne m'avais pas précisé cela jusqu'ici. C'est un merveilleux cadeau de mariage ! Je t'en suis infiniment reconnaissante, dit-elle en lui pressant la main.

Un sourire bienveillant illumina le visage de Marek.

— Je suis heureux de te voir heureuse.

D'une main, il dénoua sa cravate et défit le premier bouton de son col de chemise. Camille le regarda faire, la bouche sèche, le cœur battant, avant de détourner vivement la tête. Il n'y avait pas de place pour un homme dans sa vie ; surtout pas pour un homme comme Marek qui ne guérirait jamais d'avoir perdu la femme qu'il aimait.

— J’ai pensé que ce serait une bonne chose que toi et toute ta petite famille veniez vous installer ici avant le mariage, dit-il. Ainsi, dès demain, tu pourras définir les changements à effectuer dans cette maison afin que tu t’y sentes chez toi. Il faudra bien sûr une nursery, une salle de musique, enfin tout ce que tu voudras.

Son enthousiasme débordant et presque enfantin offrait un parfait contraste avec l’homme d’affaires intransigeant qu’il pouvait être. Elle éclata de rire.

— J’ai l’impression d’être prise dans un tourbillon, dit-elle sans cesser de rire.

— Moi aussi, mais je trouve ça très excitant. Et tant pis si les travaux de décoration ne sont pas achevés lorsque nous emménagerons ! Tu sais, j’ai l’impression que tu me ramènes à la vie.

Puis il ajouta d’un ton plus léger :

— Nous nous marierons lorsque tu l’auras décidé et je te laisse libre du choix de la cérémonie. Tu peux choisir de faire un grand mariage ou un mariage plus intime, peu importe pourvu qu’il donne l’illusion que c’est un mariage d’amour. Parce que, qui sait si nous ne finirons pas nos jours ensemble ? conclut-il, taquin.

— Finir nos jours ensemble ? répéta-t-elle dans un murmure, comme si cette perspective lui semblait aberrante. Marek, dis-moi que c’est un rêve et que je vais me réveiller. La vérité, c’est que nous allons tomber amoureux chacun de notre côté et que ça en sera fini de notre belle entente.

— Personne ne peut prédire l’avenir, répondit simplement Marek. La preuve, c’est que nous ne nous attendions ni l'un ni l'autre à ce que notre vie prenne cette tournure lorsque tu es venue dans mon bureau ce jour-là.

— Pour moi, ce n'est pas une première. Ma vie a radicalement changé lorsque j'ai rencontré Kern. Même si je ne le regrette pas, bien au contraire, je me suis retrouvée mère sans y avoir été préparée.

— Tu vois alors que tout peut arriver. Pour en revenir à notre mariage, comment vois-tu les choses ?

— Je crois que je préférerais un mariage intime, entouré de nos familles et de nos amis les plus proches.

— Comme tu voudras, approuva Marek qui se voulait conciliant. La seule chose que je voudrais, c'est que nous soyons mariés au moment où tu partiras pour le Nouveau Mexique. Je louerai ou achèterai une maison sur place de façon à pouvoir venir aussi souvent que je le pourrai.

A l'entendre planifier ainsi leur avenir commun elle eut soudain une conscience aiguë du fait qu'il allait très vite devenir une partie importante de sa vie.

— Quitter le ranch ne va pas te poser trop de problèmes ? demanda-t-elle, un peu inquiète.

— Non, parce que je sais que je peux me fier à Jess autant qu'à moi-même. Veux-tu un peu plus de vin ?

— Non, merci. La tête me tourne suffisamment comme cela.

Il se renversa dans son siège et la considéra quelques secondes en silence.

— Tu dois trouver que tout va trop vite, n'est-ce

pas ? Veux-tu réfléchir quelques jours à ce que nous venons de décider puis nous en reparlerons à tête reposée ?

— Non, ça va aller, répondit-elle, soulagée de constater qu'il ne cherchait pas à exercer la moindre pression sur elle. Mais il va falloir que je m'habitue à l'idée de tous ces changements à venir.

— J'espère que tu ne vis pas ces changements comme autant d'épreuves qui vont te gâcher la vie, dit-il en fronçant les sourcils.

— Mais non ! Que vas-tu chercher ? Je suis ravie que Noah ait un père qui, je le pressens, va lui apporter beaucoup d'amour.

— Je l'aime déjà tellement. Il est si mignon, si sage !

Camille détourna le regard, ses émotions menaçant une nouvelle fois de prendre le dessus.

— Tu ne croiras sans doute pas si je te dis que je ne suis pas aussi émotive lorsque j'entre en scène, dit-elle en essuyant ses yeux humides du revers de la main.

— C'est différent. Ta vie personnelle n'en dépend pas.

Surprise qu'il fasse preuve de tant de compréhension à son égard, elle tourna la tête pour le regarder droit dans les yeux.

— Merci Marek. J'apprécie vraiment que tu fasses preuve d'autant de compréhension et de bienveillance à mon égard.

Dans un geste d'une infinie douceur, il effleura sa joue de ses doigts.

— Camille, j'ai confiance, assura-t-il. Nous

surmonterons tous les obstacles. Il suffit simplement que nous ne rompions jamais le fil de la communication.

— Merci, répéta-t-elle dans un murmure.

Afin de rendre l'atmosphère plus légère, Marek fit mine d'étudier le planning élaboré par ses soins et qu'il connaissait déjà par cœur.

— Un mariage intime devrait être facile à organiser. Que dirais-tu du dernier samedi d'avril ?

— Mais c'est dans un peu plus de quinze jours ! s'écria-t-elle en secouant la tête. C'est quasiment impossible. Je suis certaine que je ne pourrai même pas réserver l'église dans un délai aussi court.

— Ne t'inquiète pas pour ça, répondit-il posément. Nous aurons la cérémonie nuptiale que tu souhaites, le jour que nous aurons arrêté, j'y veillerai.

Elle acquiesça et lui prit la tablette des mains pour consulter à son tour le calendrier.

— Voyons un peu… En avril, c'est vraiment impossible pour moi. Que dirais-tu du deuxième samedi de mai ?

— Et pourquoi pas le premier ?

Elle réfléchit quelques secondes avant d'opiner d'un hochement de tête.

— Tu obtiens toujours ce que tu veux, n'est-ce pas ? demanda-t-elle avec un sourire indulgent.

— Disons que je suis assez déterminé et que dans la plupart des cas cette détermination est payante.

Le contact de sa main qu'il venait de poser sur la sienne déclencha toute une série de questions dont elle ne détenait pas les réponses. Ce choix personnel, qu'elle allait imposer à son fils, n'aurait-elle pas à le regretter amèrement un jour ? Qu'arriverait-il si, bien malgré elle, elle tombait amoureuse de cet homme qui ne l'aimerait jamais ?

Prenant conscience de la voix de Marek qui lui parlait, elle essaya de reporter toute sa concentration sur la discussion.

— Un mariage, aussi intime soit-il, demande une telle organisation ! Et puis, il va falloir que tu rencontres ma famille avant.

— Quand tu voudras, approuva-t-il toujours aussi conciliant.

— Mes parents n'ont jamais vraiment apprécié mes choix, lui apprit-elle. Ils sont fiers de moi mais je sais très bien qu'ils auraient préféré que je décroche un petit boulot tranquille à Saint-Louis plutôt que je ne m'engage dans une carrière de chanteuse.

— C'est parce qu'ils t'aiment et qu'ils s'inquiètent pour toi. Mais tu verras, ils finiront par apprécier de voir ton nom inscrit en lettres capitales en haut d'une affiche.

— J'allais oublier ! Il faudra aussi que je te présente ma grand-mère. Au fait, et tes parents ? Il me semble t'avoir entendu dire qu'ils s'étaient un peu éloignés de ta sœur et de toi.

— Ils m'ont promis qu'ils seraient là pour assister à notre mariage et je leur fais confiance. J'ai pensé que nous pourrions partir quelques jours pour une sorte de lune de miel, ajouta-t-il. Ce voyage donnerait un caractère plus conventionnel à notre union et, en outre, nous permettrait de mieux nous connaître. Nous pourrions emmener Noah si tu veux. Cela ne me dérangerait absolument pas. Mais si tu préfères faire un véritable break sans enfant ni cours d'aucune sorte, je n'y verrais aucun inconvénient.

— Je te promets d'y réfléchir. Mais même si nous partons, je n'envisage pas de partir plus de quelques jours loin de Noah.

— C'est déjà bien. Où aimerais-tu aller ? s'enquit-il.

— J'adorerais partir en week-end dans une île des Caraïbes, proposa-t-elle, déjà rêveuse. Car si ma profession m'a déjà permis de visiter quelques-unes des plus grandes capitales européennes, je n'ai jamais séjourné sous les tropiques.

— Tu es facile à satisfaire, dit-il dans un sourire. Alors, allons-y pour les tropiques. Je verrais bien une grande villa à Grand Cayman. Préfères-tu que nous partions seuls ou avec tes sœurs ?

Cette perspective la fit éclater d'un rire joyeux.

— Si nous tenons à ce que les gens qui ne sont pas au courant de notre arrangement continuent de l'être, je propose que nous y allions seuls, répondit-elle. Soleil, palmiers, plages de sable blanc… Mumm, j'en rêve déjà !

— Nous partirons donc quatre jours, décréta-t-il. Il faut bien compter un jour pour l'aller, un jour pour le retour, et deux jours sur place.

Il s'interrompit, se projetant avec délice dans ce cadre paradisiaque, porteur de promesses de bonheurs en tout genre. Il serait accompagné d'une femme superbe, sur laquelle les hommes se retournaient, sa femme en l'occurrence. Que demander de plus ?

— Et si, pour fêter ça, je t'emmenais dîner et danser quelque part ? proposa-t-il d'un ton joyeux.

Sans attendre de réponse, il prit son téléphone portable et réserva une table pour deux dans un restaurant renommé de la ville.

Le dynamisme et l'efficacité dont il faisait preuve dans de nombreux domaines n'étaient pas pour lui déplaire. Marek savait ce qu'il voulait et ne manquait pas d'énergie dès qu'il s'agissait de l'obtenir. Ainsi, une heure plus tard ils étaient assis à l'une des tables d'un club privé dont les larges baies vitrées s'élevant du sol au plafond offraient une vue spectaculaire sur Dallas.

Une fois leur commande passée, Marek l'entraîna sur la piste de danse. Cette fois, il ne chercha pas à laisser de distance entre leurs deux corps. Il l'enlaça étroitement, lui faisant prendre une conscience aiguë de ses mains plaquées au creux de ses reins.

— La perspective de t'épouser, comme celle de voir grandir Noah comme s'il était mon propre fils, me réjouit infiniment. Et toi ?

— Je suis partagée entre diverses émotions, répondit-elle franchement. Et j'avoue que je redoute le jour où je me retrouverai à des milliers de kilomètres de mon fils.

— C'est bien naturel. Mais comme je te l'ai déjà dit, nous procéderons par étapes. Au début, vous ne serez séparés que pour peu de temps.

— Oui et cela me rassure, dit-elle tout bas avant d'ajouter :

— Au fait, tu ne m'as pas dit ce que pensaient ta sœur et Jess de notre plan.

— Les avis sont partagés. Jess trouve que c'est une bonne idée, contrairement à Ginny qui joue les grandes sœurs et s'inquiète pour moi. Mais je sais qu'elle ne veut que mon bonheur et qu'elle finira par accepter notre mariage.

— « Notre mariage », répéta-t-elle dans un murmure. Je n'arrive pas à croire que c'est de nous qu'il s'agit.

Tandis qu'ils évoluaient en parfaite harmonie sur la piste, de nombreuses questions affluèrent, aussi angoissantes les unes que les autres. Combien de temps allait durer ce simulacre de mariage ? Combien de temps avant que Marek ne décide d'y mettre un terme s'il était incapable de guérir de son amour perdu ? Pour l'heure, pris dans l'euphorie de nouvelles perspectives de vie, et des préparatifs, il semblait heureux. Mais cela ne pourrait sans doute pas durer.

Bien incapable de trouver des réponses à ses interrogations elle décida d'y mettre un terme et de profiter, elle aussi, de ce moment agréable qu'il lui offrait. Elle lui sourit et se laissa emporter au son d'une musique salsa. Lorsque la dernière note s'acheva, ils se regardèrent et éclatèrent de rire, essoufflés mais heureux.

— Tu es très belle, Camille, dit-il dans un élan de sincérité qui ne trompait pas.

— Merci, répondit-elle, ravie du compliment.

Ils regagnèrent leur table où le serveur apporta une bouteille de champagne qu'il ouvrit devant eux.

— Nous célébrons notre prochain mariage, précisa Marek à l'adresse du serveur.

— Félicitations, les complimenta ce dernier avant de se tourner vers Camille et de lui sourire. Tous mes vœux, mademoiselle.

— Merci, répondit-elle en lui retournant son sourire.

Marek leva son verre pour porter un toast.

— A notre mariage, et qu'il soit une réussite pour nous deux ainsi que pour toutes les personnes concernées. Puisse-t-il répondre à toutes nos attentes et à tous nos espoirs.

Il heurta légèrement le verre de Camille qui produisit un son cristallin.

— Marek, dans un mariage il n'y a que deux personnes concernées, pointa-t-elle en souriant.

Il secoua la tête dans un geste de dénégation.

— En ce qui nous concerne, notre décision de nous marier va changer la vie de pas mal de nos proches. Et pour commencer, celle de Noah, d'Ashley et de Stéphanie.

— C'est vrai, tu as raison.

Ils trinquèrent de nouveau et burent une gorgée de leur champagne en se regardant droit dans les yeux.

— Je souhaite de tout cœur que ce mariage t'apporte enfin la paix, déclara-t-elle, soudain confiante.

Elle ne pouvait détacher le regard de sa bouche pleine et sensuelle qu'elle rêvait de sentir tout contre la sienne. Conscient du trouble qu'il suscitait en elle, il se pencha sur la table pour écarter le vase de roses qui se dressait entre eux.

— Je commence à être impatient de partir avec

toi, seul sous les tropiques. C'est plutôt bon signe, non ? lui confia-t-il avec un sourire charmeur.

— Marek ! s'exclama-t-elle d'un ton faussement réprobateur, cesse donc de flirter aussi ouvertement avec moi.

— Pourquoi ? Après tout, tu seras très bientôt ma femme devant Dieu et devant les hommes.

Tout en parlant il avait sorti de la poche de sa veste une carte de visite qu'il lui tendit.

— C'est l'adresse d'un joaillier, précisa-t-il. Nous pourrions aller acheter ta bague demain, et ensuite je laisserai la limousine à ta disposition pour que tu puisses faire les magasins à ta guise et choisir ta robe de mariée. Mais si tu préfères, je peux aussi t'amener à New York à bord de mon jet privé.

— C'est inutile, dit-elle en riant. Je trouverai bien une jolie robe à Dallas.

L'espace d'une seconde, elle regretta de ne pas donner à cet acte toute l'importance qu'il méritait. Mais comment pourrait-il en être autrement quand elle allait s'unir à un homme qu'elle n'aimait pas d'amour et qu'elle n'aimerait peut-être jamais ?

— Je veux que tu choisisses une très belle bague, sans considérations de prix, précisa-t-il.

— Marek, protesta-t-elle, ce ne sera pas la peine. Ce n'est pas comme si nous faisions un mariage d'amour.

— Pour moi, c'est important. Ce sera le signe de ma reconnaissance éternelle. Si nous nous aimions et que je devais te faire la surprise, je choisirais la plus belle bague pour toi. Et même si les circonstances sont différentes, je veux qu'il en soit ainsi.

— Merci, répondit-elle, touchée par ses mots.

Elle ressentit une pointe de culpabilité à l'idée que si elle pouvait faire marche arrière, elle le ferait, renonçant à toutes ces facilités qu'il lui offrait sur un plateau.

Lorsque le serveur revint, avec les plats qu'ils avaient commandés, son appétit s'était envolé. Trop de changements en trop peu de temps. Comment pourrait-elle faire face, le cœur léger ?

— Tu t'inquiètes encore, n'est-ce pas ? demanda-t-il d'un ton plus affirmatif qu'interrogateur.

— Oui, admit-elle en soupirant. Je vais devoir affronter un mode de vie qui n'était pas le mien.

— Veux-tu que nous retournions danser ou préfères-tu que je te raccompagne chez toi ?

Elle acquiesça à cette dernière proposition, visiblement soulagée.

— Je voudrais rentrer. La journée a été chargée en émotions et je suis fatiguée.

Moins d'une heure plus tard, la limousine la déposait devant chez elle.

— Si tu es toujours d'accord, je passerai te chercher à 10 heures pour aller chez le joaillier.

— C'est parfait, répondit-elle.

Il se tourna à demi vers elle pour lui prendre la main.

— Si tu as envie de me parler pendant la nuit, n'hésite pas, quelle que soit l'heure. Si tu as des interrogations, des inquiétudes, décroche ton téléphone.

— Bien sûr que je m'interroge, Marek ; que je m'inquiète. Je ne peux pas m'empêcher de me demander si ce mariage arrangé va marcher ; si je vais supporter d'être séparée de Noah ; s'il va être heureux.

— Ashley sera avec lui, lui rappela-t-il pour la rassurer.

— Comme j'aimerais que les rôles soient inversés ! Comme j'aimerais que ma sœur soit la cantatrice et moi la nounou !

— Tes sœurs aiment-elles le chant ?

— En ce qui concerne Stéphanie, pas du tout. Quant à Ashley, même si elle a un joli brin de voix, ce n'est définitivement pas sa voie. Elle, ce qu'elle aime, ce sont les enfants. Elle voudrait devenir enseignante. Tu vois, nous sommes toutes les trois très différentes.

— Aussi différentes que Kern, Gillian et moi l'étions, dit-il comme pour lui-même. Si je pouvais, je prendrais toutes tes inquiétudes sur moi. Hélas ! Je ne le peux pas. Je pensais que l'argent ferait mieux passer les choses mais je me rends compte qu'il devient insignifiant par rapport à ce que tu peux ressentir.

— Les sommes que tu me proposes sont loin d'être insignifiantes, Marek. Mais en effet, une fois passée l'excitation du moment, j'avoue que c'est le cadet de mes soucis.

— Je comprends. Et je sais très bien que si je te disais que j'ai changé d'avis, que je reprends mes millions et que je vous fiche la paix, tu serais simplement soulagée.

Une fois de plus, émue par tant de compréhension, elle tenta de réprimer les larmes qui lui montaient aux yeux. Comme à son habitude, il la raccompagna jusqu'au porche de sa maison et tenta encore de la convaincre par des paroles rassurantes.

— Camille, je te promets de faire tout mon possible pour vous rendre heureux, tes sœurs, ton fils et toi. J'ai confiance, je suis certain que, à défaut d'une vie amoureuse, nous arriverons à vivre une vie douce et harmonieuse.

— J'espère sincèrement que l'avenir te donnera raison. Et si j'accepte, c'est uniquement parce que j'ai l'intime conviction que ta présence sera bénéfique à Noah, ajouta-t-elle lui adressant un regard profond.

Il laissa passer quelques secondes de silence avant de reprendre, le regard fixé sur ses lèvres ourlées :

— Le jour de notre mariage nous devrons échanger un baiser et j'aimerais que ce ne soit pas le premier.

Son cœur se mit à battre la chamade, si fort qu'elle craignit qu'il ne l'entende. Pourquoi se faisait-elle une montagne d'un baiser qui ne signifiait rien ? Mais elle avait beau essayer de se raisonner. Lorsqu'il l'attira à lui et lui enlaça la taille, sa respiration devint saccadée. Lorsqu'il se pencha vers elle, elle ferma les yeux et entrouvrit la bouche au moment où elle sentit ses lèvres sur les siennes pour répondre à son baiser. Ce contact intime allait, elle le savait, donner une nouvelle tournure à leur relation. Ils venaient de franchir un pas qui les faisait basculer dans l'intime. Lorsqu'il la serra un peu plus étroitement contre lui entre ses bras puissants et musculeux, elle eut l'impression de se perdre dans un tourbillon de volupté sans fin. Sans vraiment réfléchir à ce qu'elle faisait, elle enroula ses bras autour de son cou et se fit ondulante. La réalité la rattrapa d'un coup, la ramenant brutalement sur terre. Elle s'écarta de lui pour lancer d'un ton faussement désinvolte :

— Eh bien voilà ! Nous nous sommes embrassés.

Il ne répondit rien mais resta immobile, à la scruter d'un air pénétrant.

— Bonne nuit, Marek.

— A demain, Camille. Je suis heureux, ajouta-t-il en lui souriant.

Il la quitta sur ces mots tandis qu'elle rentrait chez elle, le cœur battant. Ce baiser l'avait profondément bouleversée, au point qu'elle se demanda combien de temps ce mariage resterait un mariage de convenance. C'était le risque, elle le savait mais il lui avait paru si hypothétique…

Non, hors de question qu'elle tombe amoureuse de lui !

Mais lorsqu'elle se rappela son regard ardent fixé sur elle, un regard qui exprimait clairement son désir, elle sentit une douce chaleur irradier dans tout son corps et ses jambes se mirent à flageoler.

Ashley fit alors son apparition, vêtue d'un pyjama et d'une robe de chambre du même turquoise.

— Ah, ah ! Je crois bien que je t'ai prise en flagrant délit de prise de conscience, s'écria-t-elle.

— Je vais l'épouser, déclara Camille comme si elle n'avait pas entendu sa sœur. J'ai accepté.

Ashley secoua la tête.

— J'espère simplement que tu sais ce que tu fais.

— Il s'est montré très compréhensif et, du coup, persuasif. Il m'a assuré que nous prendrions notre temps, que nous procéderions par étapes. Et puis, pense un peu qu'avec tout cet argent, tu pourras reprendre tes études à la rentrée prochaine. Nous trouverons forcément quelqu'un de bien pour te remplacer. Où est Stéphanie ?

Alors qu'elle posait sa question, la silhouette de la jeune femme se découpa dans l'embrasure de la porte.

— Je suis là et j'ai entendu ce que tu viens de dire.

— Nous devons sortir ensemble demain soir et nous en profiterons pour annoncer officiellement la nouvelle à nos parents, annonça Camille.

Ashley s'approcha de sa sœur pour la serrer affectueusement dans ses bras.

— J'espère que ça va marcher, murmura-t-elle, émue.

— Je n'en doute pas, répliqua Camille d'une voix qu'elle voulait ferme. Non seulement nous ne perdons pas Noah mais il va gagner un papa et notre situation financière va sérieusement s'améliorer.

A son tour, Stéphanie s'approcha de son aînée et la prit dans ses bras.

— J'imagine qu'aucune de nous trois n'a envie d'aller se coucher, dit-elle d'un ton enjoué. Va te changer, Camille. Pendant ce temps, Ashley et moi allons préparer du chocolat chaud. Nous le boirons en t'écoutant nous exposer tes projets d'avenir.

— C'est une très bonne idée, Steph, approuva Camille, reconnaissante et soulagée devant la réaction positive de ses sœurs. En effet, il faut que je vous parle, j'aurai besoin de vos conseils. Le temps va filer à toute allure, nous avons prévu de nous marier dans trois semaines.

— Tu sais, je dois admettre que c'est toi qui avais raison, confia Stéphanie à son aînée. Et si, au début, j'étais plus que réticente, je comprends mieux tes motivations à présent. Allez, va vite te changer que nous puissions discuter calmement de tout cela.

C'est d'un pas léger que Camille quitta la pièce. Tout en se changeant, elle repensa au baiser passionné que Marek et elle avaient échangé et qui avait allumé en elle un désir violent. Elle se prit alors à rêver. Marek avait-il ressenti la même chose ?

Une fois chez lui, Marek retira son manteau et sa cravate tout en allant s'installer au bureau de sa chambre, il devait prévoir un planning pour les jours à venir. Il ne put s'empêcher de revoir le petit visage rieur et les yeux pétillants de vie de Noah. Ce bébé, il l'aimait déjà et pouvait aisément imaginer ce que Camille ressentait. Ses pensées dérivèrent vers la jeune femme. Il laissa retomber le stylo dont il s'était saisi et se renfonça dans son siège, laissant libre cours à ses fantasmes. Pour la première fois depuis la disparition de Jillian, il se sentait revenir à la vie. Bien sûr, ce que ce baiser avait éveillé en lui ce n'était que du désir, pas de l'amour. Mais c'était un premier pas vers une renaissance. Ce baiser lui avait révélé qu'il pourrait de nouveau vivre une relation physique épanouissante. Ce mariage marcherait-il ? Même s'il s'était toujours montré positif et rassurant, il ne connaissait pas plus la réponse que Camille. Mais la nouveauté, c'était que ce mariage ne tournerait pas uniquement autour de Noah. A présent, plus aucun doute ne subsistait quant au fait qu'ils éprouvaient l'un pour l'autre une attirance physique réciproque et que ce désir les conduirait un jour ou l'autre dans le même lit.

Tomberait-il amoureux d'elle ? Non, il ne pourrait plus aimer, pas après ce qu'il avait vécu. De cela, il était certain. Mais le désir, c'était autre chose… Un désir si intense qu'il en était devenu presque palpable. Camille accepterait-elle une relation purement physique ? Cette fois, il en était sûr, la réponse était oui. Deux choses importaient dans sa vie : Noah et sa carrière. Autant dire qu'il n'y avait pas de place pour l'amour dans cette vie bien ordonnée.

Il inspira profondément et concentra toute son attention sur la liste des choses qu'il aurait à faire dans les prochains jours. Mais ce fut peine perdue. Des images érotiques vinrent se superposer à sa feuille restée vierge. Il s'imagina embrasser Camille, la déshabiller, la posséder.

La frustration était si grande qu'il secoua la tête pour tenter de se remettre les idées en place. Son regard tomba alors sur le cadre dans lequel se trouvait une photo où son frère posait, immobile et tout sourire à côté de son cheval préféré.

« Kern, je regrette tant que tu ne connaisses pas ton fils ! C'est un sacré petit bonhomme, tu sais. Il adore la vie, sourit tout le temps et quelque chose dans son regard me fait immanquablement penser à toi. Pour sûr, il te ressemble sacrément ! Dans ton malheur, je suis heureux que tu aies su que tu allais devenir père avant de t'en aller. »

Il marqua une pause, la gorge nouée par une émotion si vive qu'elle l'empêchait de poursuivre.

« Je suis tellement malheureux que les choses se soient passées ainsi mais je te fais le serment de veiller sur ton fils comme tu l'aurais fait. »

D'un revers de main, il essuya ses yeux brouillés de larmes. Son frère lui manquait tant ! Quel gâchis ! Il regretta de n'avoir personne à qui parler, à qui se confier. Il pensa à Camille mais à cette heure tardive, elle devait dormir. Le seul fait de prononcer son nom ranima la flamme du désir en lui. Il ne connaissait pourtant rien d'elle à l'exception de ce qu'il avait glané sur internet et du peu qu'elle avait bien voulu lui confier. Et pourtant, cette femme qu'il connaissait à peine, il allait l'épouser.

Cette perspective était à la fois troublante et effrayante.

Deux semaines plus tard, Marek reçut un coup de fil de Ginny.

— Papa et maman se font un sang d'encre pour toi, annonça-t-elle sans préambule.

— J'espère que tu as su les rassurer, rétorqua-t-il avec raideur. Le test de paternité est formel : Noah est bien l'enfant de Kern. Par ailleurs, je fais ce que je veux.

A l'approche de l'événement, Marek ressentait une tension presque tangible qui ne faisait que s'accroître au fil des jours.

— A ce soir, ajouta-t-il, faisant référence à la soirée qui allait avoir lieu le soir même au club de ses parents.

— D'accord, petit frère, soupira-t-elle. N'oublie pas que je veux juste ton bonheur. A ce soir.

Aussitôt qu'ils eurent raccroché il se rendit dans le corral, repensant à la cérémonie qui l'attendait. Il ne s'attendait pas à aimer de nouveau. Aimer serait risquer son cœur et il ne voulait à aucun prix revivre l'expérience traumatisante qu'il vivait depuis la mort de Jillian. Il ne s'en était pas caché à Camille qui savait donc que l'amour ne ferait pas partie de l'équation. Cela ne l'empêchait pas de la vouloir pour femme et de former avec elle et Noah une vraie famille.

Parvenu devant la grange, il trouva Jess la tête plongée sous le capot d'une camionnette.

— Que se passe-t-il ? s'enquit-il.

— Rien que je ne puisse réparer, répondit Jess en se redressant. Ils te mènent la vie dure, n'est-ce pas ? ajouta-t-il en voyant le visage contrarié de son ami.

— Oui. Mes parents s'inquiètent de me voir me précipiter dans un mariage où l'amour n'a pas sa place. Ils auraient préféré que je trouve un autre arrangement.

— Mais toi ? demanda Jess. Tu crois que tu fais une erreur en faisant ce choix ? Parce que le jour J approche à grands pas et que tu ferais bien d'être sûr.

— Non, répondit Marek sans hésiter. Je sais exactement ce que je veux. Je veux épouser Camille et le plus tôt sera le mieux.

— Alors, fiston, laisse les autres parler. Et puis, je ne vois pas comment tu pourrais te tromper en faisant le choix de vouloir voir l'enfant de ton frère grandir en partie au sein de ce ranch qui lui était si cher.

— Camille et moi sommes d'accord sur ce point, dit-il dans un hochement de tête. Elle aussi souhaite que son fils sache ce qu'est la vie au ranch. Je peux t'aider ? proposa-t-il en voyant Jess peiné sous son capot.

— Tu vas te salir les mains, répliqua mollement Jess.

— Je prends ça pour une approbation. Passe-moi la clé à molette, je prends le relais.

— Je ne discuterai même pas, répondit le vieil homme en allant s'asseoir sur un ballot de paille.

Marek s'absorba dans sa tâche, trop heureux d'échapper momentanément aux pensées lancinantes qui occupaient son esprit.

- 5 -

Vêtue d'une robe fluide de soie crème et agrippée au bras de son père, Camille s'apprêtait à s'avancer vers l'autel de la petite chapelle de Saint-Louis qu'elle avait fréquentée durant toute son enfance.

— Tu es magnifique, ma fille, murmura Anthony Avanole, à la fois ému et fier. Je te souhaite d'être très heureuse.

— Je le serai, répondit Camille d'une voix ferme.

— Ce n'est pas ce que ta mère et moi avions imaginé pour toi mais sache que nous respectons ton choix. Tant que tu ne te maries pas pour l'argent…

— Crois-moi, papa, j'ai bien réfléchi avant de me lancer dans cette aventure. Je n'ai accepté que dans l'intérêt de Noah même si la fortune des Rangel est un plus, je ne te le cache pas. Mais ce n'est pas ce qui m'a motivée, le rassura-t-elle.

— Tant mieux ma petite fille. Tant mieux. En tout cas, si tu réalises un jour que tu as commis une erreur, n'hésite pas à partir.

— Oui, papa, répondit-elle docilement tout en gardant les yeux rivés sur l'homme qui l'attendait, immobile face à l'autel et qui allait devenir son mari. Mais Marek et moi pensons que ce mariage va marcher.

— Je te le répète, ma chérie. Que l'argent ne soit jamais une bonne raison de rester, même si tu penses à notre bien-être. Ce que je veux, c'est que tu penses d'abord à toi.

— Je sais, papa et ne t'inquiète pas, je n'ai pas l'intention de poursuivre cette relation s'il s'avère qu'elle ne fait pas le bonheur de Noah avant tout.

Son regard glissa sur l'énorme diamant qui brillait de mille feux à son annulaire. Encore une fois, elle eut l'impression de vivre un rêve éveillé et de n'avoir pas pris toute la mesure de ce que ce mariage impliquait. Sans compter les nombreuses contradictions liées à cette union. Un mariage intime mais un diamant énorme ; un couple qui se connaît à peine mais une lune de miel paradisiaque.

Une nouvelle fois, son regard se porta sur Marek et une nouvelle fois son cœur s'embrasa. Ami fidèle, Jess se tenait à son côté, remplaçant à sa demande Pete Rangel qui, flanqué de béquilles, peinait à se déplacer et ne pouvait s'acquitter aisément de son rôle de témoin.

Lorsque vint le moment où ils durent s'avancer vers l'autel, elle sentit son cœur s'emballer dans sa poitrine. Mais tandis qu'elle s'approchait de Marek elle vit une ombre passer sur son visage. Elle le connaissait assez pour savoir que c'était le signe qu'il combattait ses émotions. Evidemment en ce jour unique dans la vie d'un couple, il devait être plus que jamais hanté par le fantôme de sa fiancée.

Son cœur se serra. Elle eut mal pour lui. Si seulement elle pouvait gommer son passé et faire en sorte que cette journée lui sourie ! Car son sourire, s'il trompait l'assemblée, ne la trompait pas, elle. Elle devinait aisément derrière cette façade de circonstance toute la souffrance qu'il dissimulait.

Pourtant, au moment où le prêtre signifia à Marek de l'embrasser, elle vit une lueur de désir passer dans son regard. Et tandis qu'il effleurait ses lèvres d'un baiser, elle se sentit confiante. Confiante en lui, en l'avenir.

Lorsqu'ils se retournèrent pour faire face à l'assemblée, elle remarqua les sourires bienveillants de leurs pères respectifs de même que les larmes dans les yeux de leurs mères.

Tout au long de la journée, ils se prêtèrent de bonne grâce au jeu des photographes et se partagèrent entre leurs invités, plus nombreux qu'ils ne l'avaient originellement prévu. Ce ne fut que lorsque Marek l'enlaça pour l'entraîner sur la piste de danse et ouvrir le bal qu'elle se sentit enfin seule avec lui. Il affichait toujours le même sourire forcé et la contracture qu'elle décela dans sa mâchoire disait clairement que Jillian ne quittait pas ses pensées.

— Tu es magnifique, parvint-il néanmoins à lui dire.

— Merci. Tu n'es pas mal non plus, rétorqua-t-elle d'un ton volontairement désinvolte pour tenter de le détourner de ses sombres pensées.

Il fit comme s'il n'avait pas entendu et, en homme avisé qu'il était, parcourut la salle du regard.

— Notre service de sécurité a l'air efficace. Au moins, nous ne risquons pas de voir débarquer des hordes de pique-assiettes ou de paparazzi, plaisanta-t-il.

— Marek, n'essaie pas de faire semblant avec moi. Je sais ce que tu ressens.

— Ne t'inquiète pas pour moi, assura-t-il. Tout va bien. Regarde Noah. Il est sage comme une image. A croire qu'il comprend ce qu'il se passe.

Un sourire attendri vint flotter sur ses lèvres qui donna à Camille le courage de lui dire :

— Un jour, peut-être, tu te réjouiras vraiment de me faire danser, moi et pas une autre.

— Détrompe-toi, Camille. Je suis heureux ; bien au-delà de ce que tu peux imaginer. Et je persiste à penser que ce mariage va être bénéfique pour chacun de nous.

— Je l'espère de tout mon cœur, Marek. Car nos vies vont tellement changer !

— Pas tant que cela. Tu vas continuer à chanter et moi à gérer le ranch. Le seul changement notable sera pour Noah mais il est si petit qu'il s'habituera en moins de deux, tu verras.

— Moi aussi il va falloir que je m'habitue. N'oublie pas que je n'ai jamais mis les pieds dans un ranch, rappela-t-elle avec un sourire. Les chevaux, le bétail, tout cela est nouveau pour moi. Je ne connais pas grand-chose à ce monde qui est le tien.

— Je t'apprendrai. Et qui sait si tu ne te prendras pas au jeu ? dit-il, mi-grave, mi-malicieux. Mais pour l'heure, je te propose de nous éclipser aussitôt que nous en aurons l'occasion. Il me tarde de me retrouver seul avec toi.

Gênée par ce que ses paroles supposaient, elle sentit ses joues s'empourprer légèrement.

— Encore quelques danses, reprit-il, et le moment sera venu de prendre congé. Qu'en penses-tu ?

— Marek, je tiens à te rappeler que je ne suis pas encore prête à me lancer dans une relation physique.

— Je m'en souviens. Nous sommes d'accord là-dessus, il faudra que cette envie soit réciproque. Mais, ajouta-t-il à son oreille d'une voix envoûtante, cela ne m'empêchera pas de tout faire pour te séduire. Tu es si belle.

— Vous manquez d'objectivité, monsieur Rangel, rétorqua-t-elle d'un ton faussement réprobateur. Je pourrais tout aussi bien débarquer de Vénus que tu n'y verrais que du feu.

— Faux. Je sais exactement quelle femme désirable je tiens entre mes bras.

Ces mots, prononcés d'une voix chaude et enjôleuse, lui donnèrent l'impression qu'il était sincère.

La danse à peine achevée, elle fut enlevée par son père tandis que Marek allait faire danser sa mère. Ce ne fut qu'en fin d'après-midi que Marek put enfin donner le signal du départ. D'un regard, il lui indiqua la sortie.

— Nous devons y aller, annonça Camille à ses parents.

Elle étreignit chacun des membres de sa famille mais plus encore Ashley. Quant à Noah, qui s'était endormi dans son landau, elle n'osa pas le réveiller. Elle le couva d'un regard de louve avant de s'arracher à regret à cette contemplation.

— Nous restons en contact, n'est-ce pas ? dit-elle à ses sœurs. N'hésitez pas à me joindre s'il y a quoi que ce soit. Marek m'a affirmé que nous pourrions rentrer très vite si les circonstances l'exigeaient

— Nous te tiendrons au courant jour après jour, lui assura Ashley. Mais ne t'inquiète pas, tout se passera bien. Profite de ton séjour et ne pense à rien d'autre qu'à la plage, aux palmiers et au soleil. Et à ton charmant mari, ajouta-t-elle à voix basse.

Camille esquissa un sourire complice et serra affectueusement sa sœur contre elle.

— Je te le promets, répondit-elle sur le même ton.

Quelques minutes plus tard Marek la rejoignait et l'entraînait vers la limousine qui allait les conduire à l'aéroport où son jet privé avait été affrété sur ses ordres.

Tandis qu'ils reprenaient la route du Texas, Marek regardait défiler le paysage d'un air absent. Voilà, il était marié ; ses avocats étaient chargés de constituer le dossier qui allait faire de lui le père légal de Noah. Pourtant, et même s'il se réjouissait de ces deux perspectives, il ne pouvait empêcher les souvenirs douloureux d'affluer à sa mémoire. Ce mariage rouvrait des plaies encore vives, ce qui n'avait pas échappé à Camille. Dieu merci, elle avait su se montrer compréhensive et ne s'était pas froissée de ce qu'elle aurait pu considérer comme un manque de tact. Cette manière élégante de se comporter avait eu pour effet de le distraire de sa mélancolie et même de l'égayer. Elle était si belle, si intelligente ! Dans son malheur, il avait beaucoup de chance. Grâce à elle il avait pu mettre son passé de côté aujourd'hui, et il parvenait de mieux en mieux depuis qu'elle était entrée dans sa vie.

Cette prise de conscience l'amena à lui prendre la main et à la serrer dans la sienne, dans un geste qui se voulait l'expression de son affection et de sa gratitude.

Il se renfonça dans son siège et lui sourit.

— La journée s'est bien passée, n'est-ce pas ?

Elle opina en lui rendant son sourire.

Le désir monta en lui, aussi fulgurant qu'intense. Mais il resterait fidèle à sa promesse. Il attendrait qu'elle lui fasse un signe, même s'il brûlait de lui faire l'amour et de vivre une véritable nuit de noces.

Pour chasser ces idées frustrantes de son esprit il repensa au déroulement de la journée. Si ses parents s'étaient montrés bienveillants à l'égard de Camille et de Noah et s'ils s'étaient intéressés de près à Ginny et à ses filles, il ne faisait aucun doute qu'une fois rentrés en Californie, ils ne se manifesteraient pas plus que d'ordinaire. Mais il ne leur en tenait pas rigueur. Au contraire, même, cette négligence avait renforcé les liens qui l'avaient uni à son frère et l'unissait toujours à sa sœur ainsi qu'à Jess qu'il considérait comme un père.

Il reporta de nouveau son attention sur Camille dont le visage impassible masquait sans doute le tourbillon d'émotions qui l'animait.

— Tu es très belle, la félicita-t-il dans un élan spontané.

— Merci. Toi aussi tu es beau ; et très élégant

dans ton smoking et tes santiags, ajouta-t-elle d'un ton espiègle.

Il agita ses pieds devant lui d'un air satisfait.

— Je ne sais pas si le mélange est vraiment élégant mais c'est la tradition chez les cow-boys. Mon père ne les quitte jamais, quelles que soient les circonstances. Jess non plus.

Elle éclata d'un petit rire cristallin avant de lancer d'un ton enjoué :

— Il me tarde d'être arrivée à destination. Je sais que cela peut te paraître ridicule mais pour moi c'est une grande première.

— Je ne trouve pas cela ridicule mais très touchant. De nos jours, si peu de gens savent se montrer enthousiastes.

Lorsqu'elle détourna la tête pour regarder au-dehors, il baissa les yeux sur son alliance. Il la fit tourner entre ses doigts, s'étonnant encore d'être désormais un homme marié. Les traits réguliers de Jillian lui apparurent. Il revit la cascade de cheveux dorés flottant sur ses épaules, ses grands yeux verts, son sourire rayonnant. C'était elle qui devrait se trouver à son côté ; elle encore qui devrait s'envoler avec lui pour une destination de rêve. Au lieu de cela, il était sur le point de construire sa vie avec une beauté brune rencontrée à peine quelques semaines plus tôt.

La voix douce de Camille interrompit le fil de ses pensées.

— Tu penses à Jillian, n'est-ce pas ?

— Oui. Je suis désolé. Ce mariage a fait resurgir de nombreux souvenirs et…

— Ne t'excuse pas, le coupa-t-elle. Je comprends parfaitement.

— Comment peux-tu comprendre ? s'enquit-il sans animosité aucune. Tu n'as jamais perdu de proches.

— C'est vrai mais je vis ces émotions à travers mes rôles, par procuration.

— C'est sans doute ce qui doit faire ton succès grandissant. Ta faculté à interpréter tes rôles. Je me demande si Noah a hérité de ton talent. Kern, lui, ne savait que siffler. Là s'arrêtaient ses capacités musicales.

Elle émit un petit rire de gorge qui lui alla droit au cœur.

— Tu devrais rire plus souvent, lui conseilla-t-il. Cela te va bien.

Elle le remercia d'un petit sourire.

— Pour en revenir à Noah, j'ignore encore s'il marchera dans mes traces. Pour l'instant, il me tarde juste qu'il prononce ses premiers mots. Tu crois que tes parents nous accepteront vraiment dans leurs vies, Noah et moi ? demanda-t-elle soudain préoccupée par cette idée.

— Si nous restons ensemble, cela ne fait aucun doute. Je crois que la distance qu'ils ont installée est due au fait qu'ils veulent se protéger. Kern était leur préféré, ils l'adoraient. En s'attachant trop à son fils, ils auraient peur de revivre un drame. De toute façon, à l'exception de quelques rares réunions familiales nous ne les reverrons pas de sitôt.

— En tout cas, ma famille, elle, t'apprécie énormément. En dehors du fait qu'elle t'est infiniment reconnaissante de nous assurer, à tous, une vie aisée, elle a beaucoup de respect pour l'homme que tu es, de même que pour le père que tu as souhaité devenir pour Noah.

Sans dire un mot, il se pencha vers elle et ôta l'une des épingles qui retenaient ses cheveux en chignon. Aussitôt, une mèche de boucles folles tomba gracieusement sur son visage.

— J'aime lorsque tu laisses tes cheveux flotter sur tes épaules, dit-il d'une voix devenue rauque. Tu es encore plus belle au naturel.

Ne sachant trop que dire, elle répondit à son compliment par un sourire embarrassé.

— Se montrer généreux quand on a beaucoup d'argent n'est pas le plus difficile, poursuivit-il tout en continuant de retirer une à une les pinces. En revanche, avoir la volonté de changer le cours de nos vies s'avère toujours plus ardu.

Lorsque sa crinière fut libre Camille secoua la tête dans un geste qui la rendit encore plus irrésistible.

— Kern et toi avez toujours été proches ? questionna-t-elle afin de dissiper la tension sexuelle presque palpable qui planait entre eux.

— Oui. Bien sûr, lorsque nous étions enfants, il nous arrivait de nous disputer mais c'était toujours moi qui finissais par céder. Au fil du temps cette complicité s'est accentuée au point que nous sommes devenus inséparables. Il me manque tellement ! Je ne sais pas si je me remettrai un jour de cette perte.

— Je comprends. Ashley et moi sommes très proches l'une de l'autre. J'ai beaucoup plus d'affinités avec elle que je n'en ai avec Stéphanie qui est plus matérialiste. Tu as pu t'en rendre compte d'ailleurs. Tu n'aurais pu trouver meilleur moyen que l'argent pour la rallier à ta cause.

— Cela marche dans de nombreux cas. Mais comment leur en vouloir ?

Sa question resta sans réponse. Camille avait une fois de plus laissé son esprit s'évader sous les tropiques.

— Il me tarde tant d'être là-bas, confia-t-elle sans chercher à dissimuler sa joie.

— Nous arriverons juste à temps pour nous baigner avant de dîner sur une magnifique terrasse ornée de palmiers et surplombant la mer, dit-il, amusé par son excitation et sa mine réjouie. Je me suis fait confirmer ce genre de détails avant de donner mon aval pour la location.

— J'ai l'impression de me rendre au paradis !

Elle semblait sincèrement heureuse et cela suffisait à son bonheur même si, par moments, toute l'incongruité de la situation prenait tout son sens. Si un jour on lui avait prédit qu'il se retrouverait uni par les liens du mariage à une quasi-inconnue, il ne l'aurait jamais cru ! Epouser Jillian, la femme qu'il aimait, fonder avec elle sa propre famille, voilà quels avaient été ses plans. Il ne se serait pas raccroché à Noah comme il l'avait fait mais lui aurait rendu visite de temps en temps.

Sachant ces supputations aussi inutiles que douloureuses, il les écarta vivement de son esprit. Il fallait qu'il cesse de vivre dans le passé pour se concentrer sur le présent. Et pour l'heure, son présent avait pour nom Camille.

Lorsque, quelques heures plus tard, ils survolèrent les Caraïbes, Camille poussa de petits cris enthousiastes à la vue de la mer couleur turquoise qui tranchait avec le vert profond de la végétation luxuriante.

— Marek, c'est magnifique ! C'est exactement comme je l'imaginais.

Lorsque, encore plus tard, une voiture les conduisit à la villa que Marek avait louée, rien n'échappa à son regard curieux. Elle s'extasia comme une enfant quand ils franchirent la grille de la propriété que leur ouvrit l'un des nombreux gardiens chargés de la sécurité.

— Marek, c'est tout simplement magique, s'émerveilla-t-elle en découvrant la luxueuse villa dans son écrin de végétation tropicale.

— Alors, souhaitons que la magie opère dans tous les domaines, répondit-il en la soulevant de terre pour la porter dans ses bras.

Elle écarquilla les yeux de surprise, enchantée de le voir faire preuve de tant de romantisme.

— Même si cela peut paraître un peu ridicule, je tiens à me conformer à la tradition, se justifia-t-il. Et puis, qui sait ? Ce sera peut-être notre seul et unique mariage, alors autant faire les choses bien.

Un large sourire illumina son visage tandis que, se prenant au jeu, elle enroulait ses bras autour de la nuque de son mari.

— Prenez garde de ne pas être trop attentionné monsieur mon mari, prévint-elle sur le ton de la plaisanterie. Je risquerais de tomber amoureuse de vous. Et alors, il sera trop tard pour vous débarrasser de moi.

— Où serait le problème ? Nous sommes déjà mari et femme.

— Si je tombe amoureuse de toi, répéta-t-elle cette fois avec gravité, je ferai tout pour que mon amour soit payé en retour. Je t'en fais le serment, ajouta-t-elle d'un ton plus léger.

En guise de réponse, Marek lui fit franchir le seuil les yeux plongés dans son regard. Puis, sans cesser de la contempler, délicatement, il la reposa au sol.

L'espace d'un instant, le passé s'estompa pour céder la place au présent. Il pencha son visage vers elle et effleura ses lèvres d'un baiser léger qui ne demandait qu'à être approfondi. Contre toute attente, elle ne le repoussa pas mais répondit à son baiser tout en se serrant étroitement contre lui. Des sensations restées longtemps en sommeil affleurèrent, le ramenant à la vie. Son cœur se mit à battre la chamade tandis que son corps s'enflammait de désir.

Les baisers de Camille se firent passionnés, exigeants mais, à son grand désarroi et alors qu'il la pensait consentante, elle s'écarta de lui.

— Excuse-moi, Marek, dit-elle dans un murmure. Je ne suis pas prête.

Il inspira profondément. Il avait besoin de se donner un peu de temps pour reprendre ses esprits.

— Je préfère attendre, ajouta-t-elle d'un air contrit. Tout va trop vite et ce n'était pas ainsi que je voyais les choses.

- 6 -

Camille chercha à reprendre son souffle, le cœur battant. Si elle ne pouvait nier son désir pour Marek, elle n'avait pas menti en lui soutenant qu'elle n'était pas prête. Ce qu'elle s'était bien gardée de lui dire, en revanche, c'est qu'elle ne voulait pas se retrouver dans le lit d'un homme pour qui l'acte d'amour n'aurait pas beaucoup plus d'importance que celui de manger ou de dormir et qui serait sans cesse rattrapé par ses vieux démons. Elle garderait secrète cette passion dévorante qui la brûlait de l'intérieur à moins qu'il ne lui fasse sentir qu'elle était vraiment devenue son épouse, une femme choisie pour ce qu'elle était et non pour ce qu'elle lui apportait.

Si elle succombait, ce ne serait certes pas au premier jour de leur voyage de noces et encore moins aux premiers baisers échangés, décida-t-elle fermement. Pour l'heure, elle entendait bien se conformer seulement aux grandes lignes de leur contrat.

Incapable de soutenir le regard brûlant de désir que Marek gardait rivé sur elle, elle détourna la tête et alla se poster contre la baie vitrée qui offrait une vue imprenable sur une plage de sable blanc et les eaux turquoise de l'océan.

— C'est magnifique ! s'exclama-t-elle, soucieuse de concentrer son attention sur autre chose que le feu qui les brûlait encore. C'est la perfection même et je n'aurais pu rêver mieux. Merci.

Elle parcourut du regard l'immense salon séparé du coin salle à manger par des colonnes lisses, s'attarda sur les hautes baies vitrées qui ouvraient sur une véranda ceinturant toute la maison. Une piscine immense trônait au milieu de la pelouse parfaitement entretenue et bordée d'une rangée de palmiers royaux.

Elle sortit sur la terrasse et étira ses bras au-dessus de sa tête, ravie du décor paradisiaque qui s'offrait à elle.

— Vraiment magnifique, répéta-t-elle, comme pour elle-même.

— Je suis ravi que ça te plaise, répondit Marek d'un ton qui se voulait neutre. Il est encore trop tôt pour dîner. Que veux-tu que nous fassions ? Nous changer pour aller piquer une tête dans l'océan ou rester là et prendre un verre ?

— Je veux bien aller nager. Cette eau est tellement attirante ! Je parie que je suis prête la première, annonça-t-elle en se ruant vers les chambres.

Lorsqu'elle revint, vêtue d'un T-shirt rose trop grand qui lui arrivait à mi-cuisses, il l'attendait déjà, patient et immobile. Elle détourna vivement la tête des muscles saillants de son corps athlétique, probablement façonné par des heures de travail au ranch. Elle retira son T-shirt, avec la conscience aiguë qu'il ne la quittait pas du regard.

— Je parie que je suis dans l'eau avant toi, lança-t-elle d'un air de défi en se précipitant vers la plage.

Il ne fallut que quelques secondes à Marek pour la rattraper et la dépasser. Il plongea dans les flots le premier et après avoir effectué quelques brasses, se retourna pour la voir s'avancer vers lui.

— Tu es une bonne nageuse, la félicita-t-il en admirant son crawl parfait.

— Il faut croire que tu es meilleur que moi puisque tu as gagné, répliqua-t-elle, feignant de le bouder.

— Je n'ai aucun mérite, je faisais partie de l'équipe de natation à l'université.

— Quelle idiote j'ai été de vouloir te défier !

— Ce n'est pas la première fois que tu me mets au défi, lança-t-il d'un ton lourd de sous-entendus.

Elle fit mine de ne pas avoir entendu, ne souhaitant pas se risquer sur un terrain qu'elle jugeait aventureux.

Heureux d'être ensemble, libres de toute obligation, ils jouèrent dans l'eau un long moment comme deux adolescents insouciants.

— Tu vois cette bouée, là-bas, dit-il en pointant du doigt une balise orange ballottée par les flots. C'est l'endroit idéal pour faire de la plongée. J'ai laissé des masques et des tubas sur la plage, si tu veux nous pouvons aller les chercher.

— Volontiers, accepta-t-elle, séduite par sa proposition.

Ils regagnèrent le rivage en nageant côte à côte, se

réjouissant de la plénitude de cet instant. Lorsqu'elle sortit de l'eau la première, elle sentit comme une brûlure le regard ardent qu'il dardait sur elle. Tout son corps se mit à frémir de désir contenu.

— Où est l'équipement ? demanda-t-elle.

— Et si nous restions plutôt ici, sur le sable ? suggéra-t-il sans la quitter du regard.

— Marek, lui reprocha-t-elle, ce n'est pas ce que nous avions prévu. Je te rappelle que nous venons d'en discuter. Comme je te l'ai déjà dit, la situation deviendrait trop compliquée. Alors, où est donc cet équipement de plongée ?

— Celui que tu portes est largement suffisant, se risqua-t-il à dire en la déshabillant du regard. Tu es tellement belle.

— Marek, soit nous allons plonger soit je rentre m'habiller, répondit-elle d'un ton qui n'avait rien de menaçant.

Sourd à ses protestations, il s'approcha d'elle jusqu'à pouvoir poser ses mains sur ses épaules dans une douce emprise dont elle ne souhaitait pas se libérer. Son cœur se mit à battre comme un oiseau affolé tandis qu'une onde de chaleur se propageait dans tout son corps.

— Camille, murmura-t-il en resserrant son étreinte, avec toi je me sens revivre. Tu as rendu possible quelque chose que je pensais perdu à jamais. Le désir.

— J'en suis heureuse, s'entendit-elle répondre bêtement, trop troublée pour tenter de soutenir une conversation.

Car elle n'était plus qu'attentive à ses mains, à

leurs deux corps quasiment nus l'un contre l'autre, à la lueur de désir qui brûlait au fond des prunelles de Marek. Incapable de résister à une telle attraction, elle plongea les yeux dans son regard.

— C'est la première fois depuis que j'ai perdu Jillian que je me sens vivant, reprit-il dans un souffle avant de l'embrasser.

Oubliant ses bonnes résolutions, elle entrouvrit les lèvres pour répondre à son baiser et se plaqua, ondulante, contre lui. Son sexe dur contre son ventre lui fit comprendre qu'ils venaient de franchir un pas qui ne leur permettrait plus de revenir en arrière. A partir de là, les baisers innocents sur la joue n'auraient plus de sens. Elle ferma les yeux et s'abandonna à ses baisers passionnés ainsi qu'à la force de ce corps musculeux qui l'emprisonnait délicieusement.

Lorsqu'elle sentit ses mains se faire plus audacieuses, passer du creux de ses reins à ses fesses, elle quitta ses lèvres à regret et s'écarta légèrement de lui.

— Si nous allions plutôt nager ? proposa-t-elle d'un ton faussement léger destiné à lui faire croire que la raison l'emporterait toujours sur les élans du corps.

Sans attendre de réponse elle se précipita dans l'eau pour éteindre ce feu intérieur qui la brûlait et qu'elle ne souhaitait pas voir se propager. Mais peut-être était-il déjà trop tard, peut-être avaient-ils déjà perdu le contrôle.

Réprimant ses émotions et sa frustration, Marek

la rejoignit et lui montra comment placer masque et tuba.

Quelques minutes plus tard, il lui faisait découvrir le spectacle fascinant d'une faune aquatique aux couleurs merveilleuses. L'espace d'un instant, trop bref à son goût, elle oublia les tourments de sa chair. Car aussitôt qu'ils refirent surface, la proximité de son corps presque nu et saillant de muscles éveilla instantanément le désir qui était tapi en elle.

— Il commence à se faire tard, dit-il. Allons prendre un verre et dîner afin que je puisse libérer le personnel.

— D'accord, acquiesça-t-elle. C'était vraiment une très bonne idée, Marek. C'était absolument magnifique. J'aimerais bien recommencer demain matin.

— Tant qu'il te plaira. Tu pourras même plonger toute la journée si cela te fait plaisir.

— Quand es-tu venu ici pour la première fois ? demanda-t-elle.

— La première fois, je devais avoir cinq ou six ans. Mais c'est la première fois que je loue de ce côté-ci de l'île.

— Tu as déjà fait tant de choses ! Tout ça doit te laisser indifférent.

— Non. C'est juste que certaines choses m'excitent plus que d'autres, si tu vois ce que je veux dire, fit-il en lui jetant un regard pénétrant.

— Je vois bien, en effet, dit-elle en se revêtant de son T-shirt. Je vais me changer.

Il s'enveloppa d'une serviette de plage et lui emboîta le pas en silence.

Après avoir pris une douche, Camille s'habilla d'une robe bleue en cotonnade légère, chaussa des sandales et sécha ses cheveux en les laissant libres sur ses épaules. Lorsqu'elle arriva dans le patio, Marek s'y trouvait déjà, installé sur une chaise longue et vêtu d'un pantalon de toile et d'une chemise bleu marine. Cela le changeait agréablement des tenues plus strictes qu'il affectionnait. Il paraissait détendu et il lui tendit une coupe de champagne.

— A notre mariage, dit-il en portant un toast. Qu'il nous rende tous heureux.

— A notre mariage, répéta-t-elle en heurtant légèrement sa coupe contre la sienne.

Puis elle but une gorgée de son breuvage et se perdit dans la contemplation de l'océan.

— Viens t'asseoir, Camille, l'invita-t-il en tapotant la chaise longue qui se trouvait à côté de celle qu'il occupait.

Elle lui obéit docilement, souriante.

— Je suis très heureuse d'être là, Marek. Je passe un très bon moment.

— J'en suis heureux, répondit-il en lui rendant son sourire.

Au son de sa voix, elle comprit que l'ombre de Jillian venait de se dresser entre eux.

— La tombée de la nuit, commença-t-il d'une voix lointaine, comme s'il se parlait à lui-même, c'est le moment le plus difficile de la journée. Ce moment de flottement durant lequel le soleil a disparu mais la nuit ne s'est pas encore installée m'est très pénible. C'est un moment charnière qui me rend nostalgique et mélancolique.

Perdu dans ses souvenirs, il semblait avoir oublié sa présence. Elle ne chercha pas à les interrompre, respectueuse de ses souffrances intérieures, juste heureuse d'être parvenue à les lui rendre un peu plus légères.

Ce fossé, qu'il lui imposait bien malgré lui, lui fit réaliser à quel point ce mariage ne serait jamais qu'un mariage arrangé. Cet homme ne l'aimerait jamais et si elle tombait amoureuse de lui, il lui briserait le cœur. Aussi, si le cas se présentait, elle ferait exactement ce que son père lui avait suggéré : elle tournerait le dos à Marek et reprendrait sa vie d'avant. Prise dans ce tourbillon d'incertitudes, elle eut besoin de savoir.

— Marek, qu'attends-tu de la vie ? Tu as réussi ta vie professionnelle au-delà de tes espérances ; tu gères à merveille un ranch que tu adores. Que peux-tu espérer de plus ?

— Oh ! la liste est encore longue mais entre autres choses, que ce mariage qui nous lie nous rende un jour véritablement heureux ; ou encore, que je serai un bon père pour Noah.

— Je n'en doute pas une seconde, s'empressa-t-elle de dire pour le rassurer. Quoi d'autre ?

— Certaines œuvres caritatives dans lesquelles je me suis investi me tiennent beaucoup à cœur et j'aimerais pouvoir les développer. Je pense tout particulièrement à cette annexe du ranch que j'ai dédiée à de petits orphelins. Certains y vivent de façon permanente, d'autres de façon temporaire.

— C'est magnifique, Marek, dit-elle, surprise

de découvrir une nouvelle facette chez cet homme qu'elle savait déjà très généreux.

— Tu as l'air étonnée que je puisse vouloir aider mon prochain.

— Non, ce qui me surprend, c'est ce projet en particulier.

— N'ayant pas eu moi-même d'enfants, j'ai comblé ce manque en créant cette association. J'aime leur présence et ne rate pas une occasion de m'en occuper personnellement en leur faisant connaître ce monde qui leur est étranger. Tu aimes les rodéos ?

— Je m'y connais autant que toi en opéra, répondit-elle en riant.

— A mon avis, il existe un lien entre ces deux mondes si différents : soit on aime soit on déteste. Il n'y a pas de juste milieu. Si tu veux, un jour, je t'emmènerai assister à un rodéo lorsque tu te produiras au Nouveau-Mexique.

Ils bavardèrent ainsi de sujets légers jusqu'à ce que le dîner — un délicieux bar aux aromates — leur soit servi par un personnel aussi efficace que discret. Lorsqu'ils eurent terminé, ils quittèrent la table pour gagner la véranda. La nuit était tombée à présent et l'obscurité n'était percée que de lampes solaires et de torches judicieusement placées autour de la villa.

— Je suppose que c'est Jess qui gère le ranch quand tu t'absentes, dit Camille.

— Jess gère le ranch quand je n'y suis pas mais également quand j'y suis, expliqua Marek.

— Il a l'air tellement détaché du monde ! Mais c'est peut-être dans sa nature… Est-il marié ?

— Il l'a été, jusqu'à ce que sa femme et son fils perdent la vie dans un accident de voiture, il y a quelques années de cela. Aussi, si quelqu'un peut comprendre ce que je ressens, c'est bien lui. Il ne s'est jamais remarié et se complaît dans la vie solitaire qu'il s'est choisie. Nous éprouvons l'un pour l'autre une amitié indéfectible et savons que chacun peut compter sur l'autre.

— C'est affreux de penser que vous avez vécu tous les deux le même drame, remarqua Camille, compatissante.

— C'est certain, cela a renforcé les liens qui nous unissaient déjà. Il n'avait pas besoin de parler, il était juste là et cela m'a beaucoup aidé. Après le drame, il avait pris l'habitude de venir me voir après sa journée de travail avec des bières fraîches. Nous nous asseyions sous la véranda et restions là de longs moments, côte à côte, sans dire un mot. Nous nous comprenions sans parler.

— Tu as beaucoup de chance d'avoir quelqu'un comme lui dans ta vie !

— J'en ai conscience. Jess sait ce qui est bon pour moi. D'ailleurs, il n'a jamais émis aucune réserve lorsque je lui ai fait part de mon intention de t'épouser et de m'occuper de Noah.

— Moi, j'ai forcé le destin mais je ne le regrette pas. J'ai eu beaucoup de chance de rencontrer un homme comme toi.

Touché par ces mots, il lui adressa un sourire reconnaissant.

— Lorsque nous serons rentrés, décida-t-il, Ashley, Noah et toi viendrez vous installer au ranch.

— Noah en graine de cow-boy ! dit-elle en riant. Je n'arrive pas à le croire.

— Et pourtant, c'est bien ce qui va se passer. Et toi aussi, je vais t'initier à cette vie. Il y aura un cheval à ta disposition et si tu veux tu pourras m'accompagner le matin dans ma tournée. A cette époque de l'année, la nature est magnifique.

Cette perspective la fit rire de bon cœur.

— Je ne suis jamais montée sur un cheval mais je veux bien essayer. En attendant, je suis fatiguée, j'irais bien me coucher.

— Accepterais-tu de faire une promenade sur la plage, avant ? Regarde, c'est la pleine lune et tu ne reverras pas un décor pareil de sitôt lorsque nous serons rentrés à Dallas.

Lorsqu'elle se leva pour le suivre il l'enveloppa d'un bras protecteur. Ils marchèrent en silence, l'un comme l'autre soucieux de préserver ce moment magique.

Une heure plus tard, il la raccompagna jusqu'à la porte de sa chambre.

— Ce mariage est étrange, Camille. Et j'ai bien peur que tu n'y trouves pas ton compte.

— Détrompe-toi. Il m'apporte déjà beaucoup plus que tu ne crois.

Sceptique, il haussa les sourcils.

— Que veux-tu dire ? N'attends pas de moi que je retombe amoureux, la prévint-il, soudain devenu méfiant. Et si, grâce à toi, je reprends goût à la vie, cela ne veut pas dire que je…

Elle interrompit ses craintes d'un doigt posé sur sa bouche.

— Ce n'est pas ce que j'ai voulu dire. Mais qui sait ce qui nous attend au bout du chemin ? Nul ne peut le prédire. En attendant, je sais que tu seras un bon père pour Noah, que ta générosité va nous ouvrir à moi et à ma famille des perspectives que nous n'aurions pu envisager sans cela. Et c'est déjà énorme.

A sa grande surprise, elle se hissa sur la pointe des pieds, enroula un bras autour de son cou et l'embrassa. Le bras de Marek vint encercler sa taille et il lui rendit son baiser en l'attirant plus étroitement contre lui. Si elle avait provoqué cette étreinte c'était lui qui, à présent, dominait la situation. Lorsqu'il la souleva de terre pour l'emporter dans sa chambre, elle comprit qu'ils se préparaient à vivre une véritable nuit de noces. Cette idée la terrifia autant qu'elle l'attirait.

— Marek, attends…, dit-elle dans un souffle.

— C'est toi qui as commencé, souligna-t-il d'une voix rauque de désir.

Pourtant, il obéit, la reposa à terre et s'écarta d'elle sans faire le moindre commentaire.

— Ne nous laissons pas emporter par des émotions qui ne pourraient que nous compliquer la vie…, commença-t-elle pour se justifier.

— Il est inutile de se voiler la face, Camille, rétorqua-t-il. Les complications ont commencé avec ce mariage, et tu ne l'ignores pas. En plus, comment veux-tu que je tienne le coup face à une femme aussi irrésistiblement attirante que toi ? ajouta-t-il d'un ton plus léger.

— Je n'oublierai jamais cette journée, affirma-t-elle. Bien sûr, elle n'est pas ce qu'elle devrait être mais, compte tenu des circonstances, pour un mariage arrangé, c'était une très belle journée.

— Tu as raison. C'était une journée merveilleuse.

— Ça va aller ?

— Je ne sais pas encore, répondit-il. Mais si tu veux me suivre dans ma chambre pour t'en assurer..., ajouta-t-il pour la taquiner.

Elle éclata de ce rire cristallin qu'il aimait tant.

— Bien essayé mais ce ne sera pas pour cette nuit. Tu vas voir, tu vas dormir comme un bébé et te réveiller en pleine forme pour aller nager demain matin.

— D'accord. Veux-tu que je vienne te chercher dans ton lit ?

— N'insiste pas, Marek. D'ailleurs, j'ai l'habitude de me lever tôt. Ceci dit, si tu ne veux pas m'accompagner, j'irai seule.

— Et ne pas te voir dans ton sublime maillot de bain ? Il n'en est pas question !

— Bonne nuit, Marek, dit-elle en lui souriant.

Sans qu'elle s'y attende il la plaqua contre lui et l'embrassa avec fougue avant de la relâcher tout aussi brusquement.

— Tu verras, un soir c'est toi qui me demanderas de rester.

— Nous verrons bien, répondit-elle évasivement.

Il ne chercha pas à argumenter. Sans un mot, il lui tourna le dos et s'éloigna.

Elle referma la porte derrière elle, songeuse. Si elle n'était pas encore amoureuse de son mari, elle n'en était pas loin. Elle alla enfiler sa chemise de nuit mais, incapable de dormir, sortit prendre l'air sur la terrasse de sa chambre. Désormais elle était Mme Rangel. Mme Marek Rangel. Et elle passait sa nuit de noces seule. Comme tout cela était loin de ce qu'elle avait imaginé, lorsque jeune fille, elle rêvait au prince charmant ! Les choses auraient pu être différentes, elle le savait. Mais céder à Marek ne ferait que compliquer une situation qui n'était déjà pas facile.

— Ça marchera, articula-t-elle à voix haute comme pour mieux s'en persuader.

Elle repensa aux baisers qu'ils avaient échangés et qui, chaque fois, gagnaient en intensité. Elle se revit danser avec lui, puis dans ses bras alors qu'il lui faisait franchir le seuil de la maison. Il ne ratait pas une occasion de l'étonner et elle s'en félicitait.

Ce ne fut qu'à une heure tardive de la nuit qu'elle gagna son lit et finit par sombrer dans un profond sommeil libérateur.

Ils passèrent les deux jours suivants à nager, à découvrir les bons petits restaurants du coin, à danser, mais surtout à chercher à mieux se connaître. Cependant, malgré leurs efforts, des moments de tension persistaient qu'ils avaient le plus grand mal à dissiper.

Le dernier soir, ils allèrent dîner dans un restaurant typique puis se rendirent dans un bar que fréquentaient les autochtones. Ils se frayèrent tant bien que mal un chemin parmi la foule compacte pour aller rejoindre sur la piste les quelques téméraires qui s'essayaient au limbo. Gagné par la frénésie ambiante, soutenu autant qu'acclamé par les clients qui avaient fait cercle autour de la piste, Marek fit de son mieux pour rivaliser de souplesse avec les locaux. Au troisième essai, soutenu par Camille qui l'encourageait, il s'en sortit avec les honneurs, sous les applaudissements de l'assemblée en délire.

En sueur, un sourire radieux éclairant son visage cramoisi, il alla enlacer Camille.

— Tu m'avais caché tes talents d'acrobate, cria-t-elle pour se faire entendre.

Il lui répondit d'un sourire en même temps qu'il l'entraînait vers le bar où le serveur le félicita avant de leur offrir la consommation de leur choix.

Quelques minutes plus tard, ayant récupéré son souffle, il entraîna Camille dans une samba qu'ils dansèrent en parfaite harmonie, comme s'ils avaient fait cela toute leur vie. Chaque pas esquissé, chaque mouvement de hanche de Camille allumait en lui le feu de la passion. Il brûlait de se retrouver seul avec elle, de la prendre, de la posséder.

Les autres danseurs ne furent pas longs à s'écarter pour laisser le couple danser plus librement. Ils marquèrent la dernière note, essoufflés mais heureux, sous les vivats de la foule enthousiaste.

Marek attira Camille à lui pour lui murmurer à l'oreille :

— Montrons-leur encore un peu de quoi nous sommes capables.

Joignant le geste à la parole, il l'embrassa longuement tandis qu'elle nouait ses bras autour de son cou.

Après avoir salué leur public, ils quittèrent la piste sous les applaudissements et les sifflements qui avaient redoublé d'intensité.

Hors d'haleine, en nage, Camille entortilla d'une main son opulente chevelure.

— J'ai trop chaud, dit-elle en riant.

Marek la prit par la main et l'entraîna dehors. Après s'être assuré qu'il n'y avait pas de témoin gênant, il l'attira tout contre lui dans le but évident de l'embrasser une nouvelle fois. Elle ne chercha pas à lui échapper, bien au contraire. Elle se serra plus étroitement contre sa chemise trempée de sueur et laissa ses mains viriles se plaquer sur ses fesses rebondies. Malgré ses craintes, elle s'abandonna entre ses bras et répondit à ses baisers passionnés, ne faisant qu'exacerber en elle un désir déjà intense. Lorsqu'elle sentit sur son ventre son sexe se gonfler de désir pour elle, elle comprit qu'elle ne saurait lui résister bien longtemps. Et tant pis s'il ne lui donnait que son corps et pas davantage !

La main de Marek glissa le long de sa gorge puis un peu plus bas à la naissance de ses seins qu'il entreprit de caresser. C'est alors qu'elle referma sa main sur son poignet pour l'empêcher d'aller plus loin.

— Marek, dit-elle le souffle court, nous sommes dans un lieu public

— Il n'y a personne, répondit-il d'une voix saccadée tout en effleurant de sa bouche fébrile la peau nue de son décolleté.

Reprenant ses esprits, elle le repoussa d'un geste à la fois doux mais ferme puis réajusta sa robe.

— Ce n'est pas une bonne idée, Marek. Nous ferions mieux de retourner danser ou de rentrer à la villa.

Marek la contempla longuement sans rien dire puis finit par opiner d'un hochement de tête.

— Eh bien, choisis. Que préfères-tu ?

— J'aimerais rentrer et faire une promenade sur la plage pour profiter encore de notre dernière nuit.

— La dernière nuit de notre lune de miel, murmura-t-il. Le rêve pourrait devenir réalité, Camille, ajouta-t-il d'une voix rauque.

— Ce ne serait pas de l'amour entre nous, et tu le sais. Tu as soutenu toi-même qu'avec moi ce serait purement physique.

— Je m'en souviens en effet. N'attends pas de moi des choses que je ne pourrai pas te donner, Camille. Même si, au cours de ces derniers jours et grâce à toi, j'ai réalisé que la vie valait la peine d'être vécue.

— Cela me remplit de joie. Mais l'idée de coucher avec un homme qui n'éprouve aucun sentiment à mon égard m'est franchement insupportable.

— Je n'éprouve peut-être pas d'amour pour toi mais beaucoup de tendresse et d'affection. Et je te fais le serment de toujours me montrer attentif et de ne jamais heurter ta sensibilité.

Comme pour preuve de ce qu'il avançait, il se pencha vers elle pour l'embrasser de nouveau, au moment où trois gaillards, sortis de l'établissement en braillant, les dépassèrent bruyamment.

— Je te l'accorde, l'endroit n'est pas très propice à un rapprochement.

Elle le vit tapoter les touches de son Smartphone tandis qu'ils se dirigeaient vers la voiture.

— Je me suis beaucoup amusée, dit-elle sans faire de commentaire. J'ai trouvé en toi le cavalier idéal.

— Je parie que tous ces gens qui nous regardaient s'imaginaient que nous avons l'habitude de danser ensemble. Honnêtement j'ai été très surpris de voir à quel point nous étions en osmose.

— En ce qui me concerne, je n'ai aucun mérite. J'ai des années de danse derrière moi. Mais toi, tu m'as vraiment épatée ! Si nous revenons un jour par ici, j'aimerais bien renouveler l'expérience.

— Voilà qui me plaît, souligna-t-il. *Si nous revenons un jour par ici*... C'est de bon augure, non ?

Elle feignit de ne pas avoir entendu pour donner le signal du départ.

— Allons-y.

Dès qu'ils eurent regagné la villa, ils sortirent se promener sur la plage, comme elle en avait exprimé le désir. Au bout de quelques minutes, elle ôta ses chaussures, heureuse de sentir le sable humide crisser sous ses pieds nus.

— Ces quelques jours ont été merveilleux. Merci de m'avoir emmenée jusqu'ici et de m'avoir permis de réaliser un vieux rêve, dit-elle, émue.

— Je suis très heureux que cela t'ait plu. Très heureux aussi que tu aies vécu cette première expérience avec moi. Demain, nous rentrerons à la maison et la semaine prochaine nous rallierons le ranch de façon à effectuer les modifications auxquelles tu as pensé.

— Je crois que je vais reporter de quelques jours

mon installation au ranch, lui annonça-t-elle. Le temps file à toute allure et il faut absolument que je reprenne mes répétitions. Tu sais, dans les jours à venir, je vais être très occupée par la préparation de ma tournée.

— Je comprends. Et ne t'inquiète pas, je ne te dérangerai pas.

Il avait prononcé ces paroles d'un ton si dépité… Accepterait-il en fin de compte les obligations qu'exigeait sa carrière ? Evidemment, Marek Rangel n'avait pas pour habitude qu'on lui refuse quoi que ce soit !

— Stéphanie m'a avoué ne pas être du tout intéressée par la perspective de s'installer au ranch. A vrai dire, elle se réjouit plutôt de retourner à Saint-Louis où elle a l'intention de s'établir à son compte. Malheureusement pour moi, je vais devoir embaucher un nouveau manager. Quant à Ashley, je te rappelle qu'elle sera sur le point de se rendre à Saint-Louis lorsque nous serons de retour à Dallas. Aucune de mes deux sœurs n'étant disponible, je vais devoir m'occuper moi-même de Noah.

— Ginny et moi pourrons te donner un coup de main.

— Dans un premier temps, je préférerais Ginny si tu n'y vois pas d'inconvénient. Elle a l'habitude de s'occuper d'enfants, pas toi.

Après leur promenade, ils s'installèrent dans la véranda où ils sirotèrent du thé glacé tout en bavardant gaiement de choses et d'autres.

— Nous devrions aller nous coucher, suggéra

Camille. Je te rappelle que nous devons nous lever à 3 heures du matin pour prendre notre avion.

— Il me suffit d'un coup de fil au pilote pour modifier notre horaire de vol.

A l'idée de la semaine chargée qui l'attendait, Camille déclina sa proposition.

— C'est tentant, mais nous devons vraiment rentrer. Chacun de nous doit reprendre ses activités.

Comme tous les soirs depuis qu'ils étaient là, Marek la raccompagna jusqu'à la porte de sa chambre. Et comme tous les soirs, elle se laissa prendre à la séduction innée qui émanait de lui et qu'accentuaient sa chemise à demi déboutonnée et ses cheveux emmêlés.

— Cette soirée a vraiment été le point d'orgue de notre séjour et je t'en remercie, dit-il.

— Le plaisir est partagé, répondit-elle avec un tendre sourire. Bonne nuit.

Incapable de résister, elle se hissa sur la pointe des pieds pour déposer sur ses lèvres un baiser léger qu'il prit un malin plaisir à prolonger.

— Un jour, Camille, tu ne te refuseras plus.

— Je suppose que tu as raison, répondit-elle dans un murmure. Mais ce ne sera pas ce soir.

Une fois seule dans sa chambre elle effleura du doigt ses lèvres rouges et gonflées puis tendit devant elle sa main gauche ornée de sa bague de fiançailles et de son alliance.

« Je veux tout, Marek. Je te veux toi, mais je veux aussi ton amour, afin que cet anneau prenne tout son sens. »

Mais serait-il capable d'aimer de nouveau un

jour ? Si des changements indéniables s'étaient opérés en lui, cela ne signifiait pas pour autant qu'il allait s'ouvrir à l'amour. Et si c'était le cas ? Serait-elle capable, de son côté, de renoncer à une carrière qui était toute sa vie ? Serait-elle capable de sacrifier tout ce qu'elle avait accompli jusque-là ?

- 7 -

Le voyage de retour parut très court à Camille mais lorsqu'elle vit son fils lui tendre les bras et battre l'air de ses petites jambes aussitôt qu'il entendit sa voix, elle réalisa combien il lui avait manqué et son cœur bondit de joie dans sa poitrine. Elle le prit dans ses bras pour le serrer contre elle, regardant par-dessus son épaule une Ashley qui affichait un sourire bien mystérieux.

Après avoir couvert son petit garçon de baisers tendres, elle le tendit à Marek qui s'était discrètement tenu en retrait.

— Merci, Ashley.

— Ma-ma, articula soudain Noah.

Le regard éberlué de Camille alla de son fils à sa sœur qui éclata d'un rire plein de fierté.

— Eh oui ! confirma cette dernière. Noah commence à parler. Pour l'instant, son vocabulaire se résume à deux mots : comme tu viens de l'entendre « ma-ma » et « ba » pour biberon.

Camille secoua la tête, émue aux larmes.

— J'ai raté les premiers mots de mon enfant, déplora-t-elle, la mine abattue.

— Je l'ai filmé, la rassura Ashley. Je voulais te faire la surprise mais il m'a devancé. Au fait, ce soir, je vais dormir chez mon ami Patty Collins mais je rentrerai tôt demain matin pour filer vers Saint-Louis.

— Bien sûr, va vite. Nous nous verrons demain matin.

— C'est bon de vous revoir, assura Ashley. A demain. Salut, Marek.

Marek, qui n'avait d'yeux que pour Noah, interrompit ses petits gloussements et mimiques qui faisaient rire le bébé aux éclats, pour la saluer à son tour.

— Au revoir, Ashley.

Puis, lorsque Camille entreprit de défaire les bagages, il s'assit par terre pour reporter toute son attention sur son neveu et jouer avec lui. Lorsque, plus tard, elle eut pris sa douche et se fut changée pour enfiler un short et un T-shirt, elle le retrouva, installé dans un fauteuil à bascule, lisant une histoire à Noah qu'il avait confortablement calé contre lui.

— Il ne comprend pas un mot de ce que tu lui dis, affirma-t-elle en riant.

— Je ne suis pas d'accord. Regarde-le. Il est très attentif.

— Je crois surtout qu'il a très sommeil.

— Crois-moi, cet enfant a un Q.I. supérieur, soutint Marek en se rengorgeant. Et je t'affirme qu'il adore qu'on lui lise des histoires.

Comme pour lui donner raison, Noah agrippa le livre de ses menottes tout en émettant de petits couinements de joie.

— Tu vois ? insista Marek, pas peu fier. Il veut que je continue.

— Dans ce cas, je n'ai plus qu'à m'incliner et à vous laisser entre hommes. Je te laisse terminer, je reviendrai le chercher pour le coucher.

Marek reprit sa lecture sans prendre la peine de lui répondre. Avant de s'éclipser, elle resta un moment à les contempler, surprise de voir son petit garçon suspendu aux lèvres de son oncle.

Ce dernier tourna une page, l'air de rien.

— Il faut croire que je sais y faire avec les enfants, finalement, lança-t-il d'un ton désinvolte.

Elle éclata de rire en secouant la tête.

— Evidemment, il est mort de fatigue ! Je te parie que lorsque je reviendrai, dans dix minutes, il dormira à poings fermés.

— Je tiens le pari. Et comme gage, je t'imposerai de me couvrir de baisers.

— Et si c'est moi qui gagne ? demanda-t-elle, les poings sur les hanches.

— A toi de voir, répondit-il. Qu'aimerais-tu ?

Elle releva le menton, semblant réfléchir à la réponse qu'elle allait lui donner.

— Vivre dangereusement… être surprise… Je t'en dirai plus lorsque j'aurai gagné.

— O.K., dit-il en la déshabillant du regard avant de reporter son attention sur sa lecture.

Camille consulta sa montre puis s'éclipsa dans la pièce à côté pour rédiger des cartes de remerciement à l'intention des personnes leur ayant fait des cadeaux. Elle s'étonnait encore de l'efficacité avec laquelle Marek avait dirigé les travaux d'aménagement afin qu'ils puissent s'installer dans cette maison avant leur mariage. Il lui restait à s'habituer à sa nouvelle demeure, la plus luxueuse dans laquelle elle ait jamais vécu.

Dix minutes plus tard, elle retrouvait Marek qui leva sur elle un regard victorieux.

— J'ai gagné, annonça-t-il, un brin fanfaron.

En effet, à sa grande surprise, non seulement Noah ne dormait pas mais il ne manifestait pas la moindre agitation.

— Tu dois avoir un don, c'est vrai, admit-elle. Quoique… à y regarder de plus près, je vois ses petites paupières prêtes à se fermer.

— Peu importe. Il ne dort pas, j'ai donc gagné.

— Pour ton gage, tu vas devoir patienter un peu. Il faut d'abord que j'aille le coucher.

— Pas de problème. J'attendrai le temps qu'il faudra.

— Ceci dit, tu gagnes à quelques secondes près, dit-elle en pointant du menton son bébé endormi.

— A quelques secondes ou à quelques heures près, une victoire reste une victoire, riposta triomphalement Marek. J'ai gagné quand même et j'entends bien réclamer ce qui me revient de droit.

— Je ne sais pas comment tu as fait pour capter son attention aussi longtemps, reconnut Camille, les yeux toujours fixés sur Noah.

— Viens t'asseoir sur mes genoux et je te montrerai que je peux aussi capter la tienne. Je te ferai des choses qui t'endormiront comme un bébé mais plus tard. Bien plus tard.

Elle le regarda en souriant.

— Bien que cette offre soit très tentante, je vais passer mon tour.

— Tant pis pour toi ! Tu passes à côté de quelque chose que tu ne serais pas près d'oublier, tu peux me croire.

— Je ne doute pas d'avoir pour mari un homme extrêmement expérimenté, dit-elle, mi-sérieuse, mi-moqueuse. Mais il est temps que j'aille coucher cet enfant.

Mais au lieu de lui tendre Noah, Marek se leva, son précieux fardeau toujours serré contre lui.

— J'y vais, accompagne-moi.

Camille sur ses talons, il gagna la nursery qui communiquait à la fois avec sa chambre et la suite dédiée à Camille.

— Tu vois, nous formons une vraie famille, dit-il fièrement. C'est une très bonne chose pour Noah.

— Je n'en doute pas et c'est bien pour cette raison que j'ai accepté ta proposition. Mais je dois t'avouer que, même si je donne l'impression de m'être parfaitement adaptée à cette situation, il y a des moments où je me sens dépassée par les événements. Subsistent des angoisses qui, heureusement, se dissipent assez vite.

— Tant mieux, dit Marek visiblement soulagé. Et devine quoi ? Ce petit génie dit aussi pa-pa.

— Je ne te crois pas, rétorqua-t-elle, sceptique.

— Qui sait ?

Il déposa délicatement le bébé dans son berceau puis enroula un bras autour des épaules de Camille qui le regardait faire, tout attendrie. Ils restèrent ainsi quelques secondes, immobiles, silencieux, conscients de la complicité qui les liait.

— Je l'aime tant, mon petit garçon, dit-elle dans un souffle.

— Moi aussi, je l'adore. Sans doute parce qu'il me rappelle tellement Kern !

Camille effleura d'un geste débordant de tendresse les cheveux soyeux de son bébé avant de quitter la pièce, suivie de Marek.

Celui-ci attendit qu'ils aient regagné le salon pour dire d'un ton faussement léger :

— L'heure est venue de tenir tes engagements, Camille.

Sans attendre de réponse il se pencha vers elle et prit ses lèvres dans un baiser tendre qui ne demandait qu'à s'enflammer. Consentante, elle noua ses bras autour de son cou et répondit à son baiser, son cœur battant la chamade. Elle avait une conscience aiguë de ses mains qui venaient de se poser sur ses fesses puis se glissaient sous son short avant de remonter jusqu'à ses seins ronds. Lorsqu'elle les sentit s'infiltrer sous son soutien-gorge et jouer avec la pointe dressée de ses tétons elle ne put réprimer un petit gémissement de plaisir qui attisa un peu plus le désir intense qu'ils éprouvaient l'un pour l'autre.

Elle brûlait de se livrer totalement à lui, à ses baisers fous, à ses caresses, même si cet abandon risquait de la conduire à sa perte. Le plaisir l'emporta. Malgré ses craintes, elle lui ôta sa chemise et effleura de ses doigts la toison virile qui recouvrait son torse musculeux. Enhardie par le regard brûlant de désir qu'il gardait rivé sur elle, sa bouche prit le relais. Elle se mit à lécher à petits coups de langue sensuels sa peau salée, lui tirant des râles de plaisir. Elle s'ouvrait à lui, incapable de lutter plus longtemps contre ce désir violent qui l'emportait si loin de la réalité. Elle se sentit soudain à sa place ; elle était bien Mme Marek Rangel, épouse amoureuse qui n'avait aucune raison de se soustraire au désir légitime de son mari.

Pourtant, la réalité et son cortège de frustrations la rattrapèrent une fois de plus. C'est pourquoi, tandis qu'il s'affairait à descendre la fermeture Eclair de son short, elle le repoussa une fois encore. Elle ne voulait pas d'un amour unilatéral qui ne pourrait que la faire souffrir.

— Marek…, murmura-t-elle.

Il leva sur elle son regard voilé de désir et la considéra un instant sans comprendre.

— J'ai peur, avoua-t-elle sans pouvoir soutenir son regard. J'ai peur de souffrir.

— Je te respecte trop Camille pour aller à l'encontre de tes désirs. Quelles que soient tes raisons, je ne chercherai pas à les combattre. Je t'ai fait la promesse de ne jamais heurter ta sensibilité et je ne faillirai pas à cette promesse.

Elle ferma les yeux, reconnaissante. Sa conduite irréprochable le lui rendait chaque jour un peu plus précieux et de ce fait, elle devenait plus amoureuse. Pourtant, elle le savait, aussi amoureuse soit-elle, elle ne parviendrait pas à percer la gangue de glace qui enveloppait son cœur et le lui rendait inaccessible.

— Ne t'inquiète pas, dit-il pour alléger l'atmosphère. Même si nous restons chastes, le principal est que nous nous entendons bien. Cette complicité qui est en train de nous lier à jamais est bien plus importante à mes yeux qu'une partie de jambes en l'air. T'avoir à mes côtés m'aide beaucoup plus que tu ne peux imaginer.

L'espace d'un instant, elle ne sut quoi dire tant ses paroles la touchaient profondément, même si cela confirmait le fait que son amour ne serait jamais payé en retour.

— Merci, finit-elle par articuler. Je suis heureuse de pouvoir t'aider, d'une façon ou d'une autre. Je sais que ce n'est pas facile pour toi non plus. Ce mariage qui n'en est pas un, Noah qui n'est pas vraiment ton fils… J'imagine que ce n'est pas ce que tu attendais de la vie.

En guise de réponse il exhala un profond soupir qui confirma ses dires.

Ce silence lourd de sens la fit brutalement revenir sur terre. Elle se dégagea de son étreinte et lui tourna pudiquement le dos pour réajuster son soutien-gorge.

— J'ai peur de tomber amoureuse, Marek, avoua-t-elle dans un souffle.

Touché par tant de spontanéité, il l'enveloppa tendrement de ses bras.

— Cela n'arrivera pas, affirma-t-il d'une voix qui se voulait forte. Nous traversons tous les deux une période un peu difficile qui nous rend vulnérables et si nous sommes à ce point attirés l'un vers l'autre c'est parce que nous n'avons pas fait l'amour depuis un bon bout de temps. Mais crois-moi, une fois que tu seras prise dans le tourbillon de ta carrière tu ne penseras même plus à moi.

Il n'eut aucune conscience du mal qu'il lui faisait en prononçant ces mots. Et tant mieux, songea-t-elle au bord des larmes.

— Prends garde Marek, dit-elle d'un ton léger destiné à donner le change. La passion qui nous emporte pourrait bien se transformer un jour en amour. Et s'il est vrai que viendra le moment où je ne pourrai plus te résister, il est vrai aussi que tu prends le risque de tomber amoureux de moi.

— Veux-tu que nous nous asseyions pour discuter un peu de la vie qui t'attend au ranch ? proposa-t-il, feignant de ne pas avoir entendu. Cela risque de ne pas être facile pour toi de passer ainsi de la vie trépidante des grandes villes à celle, plus calme, du monde rural, ajouta-t-il une fois qu'ils se furent installés dans l'un des canapés moelleux du salon.

— Je m'attends à une différence significative, en effet. Non seulement pour moi mais aussi pour Ashley.

— Compte-t-elle reprendre ses études à la rentrée prochaine ?

— Compte tenu des changements énormes qui sont intervenus dans nos vies, elle a accepté de ne réintégrer la fac qu'au deuxième semestre pour pouvoir s'occuper encore de Noah.

— Bien. Au fait je ne t'ai pas demandé, comment as-tu choisi ce prénom ?

— C'était le prénom de mon père qui lui-même le tenait de son père, expliqua-t-elle.

— Je suis heureux que tu aies accepté d'ajouter le nom de Rangel à celui d'Avanole. Je sais que, de là où il se trouve, Kern est fier que son fils porte son nom. Tu verras, avec moi vous aurez une belle vie. Noah deviendra un parfait petit cow-boy et toi tu t'adapteras très bien à la vie du ranch, cela ne fait pas l'ombre d'un doute, assura-t-il avec un sourire rassurant.

Elle l'écouta parler d'une oreille distraite, ses pensées dérivant sans cesse vers les baisers échangés, vers leurs étreintes passionnées. Dans ses rêves les plus fous, elle n'avait jamais imaginé vivre un jour de telles conditions : un mariage arrangé, une nuit de noces chaste, un mari qui ne l'aimait pas d'amour. Sans compter cette attirance irrésistible qui ne faisait que lui rendre un peu plus inconfortable une situation déjà difficile.

Il était 2 heures lorsqu'elle décida de mettre un terme à cette folle nuit.

— Il est tard, Marek. Je vais me coucher.

Il lui emboîta le pas pour la raccompagner jusque devant sa porte. Mais cette fois, il ne chercha pas à allumer la flamme du désir. Il se contenta de déposer un chaste baiser sur la joue qu'elle lui tendait.

Marek regagna sa chambre, l'esprit en ébullition. Derrière ses airs désinvoltes et sa façon légère d'aborder le sujet, Camille était bel et bien sur le point de tomber amoureuse, si ça n'était déjà le cas.

Sachant cela, la meilleure chose à faire serait de garder ses distances mais il en était incapable. Sevré d'amour physique depuis trop longtemps, il lui était tout simplement impossible de résister au charme irrésistible d'une aussi jolie femme. *Sa* femme. Ce petit mot tourna en boucle dans sa tête sans qu'il puisse l'en écarter. Que de changements depuis que Camille avait fait irruption dans sa vie ! Si pleine de vie, de passion, d'énergie, elle avait réussi en peu de temps à l'éloigner de ses souffrances. Et même si le mal subsistait, il n'en restait pas moins qu'il s'allégeait à son contact.

Il se frotta la nuque, se demandant avec une pointe de curiosité où ils en seraient à un an de là. Des images affluèrent de nouveau comme pour illustrer ses pensées. Il revit Camille dans ses bras, Camille dansant la samba, Camille entrouvrant ses lèvres pour lui rendre avec ardeur ses baisers non moins ardents.

Peut-être avait-elle raison. Peut-être tomberait-il lui aussi amoureux d'elle. Depuis à peine trois mois qu'ils se connaissaient elle avait bien réussi l'exploit de chambouler sa façon de vivre. Pourquoi ne parviendrait-elle pas à faire renaître en lui un tel sentiment ?

Il était presque honteux du désir intense qu'elle suscitait en lui tant il s'était fermé à la vie et à ses plaisirs depuis la disparition de sa fiancée. Sa joie de vivre s'était révélée communicative et s'il respectait les raisons pour lesquelles elle ne voulait pas se donner à lui, il ne désespérait pas de la séduire un jour.

Noah aussi contribuait largement à sa renaissance. Ce petit bonhomme savait se montrer si attachant ! Il était si facile ! Si plein de vie, trait de caractère hérité de sa maman. Il pria pour que Camille ne revienne pas sur sa parole et lui laisse endosser durant ses déplacements ce rôle de père qui lui tenait désormais tant à cœur.

La nuit était déjà bien avancée lorsqu'il alla enfin se coucher. Il ne dormit que quelques heures durant lesquelles ses rêves furent peuplés par des images de Camille, son doux visage, son corps voluptueux.

Lorsqu'il entra dans la cuisine au petit matin, elle s'y trouvait déjà, occupée à donner à manger à son fils pendant qu'Ashley, sur le point de partir pour Saint-Louis, lui faisait un compte rendu de la soirée passée chez son amie.

Un quart d'heure après son départ, Ginny débarquait, flanquée de ses deux filles. Bien qu'experte en la matière, elle écouta attentivement les recommandations de Camille tandis que Marek s'affairait à charger les affaires de Noah dans le coffre de sa voiture.

Devinant l'angoisse qui l'étreignait à l'idée de confier son enfant, la prunelle de ses yeux, à une quasi-inconnue, Marek l'entoura d'un bras réconfortant alors qu'ils regardaient la voiture de Ginny s'éloigner puis disparaître à l'horizon.

— Merci de lui faire confiance, dit-il dès qu'ils furent seuls. Crois-moi, tu n'as aucune raison de t'inquiéter. Avec Ginny et mes nièces, Noah est entre de bonnes mains. Toute la famille en est déjà gâteuse. Et puis, il ne sera qu'à trente minutes d'ici, si toutefois tu ne supportais plus d'être séparée de lui.

En guise de réponse elle lui adressa un sourire nerveux.

— Je ne m'inquiète pas et je regrette même

d'avoir donné des instructions à ta sœur comme je l'ai fait, à elle qui a déjà deux enfants.

— Ce que tu ressens est tout à fait légitime même si, en effet, ma sœur en connaît un rayon en matière d'éducation.

— C'est l'homme qui m'affirmait ne rien comprendre à la psychologie féminine qui me dit ça ? fit-elle, légèrement rassérénée par tant d'attention.

— Tu t'en souviens ? Nous venions juste de nous rencontrer.

— Je me souviens de chaque mot que tu as prononcé.

— Vraiment ? s'étonna Marek.

Il s'accorda quelques secondes de silence avant de demander encore :

— Tu as remarqué ?

— Remarqué quoi ? demanda-t-elle à son tour en cherchant du regard ce qui avait bien pu lui échapper. Tu as une nouvelle coupe de cheveux ?

— Nous sommes seuls. Il me tardait tant que ce moment arrive ! Et sais-tu pourquoi ?

— Je crois lire la réponse dans ton regard mais je te le demande : pourquoi ?

— Pour pouvoir t'enlacer et t'embrasser comme j'en ai envie, répondit-il en joignant le geste à la parole.

Elle ne lui opposa aucune résistance. Au contraire même, elle se serra plus étroitement contre lui jusqu'à sentir les battements désordonnés de son cœur.

— J'ai envie de toi, Camille, murmura-t-il contre sa bouche.

- 8 -

La langue de Marek s'enroula autour de la sienne, allumant en elle la flamme d'un désir qu'elle avait de plus en plus de peine à contenir. Certes, Marek ne l'aimait pas et lui avait soutenu qu'il n'aimerait plus mais elle se raccrochait aux petits changements qu'elle avait notés chez lui. Et s'il n'en était pas conscient, il était indéniable qu'il avait fait du chemin depuis leur première soirée passée sagement ensemble.

Elle s'écarta légèrement de lui et prit tendrement son visage dans ses mains.

— Quoi ? demanda-t-il, sourcils froncés.

— Je te l'ai déjà dit, Marek, dit-elle avec gravité. Mais je vais te le répéter : si tu n'y prends garde, tu risques de tomber amoureux. Je t'aurais prévenu.

Son regard se fit dur tandis qu'il lançait, avec un brin de raideur :

— Moi aussi je t'ai prévenue : il n'y a aucune chance que je…

Elle couvrit sa bouche d'un baiser pour le faire taire puis mordilla sa lèvre inférieure avant de la lécher du bout de la langue. Lorsqu'elle sentit son sexe se durcir contre elle, elle se laissa glisser lentement, ondulante, le long de son corps.

Ivre de volupté, Marek retira sa chemise d'un geste fébrile et l'envoya valser à l'autre bout de la pièce. Aucun de ses muscles n'échappait aux doigts experts de Camille qui en dessinaient chacun des contours, modelant le moindre relief, s'attardant délicieusement sur sa peau. Elle fit courir ses doigts entre ses cuisses et pressa son membre dur auquel elle imprima un mouvement de va-et-vient qui lui tira des râles de plaisir. Enhardi par ce qu'il considérait comme un signal de consentement, il glissa ses mains sous son T-shirt et se mit à caresser ses seins aux pointes dressées par le désir par-dessus la dentelle fine de son soutien-gorge. Elle aurait voulu lui hurler d'arracher ce rempart de tissu qui l'empêchait de sentir pleinement le contact de ses caresses chaudes et sensuelles sur sa peau.

— Marek…, ne put-elle que murmurer sous cette délicieuse torture qu'il lui infligeait.

Il inspira profondément puis la força à le regarder droit dans les yeux tandis qu'il dénouait le ruban qui retenait la masse opulente de sa chevelure. Ses boucles dorées qui se répandirent telle une cascade sur ses épaules rondes le rendirent fou de désir.

— Tu es si belle…, lui murmura-t-il à l'oreille.

— Marek…, supplia-t-elle avant de s'agripper à ses épaules comme une naufragée.

Feignant de ne pas avoir entendu, il se pencha sur ses seins ronds et de sa langue en agaça le bout dressé. Une vague de plaisir indicible déferla, la submergeant tout entière.

— Oh oui… caresse-moi, Marek.

En guise de réponse, sa bouche remonta sur sa

gorge puis jusqu'au lobe velouté de son oreille. Ivre de désir, elle encadra son visage de ses deux mains avant de les plonger dans sa tignasse drue. Elle se plaqua contre lui jusqu'à ne plus laisser un centimètre d'espace entre eux. Le désir de Marek arrivant à son paroxysme, il s'écarta légèrement pour défaire la boucle de sa ceinture d'une main fébrile, l'invitant tacitement à se déshabiller. Forte du pouvoir qu'elle avait sur lui, elle plongea son regard dans le sien et fit glisser son short le long de ses jambes avant de faire de même avec sa culotte en dentelle.

La sentir nue contre lui décupla son désir. Ses mains étaient partout sur elle, ne négligeant aucune parcelle de son corps. Lorsqu'elles se glissèrent entre ses cuisses pour s'attarder sur sa toison humide, elle laissa échapper un cri rauque semblable à celui d'un animal blessé. Elle s'agrippa à lui et s'ouvrit un peu plus, lui donnant libre accès à ce corps qui s'était tant de fois dérobé à lui.

— Marek, attends…, dit-elle dans un souffle.

Frémissante de désir, elle se mit à genoux devant lui et prit son sexe dur dans sa bouche tandis que, le souffle court, il plongeait les mains dans sa chevelure opulente. Elle le voulait tout à elle, de toutes les fibres de son corps. Si elle ne pouvait toucher son cœur, du moins le pousserait-elle à ne plus pouvoir se passer de son corps.

Lorsqu'elle se releva, elle le regarda avec un air de défiance.

— Un jour, tu m'aimeras, prédit-elle d'une voix ensorceleuse.

— Je prends le risque, murmura-t-il en retour.

Sous le feu de la passion, elle se plaqua contre lui, ondulante, exigeante, lui signifiant qu'elle était prête à le recevoir en elle.

Marek la souleva de terre et la transporta jusqu'au lit sans cesser de la couvrir de baisers passionnés. Elle rendait baiser pour baiser, caresse pour caresse, brûlant de lui faire atteindre le même degré de plaisir paroxysmique qu'elle. Il s'allongea sur elle et prit un de ses seins dans sa bouche, en agaçant la pointe de la langue, tandis que ses doigts fouillaient les replis de son intimité humide.

— Marek… murmura-t-elle d'une voix suppliante, prends-moi. Je te veux.

Parvenue au comble de l'excitation, elle s'arc-bouta pour lui permettre de s'enfoncer en elle jusqu'à la posséder entièrement.

— Moi aussi, je te veux, lui susurra-t-il à l'oreille.

Il plaça alors ses jambes de part et d'autre de ses épaules et s'enfonça profondément en elle d'un coup de reins, lui arrachant un cri de plaisir.

— Je veux t'aimer comme on ne t'a jamais aimée.

— Je te veux déjà de tout mon corps, de toute mon âme.

Leurs deux corps se mouvaient ensemble, dans une parfaite harmonie qui leur donnait l'illusion qu'ils se connaissaient depuis toujours.

En cet instant magique, leurs regards s'accrochèrent sans pouvoir se lâcher. Et c'est ainsi, les yeux dans les yeux, en criant leurs noms, qu'ils surfèrent ensemble sur les crêtes d'un orgasme indicible.

— Tu es mon mari, tu m'appartiens, murmura-t-elle comme pour elle-même, certaine qu'il ne l'entendrait pas.

— Oh, Camille, je n'aurais jamais cru que ce serait si bon, dit-il en exhalant un profond soupir. Tu m'as donné un avant-goût de ce qu'est le paradis.

Elle se gargarisa de ces mots précieux, de cet instant de totale plénitude. Si seulement il pensait vraiment ce qu'il disait !

— Marek Rangel, vous êtes très beau. Et incroyablement sexy avec cela.

Il répondit à son compliment par un sourire avant de piqueter son visage et sa gorge de baisers légers.

— Je voudrais te garder dans mes bras toute la nuit.

— Tu sais ce que tu risques…

— Non, je n'en ai pas la moindre idée, rétorqua-t-il avec malice. Mais je veux bien tenter le coup, nous verrons bien.

Dans un geste infiniment tendre, elle caressa du bout des doigts sa joue rendue légèrement rugueuse par une barbe naissante. Il se laissa rouler sur le côté, l'entraînant avec lui de sorte qu'ils se retrouvèrent face à face.

— Ce mariage commence plutôt bien. Qu'en dis-tu ?

— Merveilleusement bien, tu veux dire, corrigea-t-elle. Nous venons de franchir cet obstacle haut la main ; Noah a un papa dont je suis sûre qu'il n'aura pas à se plaindre, notre famille s'est bien agrandie. Et plus tard, lorsqu'il sera en âge de jouer, notre fils sera ravi d'avoir plein de cousins et de cousines.

— Les filles de Ginny sont déjà béates devant lui.

Elle soupira d'aise, laissant vagabonder ses pensées, un sourire aux lèvres.

— T'ai-je déjà dit que c'était *La Traviata* que j'allais chanter ici à Dallas, en juin ? J'interpréterai le rôle de Violetta. J'aimerais beaucoup que tu viennes assister à la générale.

— J'en serais ravi, et flatté, dit-il.

— Il faudra que tu te montres honnête. Je comprendrais parfaitement que, après cette première représentation, tu n'aies pas envie de renouveler l'expérience. Je ne me froisserai pas et au moins, je ne t'embêterai plus avec ça.

— Je suis sûr que je vais adorer te regarder chanter, assura-t-il en lui souriant.

— Ne t'avance pas trop, tu n'en sais rien. Ce genre de spectacle, je te l'ai dit, on aime ou on déteste.

— Eh bien, disons que mon sixième sens me souffle que je vais adorer. Et après, tu comptes rentrer à la maison ?

— Bien sûr. Il est fort possible qu'une soirée soit organisée mais je tiens à ce que tu sois à mes côtés.

— Je suis tellement heureux, Camille ! Il me tardait vraiment que nous nous retrouvions en tête à tête. J'ai bien cru que ce moment n'arriverait jamais.

— En tout cas, tu n'as pas perdu de temps, remarqua-t-elle en riant.

— Si tu savais le nombre de fois où je nous ai imaginés en train de faire l'amour. C'était devenu obsessionnel. (Il laissa passer quelques secondes de silence avant de lui demander :) Veux-tu que nous allions prendre une douche ou préfères-tu que nous allions nous détendre dans le Jacuzzi ?

— J'avoue que le Jacuzzi me tente assez.

Il se leva le premier et l'emporta dans ses bras aussi aisément que si elle avait été une plume. Ils restèrent un long moment dans les remous à rire et à discuter avant que le feu de la passion ne s'éveille de nouveau et que, portés par l'urgence de leur désir, ils ne regagnent leur lit. Ils s'aimèrent inlassablement jusqu'aux premières lueurs du jour, jusqu'à l'épuisement.

— Si nous partagions la même chambre, finalement ? demanda-t-il, l'air de rien. Après tout, nous sommes mari et femme. Quoi de plus normal ?

Son cœur se mit à battre plus fort. Elle ne s'était pas attendue à une telle demande. Devait-elle y voir le signe qu'il avait franchi une étape ? Qu'elle pouvait espérer le voir l'aimer un jour ?

Face à son silence il se fit plus insistant.

— J'aime t'avoir dans mes bras, dans mon lit. Par ailleurs, nous vivons une entente physique rare. J'adore faire l'amour avec toi et j'ose croire que c'est réciproque. Alors, pourquoi ne pas dormir dans le même lit de façon permanente ? Il n'y aurait rien d'incongru à cela, si ?

Elle se retrouva en proie à un flot de sentiments contradictoires. Si elle l'acceptait, cette invitation à partager son intimité allait marquer un tournant dans leur vie de couple. Qu'en serait-il alors de son indépendance, de sa carrière ? Marek ne verrait-il pas là une occasion de prendre part à des décisions qu'elle avait l'habitude de prendre seule ?

Pourtant, malgré ses réticences, elle était tentée d'accepter. Plus ils passeraient de temps ensemble, plus elle aurait de chances de gagner son cœur. Mais serait-elle alors capable de concilier sa vie privée et sa vie professionnelle ?

Elle décida de laisser ces interrogations en suspens pour suivre ce que lui dictait son cœur et non la raison.

Blottie dans ses bras, elle se fit câline avant de répondre avec un sourire enjôleur :

— En tant qu'épouse, j'accepte de partager votre chambre, monsieur mon mari.

Elle vit passer dans son regard quelque chose qu'elle ne parvint pas à identifier mais qui suffit à allumer en elle une lueur d'espoir.

Après l'amour qu'ils firent inlassablement, ils restèrent un long moment l'un contre l'autre, leurs sens momentanément apaisés.

— Quand pouvons-nous commencer à partager la même chambre ? Aujourd'hui ?

Sa voix contenait tant de fébrilité qu'elle éclata de rire. Il était comme un enfant !

— Disons que je vais rester dormir avec toi cette nuit mais que la chose ne sera établie que lorsque j'emménagerai au ranch.

— Comme tu voudras, concéda-t-il, dépité. Tu verras, ce sera beaucoup mieux.

— Je n'ai rien dit qui puisse laisser penser le contraire, il me semble.

— Décidément, nous sommes toujours sur la même longueur d'ondes. Noah va adorer.

— Noah se ficherait bien que nous campions chacun dans une des ailes opposées de ton ranch. Je te rappelle que ce n'est encore qu'un bébé.

Cette évidence amena un sourire amusé sur les lèvres de Marek.

— Il n'empêche qu'il va être ravi de nous voir vivre tous les trois sous le même toit, contra-t-il. C'est peut-être un bébé mais il va être sensible au fait que nous vivons en parfaite harmonie. Comme une vraie famille.

— Sur ce point, je te rejoins.

D'un geste tendre, elle écarta une mèche de cheveux qui retombait sur son visage.

— Tu as l'air surpris, ajouta-t-elle.

— C'est parce que je m'étonne un peu plus chaque jour de ce que ce mariage m'apporte. Je ne pensais pas y trouver autant de joies et de bonheurs simples.

— Il faut dire que rien n'était gagné d'avance. Mais, en effet, les choses se présentent plutôt bien.

Il posa sur elle un regard perçant en même temps que son expression changeait. Il se pencha vers elle et prit ses lèvres dans un baiser ardent qui ralluma instantanément en chacun d'eux la flamme du désir.

Durant les jours qui suivirent ils vécurent reclus dans leur chambre, passant leur temps à faire l'amour. Ils ne reprirent contact avec la réalité que lorsqu'ils reçurent un coup de fil de Ginny leur annonçant que tout se passait bien, si bien même qu'elle proposait de garder Noah un peu plus longtemps. A la grande surprise de Marek, Camille accepta.

— Merci, dit-il une fois que les deux femmes eurent raccroché. Tu lui fais là le plus beau des cadeaux. Ils l'adorent et se réjouissent tant de l'avoir chez eux ! Je te remercie d'autant plus que je sais à quel point c'est un arrache-cœur pour toi d'être séparée de ton fils.

— Il faut bien que je m'habitue. Et puis, c'est une bonne chose pour lui de s'éloigner des jupes de sa mère et de s'habituer à sa nouvelle famille.

Rassurés, confiants en l'avenir, ils échangèrent un baiser et cédant à un désir impérieux, ils se laissèrent de nouveau emporter dans un tourbillon de plaisirs.

Il était tard lorsque le lendemain matin Marek quitta leur lit bien à regret.

— Reste là, intima-t-il à Camille. Je reviens tout de suite. Il faut que nous parlions.

Elle le regarda sortir de la pièce, intriguée.

Quelques minutes plus tard il était de retour, des papiers coincés sous le bras et dans les mains un plateau chargé de jus de fruits et d'une cafetière fumante.

— Marek, dit-elle en riant, il est presque midi ! L'heure du petit déjeuner est passée depuis longtemps.

— Ce n'est pas vraiment un petit déjeuner. Juste un peu de café pour nous réveiller tout à fait.

Il cala le plateau en équilibre au milieu du lit et s'assit à côté d'elle. Au comble de la curiosité, elle attendit une explication qui tardait à venir.

— Alors, qu'avons-nous de si important à traiter qui ne puisse attendre ? finit-elle par demander.

— Il faut que nous fassions renforcer le dispositif de sécurité du ranch afin que Noah ne coure aucun danger, répondit-il avec un sérieux qui la fit rire.

— Je te rappelle qu'il ne marche pas encore.

— Justement. C'est le bon moment ; après ce sera trop tard. J'aimerais que tu jettes un coup d'œil sur ces projets pour voir si je n'ai rien oublié. Il faut absolument que nous sécurisions avec des grilles amovibles tous les escaliers de la maison ainsi que quelques-unes des portes. Et puis, je voudrais faire installer une aire de jeux avec un toboggan et une balançoire.

— Marek, nous pouvons attendre un peu disons… jusqu'à Noël.

— Je tiens absolument à ce qu'il ait une balançoire, insista-t-il. Les enfants adorent ça.

— Il en existe pour les bébés. Montre-moi un peu ces brochures.

Ils passèrent l'heure suivante à étudier de plus près plans et brochures et à échafauder des projets de décoration et de rénovation. Lorsqu'ils eurent confronté leurs avis, Marek rassembla tous ses documents pour les poser par terre en une pile bien rangée.

— Très bien, maintenant que nous avons fait le tour de tout, je vais pouvoir ordonner le lancement des travaux. Ainsi, tout sera prêt lorsque vous emménagerez au ranch. Je vais faire tout ce qui est en mon pouvoir pour que Noah soit en sécurité et pour que vous vous plaisiez là-bas.

Elle le considéra un moment en silence, ce qui lui fit demander :

— Quoi ? J'ai oublié quelque chose ?

— Pas du tout. Non, je me disais que tu deviens un papa vraiment formidable et cela me touche énormément.

— A qui donc croyais-tu avoir affaire ? Tu pensais que les enfants ce n'était pas du tout mon genre ?

— Mais tu n'y connaissais vraiment rien en matière de bébé et en plus, Noah n'est pas véritablement ton fils.

— Aujourd'hui, Noah *est* mon fils. D'ailleurs, j'ai l'intention d'enclencher la procédure d'adoption aussi tôt que possible. J'ai déjà demandé à mon avocat de s'en occuper. Je tiens à ce que mon enfant porte légalement le nom des Rangel.

Il entoura ses épaules d'un bras protecteur et laissa passer quelques minutes de silence avant de déclarer d'un ton solennel :

— Nous formerons alors une vraie famille.

— Je n'en attendais pas moins de toi, Marek. Je connais ta générosité de cœur.

Touché par ces mots, il lui caressa tendrement la joue.

— Je suis heureux, Camille. Je n'aurais pu rêver meilleure vie.

Lorsqu'il l'embrassa, plus rien ne compta que l'amour qu'ils s'apprêtaient à faire une fois de plus.

Le lundi suivant ils se rendirent au ranch à bord du jet privé de Marek. Tout en regardant distraitement le paysage en contrebas, Camille s'émerveillait des changements qui étaient intervenus dans sa vie. Elle était plus que jamais amoureuse de Marek et l'aimait d'un amour qui allait de jour en jour crescendo. Vêtu d'une chemise western à carreaux et d'un jean retenu par un ceinturon à grosse boucle, chaussé de son éternelle paire de santiags, il incarnait plus que jamais le cow-boy tel que l'on pouvait se l'imaginer. Son monde était si éloigné du sien qu'elle eut soudain l'impression qu'il débarquait tout droit d'une autre planète.

Elle qui, toute sa vie, avait rêvé de devenir une star de la scène lyrique, voilà qu'elle suivait docilement l'homme qu'elle aimait dans ses moindres désirs. Mais Marek avait tant à donner ! Elle aurait payé cher pour pouvoir lui donner autant en retour mais encore eut-il fallu qu'elle puisse atteindre son cœur blessé.

Elle interrompit le fil de ses pensées pour contempler tendrement son fils sagement endormi dans sa nacelle. Il était si mignon ! Si facile ! Il n'y avait rien d'étonnant à ce que Marek se soit laissé prendre à ses drôles de mimiques ainsi qu'à ses grâces angéliques.

A un siège de là se trouvait la fidèle Ashley, absorbée dans la lecture de dossiers universitaires. Camille était heureuse de voir que chacun des membres de sa famille allait enfin pouvoir vivre la vie à laquelle ils aspiraient. Ashley envisageait de reprendre ses études ; sa mère allait pouvoir prendre une retraite paisible qui lui permettrait de passer plus de temps auprès de son petit-fils ; quant à Stéphanie, elle avait déjà fait l'acquisition d'un appartement à Saint-Louis et courait les magasins d'ameublement pour le décorer au mieux.

Et elle ? Quel avenir l'attendait dans ces terres reculées dont elle ne connaissait rien et qui seraient bientôt les siennes ?

Sans en prendre conscience elle posa sur Marek un regard interrogateur.

— Quoi ? demanda-t-il.

— Rien. Je me demandais à quoi tu pensais.

— A toi, mentit-il dans un sourire en repoussant au fond de sa tablette les papiers qui l'encombraient. On dirait qu'Ashley prend son inscription à cœur. Nous n'aurons pas à nous mettre en quête d'une nouvelle nounou alors ?

— Non. Elle a décidé d'elle-même de passer ses diplômes par correspondance afin de pouvoir continuer à s'occuper de Noah jusqu'à ce qu'il soit plus grand.

— J'imagine que tu dois être soulagée.

— Je ne te cache pas que cela m'enlève un sacré poids ! Ce pauvre petit chou subit suffisamment de changements comme cela ! Aussi, tant mieux si nous n'avons pas à lui imposer une étrangère à la place de sa chère nounou Ashley. Et puis, n'oublions pas que mes parents se feront une joie de venir la relayer de temps en temps.

— Les choses se présentent plutôt bien, alors,

remarqua-t-il. Il me tarde que tu voies le ranch. A mes yeux, c'est le plus bel endroit au monde. J'espère vraiment que tu t'y plairas.

— Je l'espère aussi, répondit-elle, un brin anxieuse à l'idée de découvrir cette nouvelle vie qui l'attendait.

— J'ai demandé au pilote de survoler la propriété afin que tu aies une vue d'ensemble.

— C'est trop gentil. Je vais prévenir Ashley sans quoi elle ne lèvera pas le nez de ses papiers jusqu'à ce que nous ayons atterri.

Lorsque Marek leur fit signe, elles se penchèrent pour regarder par le hublot. Ce qu'elles virent était si grandiose qu'elles ne purent retenir des cris d'admiration.

— Il y a une ville, là, dit Camille en pointant du doigt un ensemble de bâtiments.

— Ce n'est pas une ville. C'est le ranch.

— C'est gigantesque ! Et ces maisons, à côté, à qui sont-elles ?

— Ce sont des logements réservés au personnel. Jess, entre autres, vit là.

— J'étais loin d'imaginer quelque chose d'aussi démesuré. C'est aussi grand qu'une ville ! s'extasia encore Camille.

— Pas tout à fait quand même, dit Marek en souriant. C'est ma maison et je l'aime. Je suis tellement heureux de vous voir vous y installer.

— Tout cela t'appartient ? s'enquit Ashley qui, jusque-là, était restée interdite.

— Oui, répondit-il avec simplicité. Tu verras. Je suis certain que tu vas te plaire ici.

Quelques minutes plus tard ils débarquaient pour s'engouffrer dans une limousine qui attendait sur le tarmac. Ils roulèrent quelques kilomètres sur le ruban gris d'une route rectiligne qui traversait un paysage désertique ponctué çà et là de cactus et de prosopis puis franchirent les grilles de la propriété.

Camille retint son souffle à la vue de ce qui s'offrait à sa vue. La « maison », même aperçue de loin, avait des allures de palace plus que de ranch.

« Mon Dieu », ne put-elle s'empêcher de dire tout haut avant de fixer son richissime mari d'un air sceptique.

- 9 -

Avec son bâtiment central, immense, auquel venaient s'ajouter de nombreuses structures, la propriété avait bien des allures de bourg, contrairement aux dires de Marek. La maison de Dallas, par comparaison, faisait figure de modeste demeure. Ici, rien ne semblait être à l'échelle humaine.

Pour la première fois depuis longtemps, le doute s'immisça en Camille. A la tête d'une fortune aussi colossale, il ne faisait pas l'ombre d'un doute que Marek devait avoir le bras long. Il pouvait acheter n'importe qui. Même des juges, pourquoi pas ? Des juges qui pencheraient en sa faveur s'il lui prenait l'envie de demander la garde de Noah, maintenant qu'ils étaient mariés. En acceptant ce mariage elle lui avait donné plus de pouvoir encore sur son fils.

— Ne me regarde pas comme si j'étais tout à coup devenu un monstre, lui dit-il en lui prenant la main. Tu sais, malgré ce décor qui, je l'avoue, peut impressionner, je suis toujours le même ; un simple cow-boy. Et puis, tu t'habitueras vite, tu verras.

Il se pencha à son oreille pour lui susurrer d'un ton lourd de sous-entendus :

— J'y veillerai en personne.

— J'ai bien peur qu'il nous faille attendre des

heures, répondit-elle sur le même mode, ses craintes soudain envolées.

Elle baissa les yeux sur leurs doigts entrelacés. Il ne lui avait pas échappé qu'il lui manifestait de plus en plus fréquemment des gestes de tendresse comme celui-ci. Etait-ce là une preuve de l'évolution de ses sentiments à son égard ? Aujourd'hui, quelle place occupait-elle dans sa vie ? Et si jamais par bonheur Marek venait à l'aimer comme elle, elle, l'aimait déjà, serait-elle capable de concilier sa vie de femme et sa carrière ? Autant de questions restées sans réponse et de raisons de s'inquiéter.

Elle s'arracha au fil de ses pensées lorsqu'ils franchirent une seconde grille, ouvragée celle-ci, qui ne pouvait s'ouvrir qu'à l'aide d'un code secret. Moins d'une minute plus tard, ils passaient devant une pièce d'eau d'où jaillissaient un ensemble de trois jets d'eau et qui annonçait le ranch, énorme bâtisse en stuc flanquée d'un porche croulant sous des massifs de plantes fleuries.

Derrière la maison, située au nord, se trouvaient les écuries, les étables et ce qui composait les logements du personnel. Au-delà, elle retrouvait le paysage désertique qu'ils avaient traversé depuis l'aéroport.

Elle repensa à la conversation qu'elle avait eue avec Ashley quelques jours plus tôt, au cours de laquelle elle lui avait annoncé qu'elle comptait faire chambre commune avec Marek.

— C'est vraiment ce que tu veux ? lui avait demandé sa sœur.

— Oui, avait répondu Camille sans hésiter.

— Tu l'aimes, n'est-ce pas ?

— C'est si évident ?

— N'oublie pas que nous sommes très proches. Je te connais comme personne. Mais ne t'inquiète pas, cela peut échapper à quelqu'un de moins observateur que moi. Tiens, Stéphanie, par exemple, je suis certaine qu'elle ne se doute de rien.

— C'est parce qu'elle me voit moins souvent que toi.

— En fait, je m'en doutais un peu mais cela m'a sauté aux yeux à mon retour de Saint-Louis, alors que vous étiez restés seuls, en tête à tête, pendant trois jours.

— Je crois qu'en fait, je l'aimais déjà sans vouloir me l'avouer.

— Tu sais, je ne te juge pas. C'est un type bien, ce Marek. J'espère simplement qu'il ne vivra pas toute sa vie dans le souvenir de sa fiancée disparue et qu'il t'aimera un jour comme tu l'aimes.

— Oui, je l'espère. Ce serait plus facile si je pouvais contrôler mes sentiments. Malheureusement, je n'ai pas ce pouvoir.

— Essaie quand même de te protéger.

— J'ai Noah. Il est mon meilleur rempart contre la souffrance. Et puis, j'ai une carrière à mener à bien. Tu vois, j'ai largement de quoi occuper mes pensées, avait-elle affirmé sans grande conviction.

— Puisses-tu ne pas trop souffrir !

— De toute façon, ce qui est fait est fait. On ne peut pas décider d'aimer ou non, sur commande. Ce serait trop beau.

Elle revint sur terre au moment où la limousine se garait. Marek lui briserait-il le cœur un jour ?

Parvenus devant la porte d'entrée et comme il l'avait déjà fait lors de leur voyage de noces, Marek la souleva de terre pour lui faire franchir le seuil de sa maison et lui souhaiter la bienvenue. Elle soutint son regard cherchant à percer le secret de son cœur. En vain.

Ils pénétrèrent dans un large vestibule où une collection impressionnante de Stetson accrochées à des patères voisinait avec des paires de santiags, tout aussi nombreuses, soigneusement alignées sur des étagères placées en dessous.

— Viens, je vais te présenter mon personnel, à savoir mon cuisinier et mon majordome, dit-il en la reposant à terre. A cette heure, les autres employés doivent être rentrés chez eux.

Il prit Noah des bras d'Ashley et, suivi des deux femmes, pénétra dans une immense cuisine équipée d'un matériel ultra-pointu.

Un homme jovial, le ventre ceint d'un tablier blanc, les accueillit avec un grand sourire.

— Mesdames, déclara Marek, je vous présente Hector Galban. Hector, voici mon épouse, Mme Rangel et sa sœur Mlle Avanole. Et ce magnifique bébé que voilà s'appelle Noah, ajouta-t-il, plein de fierté.

Camille sourit au petit homme replet qu'elle aurait mieux imaginé travaillant dans les écuries que s'activant devant les fourneaux d'une cuisine rutilante. Après avoir échangé les formules de politesse d'usage, la petite troupe se rendit ensuite dans l'un des salons où les attendait un homme vêtu d'un pantalon noir et d'une chemise blanche impeccables.

De nouveau, Marek fit les présentations :

— Camille, Ashley, voici Cletus Byrne qui gère l'intendance de la maison et qui remplit aussi la fonction de majordome lorsque c'est nécessaire. C'est lui qui s'occupera de nos bagages. Et maintenant, si vous voulez bien me suivre, je vais vous faire visiter les lieux.

Ils empruntèrent un vaste couloir dont les murs étaient tapissés de tableaux ayant tous pour thème la conquête de l'Ouest. Au plafond une enfilade de lustres en cristal captaient les rayons du soleil qui pénétraient dans la demeure par de hautes fenêtres.

— Marek, c'est magnifique, s'extasia Camille. Pas du tout comme je l'imaginais.

— Je comprends, rétorqua Marek, un sourire amusé aux lèvres.

Il leur fit visiter une vaste chambre baignée de lumière, flanquée d'un salon et d'une salle de bains privative.

— J'ai pensé qu'Ashley et Noah pourraient s'installer là, le temps que cette pièce soit transformée en nursery. La chambre principale se trouve au bout du couloir. Ainsi, Noah ne sera jamais bien loin.

Comme tout ce que Camille avait vu jusque-là, cette partie de la maison respirait une opulence de bon goût. Elle flâna entre les meubles blancs puis poussa la porte de la salle de bains, elle aussi démesurément grande.

— C'est magnifique, répéta-t-elle, impressionnée.

Marek, cette chambre conviendra tout à fait à Noah. Il est inutile de prévoir des travaux supplémentaires.

— Il n'est pas question que Noah occupe cette chambre qui n'est pas du tout adaptée à un bébé de son âge. Restons-en à ce qui a été décidé avec le décorateur. D'ailleurs, il est prévu que les travaux de la nursery démarrent la semaine prochaine. Et maintenant, passons à la visite de notre chambre.

Forte de ce que sa sœur lui avait confié, Ashley prit Noah des bras de Marek.

— Je crois qu'il a besoin d'être changé. Allez-y, nous vous rejoindrons dès que j'aurai fini.

Marek ne se fit pas prier. Il prit Camille par le bras et tous deux se dirigèrent vers la suite en pouffant comme deux adolescents.

— Sans être devin, je crois qu'Ashley a voulu nous laisser seuls un moment, dit Camille la première.

— Je ne lui en veux pas, répliqua Marek en l'attirant à lui. Je n'en peux plus, Camille ! Il me tarde tant d'être à ce soir.

— Il va falloir prendre ton mal en patience. D'ailleurs, ça n'en sera que meilleur, répondit-elle malicieusement, le regard plein de promesses.

— Permets-moi d'en douter, dit-il d'une voix rauque en la serrant un peu plus étroitement contre lui.

— Marek…, protesta-t-elle. Ashley et Noah ne vont pas tarder à nous rejoindre. Si tu me faisais visiter ta chambre, plutôt ?

— *Notre* chambre, corrigea-t-il en dardant sur elle un regard brûlant de désir.

Lorsqu'ils parvinrent dans le salon attenant, il tenta encore sa chance.

— Ashley est assez fine pour ne pas entrer sans y avoir été invitée avant. Nous avons un peu de temps devant nous.

Sans lui laisser le loisir d'émettre la moindre objection, il se pencha vers elle et lui donna un baiser enflammé auquel elle répondit avec une ardeur similaire.

Comme il lui serait facile de lui avouer son amour pour lui ! Pourtant, elle garderait cet amour secret, du moins tant qu'il ne se serait pas déclaré, si ce miracle arrivait un jour ! Pour l'heure, elle devrait se contenter des moments heureux qu'ils passaient ensemble, ce qui n'était déjà pas si mal, compte tenu du contexte.

L'oreille aux aguets, elle se détacha de lui à regret. Pour tromper sa frustration, elle parcourut d'un œil avisé ces pièces dans lesquelles elle allait passer désormais une bonne partie de sa vie. Des tapis colorés au choix du mobilier en passant par les tableaux qui recouvraient les murs, tout était d'un goût sûr et exquis.

Son regard fut soudain attiré par une photo encadrée placée sur le bureau ancien qui occupait un angle du salon. Ce cliché représentait Marek et Kern, tous deux dans la même tenue de cow-boy. Ils se tenaient chacun par les épaules et souriaient à l'objectif, un cheval figurant en arrière-plan.

— Quelle belle photo ! apprécia-t-elle.

Marek traversa la pièce pour aller la rejoindre.

Il se saisit du cadre et le considéra en silence, un sourire nostalgique aux lèvres.

— Ce jour-là, Kern pavoisait, expliqua-t-il. Il venait de gagner un pari dont l'enjeu était ce cheval qui m'appartenait et qu'il lorgnait depuis l'instant où je l'avais acheté. Ça valait le coup de perdre, juste pour le voir aussi heureux. C'est un bon souvenir. Nous étions si insouciants alors, ajouta-t-il en reposant la photo à côté de celle de Jillian.

Après y avoir jeté un bref coup d'œil, il se saisit de cette dernière et la reposa à plat sur le bureau.

— Je vais enlever toutes les photos de Jillian.

— Ce n'est pas la peine, Marek. Vraiment, cela ne me dérange pas. Tu aimais Jillian, vous alliez vous marier et je pense que cela te fait du bien de les voir.

— Même si elle restera toujours dans mon cœur, Jillian fait partie d'un passé que je ne veux pas t'imposer à tout bout de champ. Et puis, ne pas me heurter sans cesse à son visage m'aidera peut-être à faire enfin mon deuil et à aller de l'avant.

Encore un geste qui aurait été impensable quelques semaines auparavant, songea Camille qui y perçut une lueur d'espoir.

— Cette chambre te ressemble, déclara-t-elle.

— Tu pourras la décorer à ton goût, si tu veux. Je te demanderai simplement de m'épargner le rose et le mauve.

— Zut alors ! Ce sont mes couleurs préférées, répondit-elle pour le taquiner.

Quelques secondes plus tard ils entendirent les pas d'Ashley dans le couloir et allèrent la rejoindre pour poursuivre la visite. Ils se rendirent d'abord dans la salle de gym qui était équipée d'un bassin de natation puis ils passèrent juste à côté où se trouvait la salle de projection dotée, elle, d'un écran géant et d'une vingtaine de sièges.

— Camille, Ashley, vous êtes ici chez vous, déclara Marek d'un ton presque solennel. Sentez-vous libres d'aller d'un endroit à un autre de cette maison à n'importe quelle heure du jour et de la nuit, sans en rendre compte à quiconque.

— Merci, répondirent-elles en chœur.

— Venez. Ce n'est pas fini, annonça-t-il en les conduisant jusqu'à un patio dont la superficie avait permis l'installation d'un salon, d'une cuisine d'extérieur et, tout récemment, d'une petite aire de jeux que Marek avait imaginée pour Noah.

Entre deux massifs fleuris, Camille aperçut une piscine gigantesque ornée de dauphins en bronze crachant de l'eau et bordée de palmiers courts et trapus.

Ashley alla s'installer avec Noah sur un tapis de jeux recouvert de jouets tandis que Marek s'affairait à préparer des boissons. Lorsqu'il lui tendit un verre de Daïquiri, elle le leva en son honneur.

— Au meilleur des beaux-frères, décréta-t-elle d'un ton joyeux. Et merci d'être entré dans nos vies. Noah te remerciera lui-même lorsqu'il sera en âge de le faire, je n'en doute pas une seconde.

Touché au plus profond de lui-même, Marek alla trinquer avec elle avant de faire de même avec Camille.

— A nous tous. A la belle famille que nous formons.

Camille but une gorgée en le fixant par-dessus son verre. Elle aurait aimé être seule avec lui. Elle lut dans son regard les plaisirs sensuels qu'il lui réservait pour plus tard.

Lorsque son téléphone portable sonna, il s'éloigna de quelques pas pour répondre puis, après avoir raccroché revint, sourire aux lèvres.

— C'était Ginny. Ses filles réclament Noah. Verriez-vous un inconvénient à ce qu'il aille faire un petit tour là-bas ce week-end ? Mais surtout, sentez-vous libres de refuser.

— Je suis d'accord, dit Camille tout en interrogeant sa sœur du regard.

— Je suis d'accord aussi, répondit cette dernière. Et si cela ne vous dérange pas, j'en profiterai pour retourner à Saint-Louis. Je partirai vendredi et serai de retour dimanche soir.

— Je mettrai un jet à ta disposition, décida Marek. Quant à nous, Camille, et puisque nous serons libres, si nous restions passer le week-end à Dallas ?

— J'avoue que l'idée me séduit assez.

Aussitôt, en homme habitué à prendre des décisions dans l'instant, Marek rappela sa sœur.

— Ginny, nous ne ferons pas ça tous les week-ends mais c'est d'accord. Nous serons à Dallas dans la matinée. Tu pourras passer chercher Noah vers midi et le ramener dimanche après-midi. Qu'en penses-tu ?

La réponse lui parvint de ses nièces qui se mirent à pousser des hurlements de joie perçants.

— Dis aux filles de se calmer, dit-il en riant. A vendredi. D'accord, je leur transmets le message. Ginny me charge de vous remercier, rapporta-t-il après avoir raccroché. Vous avez dû entendre les cris des filles lorsque je leur ai annoncé que Noah allait venir ce week-end. Il va falloir que je dise à ma sœur qu'elle leur achète de nouvelles poupées ou, même mieux, qu'elle leur fasse un petit frère ou une petite sœur.

— Je suis ravie que tout le monde s'entende aussi bien, dit Camille, ravie. Il faut dire que Noah aime tout le monde et il sait très bien se faire aimer !

— C'est un trait de caractère qu'il tient de son père. Kern aussi était comme cela. Merci encore, chérie.

Ce simple petit mot fit bondir son cœur dans sa poitrine. Elle y vit le signe que, à défaut d'amour, il éprouvait néanmoins pour elle des sentiments profonds.

Le vendredi matin, toute la famille embarqua à bord de l'un des jets privés de Marek et se retrouva à Dallas une heure plus tard, à l'exception d'Ashley qui poursuivit sa route jusqu'à Saint-Louis. Comme prévu, aux alentours de midi, Ginny et ses filles vinrent chercher le petit Noah. A la seconde où ils se retrouvèrent seuls, Marek se tourna vers Camille et l'attira à lui.

— Et si nous allions retrouver notre chambre ?

***

Durant le trajet du retour, Marek prit la main de Camille dans la sienne et ne la lâcha plus. Ils avaient passé un week-end de rêve au cours duquel il s'était rendu compte que plus il lui faisait l'amour plus il avait envie d'elle, ce qui ne laissait pas de le surprendre.

Il songea à regret que le mois de juin approchait et qu'avec lui les tournées de Camille allaient reprendre. Ils allaient être séparés pendant de longues semaines. Il n'aimait pas du tout cette idée. Depuis quand lui était-elle devenue aussi indispensable que l'air qu'il respirait, au point qu'il ne pouvait plus envisager de passer une journée sans elle ?

Il se tourna vers elle pour la contempler avec dévotion. Il se demanda quel genre de sous-vêtements elle pouvait bien porter sous son pantalon et son chemisier sages. Les battements de son cœur s'accélérèrent brusquement à cette pensée. Etait-il en train de tomber amoureux de sa femme ? Est-ce plus que du désir ? Camille, si pleine de vie, tellement douée pour le bonheur, était-elle en train de combler le vide qu'avait laissé Jillian en disparaissant ?

Suis-je amoureux ?

— Tu m'as l'air bien pensif, remarqua Camille à qui le silence de son mari n'avait pas échappé.

— Je pense aux travaux que nous allons effectuer au ranch, mentit-il. Il faut impérativement que nous y fassions installer une salle de musique et qu'elle soit prête très vite.

— En effet, c'est indispensable.

— Quelque chose t'inquiète ? insista-t-il en voyant son visage s'assombrir.

— Pas vraiment. Mais si je regarde en arrière, ma vie a tellement changé en peu de temps !

Il se cala contre elle, sa main toujours précieusement serrée dans la sienne.

— Je peux dire la même chose. Mais je ne m'en plains pas, ma vie est tellement mieux qu'avant.

— C'est la plus jolie déclaration que tu m'aies jamais faite, lui murmura-t-elle à l'oreille.

— Je suis sincère.

Il aurait aimé lui confier ses doutes, ses espoirs mais jugeant que le moment n'était pas opportun il se contenta de lui caresser la main et de dire d'un ton détaché :

— Nous allons bientôt atterrir.

Camille avait réussi l'impossible. Grâce à elle, il revivait quelque chose que, jusque-là, il avait pensé perdu à jamais. A présent, il brûlait de se retrouver en tête à tête avec elle, de la prendre dans ses bras, de l'embrasser et de lui prouver son amour.

Ce soir-là, Camille et Marek donnèrent ensemble son bain à Noah avant de le mettre en pyjama et de s'installer ensemble dans le salon. Camille prit place dans le fauteuil à bascule, serrant son bébé contre elle pour l'endormir.

Marek contempla avec tendresse le tableau touchant que formaient cette mère et son enfant. Comme il les aimait tous les deux ! L'idée que, bientôt, il allait devoir se résoudre à les voir s'éloigner de lui assombrissait ses pensées. Car, même s'il savait Camille très attachée à lui, il savait également qu'elle ne renoncerait jamais à sa carrière pour se consacrer à une vie de famille tranquille.

Lorsqu'elle se leva pour aller coucher Noah qui s'était endormi contre elle, Ashley s'approcha pour lui prendre le bébé.

— Laisse, je m'en occupe, dit-elle. D'ailleurs, moi aussi j'ai sommeil. Bonne nuit, tous les deux.

Camille effleura d'un baiser les cheveux de son fils et esquissa un petit geste affectueux à l'adresse de sa sœur.

— Cela fait quelques jours maintenant que tu vis au ranch, dit Marek en l'invitant à s'asseoir près de lui sur le canapé. Que penses-tu des travaux que nous avons envisagés ? Ne vois-tu rien à ajouter ?

— Non, à l'exception de la nursery et de la salle de musique, tout est parfait. De toute façon, je ne me sentirais pas le droit de tout changer dans cette maison.

— Pourquoi pas ? Tu m'as bien changé moi, confia-t-il en se rapprochant d'elle. Je suis tellement différent de l'homme que tu as rencontré, Camille ! Je suis si heureux avec toi !

Touchée au plus profond d'elle-même, elle l'embrassa tendrement. Il lui rendit un baiser passionné qui attisa leur désir réciproque.

— Si nous allions poursuivre cette discussion dans notre chambre ? suggéra-t-il d'une voix rauque.

— Avant, dit-elle, je voudrais te faire part d'un léger changement dans mon emploi du temps. Tu te rappelles que je devais aller retrouver ma famille à Saint-Louis en septembre après m'être produite à Santa Fe ? Eh bien, j'ai décidé qu'entre les deux, je viendrai passer quinze jours ici.

— J'en suis ravi, répliqua Marek, le cœur en joie.

Une fois dans l'intimité de leur chambre, il n'attendit pas pour l'attirer à lui et l'embrasser fougueusement.

— J'ai rêvé de cet instant toute la soirée, susurra-t-il à son oreille en l'entraînant dans leur lit.

La semaine suivante, ils retournèrent à Dallas où Camille passa la majeure partie de son temps à se préparer pour la première de *La Traviata*.

Marek, témoin silencieux de cette frénésie ambiante, s'étonnait de voir le travail énorme qu'une telle préparation réclamait. Il s'éclipsait tôt le matin pour ne pas la déranger et lorsqu'il rentrait en fin d'après midi, il prenait bien garde à ne pas la distraire. Durant les heures qu'il passait à son bureau, il lui téléphonait entre deux vocalises, entre deux cours d'italien, mais il lui parlait toujours brièvement tant il la sentait fébrile et préoccupée.

Ce n'est qu'à partir de 19 heures qu'elle mettait un terme à sa journée harassante pour pouvoir s'occuper de son fils. Lorsque, enfin, ils retrouvaient l'intimité de leur chambre, ils passaient des heures à faire l'amour, ne s'endormant dans les bras l'un de l'autre qu'aux premières lueurs du jour.

En milieu de semaine, il déserta la maison de

Dallas pour s'envoler vers son ranch où, loin d'elle, il pourrait lui laisser un peu de répit et espérer la voir se reposer. Mais seul, il se sentait malheureux. Il avait beau se lancer à corps perdu dans les tâches physiques que requiert un ranch — réparer une clôture, surveiller le bétail, monter les chevaux — rien n'y faisait. Ses pensées revenaient invariablement vers Camille. Son image le hantait jour et nuit. Il l'aimait, il en avait acquis la certitude.

Fort de cette évidence, les interrogations se bousculaient, pressantes. Prise dans un tourbillon de travail, comment Camille trouverait-elle le temps de se consacrer un peu plus à lui ? En s'autorisant de nouveau à aimer, ne prenait-il pas le risque de souffrir encore ?

Camille n'abandonnerait pas plus sa carrière de cantatrice — et il n'exigerait jamais d'elle un sacrifice pareil — qu'il ne renoncerait à sa vie au ranch. Où était la solution ? Car même s'ils étaient tombés d'accord sur le fait qu'il l'accompagnerait sur certaines de ses tournées, il était bien évident qu'il ne pourrait pas la suivre partout en permanence, même s'il détestait être séparé d'elle. Une chose était sûre, il l'aimait et c'est pour cela qu'il vivait si mal la situation.

A quel moment ce qui n'était qu'un désir passionnel s'était-il mué en amour ? Il n'aurait su le dire avec certitude mais il soupçonnait que c'était durant leur lune de miel, quand il avait senti vaciller les barrières dont il se protégeait. Encore trop fragile, il n'avait pas voulu se l'avouer ni même mettre un mot sur ce qu'il ressentait.

Mais aujourd'hui il n'avait plus peur des mots. Il aimait Camille et la voulait à ses côtés jour et nuit, pas seulement entre deux représentations ou deux visites à sa famille. Il la voulait dans sa vie tout comme il avait voulu Noah. Avec force et détermination.

Le week-end arrivé, il retourna à Dallas. Ashley était à Saint-Louis et Noah chez Ginny. Entre le planning archiserré de Camille et ses propres séjours au ranch, il se mit à douter de l'avenir. Camille n'allait pas en rester là. Elle allait travailler encore plus dur pour devenir la grande cantatrice qu'elle avait toujours rêvé d'être. Et s'il ne pouvait lui reprocher son ambition, il n'en demeurait pas moins qu'ils ne feraient plus que se croiser. Leur relation avait-elle un avenir ?

En proie à des émotions contradictoires, il se rendit chez son joaillier préféré pour y faire l'acquisition d'un magnifique collier en saphirs et diamants.

Il était 18 heures passées lorsque Camille, une fois achevée sa routine quotidienne, le rejoignit dans la salle de jeux, vêtue d'un pantalon de soie et d'un top assorti. Assis en tailleur par terre, il faisait les marionnettes à Noah qui, ravi de ce spectacle improvisé, riait aux éclats.

— Vous vous amusez bien ? demanda-t-elle, attendrie de voir les deux hommes de sa vie liés par une si belle complicité.

— Ashley est sortie, lui annonça-t-il en lui tendant Noah. Elle a dit de ne pas l'attendre, qu'elle rentrerait tard. Cela tombe bien, j'ai des plans pour nous, ajouta-t-il, un brin égrillard.

— Je brûle de les connaître, répondit-elle sur le même mode. Mais d'abord, je dois aller nourrir cet enfant et le coucher.

Elle lui lança un regard aguicheur avant de s'éclipser d'une démarche chaloupée.

Dès qu'ils furent seuls dans leur chambre, Marek attira Camille à lui et l'embrassa passionnément.

— Je n'en pouvais plus d'attendre ce moment, lui susurra-t-il entre deux baisers.

Comme chaque fois qu'elle se retrouvait dans ses bras, son cœur s'emballait. Plus le temps passait, plus son amour pour lui s'intensifiait. Pourtant, elle ne referait pas l'erreur de le lui avouer ses sentiments comme elle l'avait fait une fois, dans le feu de l'action. Mortifiée, elle avait attendu une réponse qui n'était jamais venue.

Pourtant, cette nuit-là et alors qu'ils faisaient l'amour comme si c'était la dernière fois, elle rompit la promesse qu'elle s'était faite. Elle lui cria son amour sans retenue.

— Moi aussi, je t'aime, lui entendit-elle dire.

Elle écarquilla les yeux, saisie de stupeur, le cœur battant. Avait-elle bien entendu ?

Elle plongea dans son regard pour lui demander dans un souffle :

— Marek… tu penses vraiment ce que tu viens de dire ?

— Oui. Je t'aime, Camille, répéta-t-il d'une

voix plus forte. Et tant pis si cet amour doit nous compliquer la vie.

— Oh ! mon amour ! Je t'aime tant ! Je crois bien que je t'aime depuis le premier jour même si je ne voulais pas me l'avouer.

— Pourquoi ne m'avoir rien dit ?

— Parce que tu n'étais pas prêt à l'entendre. Parce que je croyais que tu ne pourrais jamais m'aimer en retour.

Il la considéra longuement en silence avant de déclarer d'un ton grave :

— Je suis prêt, Camille.

Le cœur débordant de joie, elle le regarda prendre quelque chose dans le tiroir de sa table de nuit.

— Tiens, c'est pour toi, dit-il en lui tendant un petit paquet rectangulaire.

Intriguée, elle défit le ruban satiné qui ornait l'emballage et déchira le papier, dévoilant au regard un écrin bleu marine. A la vue du collier orné de pierres précieuses qui brillaient de mille feux, elle ne put retenir un petit cri d'admiration.

— Marek, tu es fou…, articula-t-elle, les larmes aux yeux. Il est magnifique.

Marek lui prit le bijou des mains et le lui attacha autour du cou.

— C'est toi qui es magnifique.

— Merci, Marek, merci. Avec ma bague de fiançailles, c'est le plus beau bijou que j'aie jamais eu.

— Ces bijoux sont à la hauteur de l'amour que je te porte, lui murmura-t-il à l'oreille.

Cette déclaration l'émut au plus haut point, bien plus que le don de ce collier hors de prix.

— Liés par cet amour réciproque, nous formons un vrai couple désormais, déclara-t-il.

Le moment était venu de lui tendre la perche.

— As-tu songé à la possibilité de lever un peu le pied, avança-t-il prudemment.

— Lever le pied ? répéta-t-elle, incertaine. Comment veux-tu que je lève le pied alors que je suis à quelques jours à peine de la première de *La Traviata* ? Mais ne crains rien, Marek, le fait d'adorer mon métier n'enlève rien à l'amour que je vous porte à Noah et à toi.

Lorsque leurs regards s'affrontèrent, elle sentit un nœud se former au creux de son ventre.

— J'ignore ce que l'avenir nous réserve, finit-il par dire. Tout ce que je sais, c'est que je veux vivre intensément le présent.

Comme pour preuve de ce qu'il avançait, il la prit dans ses bras et l'entraîna dans une nuit sans sommeil qu'ils passèrent à se donner l'un à l'autre avec passion.

Le lendemain, tandis qu'elle prenait sa douche, elle repensa à sa déclaration d'amour doublée de son impossible requête. Elle ignorait si cette condition mettrait un terme à leur mariage. Tout ce qu'elle savait, c'était qu'elle ne pouvait tourner le dos à une carrière qui lui était aussi indispensable pour vivre que l'air qu'elle respirait.

Le vendredi suivant, Marek dut rester au ranch pour prêter main-forte à un fermier voisin dont la grange avait pris feu. De son côté, Camille était trop épuisée pour aller le retrouver. Ils décidèrent donc de se voir le dimanche.

Malheureusement, elle dut se prêter ce jour-là à un essayage de dernière minute qui la retint éloignée jusqu'à une heure avancée de la soirée. Ils dînèrent d'un repas froid avant d'aller se coucher, épuisés, et de sombrer dans un profond sommeil.

La semaine s'écoula entre répétitions pour elle et allers et retours pour lui. Au fil des jours, l'amour qu'il portait à Camille s'intensifiait. Pourtant, il vivait une vie de frustrations qui ne lui convenait pas.

La sonnerie de son téléphone portable interrompit le cours de ses sinistres pensées. C'était Ginny, tout excitée à l'idée d'assister à une représentation de *La Traviata*, qui plus est interprétée par sa belle-sœur.

— Tu te rends compte ! C'est la première fois que je vais mettre les pieds à l'opéra. Et toi ?

— Pour moi aussi ce sera une première, répondit-il sans enthousiasme.

— J'ai proposé à Ashley de garder Noah et les filles le soir de la représentation. Tes nièces s'en font une fête !

— C'est gentil. Comme cela, tout le monde est content, dit-il d'une voix morne.

— Tu as une drôle de voix, Marek. Quelque chose ne va pas ? Tu… tu es amoureux d'elle c'est ça. Je me trompe ?

— Si, pour une fois, tu cessais de vouloir jouer à la grande sœur, maugréa-t-il.

— Désolée mais tu sais bien que c'est impossible.

— En tout cas, merci de m'épargner les « je te l'avais bien dit » et autres idioties.

— Je ne dirai pas un mot de plus sur le sujet mais je suis là si tu éprouves le besoin de te confier à quelqu'un. Tu le sais.

— Merci.

— Je te laisse. Je dois rappeler Camille.

Une fois de plus, il se retrouva seul avec lui-même. Il se sentait partagé entre l'amour qu'il portait à Camille et l'envie de mettre un terme à ce mariage qui ne l'épanouissait plus. Des choix qui se présentaient à lui, ce dernier lui était intolérable. Il préférait encore souffrir que de perdre une deuxième fois la femme qu'il aimait.

Après la première représentation, ils se verraient à peine. Serait-il capable de tenir sur le long terme ? Pour l'heure, il lui épargnerait ses tourments. Son heure de gloire enfin arrivée, il n'allait pas la ternir avec ses doutes et ses interrogations. Cela pouvait bien attendre.

- 10 -

Le lendemain soir, Marek s'installa avec les membres de la famille Avanole dans le box qui leur était réservé. Il se sentit soudain un peu honteux de n'avoir jamais entendu chanter celle qui partageait sa vie et qu'il aimait d'un amour fou. Car, à l'exception des vocalises qu'il lui avait entendu faire lorsqu'ils étaient réunis sous le même toit, il n'avait aucune idée de ce qui l'attendait.

Lorsque Camille fit son entrée sur scène, il ne vit qu'elle. Lorsque sa voix aussi pure qu'envoûtante s'éleva dans un silence sépulcral, il sentit des frissons traverser tout son corps. Indifférent à tout ce qui n'était pas elle, il ne la quittait pas des yeux, subjugué par sa voix et son jeu de scène. Il n'était pas près d'oublier cette expérience !

Camille était faite pour chanter. Elle chantait comme elle respirait. Cette prise de conscience, en même temps qu'elle le remplissait de fierté, lui brisa le cœur. Ses espérances de la voir lever le pied s'envolèrent d'un coup. Comment pourrait-il désormais exiger d'elle qu'elle le favorise, lui, plutôt que ce pour quoi elle était faite ? Il n'avait pas le droit de lui imposer de gâcher un tel talent, de priver son public d'une aussi belle voix.

Mais il souffrait. Comment avait-il pu s'infliger lui-même une telle souffrance ? La musique qui emplissait la salle, puissante et lumineuse, offrait un parfait contraste avec les ténèbres qui régnaient dans son cœur. L'échec était aussi cuisant que douloureux car si elle avait su capturer son cœur, il avait visiblement échoué à capturer le sien. Pour la première fois, ce n'était pas lui qui dictait les règles et il n'avait d'autres choix que de s'y soumettre ou de les rejeter à ses risques et périls.

La représentation terminée, il se leva, le cœur lourd et, à l'image du public transporté, applaudit à tout rompre. Plus tard, il se rendit en coulisses rejoindre Camille avec les autres membres de sa famille. Il resta quelques pas en retrait pour assister aux immanquables effusions de joie qui accompagnaient les félicitations. Camille était rayonnante, plus belle que jamais.

Sa souffrance s'accentua à l'idée de ce qu'il allait perdre. Il venait d'avoir la confirmation qu'elle ne pourrait lui consacrer son temps que parcimonieusement et qu'il devrait la partager sans cesse avec d'autres. Cette idée même lui était intolérable. Il préférait s'effacer, disparaître de sa vie.

La nuit était déjà bien avancée lorsqu'ils se retrouvèrent enfin seuls dans leur chambre. N'ayant aucune idée des pensées sinistres qui lui traversaient l'esprit, elle se tourna vers lui, triomphante. Son maquillage, appuyé, théâtral, accentuait ses grands yeux et sa bouche pleine et ourlée. Avec sa lourde chevelure relevée en chignon dont ne s'échappaient que quelques mèches elle était d'une beauté à couper le souffle.

Il traversa la pièce pour s'approcher d'elle et poser ses mains sur ses épaules.

— Tu as une voix vraiment magnifique, la félicita-t-il avec un accent de sincérité qui ne trompait pas. Je suis fan vraiment. Tu appartiens à la scène, Camille.

— Je suis si heureuse, répliqua-t-elle en se blottissant contre son torse rassurant.

Une bouffée de désir le submergea. Il avait besoin de ses baisers, de son amour. S'il pressentait que leur amour serait impossible, pour l'heure il ne voulait pas s'en priver. Il voulait s'accrocher à son rêve.

Quelques heures plus tard, alors qu'ils étaient allongés l'un contre l'autre, repus, elle lui demanda d'un ton vaguement inquiet :

— Qu'y a-t-il, Marek ? Tu es bien calme ce soir.

— Je suis encore sous le choc de ta voix, finit-il par répondre. Je ne m'attendais vraiment pas à ça. Il est indéniable que tu as un talent fou et que ce talent va te porter très loin. Tu vas devenir une star que tout le monde va s'arracher et sillonner les quatre coins du monde.

— Je reviendrai toujours vers toi, Marek. Tu le sais, dit-elle d'une voix douce en se serrant un peu plus contre lui.

— Oui. Mais pour combien de temps avant de repartir ?

— Nous en avons déjà parlé, il me semble, répondit-elle. Cela te laissera l'occasion de passer du temps avec Noah. N'était-ce pas ce que tu souhaitais ? Et puis, tout ceci n'est que pure spéculation. J'ai encore beaucoup de chemin à parcourir avant de devenir la star que tu évoques.

— Cela ne fait pas l'ombre d'un doute, Camille, assura-t-il sans parvenir à masquer sa contrariété.

— Tu affirmes cela parce que tu manques d'objectivité. Mais je suis ravie de t'avoir donné goût à l'opéra.

Comme l'avait prédit Marek, Camille connut un véritable triomphe. A chaque représentation, elle était acclamée par un public de connaisseurs enthousiastes.

Ce jour-là, elle volait comme prévu vers Santa Fe, accompagnée de son fils et de son mari. Depuis quelques jours, ce dernier s'était renfermé sur lui-même, ne laissant rien transparaître de ses émotions. Elle fixa sur lui un regard scrutateur qui cherchait à percer la carapace.

— Quoi ? demanda-t-il. Tu ressembles à un chat prêt à fondre sur sa proie.

— Tu as changé et je me demandais pourquoi, dit-elle sans chercher à mentir. Quelque chose te tracasse ?

— J'ai quelques soucis dans mon travail mais rien de grave.

Elle voyait bien qu'il mentait mais déjà, il s'était fermé.

— Je ne pense pas que ce soit la raison, insista-t-elle. Depuis que je te connais, je ne t'ai jamais entendu te plaindre de tes affaires d'autant que tu es parfaitement secondé par Jess.

En guise de réponse, il se ferma un peu plus et elle ne put rien obtenir de lui. Ils effectuaient ce voyage en vue de dénicher un endroit où s'installer lorsque son tour de chant la conduirait dans cette ville puis elle repartirait sur Dallas. Etait-ce ce qui le chagrinait ? Ou le fait de s'installer dans cette ville quelque temps ? Elle décida de ne pas le brusquer mais d'attendre le moment opportun pour repartir à l'attaque.

Comme à son habitude, une fois sur place, Marek fit preuve d'une efficacité redoutable. Ils décidèrent d'un commun accord que Noah viendrait avec elle à Santa Fe pendant qu'il resterait au ranch jusqu'à la première de son spectacle.

Lorsqu'ils se séparèrent à l'aéroport, il la serra très fort contre lui et la couvrit de baisers passionnés avant de la relâcher de manière abrupte.

— Il faut que j'y aille, dit-il en scrutant son visage si intensément qu'elle eut l'impression qu'il voulait graver son image dans sa mémoire.

Lorsqu'elle regagna la limousine que Marek avait pris soin de louer pour elle pour la durée de son séjour, un mauvais pressentiment l'étreignit. L'impression diffuse que quelque chose n'allait plus.

Marek se levait aux aurores et se plongeait dans le travail jusqu'à l'heure du dîner. Il détestait se retrouver seul dans cette maison. Camille et Noah lui manquaient terriblement et ce n'étaient pas les coups de fil quotidiens mais trop brefs avec elle qui pouvaient combler le manque. Accaparée par les répétitions de *La Flûte enchantée*, Camille n'avait que peu de temps à lui consacrer. Quant à Noah, il était encore trop petit pour lui parler.

Au lieu de s'habituer au mode de vie qu'il avait lui-même initié, il en souffrait. Les séparations devenaient de plus en plus difficiles après les jours passés ensemble.

La dernière semaine d'août, il déjeuna avec sa sœur qui lui montra des photos de ses filles, parties passer quelques jours dans un camp de vacances.

— Il y a trop longtemps que je ne les ai pas vues, se plaignit-il. Pourquoi ne les amènerais-tu pas au ranch lorsqu'elles reviendront ? Elles pourraient monter à cheval, elles adorent ça !

— Volontiers. Elles seront ravies.

Ginny laissa passer quelques secondes de silence avant de demander, pleine de sollicitude :

— Camille te manque, n'est-ce pas ?

— Camille mais aussi Noah, oui. Tu tiens à ce que je te dise que tu avais raison ?

— Non, j'aurais préféré me tromper. Tu as les yeux cernés, tes traits sont tirés, bref, tu ressembles à un zombie. Mais s'ils te manquent tant, pourquoi ne passes-tu pas plus de temps avec eux ?

— Parce que Camille n'est jamais disponible. Entre ses répétitions et ses représentations, nous ne nous voyons quasiment pas.

— Je comprends mais tu ne peux pas rester comme ça, Marek.

— Je sais, dit-il d'un ton qui laissait clairement entendre que le sujet était clos.

Quelques heures plus tard il était de retour au ranch mais même cet endroit, qui jusque-là était son refuge, son havre de paix, résonnait trop de l'absence de Camille et Noah. Il accueillit avec bonheur l'arrivée de Jess, venu les bras chargés de canettes de bière.

— Tu accepterais un peu de compagnie ?

— Avec joie. Entre.

Tous deux s'installèrent dans la cuisine et restèrent quelques minutes sans rien dire. Marek prit la parole le premier, l'air grave :

— Camille est faite pour l'opéra. Je n'ai pas le droit de vouloir l'en éloigner.

Jess ne répondit rien, sachant que son ami n'en avait pas fini.

— Je crois que j'ai fait l'erreur de vouloir reproduire avec Camille ce que je vivais avec Jillian, sans tenir compte du fait que Camille est totalement différente. J'avoue que j'ai beaucoup de mal à m'habituer à ne vivre avec elle que par intermittence.

— Si tu l'aimes autant que tu le dis, alors c'est à toi de faire les concessions qui s'imposent.

— Tu as raison.

— Fais donc ce que te dicte ton cœur sans quoi tu risques de le regretter toute ta vie. Et ne t'inquiète pas, je suis certain que Camille, de son côté, se pose les mêmes questions que toi et qu'elle fera elle aussi des efforts pour te garder.

Ces mots le réconfortèrent un peu et c'est le cœur

plus léger qu'il vit le nom de Camille s'afficher sur l'écran de son téléphone portable.

— C'est elle, annonça-t-il avec un sourire radieux.

— Je te laisse, j'ai à faire. Garde les bières pour la prochaine fois.

Après avoir discuté une bonne heure avec Marek, Camille s'allongea sur son lit et se mit à songer à son avenir. Elle aimait Marek comme elle n'aimerait plus jamais. Imaginer la vie sans lui était insupportable. Pourtant, malgré l'amour qui les unissait et qui allait en s'intensifiant, Marek devenait de jour en jour plus fermé, plus taciturne. Elle connaissait la cause de ce changement. Il lui avait suggéré de lever le pied, mais chanter représentait tant pour elle ! Prendrait-elle le risque de le perdre en poursuivant sa carrière ? Et que recherchait-elle vraiment dans le chant ? chantait-elle pour les émotions que le chant lyrique lui procurait ? Chantait-elle pour la gloire ? Son métier c'était indéniable occupait une grande partie de sa vie. Et pour l'heure, Noah n'en souffrait pas, il pouvait la suivre dans tous ses déplacements. Mais par la suite ? Lorsqu'il serait en âge d'être scolarisé ?

En fait, elle voulait tout. Elle voulait Marek, le bonheur de son fils, et avoir d'autres enfants sans pour cela renoncer à sa carrière. Qui ou quoi devrait-elle sacrifier pour tenter de trouver un équilibre ?

L'obstacle lui parut si insurmontable qu'elle se mit à pleurer à chaudes larmes.

Durant tout son séjour à Saint-Louis, Camille ne cessa de réfléchir, tentant de trouver une solution à son problème. La nuit venue, elle passait des heures devant sa fenêtre à contempler le jardin familier où elle avait tant de fois joué, petite. Personne ne pouvait prendre de décisions à sa place. Elle seule pouvait répondre aux interrogations qui la taraudaient nuit et jour. Après des jours de réflexion, sa décision était prise. Elle écourta de deux jours son séjour chez ses parents et retourna à Dallas d'où elle appela Marek pour lui annoncer qu'elle avait pris une décision importante.

- 11 -

Une fois que Marek eut récupéré Camille à l'aéroport, comme ils en étaient convenus un peu plus tôt, ils firent un crochet par chez Ginny pour prendre Noah avant de regagner leur maison de Dallas.

Il brûlait de l'entraîner dans leur chambre et de lui faire l'amour ! Mais le moment n'étant pas opportun, il se contenta de l'attirer à lui et d'effleurer ses lèvres de baisers sensuels.

— Si tu savais comme tu m'as manqué, lui chuchota-t-il à l'oreille.

Elle caressa son visage avec une grande douceur sans le quitter des yeux.

— Je n'ai pas voulu aborder cette discussion au téléphone, Marek, mais j'ai noté un changement chez toi ces derniers temps.

— Il est vrai que j'étais un peu préoccupé mais c'est fini. Tu es là et cela suffit à mon bonheur.

— Marek, j'ai quelque chose à te dire.

Il la considéra en silence, le cœur empli d'appréhension. Quelle décision importante avait-elle prise ? Avait-elle décidé de le quitter ?

— Il y a quelque temps, juste avant la première de *La Traviata*, tu m'as demandé de lever de pied et je t'ai répondu que je ne pouvais pas. A ce moment-là, les choses étaient un peu différentes entre nous.

— J'ai eu le temps d'y réfléchir de mon côté et j'ai compris que tu étais faite pour l'opéra, l'interrompit Marek. Si quelqu'un doit faire des compromis, c'est moi. Je t'aime et je me satisferai du temps que tu peux passer avec moi, déclara-t-il avec ferveur.

— Tu ferais cela pour moi ? dit-elle, la voix tremblante d'émotion.

— Oui. Même si nous ne devons passer que peu de temps ensemble, je m'en contenterai parce qu'il m'est impossible d'imaginer ma vie sans toi et sans Noah. Je vous aime trop.

Les yeux brillants de larmes, elle se serra étroitement contre lui et posa sa tête au creux de son épaule.

— Cela me touche beaucoup que tu sois prêt à faire un tel sacrifice pour nous, articula-t-elle dès qu'elle put parler de nouveau. Mais vois-tu, moi aussi j'ai beaucoup réfléchi durant ces longues périodes où nous sommes restés séparés et j'en suis arrivée à la conclusion que mon ambition ultime était de me produire sur la scène du Metropolitan et celle de la Scala.

Marek eut l'impression que son cœur s'arrêtait de battre dans sa poitrine. Elle allait l'abandonner. Elle allait lui rendre sa liberté pour mieux se consacrer à sa carrière.

— Tu y parviendras sans peine tu es la meilleure, dit-il d'une voix faussement légère.

— Mais je veux aussi garder l'amour de l'homme

que j'aime, poursuivit-elle. Je veux que Noah ait une vraie famille, des frères et sœurs.

Marek sentit le danger s'éloigner et une lueur d'espoir renaître.

— Tu peux tout avoir, lui assura-t-il, enfin soulagé. Je veux que tu aies tout mais surtout que tu sois heureuse.

— Je t'aime tant, Marek, dit-elle, au comble de l'émotion. Et maintenant, je vais te dire à quoi j'ai pensé.

Elle reprit d'une voix plus forte :

— Laisse-moi trois ans. Trois années durant lesquelles je me dédierai totalement à ma carrière. Dans trois ans, j'aurai vingt-huit ans et je me retirerai de la scène. Noah sera alors scolarisé et je serai encore très jeune pour te donner d'autres enfants.

— Trois…

— Laisse-moi terminer, le coupa-t-elle en le regardant droit dans les yeux. J'ai beaucoup réfléchi avant de prendre ma décision. Tu avais mis tant d'espoirs dans ce mariage et je vois bien que notre façon de vivre ne te convient pas, pas plus qu'à moi d'ailleurs. Dans trois ans, je me serai prouvé ce que je suis capable de faire et je pourrai alors passer à autre chose. Te sens-tu capable de m'accorder ces trois années si je t'accorde tout le reste ? demanda-t-elle, la voix mal assurée.

Marek était si loin d'imaginer une telle proposition qu'il en devint muet.

— Marek, pour l'amour du ciel ! le pressa Camille, inquiète de le voir silencieux. Dis quelque chose, je t'en prie.

En guise de réponse, il l'enveloppa tendrement de ses bras et il lui donna un baiser qui, instantanément, alluma le désir en eux. De ses mains devenues fébriles, il lui retira sa robe tandis qu'elle lui arrachait presque ses vêtements. Ce jour-là, il l'aima sauvagement, laissant libre cours à ses instincts primaires de mâle viril.

Bien plus tard, lorsque leurs sens furent assouvis, ils restèrent un long moment silencieux, leurs membres enchevêtrés, blottis l'un contre l'autre.

— Je crois que j'ai ma réponse, dit-elle dans un sourire. Je me trompe ?

Cette nuit-là, il la tint serrée contre lui, comme s'il avait peur de la perdre.

— Dans trois ans, dit-il, si tu veux changer…

Elle le fit taire d'un doigt posé sur sa bouche.

— Je ne changerai pas d'avis. Je t'aime, j'aime mon fils et je veux voir notre famille s'agrandir. Et puis, ajouta-t-elle avec malice, tu as tellement d'argent que je n'aurai plus besoin de travailler. Je ne te cache pas qu'il est possible que le virus de la scène me reprenne de temps en temps et que je me produise ponctuellement dans des villes telles que Dallas, ou Houston mais ce serait vraiment occasionnel.

— Tout ce que tu voudras, ma chérie, concéda-t-il, au comble du bonheur. Ah, j'allais oublier…, ajouta-t-il en ouvrant le tiroir de sa table de nuit pour en sortir un petit paquet de forme carrée.

Il se rapprocha un peu plus d'elle et prit sa main gauche dans la sienne.

— Camille, je te dois de m'avoir redonné goût à la vie ; je te dois de m'avoir donné un enfant et de m'avoir donné tout ton amour. La bague que je t'ai offerte il y a quelques mois n'avait aucune valeur sentimentale. Celle-ci est le symbole de l'amour éternel que je te porte.

Elle arracha d'une main fébrile le papier d'emballage et ouvrit l'écrin, le cœur battant. Lorsqu'elle découvrit le diamant qui brillait de mille feux sur le velours bleu nuit tapissant le fond de l'écrin, elle se jeta contre lui, ivre de joie.

— Marek, elle est magnifique !

— Je suis heureux qu'elle te plaise.

— J'ai encore une faveur à te demander, dit-elle. Accepterais-tu de m'accompagner à Budapest même si nous ne pourrons pas nous voir beaucoup ?

— J'accepte de t'accompagner à Budapest, répondit-il en lui souriant.

Elle se mit à pleurer, mais cette fois, ce furent des larmes de joie qui ruisselèrent sur ses joues. Enfin, le bonheur frappait à leur porte maintenant et pour toujours.

RED GARNIER

Secrète passion

Titre original : WRONG MAN, RIGHT KISS

Traduction française de TATIANA ANDONOVSKI

83-85, boulevard Vincent-Auriol, 75646 PARIS CEDEX 13.
Service Lectrices — Tél. : 01 45 82 47 47
www.harlequin.fr

- 1 -

Molly Devaney avait besoin d'un héros.

De toute urgence.

Il en allait de son équilibre mental et physique.

Cela faisait deux semaines qu'elle ne dormait plus, ne cessant de repenser à l'épisode qui avait marqué un tournant décisif dans sa vie, priant pour trouver une solution et remédier à la situation dans les plus brefs délais.

Après quinze jours d'enfer et quinze nuits cauchemardesques, elle en était arrivée à la conclusion qu'elle avait besoin d'aide et qu'il n'y avait qu'un seul homme en mesure de la sauver.

Cet homme, elle le connaissait depuis sa plus tendre enfance et il l'avait déjà sauvée à maintes occasions par le passé.

Son nom ?

Julian John Gage.

Son héros de toujours.

Plus précisément, depuis qu'elle avait trois ans et lui six, et que Molly et sa sœur aînée, Kate, récemment orphelines, avaient été recueillies dans la magnifique demeure des Gage, une famille fortunée de San Antonio.

Son vaillant chevalier était loin d'être un saint.

C'était même un coureur de jupons invétéré !

Les filles tombaient comme des mouches à ses pieds et il n'hésitait pas à multiplier les conquêtes.

Molly n'aimait pas penser à cet aspect de la vie de Julian.

Chaque fois qu'elle le voyait au bras d'une nouvelle fille, son cœur se serrait.

A ses yeux, Julian avait deux visages.

D'un côté, c'était un véritable tombeur, un sujet idéal pour les tabloïds, lui qui était responsable des relations publiques du journal le *San Antonio Daily*, et une plaie ouverte pour ses frères et sa famille qui n'avaient jamais vraiment réussi à le cerner.

De l'autre, pour Molly, c'était un homme extraordinaire. Il était son meilleur ami, le confident idéal, le super-héros toujours là pour elle, la raison pour laquelle elle n'avait jamais pu envisager de se mettre en quête de l'homme de sa vie.

Jusqu'à récemment.

En effet, deux semaines plus tôt, le frère aîné de Julian, Garrett, un homme terre à terre et plutôt réservé, lui avait manifesté une fougue sans borne, renversant son équilibre et la laissant sur sa faim.

Depuis, pas un signe de Garrett, qui faisait comme si rien ne s'était passé.

Quant à Julian, qui était pourtant son meilleur ami, il s'était montré plutôt discret et elle n'avait pas eu l'occasion de le voir beaucoup ces derniers temps.

Après des jours passés aux abois, seule, elle avait enfin échafaudé un plan qui, pensait-elle, pourrait peut-être lui permettre d'attirer l'attention de Garrett.

Mais pour mettre son plan à exécution, elle avait besoin d'un homme de confiance.

Julian était le candidat idéal.

C'est pourquoi, à l'improviste, elle avait débarqué chez lui en ce dimanche matin pour lui demander de l'aider à séduire son frère aîné.

Il lui avait ouvert, groggy, vêtu d'un bas de pyjama mais le torse, qu'il avait joliment musclé, nu.

Elle ne s'était pas préoccupée de savoir s'il était seul ou non, si elle le dérangeait et s'il aurait préféré qu'elle revienne plus tard.

Telle une tornade, elle était entrée chez lui, s'était installée sur l'un des grands canapés cossus et avait tout raconté, sans s'arrêter, de peur de ne pas avoir le courage d'aller jusqu'au bout tellement son idée était saugrenue.

Depuis qu'elle lui avait exposé son plan, il n'y avait plus un bruit dans le salon.

Julian la fixait, muet, voire pétrifié de stupéfaction.

Pourquoi gardait-il le silence ?

Pourquoi la dévisageait-il comme si elle était un extraterrestre ?

Il l'observait intensément, bouche bée, lui l'Apollon des temps modernes dans son appartement contemporain luxueusement aménagé sur les conseils d'un architecte d'intérieur de renom.

— Molly, je viens à peine de me réveiller, ton flot de paroles m'a abasourdi. Mais si je comprends bien, tu es venue ce matin pour me demander de t'aider à séduire mon frère aîné ? Tu n'es pas tombée sur la tête ? Je dois avouer que ça me surprend car ça ne te ressemble pas.

Sa voix rauque était chargée d'incrédulité.

En entendant sa réponse, elle se sentit mal à l'aise. Visiblement, Julian n'était pas emballé par son idée.

Elle fut prise de panique à l'idée qu'il puisse avoir une mauvaise opinion d'elle, comme si elle s'était soudain transformée en une fille facile à ses yeux.

— Je n'ai pas parlé de séduction.

Un silence gêné s'ensuivit.

Puis il reprit la parole.

— Alors de quoi s'agit-il ? s'enquit-il calmement, ne la quittant pas du regard.

Molly soupira.

Avait-elle commis une erreur ?

Finalement, Julian n'était peut-être pas l'homme de la situation.

Elle ne se souvenait pas des mots exacts qu'elle avait employés quelques minutes auparavant.

Tout ce dont elle se souvenait, c'est que dès qu'elle avait fait irruption chez Julian, elle s'était lancée dans un monologue sans queue ni tête, décontenancée par le torse superbement musclé de son hôte, mis en valeur par son bas de pyjama en coton blanc lui tombant gracieusement sur les hanches.

C'était la première fois qu'elle voyait un homme torse nu. De plus, le cordon du pantalon n'étant que légèrement noué, elle pouvait même entrevoir la naissance du triangle de poils bruns sous le nombril et le ventre parfaitement plat de Julian. Un détail qui l'avait empêchée d'ordonner ses idées.

Julian était beau comme un dieu, c'était incontestable, et heureusement qu'ils étaient les meilleurs amis du monde et qu'elle était immunisée contre sa beauté virile.

Enfin, l'était-elle vraiment ?

A en juger par son émoi en cette matinée, il y avait de quoi en douter.

Elle secoua la tête, tentant de mettre fin à cette suite d'images et de pensées absurdes.

Julian était son confident et son meilleur ami, point.

— Ecoute, Julian, j'ai peut-être parlé de séduction, je ne me souviens plus. Dans tous les cas, je veux attirer l'attention de Garrett et, puisque tu es un expert en séduction, je me suis dit que j'allais te demander conseil.

Une lueur mystérieuse anima les yeux verts de Julian.

Impassible, il se leva puis se mit à faire les cent pas.

Sa requête le mettait dans l'embarras, cela ne faisait plus aucun doute. Pire, il avait l'air presque contrarié. Elle qui croyait le connaître par cœur, là, elle ne comprenait pas sa réaction.

— Molly… Je ne sais trop comment te dire les choses, mais je vais essayer. Pour mes frères et moi, Kate et toi êtes comme des sœurs. Des petites sœurs. Il en a toujours été ainsi, et il en sera toujours ainsi. Ma mère a tenu à cette règle et elle n'a pas hésité, au fil des ans, à tout mettre en œuvre pour veiller à ce que ce règlement tacite soit observé à la lettre…

— Je sais, l'interrompit-elle, mais j'ai des raisons de croire que Garrett a des sentiments pour moi et qu'il ne me voit plus uniquement comme une petite sœur en couches-culottes. J'ai vingt-trois ans, je te signale. Peut-être que toi tu me vois toujours comme ta petite sœur, seulement aux yeux de Garrett, je suis devenue une belle jeune femme attirante, stylée et sexy.

Avec une poitrine qu'il n'a pas hésité à toucher lors du bal masqué.

Vu le regard de Julian, il n'avait pas l'air impressionné. Certes, elle n'était pas du genre à se mettre en valeur par ses tenues, son maquillage et sa coiffure. Elle avait toujours opté pour un style naturel. Ce matin, c'était d'autant plus flagrant qu'elle s'était habillée à la hâte, impatiente de faire part de son plan à Julian.

Elle n'était pas satisfaite du résultat, mais elle n'était pas là pour séduire Julian.

Enfin, il éclata de rire.

— On peut savoir pourquoi tu ris ?

— C'est l'expression « stylée et sexy » qui me fait rire. A priori, ce ne sont pas des adjectifs que j'utiliserais pour te décrire.

— Merci de ton honnêteté, répondit Molly, estomaquée et vexée.

Il parcourut des yeux sa jupe longue de bohémienne, son T-shirt couvert de peinture, sa chevelure en bataille, puis laissa échapper un soupir.

— Molly, ne le prends pas mal, mais franchement, tu t'es déjà regardée dans une glace ? Stylée et sexy, il faut le dire vite… On dirait que tu es passée dans l'œil d'un cyclone, avec toute la peinture que tu as sur toi. Excuse-moi, mais j'ai plutôt l'impression d'être face à un épouvantail, dit-il sur le ton de la plaisanterie.

Molly n'était pas du tout amusée par son commentaire.

— Julian ! Mon exposition à New York est dans quatre semaines ! Je n'ai pas une minute à moi ! Ce n'est pas sympa de me faire des reproches sur ma tenue ! cria-t-elle, mécontente.

Une porte claqua au fond de l'appartement.

Elle s'immobilisa un bref instant puis quelqu'un apparut au bout du couloir.

Une femme, évidemment.

Molly resta bouche bée.

Une blonde plantureuse aux jambes sans fin se tenait devant eux. Talons aiguilles cramoisis, sac de soirée doré, une chemise d'homme pour tout vêtement et une poitrine à faire saliver plus d'un homme.

Cette jeune femme semblait elle aussi être passée par l'œil d'un cyclone, mais un cyclone bien plus raffiné et glamour que le sien.

— Je dois y aller. J'ai laissé mon numéro sur ton oreiller. Je t'ai emprunté une chemise car ma robe n'était pas aussi résistante que je le pensais, dit l'inconnue en gloussant, le ton empli de sous-entendus.

Comme Julian ne réagissait pas à son petit numéro de séduction et que Molly restait clouée sur place, elle se dirigea vers la sortie.

Dès que les portes de l'ascenseur se refermèrent, Molly se tourna vers Julian, furieuse.

— Tu aurais pu me dire que tu n'étais pas seul !

— Molly, tu as débarqué à l'improviste, tu m'as pris de court avec tes histoires abracadabrantes et c'est vrai que j'ai un peu perdu le fil.

— Non, mais franchement, Julian, es-tu vraiment obligé de coucher avec toutes les filles que tu rencontres ?

Bizarrement, c'était la première fois qu'elle lui faisait une réflexion de ce genre.

Il éclata de rire.

— Alors remettons les pendules à l'heure. Je crois que tu es venue pour parler de ta vie amoureuse, pas de la mienne, si je ne m'abuse. Disons qu'avec de la peinture sur le nez, dans les cheveux et sur tes chaussures, tu as un style bien particulier et tu vas devoir trouver un homme qui aime ce style bien particulier.

Molly le fusilla du regard.

— Ah oui ? Tu crois que j'aurais plus de chances si je mettais une de tes chemises ? Je serais sûrement beaucoup plus sexy et raffinée les jambes à l'air ? Bon, au revoir, Julian, dit-elle, se dirigeant vers la porte.

— Molly, arrête. Reviens. Ecoute, j'essaie de comprendre ce qui m'arrive et ce qui t'arrive. Tu sais très bien que tu es une jeune femme ravissante.

En trois enjambées, il l'avait rattrapée et tirée par le bras pour la ramener dans le salon.

— Allez, Molly, dit-il tendrement.

En entendant sa voix douce et affectueuse, elle oublia sa colère.

Impossible de lui en vouloir. Il était prêt à tout pour elle, ça ne faisait aucun doute. C'était bien pour ça qu'elle était là aujourd'hui. Un dimanche matin. Prête à interrompre ses activités de la nuit…

Julian avait toujours été là pour elle et il l'avait maintes fois sortie de situations épineuses.

Personne n'avait été aussi présent dans sa vie.

Hormis sa sœur Kate, qui avait joué le rôle de maman à la mort de leurs parents et avait toujours veillé à son bien-être.

Kate l'avait aidée dans son parcours scolaire, dans sa vie de tous les jours, la rassurant et assumant le rôle de leurs parents décédés.

Même si à ses yeux Julian était tout, elle était néanmoins pleinement consciente que c'était un tombeur.

Elle était d'autant plus contente de partager cette amitié exclusive avec lui, sans que l'amour charnel vienne compliquer les choses.

Pourtant, il y a bien longtemps, elle avait eu des sentiments pour lui qu'elle avait dû étouffer.

Pourquoi repensait-elle à cela aujourd'hui ?

C'était du passé.

A présent, elle devait se tourner vers l'avenir.

Et il semblait que son avenir serait lié à celui de Garrett.

— Ecoute, Julian, je sais que c'est étrange mais je crois avoir des sentiments pour ton frère…

— Depuis quand ? l'interrompit-il, presque violemment.

— Depuis…

Non, elle ne pouvait pas lui dévoiler son secret.

Du moins, pas maintenant.

— Laisse tomber, tu ne peux pas comprendre.

— Non, en effet, je ne comprends pas. Garrett nous a toujours agacés, toi et moi, donc je tombe des nues, lâcha-t-il sèchement.

Elle se raidit, sur la défensive.

— Oui, il nous agaçait. Mais c'était avant…

— Avant quoi ?

— Avant que je ne m'aperçoive que…

Qu'il a envie de moi. Avant qu'il ne me dise toutes les choses qu'il m'a dites en m'embrasant, en me caressant, en me…

Son estomac se noua en repensant à la scène.

— Je… C'est vraiment difficile à expliquer, mais il y a eu un revirement de situation. Quelque chose a changé. J'ai cru percevoir qu'il avait des sentiments pour moi, même si cela m'étonne et que je ne sais pas trop quoi en penser.

Bizarrement, elle n'arrivait pas à le regarder dans les yeux.

A court d'arguments, elle se laissa tomber sur le canapé en cuir.

Un long silence s'installa. A mesure qu'il s'étirait, Molly prit conscience que l'atmosphère s'était modulée, comme si le champ magnétique s'était inversé.

Elle se sentait attirée vers Julian, connectée par un lien invisible qui se tissait peu à peu entre eux, fort et irrésistible.

Soudain, Julian éclata de rire, rompant le charme. C'était un rire nerveux, sec et amer, aux antipodes des sensations qu'elle venait de ressentir.

— Je n'arrive pas à y croire ! s'exclama-t-il.

Molly observa les traits de son visage qui s'étaient

refermés, lui offrant des yeux voilés d'une lueur sombre et indescriptible.

Elle n'avait jamais vu Julian en colère, mais son visage des mauvais jours devait ressembler de près à l'expression qu'il arborait en cet instant.

Sa gorge s'assécha lorsque son regard tomba de nouveau sur les abdominaux impeccables de Julian, et la naissance du triangle qui descendait vers…

Elle se rappela à l'ordre.

En venant ici, son but n'était pas de s'extasier devant le corps sublime de Julian, mais de trouver un moyen pour attirer l'attention de Garrett. Au plus vite.

— Julian…

Que dire ?

Son torse sculpté à merveille n'aidait en rien à lui faire retrouver sa concentration.

— S'il te reste encore une chemise dans ton dressing, tu pourrais en enfiler une le temps qu'on finisse notre conversation, s'il te plaît ? Je n'ai rien contre le fait que tu exhibes tes pectoraux et tes abdos d'athlète, mais disons que… la vue me… fait penser à Garrett et me donne très envie de lui, ajouta-t-elle maladroitement.

Julian parut piqué au vif.

— Tu sais très bien que Garrett n'est pas bâti comme moi, dit-il d'un air faussement taquin en gonflant ses biceps.

— Tu te trompes.

— Je suis son petit frère, mais je peux t'assurer que je le mets au tapis en moins de cinq secondes.

— Arrête ton cinéma. La seule chose où tu

surpasses ton frère, et de loin, c'est au niveau du nombre de filles que tu ramènes dans ton lit.

— Ah oui ? Madame tient les comptes ?

— Non, mais tu n'es qu'un chaud lapin.

— Un chaud lapin ?

— Tu mérites bien ça, après m'avoir dit que je ressemblais à un épouvantail.

— Tu as délibérément omis l'autre partie de la phrase, celle où j'ajoutais que je te trouvais ravissante.

Julian se laissa à son tour choir dans un fauteuil en cuir.

Ils restèrent de longues secondes à fixer le vide, sans mot dire.

Une fois de plus, ce fut Julian qui brisa le silence.

Sa voix avait retrouvé un ton quasi normal, Molly en fut rassurée.

— Tu as raison. Niveau tableau de chasse, je suis meilleur que mes deux frères. Cela dit, Landon n'est plus dans la course puisqu'il est marié.

Il s'adossa confortablement dans le fauteuil, lui offrant un sourire qu'elle n'avait jamais vu chez lui, mi-charmeur, mi-dangereux. Puis il mit les deux mains derrière la nuque, en toute décontraction.

A présent, il semblait satisfait, comme s'il venait d'avoir un déclic, un moment de réflexion personnelle l'ayant amené à faire un choix décisif.

— O.K., je veux bien t'aider à jouer un tour à Garrett. Il s'est toujours montré très protecteur envers toi et Kate, et il perdrait la tête s'il apprenait que tu sortais avec quelqu'un sans lui avoir demandé la permission. En fait, ce qu'il te faut, c'est un homme prêt à faire semblant d'être ton petit ami pour faire réagir Garrett et attirer son attention. De préférence, un homme ayant une réputation de coureur, pour faire enrager Garrett.

Molly applaudit, ravie que Julian accepte enfin de se rallier à sa cause.

Puis elle s'arrêta net.

— C'est une très bonne idée. Mais qui accepterait de jouer ce rôle ? Où vais-je trouver ce fameux « faux petit ami » ?

— Mais Molly chérie, cet homme est en face de toi.

La réponse de Julian produisit l'effet escompté. Molly était immobile, abasourdie, comme si elle venait de recevoir un choc électrique.

— Pardon ? Tu peux répéter ? Je crois que j'ai mal compris. Viens-tu de me proposer de jouer le rôle de mon faux petit ami ?

— Oui.

Il avait assez de self-control pour paraître calme. Intérieurement, en revanche, c'était la foire d'empoigne, avec des idées qui fusaient dans tous les sens. Des doutes aussi, mais pas question de faire marche arrière.

Il avait eu une révélation en étudiant en silence le plan que Molly était venu lui proposer, et à présent il allait mettre son propre plan à exécution.

C'était risqué, mais le jeu en valait la chandelle et rien ne pourrait l'arrêter.

— Tu crois vraiment que c'est possible ?

Julian la trouvait adorable d'incrédulité. On aurait dit une petite fille qui venait de gagner le plus gros prix d'un stand de tir.

Ses grands yeux bleus magnifiques donnaient envie de s'y plonger.

En cet instant, il aurait déplacé des montagnes pour elle. Jamais il n'avait vu un regard aussi innocent et limpide, une expression aussi transparente et ouverte.

Aux yeux de Molly, il avait l'impression d'être un super-héros.

Amusé, il lui expliqua la situation de son point de vue.

— Oui, je crois que c'est un scénario envisageable. Je n'ai pas de petite amie officielle et j'accepte volontiers de jouer le rôle de ton petit ami.

Il avait tenté de mettre l'accent sur « jouer le rôle », mais finalement c'est « ton petit ami » qui semblait le plus important dans tout ce qu'il avait dit.

— J'ai l'impression que tu te moques de moi, dit-elle gravement, immobile sur le canapé telle une statue de pierre.

S'il avait eu une once de bon sens, c'est ce qu'il aurait dû faire, en effet. Se moquer d'elle, et se moquer de lui par la même occasion. Mais malheureusement, ou heureusement, il était sérieux. Il n'avait jamais été aussi sérieux de sa vie.

— Molly, je ne me moque pas de toi.

De nouveau elle l'examina, incrédule.

— Donc tu veux bien faire semblant d'être amoureux de moi ? Ce ne sera pas trop dur ?

Il acquiesça en silence, résistant à l'envie d'effacer une tache de peinture sur sa joue.

— Non, Molly, ce ne sera pas trop dur de faire semblant d'être amoureux de toi, répondit-il, frappé par l'ironie de la situation.

Elle bondit sur ses pieds.

— Mais c'est génial ! Comme ça, quand Garrett nous verra ensemble, il sera super jaloux ! Combien de temps penses-tu qu'il faudra pour qu'il fasse sa déclaration ? Quelques jours ? Une semaine ?

Julian l'observa en silence, décontenancé. Elle avait vraiment l'air très éprise de son frère.

Il n'en revenait pas, il aurait voulu qu'on le pince pour le tirer de ce mauvais rêve. Molly était-elle réellement amoureuse de son frère ou bien était-ce un phénomène passager dicté par les aléas du destin ?

Ce n'était pas tant la différence d'âge qui le gênait. Après tout, dix ans, ce n'était pas la mer à boire. Mais les frères Gage avaient toujours été très disciplinés envers les filles Devaney.

Comment Molly avait-elle pu avoir l'impression qu'il l'aimait ?

Et quand ?

Quelque chose clochait, mais il n'arrivait pas à savoir par où commencer pour remettre de l'ordre dans cette situation.

Garrett était quelqu'un de raisonnable qui n'enfreignait jamais les règles et leur mère leur avait toujours interdit d'avoir des relations autres que familiales et amicales avec Molly et Kate.

De plus, Garrett, comme leur mère, avait toujours vu d'un mauvais œil la grande complicité qui l'unissait à Molly, ne ratant pas une occasion de tenter de mettre fin à leur amitié en les séparant ou en menaçant de le faire.

Donc aujourd'hui, il ne comprenait pas comment Molly pouvait se croire amoureuse de Garrett.

Que se passait-il ?

Julian et Molly étaient amis. Soudés, unis. Pour toujours.

Dans les contacts du téléphone portable de Molly, Julian était numéro 1, 2 et 3. Le premier était celui de son bureau, le second de son portable et le troisième de son appartement.

Elle avouait souvent, même si c'était sur le ton de la plaisanterie, que leur relation amicale était encore mieux qu'une relation de couple et qu'elle avait plus de chance de durer que la plupart des mariages.

Mais à présent, Julian n'avait plus qu'une mission en tête. Molly venait de lui avouer qu'elle avait des sentiments pour Garrett, soit, et il était bien décidé à l'aider. A se rendre compte qu'elle n'était pas amoureuse de Garrett Gage. Point final.

— Alors, Julian, combien de temps faudra-t-il, à ton avis ? répéta-t-elle, le tirant de ses réflexions.

— Disons un mois, répondit-il en l'observant pour tenter d'évaluer à quel point elle pensait être amoureuse de son frère.

Il la connaissait bien et ses yeux la trahissaient.

Elle avait bel et bien l'air d'être éprise d'un homme. Mais cet homme était-il réellement Garrett ? Cette question le dérangeait, à plus d'un niveau.

— Tu penses vraiment que ça peut marcher ?

— Molly, ne t'inquiète pas. Aucun homme amoureux ne supporterait de voir sa conquête dans les bras d'un autre. Crois-moi.

Les pommettes couleur pivoine, le regard scintillant, Molly se jeta dans ses bras, l'embrassant sur les joues.

— Je n'en reviens pas que tu acceptes de faire ça pour moi, Jules ! T'es vraiment le meilleur. Merci !

Alors que ses mains se resserraient autour de sa taille, il eut l'impression d'avoir reçu une décharge électrique qui l'immobilisa sur place.

Sentir Molly ainsi collée à lui fit naître des émotions qu'il ne voulait pas éprouver en cet instant, étant donné les circonstances. Son corps était chaud, son odeur enivrante, elle était belle et tendre dans ses bras…

Le pire c'est qu'elle faisait durer le plaisir, ou du moins, dans son cas, l'inconfort. Se resserrant contre lui, elle l'embrassa de nouveau sur la joue, puis leva ses magnifiques yeux océan vers lui.

— Jules, tu es le soleil de ma vie. Je ne sais pas ce que je ferais sans toi. Et je ne vois pas comment je pourrai un jour te remercier pour tout ce que tu fais pour moi.

Sentant le désir monter, il trouva une excuse pour s'arracher à son étreinte délicieuse.

— Ne me remercie pas tout de suite. Attendons de voir le résultat.

— Tout va se passer à merveille, j'en suis certaine. Et d'ici la fin du mois, je serai probablement fiancée.

Il leva les yeux au ciel. Dans quel projet farfelu venait-il de s'engager ?

— Oui, enfin, on verra. On ne va pas déjà fixer la date du mariage, ce serait un peu précipité, dit-il sur le ton de la plaisanterie.

Intérieurement, il ne plaisantait pas.

— Tu as raison.

— Et surtout, n'oublie pas qu'il va falloir avoir le cœur bien accroché, car les membres de ma famille ne seront pas forcément ravis quand ils apprendront la nouvelle.

Elle fronça les sourcils, mettant les mains sur les hanches, visiblement étonnée de sa remarque.

— Pourquoi ? Je ne suis pas assez bien pour toi ?

— Non, pas du tout, répondit-il, sentant qu'il en avait un peu trop dit.

Il se tourna vers la fenêtre pour ne pas lui montrer à quel point il avait le cœur lourd.

C'était sa famille à lui qui pensait qu'il n'était pas assez bien pour elle.

- 2 -

— Tu me fais marcher ! Je ne te crois pas un seul instant.

Julian s'adossa nonchalamment à son fauteuil tout en regardant son frère Garrett faire les cent pas dans son bureau du *San Antonio Daily*, un journal que la famille Gage avait fondé dans les années 1930.

— Je suis plus jeune que toi et je te dois le respect, mais si tu continues à adopter cette attitude envers moi, je n'hésiterai pas à t'infliger une correction. Je te préviens.

— Si je comprends bien, tu as réussi à attirer Molly dans ton lit ? Et tu es content de toi ?

— Je n'ai jamais dit que je l'avais attirée dans mon lit. J'ai dit que nous avions découvert des affinités qui vont au-delà de notre amitié. Cela dit, le scénario du lit n'est pas exclu, dans la mesure où Molly va emménager avec moi, ajouta Julian, sûr de lui.

Il n'avait pas parlé à Molly de cette idée d'emménagement, mais elle accepterait sans doute.

De plus, voir son frère rougir de frustration et de colère en apprenant ce nouvel élément ne faisait qu'augmenter son contentement.

Garrett semblait stupéfait et furieux.

La veille, Molly et lui avaient discuté des trois règles de base pour leur couple nouvellement formé.

Premièrement, il n'était pas question pour l'un ou l'autre d'avoir une relation autre que la leur, si temporaire soit-elle. Deuxièmement, en public, ils devraient montrer combien ils s'aimaient par des signes d'affection. Troisièmement, ils ne devaient sous aucun prétexte dévoiler que leur relation était un arrangement.

Cette dernière règle semblait compter tout particulièrement aux yeux de Molly, qui voulait qu'ils soient tous deux profondément absorbés dans cette nouvelle relation, pour en renforcer la crédibilité.

Julian était de tout cœur avec elle.

Il voulait lui aussi que leur relation paraisse crédible aux yeux de sa famille et de leurs proches. Mais pas pour les mêmes raisons que Molly.

De plus, il aimait vraiment l'idée d'exaspérer son frère. Il n'avait rien contre lui, mais Garrett avait tendance à se prendre un peu trop au sérieux et à jouer à l'homme parfait. De plus, depuis que leur frère aîné, Landon, était parti en lune de miel, Garrett avait l'impression que tout le poids de la famille et du journal reposait sur lui.

Entre frères, ils s'aimaient et s'appréciaient, mais depuis longtemps Julian avait envie de donner une leçon à Garrett.

Grâce à Molly, il en avait enfin l'occasion. Mais grâce à Molly, il avait également passé la pire nuit d'insomnie de sa vie.

Il n'arrivait pas à comprendre comment elle pouvait se croire amoureuse de Garrett.

Aujourd'hui, il prenait un malin plaisir à regarder son frère, les traits tendus, les mains crispées autour de sa tasse de café.

— Je peux savoir depuis quand Molly et toi avez découvert davantage « d'affinités » entre vous ?

— Depuis qu'on a commencé à s'envoyer des sextos, répondit-il de but en blanc, sans ciller.

Voyant son frère lever les yeux au ciel et avant que celui-ci ne rebondisse, il ouvrit son portable et lut ses messages, pour faire semblant d'être en relation constante avec Molly.

— C'est fou ce que cette fille m'excite.

Il prit le temps d'envoyer un message à Molly.

Aux yeux de son frère, il envoyait sûrement un SMS chargé d'allusions sexuelles, alors qu'en réalité, le contenu était comme suit :

> Je l'ai dit à Garrett. Il est fou. Je te raconterai au dîner.

N'y tenant plus, Garrett laissa exploser sa colère.

— Kate est au courant de cet emménagement et de vos échanges de messages sexuels ? demanda-t-il d'un ton tellement sérieux que Julian eut envie d'éclater de rire.

— J'imagine, mais c'est à Molly de gérer.

La réponse de Molly ne tarda pas.

> Pas étonnant que ma sœur et lui s'entendent aussi bien !

Julian répondit aussitôt.

Tu veux dire que Kate ne me vénère plus comme un dieu vivant ?

Molly rebondit.

Très drôle, cher amant. Mais attention. Elle use de sa spatule comme d'une arme redoutable.

Julian sourit en lisant sa réponse. Ah, Molly… La lumière de sa vie.

Son frère l'obligea à lever les yeux de son écran de téléphone portable.

— Qu'est-ce que tu n'as pas compris ?

Garrett le fixait, visiblement mécontent. Dans un dessin animé, il aurait eu de la fumée lui sortant des oreilles.

— Je ne vois pas ce que tu veux dire.

— Toutes ces années, Landon, maman et moi t'avons mis en garde contre Molly. Qu'est-ce que tu n'as pas compris dans nos mises en garde ?

Julian monta aussitôt au créneau.

— J'ai très bien compris ce que vous m'avez dit. La première fois, la dixième fois et même la centième fois. Maintenant, à moi de te dire quelque chose : je n'ai plus rien à faire de vos mises en garde. Tu comprends ?

Garrett serra les mâchoires.

— Je vais convoquer Molly pour lui dire deux mots. Je suis sûr que c'est dans son intérêt de revoir sa décision et de revenir dans le droit chemin.

— Le « droit chemin » ? Non mais tu t'entends ?

— Parfaitement. Et tu sais quoi ? Je vais te donner un conseil et tu ferais bien de le suivre.

— Ah oui, lequel ?

— Tu n'as pas intérêt à lui faire de mal, sinon tu pourrais le regretter.

Julian était hors de lui.

Il ignorait si c'était parce que son frère le menaçait, ou parce que Garrett se montrait trop protecteur envers Molly et que, par conséquent, il avait peut-être des sentiments pour elle, mais dans tous les cas, sa patience avait atteint ses limites.

Difficile de cacher à quel point il était irrité par le comportement de son frère.

Instantanément, il fut replongé des années en arrière, quand il était adolescent, et qu'à plusieurs reprises Molly et lui avaient tenté de se rapprocher.

Julian avait toujours eu une relation spéciale avec Molly. Leur lien semblait plus fort que tout. Mais chaque fois que leur amitié avait été sur le point de se développer en une relation plus sérieuse, sa famille était intervenue, tentant de le faire chanter, le harcelant, le forçant à changer d'avis, à ne pas franchir le cap.

Plus d'une fois, il avait été envoyé à l'étranger, sous un prétexte ou un autre, parce que Kate, Landon, Garrett et sa mère avaient jugé qu'il avait regardé Molly de trop près.

Julian avait dû se persuader, tant bien que mal, que Molly devait rester une amie.

A force d'entendre sa famille lui dire qu'il n'était qu'un play-boy, à l'âge adulte, il s'en était lui-même convaincu. Il pouvait avoir toutes les filles de la terre, sauf Molly. C'était la règle. Et jour après jour, cette règle lui avait donné le sentiment d'être pieds et poings liés, de ne pas pouvoir vivre sa vie comme il l'entendait, de ne pas être en mesure de donner libre cours à ses sentiments.

Cette situation l'avait rendu malheureux.

A présent, le fait que son frère tente une nouvelle fois de l'écarter de la femme qui comptait le plus dans sa vie le mettait dans une rage folle.

En regardant son frère, il voyait rouge. Mais en regardant l'avenir, il voyait clair.

Peu importe ce que Molly pensait en ce moment, ou ce que son frère comptait faire avec elle, Julian ne permettrait à personne de diriger sa vie.

Il prendrait les devants.

Depuis toujours, il avait envie de Molly. Et il l'aurait. Dans son esprit, ça ne faisait aucun doute.

Cette fausse relation temporaire avec elle tombait à pic.

Elle lui donnerait l'occasion d'explorer des sentiments qu'il gardait enfouis en lui depuis toujours.

Calmement, il se leva, fit le tour de la table et vint poser sa main sur l'épaule de son frère.

— Tu sais quoi ? Moi aussi j'ai un conseil pour toi, et tu ferais bien de le suivre. Ne te mêle pas de ma vie privée. Je te le dis une bonne fois pour toutes et je ne le redirai pas. Toi aussi, tu pourrais le regretter, conclut-il d'un ton sec.

Puis il prit sa veste et tourna les talons.

***

— Je n'arrive pas à y croire, Molly. J'ai l'impression que tu essaies de me jouer un tour.

Installée au bar américain de la cuisine, juchée sur un tabouret, Molly regardait sa sœur décorer des gâteaux.

Elle avait l'estomac noué à l'idée de passer sa première soirée avec Julian en qualité de fausse petite amie.

Surtout, elle était impatiente de voir le visage de Garrett lorsqu'il les verrait tous les deux. Avec un peu de chance, Julian jouerait le jeu jusqu'au bout et la prendrait par l'épaule ou la taille d'un geste possessif pour bien indiquer aux autres qu'elle était prise et qu'elle lui appartenait.

— Non, je ne te joue pas un tour. C'est vrai. Tu peux demander à Julian.

Kate avait noué ses cheveux roux en un chignon qui mettait en valeur son beau visage rayonnant. Sa sœur était pleine d'énergie, toujours prête à se lancer dans un projet ou un autre. C'est pour cela que le service de restauration sur commande qu'elle avait créé avec Beth, la femme de Landon, avait tout de suite décollé. C'était une excellente cuisinière, doublée d'une femme au corps de rêve.

Molly n'avait jamais cherché à mettre sa silhouette ou sa poitrine en valeur, alors que sa sœur était toujours habillée avec goût et des tenues seyantes.

— Toi et Julian ? Non, désolée, je n'y crois pas. Les filles avec qui il sort sont toujours tellement…

— Ne dis rien ou je pourrais mal le prendre, la coupa aussitôt Molly.

Sa sœur soupira tout en sortant un plat de cookies

du four, qu'elle allait maintenant emballer individuellement.

— D'accord, je ne dirai rien, mais tu vois ce que je veux dire ?

Molly se leva pour aller se regarder dans la glace de l'entrée, se souvenant de la remarque blessante que Julian avait formulée concernant son style « épouvantail ».

— Je sais ce que tu allais dire. Ses conquêtes sont des filles grandes, sexy et glamour.

Mais je m'en fiche puisque je ne veux pas Julian. Je veux Garrett.

Ses lèvres brûlaient encore chaque fois qu'elle repensait au baiser fougueux qu'ils avaient échangé lors du bal masqué. Elle se souvenait aussi du grognement incroyablement sexy qu'il avait laissé échapper contre sa bouche, comme s'il avait depuis longtemps hâte de s'emparer de ses lèvres, de les aspirer, de les sucer, de les lécher, de les faire siennes…

Une vague de chaleur intense s'empara d'elle, la laissant pantoise, les jambes molles.

Il était temps de remettre de l'ordre dans ses idées et de reprendre le fil de la conversation, car Kate l'observait en silence.

Sa sœur éclata de rire.

— Tu semblais complètement absorbée dans tes pensées. Décidément, tu as l'air d'être vraiment éprise de Julian. Je n'ai rien contre lui, mais la personne qui envisagerait de faire sa vie avec lui serait inconsciente et je ne veux pas que tu sois cette femme-là.

Molly était sur le point de lui dire que jamais elle ne serait inconsciente au point de tomber amoureuse de Julian. Aussitôt elle se ravisa, se rappelant qu'elle était censée être sa petite amie. Mais intérieurement, elle ne voulait surtout pas devenir la trois millième conquête de Julian.

Kate, qui avait repris l'emballage de ses cookies, s'arrêta de nouveau.

— Mais dis-moi, comment cela est-il arrivé ? A-t-il soudain… ?

— A-t-il soudain réalisé que la petite Molly était la femme de sa vie ? Oui, c'est ça !

La voix de baryton qui avait fini la phrase de Kate fit sursauter Molly.

Elle frissonna à la vue de Julian qui venait d'entrer dans la cuisine.

— Depuis quand on ne frappe plus aux portes ? s'enquit Kate, taquine.

— Elle était ouverte… Je me suis permis d'entrer pour vous surprendre. J'ai bien fait, on dirait !

Molly observait Julian, l'allure impeccable.

Puis elle fut accablée de découragement. Ce n'était pas juste. Encore une fois, il la surprenait couverte de peinture.

Mais aussitôt, elle se souvint que cela n'avait aucune espèce d'importance, puisque son but n'était pas d'impressionner Julian mais Garrett.

Comme toujours, Julian était à la fois viril et plein de style. Chemise noire pour le côté homme d'affaires, veste de costume jetée par-dessus l'épaule pour le côté décontracté, sa cravate à moitié défaite pour le côté sexy, ses cheveux légèrement en bataille pour le côté un peu voyou.

Bref, il était beau à croquer.

Bien entendu, Molly n'avait pas du tout envie de le goûter. Mais une autre femme serait sûrement tentée. D'ailleurs, à la réflexion, toutes les femmes étaient tentées.

Pas elle.

Vraiment ?

Oui, vraiment.

Elle était tout à fait lucide par rapport à Julian.

Alors qu'il avançait vers elle d'une allure assurée, comme s'il la possédait, elle se félicita de cette lucidité. Sans ça…

Sans ça, elle aurait pu perdre pied.

Il lui offrit ce sourire taquin qu'elle connaissait depuis son enfance.

— Je ne sais pas ce que ta sœur t'a raconté, Molly, mais ne la crois pas. Elle a toujours été amoureuse de moi, donc elle doit sûrement être jalouse.

Ses bras musclés vinrent l'enlacer par la taille alors que son visage plongeait vers elle pour l'embrasser.

Avant qu'elle n'ait eu le temps de le voir venir, il était déjà collé à elle.

Ses seins se retrouvèrent écrasés contre son corps ferme, alors que sa bouche prenait déjà avidement possession de ses lèvres tremblantes et qu'il l'embrassait à la perfection.

C'était même… plus que parfait !

Comme c'était bon…

Soudain, quelque chose en elle la fit tiquer. Un instinct ? Une réaction physique ?

Devait-elle repousser Julian ? Non, puisque cela faisait partie des trois règles énoncées lors de la signature du contrat. En public, ils devaient se témoigner des signes d'affection pour renforcer la crédibilité de leur couple.

Avait-elle envie de le repousser ? Non, mais à cela, elle n'avait aucune explication et c'était très déstabilisant. En effet, le seul homme qu'elle aurait dû avoir envie d'embrasser en cet instant, c'était Garrett.

Cela dit, à la réflexion, Julian embrassait exactement comme son frère. Elle ressentit la même ardeur, la même dextérité, elle éprouva les mêmes frissons.

Etrange…

Ses délicieuses lèvres de cow-boy se pressaient contre les siennes avec une agilité déconcertante, une douceur enivrante et une langueur qui la fit basculer dans un monde inconnu. Et exquis. Elle était littéralement hypnotisée.

Ce baiser la transportait au soir où son monde avait chaviré et qu'elle s'était aperçue trop tard qu'on lui avait dérobé son cœur.

Aujourd'hui, sous l'emprise de Julian, elle n'était même plus sûre de pouvoir tenir sur ses jambes. L'envie de se coller à lui et de sentir sa virilité l'embrasa alors que le baiser s'approfondissait.

Puis il s'arracha à elle. La laissant orpheline de sensations délicieuses, perdue et ébahie.

En vrai gentleman, il la maintint par le coude pour s'assurer qu'elle ne tombe pas à la renverse.

Il lui dit quelque chose lorsqu'elle remit les pieds

sur terre, mais son esprit était trop confus pour comprendre.

Peut-être était-ce « bonjour » ?

Sa voix était plus rauque que jamais, ses yeux charmeurs, sa mine souriante. Chancelante, elle fixait sa bouche, sans comprendre ce qu'il disait. Ses lèvres viriles étaient devenues le centre de son attention, l'amenant à une question cruciale : comment ces lèvres-là avaient-elles pu la mettre dans un tel état et lui procurer autant de plaisir ?

Même ses jambes la soutenaient à peine.

Cette arrivée en fanfare l'avait chamboulée et elle le lui fit savoir à sa manière.

— Mais JJ, que fais-tu ici ? s'exclama-t-elle, utilisant exprès son surnom de jeunesse pour l'embêter, voire le punir.

Julian ne sembla pas prendre la mouche. Avalant un cookie sans demander la permission tout en la fixant d'un regard qu'elle n'arrivait pas à déchiffrer, il prit le temps de déguster le biscuit avant de lui répondre :

— Je venais voir où en était mon lapin d'amour, dit-il, sûrement pour l'énerver à son tour.

S'approchant d'elle, il lui pinça les fesses puis lui murmura :

— JJ ? Je te préviens, tu vas me le payer.

Elle se força à glousser pour que sa sœur ne se doute de rien, alors que ses fesses la brûlaient.

Comment pouvait-elle se venger sur-le-champ ? Elle dit la première chose qui lui vint à l'esprit en voyant l'air décontenancé de sa sœur.

— JJ adore que je l'appelle comme ça quand on… Enfin, tu vois ?

Kate se retourna aussitôt vers Julian, spatule tendue vers lui telle une épée.

— JJ ? Alors là, je suis très étonnée. Je pensais que tu détestais qu'on t'appelle comme ça.

Julian lança un regard d'avertissement à Molly.

— En effet, c'est toujours le cas, je déteste ce surnom. Mais Molly m'appelle comme ça quand elle a très envie que je lui donne la fessée.

Elle qui croyait avoir réussi à se venger, elle dut s'avouer vaincue, les joues rouges comme des pivoines.

Elle aurait voulu s'enfoncer mille pieds sous terre. Quelle honte !

A présent, sa sœur allait penser qu'elle était une adepte de la fessée.

Profitant que Kate lui tournait le dos, elle fit les gros yeux à Julian pour manifester son mécontentement. Elle avait besoin de s'éclipser quelques instants pour reprendre ses esprits.

— Julian, je dois faire un saut dans ma chambre pour tenter de me faire belle pour toi. Enfin, disons, sexy et raffinée, comme tu aimes. Je suis sûre que Kate et sa spatule seront ravies de te tenir compagnie, dit-elle en quittant la cuisine.

Ni une ni deux, il la talonna.

— J'ai une bien meilleure idée, mon cœur. Et si je t'aidais à t'habiller ?

Et voilà que, sans qu'elle ait eu le temps de se retourner, il l'avait suivie dans sa chambre, laissant Kate à ses cookies. La pauvre, elle devait vraiment se demander quelle mouche avait piqué sa petite sœur.

Molly vida ce qu'elle avait sur le cœur.

— Peux-tu arrêter de me provoquer devant ma sœur ? C'est agaçant ! Et arrête de m'appeler « mon lapin », dit-elle, le poussant contre la porte qu'il venait de refermer.

Il se pencha vers elle, sachant très bien qu'elle ne faisait pas le poids et qu'il pouvait n'en faire qu'une bouchée s'il le souhaitait.

— Tu plaisantes ? Qui provoque qui ? Tu sais très bien que je ne supporte pas qu'on m'appelle JJ !

— Je t'ai appelé JJ car tu n'avais pas à m'embrasser comme tu l'as fait dans la cuisine sans me prévenir. Non mais, franchement !

— Un, ça fait partie des règles, et deux, si tu oses m'appeler encore une fois JJ, je te préviens, je t'embrasserai avec la langue. Donc si tu le refais, je penserai que c'est une invitation.

Il la fixa du regard, intransigeant. Elle le fixa en retour, éberluée.

Alors qu'il lui parlait, elle avait ressenti un tourbillon de désir s'emparer de son ventre, manquant de la faire chanceler. C'est le mot « langue » qui avait déclenché chez elle une vague de sensations sans précédent. Elle se demandait de quoi Julian était capable avec sa langue. Etait-ce là son secret de don Juan et la raison pour laquelle toutes les filles tombaient à ses pieds ?

— C'est bien clair, Molly ? insista-t-il en la prenant par la nuque pour la forcer à le regarder dans les yeux.

Elle fut choquée de constater qu'elle venait de fixer sa bouche pendant de longues secondes. Décidément, cela devenait une habitude, chez elle.

Elle acquiesça en silence.

Intérieurement, elle était terriblement tentée de se rebeller et de lui répondre « Oui, JJ » pour le pousser à bout.

Mais elle se ravisa.

Se rappelant un autre détail de la scène qui s'était déroulée dans la cuisine, elle lâcha un soupir de frustration, le repoussant pour de bon.

— Et pourquoi es-tu allé raconter à Kate que j'aimais que tu me donnes la fessée ? Tu te rends compte ? Peux-tu me dire pourquoi tu as dit ça ?

— Oui. Parce que parfois j'ai vraiment l'impression que tu as envie que je le fasse.

Et sans perdre un instant, il lui asséna une tape sur chaque fesse.

Au comble de la stupéfaction, elle le regarda s'avancer vers le dressing, la laissant se débattre avec des émotions fortes et déconcertantes, ainsi que des fesses piquantes… et probablement rouges !

— Voyons voir, dit Julian en descendant une valise.

— Nous partons en voyage ?

— Non, mais j'ai dit à l'homme de ta vie que tu emménageais dans mon appartement, pour que ça fasse plus vrai, donc tu dois faire ta valise.

— Il était jaloux ?

— Il était furieux.

— Dans ce cas, j'accepte ton offre.

- 3 -

— Alors raconte-moi. Garrett a dit quoi d'autre, quand tu lui as annoncé la nouvelle ?

Ils étaient en voiture et rentraient chez Julian après s'être arrêtés faire quelques courses.

Molly ne connaissait pas le métabolisme des hommes, ni leur régime alimentaire, mais il lui semblait que Julian avait toujours faim.

Cela dit, il faisait énormément de sport. Foot, basket, kayak, et des sports extrêmes. Il entretenait à merveille son corps musclé et ferme, sculpté à la perfection. Ses abdominaux la faisaient saliver, comme ils devaient faire saliver toutes les femmes qu'il rencontrait, et le teint légèrement doré de sa peau ne venait pas de la lumière des bureaux du *San Antonio Daily*.

Il avait une telle forme physique !

Il était sûrement en mesure de conclure un décathlon en un temps record, comme il concluait avec les femmes, d'ailleurs.

Cette pensée en amena une autre : quand Garrett se déciderait-il à conclure avec elle ?

Julian gara son Aston Martin gris métallisé devant une boutique qui vendait de la glace au yaourt.

— Attends-moi dans la voiture, je n'en ai pas pour longtemps.

— Tu peux me prendre un milk-shake avec…

— Trois cerises ? Une à mâcher, une à sucer, une pour le fond ?

Molly acquiesça, tout sourire. Ils se connaissaient par cœur.

C'était un sentiment tellement agréable de partager ces moments avec Julian.

Il ne tarda pas à revenir avec leur commande.

Alors qu'elle avalait goulûment son milk-shake, une inscription sur son gobelet en carton attira son attention.

— Julian, peux-tu m'expliquer pourquoi il y a un numéro de téléphone sur mon verre ?

Sans mot dire, le regard rivé droit devant lui, il démarra le moteur.

— Julian ! Tu es vraiment incorrigible !

Il leva une main du volant.

— Mais, je n'y peux rien…

— C'est ça.

— Je te jure, Molly. Je n'ai rien demandé.

Elle secoua la tête, incrédule. Mais comment lui en vouloir ? Et comment en vouloir à la serveuse qui avait vu juste dans son jugement ?

Julian n'y pouvait rien. Il était doté d'un visage et d'un physique qui attiraient les femmes, les laissant chancelantes, sans voix… et sans cervelle !

C'était un fait incontestable.

Néanmoins, cela la contrariait.

— Non, mais tu te rends compte ? Franchement,

je ne vois pas quelle fille saine d'esprit serait assez bête pour tomber dans le panneau.

Il venait d'enclencher la marche arrière, mais s'arrêta pour lui prendre le visage dans sa main.

— Toi, apparemment.

— Oui, enfin je te rappelle que nous sommes dans un scénario fictif, dit Molly, éclatant de rire alors qu'elle mangeait sa première cerise.

— Pour le moment, ajouta Julian sur un ton mystérieux.

Molly ne releva pas.

— Tu ne m'as toujours pas raconté ce que Garrett avait dit.

Julian termina sa manœuvre puis emprunta la voie rapide.

— Il a parlé d'un duel, à l'aube.

Molly entama la deuxième cerise, qu'elle suça.

— Oh ! s'il te plaît, ne fais pas de moi une veuve avant même que je n'ai eue le temps de me marier !

— Te marier ? Ouaouh, dis donc, les grands mots. On passe directement aux choses sérieuses, si je comprends bien.

— Tu trouves ça choquant que je veuille me marier ?

— Non, mais je trouve juste qu'il ne faut pas précipiter les choses.

Elle cessa de sucer sa cerise. La poussa dans un coin de sa bouche et observa Julian, méfiante.

— J'espère que tu ne parlais pas de provoquer ton frère pour de vrai, de le mettre au tapis à la force de tes muscles.

Il se contenta de sourire. Un sourire sexy et

mystérieux. Comme s'il connaissait un secret qu'elle ignorait.

Elle frissonna. Sûrement à cause du froid. Il avait beaucoup plu au moment de mettre ses affaires dans la voiture de Julian. A présent, ses habits mouillés lui collaient à la peau. De ce fait, la tenue qu'elle avait enfilée avant de partir dans le but d'impressionner Julian avait perdu de son effet.

Tout en sirotant son milk-shake, elle ressentit une excitation grandissante dont elle n'arrivait pas à définir l'origine.

Sur la route, Julian garda le silence tandis qu'elle parlait de leur nouvel arrangement, de la façon dont elle voulait réussir à convaincre Garrett, du fait qu'elle pourrait utiliser une des chambres vides pour faire de la peinture chez Julian, s'il n'y voyait pas d'inconvénient.

Elle avait une exposition à la fin du mois et elle avait encore deux toiles à peindre.

Dès qu'ils arrivèrent chez lui, Julian lui demanda s'il pouvait lui montrer quelque chose tandis qu'Eduardo, le portier, se chargeait de monter ses sacs au douzième étage.

Il la guida vers un autre ascenseur et appuya sur le P pour monter directement au Penthouse.

Lorsque les portes s'ouvrirent, elle découvrit un énorme espace blanc aux murs fraîchement peints, avec d'immenses baies vitrées allant du sol au plafond.

— A quoi va servir cet espace ?

Leurs regards se croisèrent.

Elle fut bouleversée par la fierté qu'elle lut dans les yeux de Julian.

— Molly, je te présente mes nouveaux bureaux.

Elle écarquilla les yeux.

— Tu veux dire que le journal va s'installer ici ?

La famille Gage possédait l'un des plus gros conglomérats de presse du Texas, incluant journaux, sites internet et chaînes de télévision. Cela faisait trois générations que les Gage retiraient un certain pouvoir de cette réussite, qui leur procurait également une immense fortune.

Leurs bureaux occupant un énorme bâtiment en ville, elle avait du mal à imaginer comment l'activité du *San Antonio* pourrait être déplacée dans ce penthouse.

Quelques instants s'écoulèrent dans un silence religieux, comme si Julian était en train de sélectionner soigneusement les mots qui lui permettraient de formuler une réponse.

— Non, Molly, ces bureaux n'ont rien à voir avec le *San Antonio Daily*. Je vais lancer ma propre entreprise.

Elle ne connaissait pas tous les tenants et les aboutissants de l'organisation professionnelle dans la famille Gage, mais elle devinait que cette nouvelle ne serait pas bien prise par les autres membres du conseil de direction.

La prudence était de mise.

— Tes frères savent que tu vas partir, Jules ?

— Pas encore mais je vais le leur dire.

Molly prit le temps de digérer cette nouvelle des plus étonnantes. Son estomac se noua quand elle pensa au drame qui pourrait découler de ce revirement de situation, sachant que la famille Gage avait toujours tourné autour de Julian et de ses frasques de rebelle.

Elle se souvenait de toutes les fois où il avait été envoyé à l'étranger pour telle ou telle action qui n'avait pas plu au reste de sa famille. A chaque absence, il lui avait énormément manqué, comme si elle avait perdu une partie d'elle-même. Ces moments avaient toujours été synonymes de tristesse.

Elle le regarda évoluer parmi les bâches en plastique recouvrant du mobilier certainement fait sur mesure par un designer renommé.

Pourquoi Julian avait-il décidé de briser le lien avec l'entreprise familiale ?

En tant que dirigeant des relations publiques et chef de la publicité au *San Antonio Daily*, d'après elle, il avait la part du lion.

En effet, il recevait le même salaire que ses deux frères, et le même nombre de parts dans la compagnie, mais il avait beaucoup moins de responsabilités, ce qui lui permettait d'avoir un temps phénoménal pour sortir, s'amuser, accumuler les conquêtes, piloter son *Cessna*, et s'adonner à ses sports favoris.

Alors pourquoi quitter le *San Antonio* ?

Elle le suivit à travers la pièce. Une fois à sa hauteur, elle tenta de rétablir le contact.

— Je ne savais pas que tu étais malheureux dans ton travail.

Il fixait l'horizon à travers l'une des grandes

baies vitrées, le soleil illuminant de mille reflets ses yeux émeraude.

— Je n'étais pas malheureux, mais je suis mécontent de ma vie et frustré depuis longtemps, donc j'ai décidé de faire le grand saut et de changer de cap.

Molly sentit son cœur se serrer, envahie d'une émotion étrange qui la mit mal à l'aise. En cherchant un peu d'où venait cette réaction, elle comprit qu'elle était déçue qu'il ne lui en ait pas parlé plus tôt. Elle pensait que leur complicité et leur amitié auraient poussé Julian à évoquer avec elle ce projet en amont. Avant même qu'il signe le bail pour le penthouse.

— Et… Depuis quand prépares-tu ce projet ? demanda-t-elle timidement.

Elle voulait en savoir plus… Rectification. Elle mourait d'envie d'en savoir plus, mais elle savait aussi qu'il était inutile de pousser Julian dans ses retranchements, car il n'apprécierait pas. Pour le moment, il ne semblait pas prêt à lui divulguer davantage d'informations.

— Disons quelques années… Ou pour être honnête, depuis toujours.

— Depuis toujours ? Alors là…

Enfin, il se tourna vers elle, lui offrant un sourire tendre, affectueux, satisfait et sincère.

C'était un moment très spécial, d'une complicité inouïe.

En retour, elle lui offrit son plus beau sourire, qui se voulait rassurant et encourageant, même si, intérieurement, elle éprouvait des sentiments conflictuels. D'un côté elle avait envie d'applaudir, de lui sauter dans les bras, de le féliciter d'avoir mené à bien un projet qui lui tenait à cœur. De l'autre… elle se sentait liée de très près aux intérêts de la famille Gage et craignait les réactions en chaîne que la nouvelle provoquerait.

Instinctivement, elle aurait voulu lui demander s'il avait bien réfléchi et s'il était sûr de lui. Mais elle savait que Julian ne serait pas allé aussi loin s'il n'était pas sûr de lui, donc elle s'abstint.

Elle avait toujours soutenu Julian contre sa famille, elle avait toujours été là pour lui, comme il avait été là pour elle, mais aujourd'hui, dans ce penthouse, elle doutait, déchirée par ses sentiments.

Deux semaines plus tôt, elle avait donné son cœur, bien qu'en silence, à Garrett, et elle doutait pouvoir un jour le récupérer. Or elle savait que Garrett se battrait bec et ongles avec Julian pour le garder dans l'entreprise familiale.

Il représentait un immense atout pour la compagnie. Son point fort ? Il se fichait des qu'en dira-t-on et de l'image que les autres avaient de lui. C'était un électron libre capable de beaucoup de choses… qui pouvaient parfois l'entraîner à la limite du danger.

Son style décontracté, son approche incisive, ses manières charmeuses et son allure mystérieuse faisaient de lui le maître des relations publiques au Texas, et un ennemi redouté par la concurrence.

D'après Molly, cela ne faisait aucun doute, sans Julian, le *San Antonio* ne pourrait pas obtenir autant de créneaux publicitaires et les clients ne se bousculeraient pas à leurs portes.

Peut-être que ses frères arriveraient à lui faire changer d'avis ?

Tout en déambulant dans l'espace, elle trouva soudain les murs blancs trop stériles.

— Cet espace mériterait qu'on y mette un peu de couleur, pensa-t-elle à voix haute.

Julian, non loin d'elle, éclata de rire.

— C'est drôle mais ça ne m'étonne pas du tout que tu dises ça ! J'aurais même pu parier que tu dirais quelque chose dans ce genre !

— Dans la mesure où tu me connais depuis vingt ans et que je peins des tableaux colorés, oui, je crois que tu pouvais t'en douter.

D'un geste tendre, il lui caressa le bout du nez.

— J'ai une idée. Je te laisse carte blanche pour me faire une fresque de ton choix sur ce mur.

Molly soutint son regard scrutateur qui semblait vouloir lire au plus profond de son âme.

Bizarrement, elle sentait encore l'endroit où il venait de la toucher. Ce n'était qu'une caresse anodine, mais elle l'avait déstabilisée.

Troublée, elle reporta son attention sur le mur. Déjà, la muse qui sommeillait en elle venait de s'éveiller, l'emplissant de mille et une idées. Mais elle devait calmer ses ardeurs et revenir à la réalité de la situation.

— Tu as perdu la tête ? Tu sais combien je vends mes peintures ? Une fresque murale représenterait un budget énorme. Je dois en parler à mon agent.

Son agent était un expert en art contemporain, il avait représenté les plus grands noms de l'industrie et il s'avérait qu'il était aussi un bon ami de Julian.

— Ne mêle pas Blackstone à ça. Combien tu prendrais pour un projet de ce genre ?

— Environ 150 000 dollars.

— Entendu.

— Mais Julian, tu as perdu la tête ? Je ne peux pas te demander une somme pareille. J'aurais l'impression de voler mon meilleur ami.

— Ne dis pas de bêtises. Ami ou pas ami, on signe un contrat pour 150 000 dollars. Mais fais-moi un joli petit bijou. Aussi joli que toi, ajouta-t-il en lui offrant le plus charmeur et le plus sexy des sourires.

Molly était désarmée, envahie par un sentiment d'excitation difficile à contenir. Ce sentiment était inexplicable. Elle n'arrivait pas à savoir s'il était lié au contrat tacite qu'elle venait de signer avec Julian, ou bien au fait que pour la première fois, il lui avait dit qu'elle était jolie sans ajouter dans la même phrase une critique envers sa tenue vestimentaire.

— Alors, tu acceptes ?

— Mais bien sûr, Jules ! J'accepte !

Dans son empressement, elle l'avait pris par le col de sa chemise pour lui déposer un baiser sur la joue. Ce qu'elle regretta immédiatement, car elle sentit Julian se crisper à son contact.

Alors elle enchaîna aussitôt, pour effacer ce geste maladroit.

— Je commence quand ?

— Demain, si tu veux, répondit-il en se dirigeant vers l'ascenseur.

Molly le suivit, sur un petit nuage. Elle allait

avoir amplement de quoi s'occuper pendant son séjour chez Julian.

C'était palpitant de penser que sa toute première fresque murale serait pour son meilleur ami.

Jusqu'à présent, elle pouvait remercier sa bonne étoile. Elle avait eu beaucoup de chance dans sa carrière artistique. Ses peintures étaient de plus en plus prisées, et son nom apparaissait à côté de grands noms de la peinture contemporaine.

Peut-être que dans sa vingt-troisième année, sa bonne étoile professionnelle déteindrait sur sa bonne étoile amoureuse et lui permettrait de trouver l'homme de sa vie ?

Grâce à l'aide de Julian.

Elle pouvait le considérer comme sa bonne étoile, car sans lui, elle ne serait jamais arrivée jusque-là dans son entreprise amoureuse. Il avait accepté de rendre son frère jaloux et ce facteur serait sans aucun doute un élément clé de son avenir proche.

De retour dans l'appartement de Julian, elle choisit la chambre d'amis qui se trouvait à gauche de celle du maître de maison. La pièce, aménagée dans les tons bleu et vert pastel, avait toujours été sa préférée dans l'appartement. Elle était spacieuse et agréable.

Dans la salle de bains, elle sortit ses produits de beauté et, après une bonne douche, elle enfila une chemise de nuit.

Il s'agissait d'un ancien T-shirt à Julian que sa mère avait remisé pour l'Armée du Salut et que Molly avait pris dans le sac avant qu'il ne soit envoyé. Personne ne savait qu'elle l'avait repêché et Julian ne se souvenait probablement pas qu'il lui ait appartenu.

Une fois prête pour la nuit, elle sortit dans le couloir pour aller proposer à Julian de regarder un film avec elle, mais sa porte était fermée.

Déçue, elle retourna dans sa chambre, s'allongea sur son lit et fixa pendant des heures, les murs, les rideaux, la fenêtre et le ventilateur au plafond.

Le sommeil ne venait pas. Elle ne cessait de penser à Garrett et à la façon dont il l'avait embrassée lors de cette soirée inoubliable. Elle se souvenait parfaitement de ce merveilleux baiser, et chaque soir, tentant de trouver le sommeil, elle revivait la scène qui ne manquait pas de la projeter dans une spirale de plaisir.

— Je crois que je préférerais rester vieille fille, avait dit Molly à Kate, lorsqu'elles s'étaient retrouvées toutes deux sur la terrasse de l'immense demeure des Gage, alors que le bal masqué battait son plein.

Kate avait bien entendu éclaté de rire.

— Molly, pourquoi dis-tu ça ? Tu es adorable, intelligente, belle et gentille. Je crois que tu comblerais plus d'un homme sur la planète.

— Tu le penses vraiment ?

— J'en suis sûre. Crois-moi, tu finiras par trouver l'homme de tes rêves, avait conclu sa sœur.

Molly appréciait vraiment tous les efforts que sa sœur faisait depuis leur enfance pour la rassurer dans les moments difficiles ou les périodes de doutes. Elle était toujours là pour la conseiller, l'encourager.

Cela n'avait pas dû être un rôle facile à remplir,

pourtant Kate avait été comme un père et une mère pour Molly, même si elle n'était pas beaucoup plus âgée qu'elle.

Eleanor avait également été très présente, mais jamais elle n'avait établi de lien maternel avec Molly ou Kate.

— Toi aussi tu mérites de trouver l'homme de ta vie, avait répondu Molly après être restée longuement absorbée dans ses pensées.

— Tu as raison, alors partons à la recherche de ces fameux hommes ! s'était exclamée Kate, sur le ton de la plaisanterie, se jetant de nouveau dans la fête.

Mais Molly avait préféré rester sur la terrasse, regrettant le costume qu'elle avait choisi.

D'ailleurs, ce n'est pas vraiment elle qui avait opté pour ce costume. Disons qu'elle ne résistait jamais à faire des paris avec Julian, et que ce dernier l'avait mise au défi de s'habiller en serveuse de saloon.

Si bien qu'elle avait un corset qui l'empêchait presque de respirer, que sa poitrine était bien trop visible et sa jupe bien trop courte à son goût.

On l'aurait dit tout droit sortie d'un magazine pornographique. C'était la première fois qu'elle portait une tenue aussi osée et cela la mettait mal à l'aise.

Dès qu'elle verrait Julian, probablement déguisé en quelque créature monstrueuse, elle ne manquerait pas de lui dire ce qu'elle pensait de sa fichue idée.

Ayant laissé sa sœur entrer dans la maison, elle s'était retrouvée seule sur la terrasse pour profiter de la nuit étoilée. Elle s'était avancée dans l'ombre, où elle pourrait respirer les merveilleuses odeurs provenant du jardin de la propriété.

Soudain, une silhouette avait attiré son attention.

Zorro ?

Le Fantôme de l'opéra ?

Westley, le héros du film *Princess Bride* ?

C'était un homme, indéniablement. Vêtu entièrement de noir. Et d'une cape noire, un masque en coton couvrant ses cheveux et le haut de son visage. Des bottes noires.

Et ce sourire. C'était Julian, sans aucun doute. Lui seul était capable d'un sourire pareil.

Il avait un sourire de loup qui donnait envie d'être l'agneau qu'il s'apprêtait à dévorer.

Elle surprit son regard qui explorait sa poitrine et instantanément, une onde chaude l'avait traversée.

Il continua à s'approcher.

— Eh bien, te voilà…

Sa voix était rauque, elle ne la reconnaissait pas. Avait-il bu ?

Il sourit de nouveau, et de nouveau, elle fut envahie d'une délicieuse chaleur.

Julian leva le verre qu'il avait à la main.

Il était vide.

Il jura puis se détourna, murmurant dans sa barbe qu'il avait perdu la tête.

Elle fut déçue qu'il soit sur le point de partir car elle comptait lui faire la morale sur le nombre de verres qu'il devait avoir bu.

— Tu comptes me laisser seule sur la terrasse ? s'enquit-elle, joueuse, tentant d'attirer son attention.

Il s'arrêta, fit demi-tour, posa le verre sur la

balustrade puis revint à sa hauteur d'un pas décidé. A chaque enjambée, il pénétrait un peu plus dans l'obscurité où elle avait voulu s'éclipser un instant.

Il ne souriait plus. Son attitude avait changé, il semblait plus tendu.

Molly sentit s'accélérer les battements de son cœur.

Quelque chose dans sa façon de se comporter l'effrayait…

Etait-ce vraiment Julian ?

— Qu'est-ce que tu… ?

Mais elle n'eut pas le temps de finir sa phrase. Déjà, il l'étreignait, se pressant contre elle.

Molly était à bout de souffle avant même le début de l'étreinte.

Il faisait trop sombre pour qu'elle puisse discerner la couleur de ses yeux, mais elle sentait son regard la pénétrer au plus profond d'elle-même, tentant de la clouer sur place.

Il poussa un grognement de plaisir qui la fit chavirer, éveillant en elle un désir d'une puissance inconnue jusqu'à ce jour.

Puis sa bouche lui effleura les lèvres, aussi douces qu'une plume.

Ce contact eut un effet explosif sur Molly. Son corps s'embrasa.

Brûlant d'un désir inouï, les sens enflammés, jamais elle n'aurait cru pouvoir être en proie à des émotions aussi vives.

Elle fondait littéralement sur place.

Ses lèvres s'entrouvrirent, sans qu'elle puisse

les contrôler, laissant échapper un gémissement un peu embarrassant.

Tout cela était tellement nouveau pour elle !

Ce soupir parut néanmoins faire un petit effet sur son chevalier mystère, car en réponse, il poussa un grognement qui lui résonna dans la gorge alors que ses lèvres s'emparaient avidement des siennes.

Il l'embrassa de manière tellement possessive qu'une tornade de plaisir balaya en elle tout sur son passage, redoublant les battements de son cœur.

Il s'empara de ses fesses, à pleines mains pour l'attirer à lui, plus proche, toujours plus proche, tout en continuant à pénétrer sa bouche d'une langue fougueuse.

Molly était ivre de lui, perdue dans une dimension que jamais elle ne croyait découvrir un jour alors que leurs bouches se dévoraient et que leurs langues se fouillaient, plongeant sans cesse plus loin, comme s'ils étaient tous deux animés d'une soif inextinguible.

Ils se léchaient, se suçaient, se mangeaient comme s'ils n'avaient jamais rien goûté d'aussi délicieux.

La peau de Molly réagissait au moindre contact, et elle se régalait des caresses sur ses bras nus.

Jamais elle ne s'était sentie autant en vie, autant liée à un autre être humain. On aurait dit que son corps frêle était une extension naturelle de sa carrure impressionnante.

C'était comme être surprise sous une pluie battante, à la différence que l'eau était remplacée par un déluge de baisers.

Il semblait être en proie au même désir qu'elle,

alors qu'il l'emportait dans un océan de sensations virevoltantes.

Soudain, alors qu'il lui caressait l'épaule, elle sentit le contact métallique d'une bague contre sa peau. Ecarquillant les yeux, elle s'aperçut que l'homme qui l'embrassait n'était pas Julian mais…

Garrett !

Comment était-ce possible ?

Jamais il ne l'avait touchée. Il s'était toujours montré très protecteur envers elle.

Alors que Julian la touchait souvent, d'ailleurs, elle adorait cette complicité tactile entre eux, c'était un sentiment très agréable.

Mais elle ne pouvait pas se tromper. Julian ne portait pas de bague, alors que Garrett portait toujours une chevalière.

C'était donc Garrett qui l'embrassait à en perdre haleine, comme s'il en allait de sa vie ?

Sa main baguée quitta son épaule pour lui caresser le cou, puis la gorge, puis la naissance des seins.

Il marmonna quelque chose qu'elle n'entendit pas, tellement les battements de son cœur résonnaient en elle.

Sa voix semblait étrangère, transformée par le vin et le désir charnel qui l'animait.

Se penchant brusquement vers elle, il embrassa la peau exposée dans la vallée de sa poitrine. Molly ne savait plus que penser, emportée par ce raz-de-marée de luxure, secouée par le fait que l'homme qu'elle avait toujours trouvé distant envers elle ait été prêt à faire fi de toutes les règles et de toutes les convenances pour laisser libre cours à son envie passionnelle.

Les frères Gage avaient toujours représenté un territoire interdit, et voilà que le plus raisonnable, en apparence, se jetait sur elle comme si sa vie en dépendait.

Ses jambes la soutenaient à peine. Sa raison lui échappait. Pourquoi ne fuyait-elle pas ? Pourquoi restait-elle avec cet homme qui venait de changer d'identité et lui faisait perdre la tête ?

Elle s'accrocha à lui, l'esprit en émoi, tout en essayant de mieux distinguer la bague.

L'anneau d'or brillait au clair de lune alors qu'il lui caressait les seins. C'était bien la bague que Garrett avait toujours au doigt, avec un diamant bleu au milieu.

C'était donc bien Garrett qui la touchait sans honte, dans l'obscurité. Et pourtant, c'était tellement bon et excitant qu'elle sentit une moiteur humidifier son entrejambe.

Il gémit en la sentant s'immobiliser.

Mais il l'étreignit de plus belle, pour mieux l'attirer contre lui, pressant de nouveau sa bouche contre la sienne, comme si ses lèvres agissaient tels des aimants sur lui.

— Chut…, murmura-t-il, comme pour dompter un animal rare et sauvage.

De son genou, il lui écarta les jambes.

Sa jupe remonta sur ses cuisses et il trouva facilement le chemin pour arriver à son sexe humide. La chaleur de la paume de sa main transperçait sa culotte, lui procurant une sensation d'intimité torride. Elle avait l'impression de se désintégrer sur place. Elle n'était que chaleur, plaisir et sensations.

Haletante, elle le laissa s'emparer de son intimité et la caresser là où aucun homme ne l'avait jamais caressée.

Il la titillait du doigt, la poussant toujours plus loin vers un abîme charnel dont elle ignorait la profondeur.

Le désir lui vrillait le ventre, son esprit divaguait, alors qu'il continuait à dessiner de petits cercles autour de son clitoris, faisant monter en elle les prémisses du plaisir.

Elle était prisonnière de son toucher.

Une prisonnière consentante, qui ne demandait qu'à capituler à son assaillant.

Il la maniait comme s'il la possédait, comme s'il la connaissait, comme s'il la chérissait plus que tout au monde. Elle ignorait qu'un homme puisse avoir cet effet-là sur elle.

Toute sa vie elle avait tenté de ne rien ressentir pour les frères Gage car ils étaient leurs sauveurs, leurs protecteurs et que sa sœur lui avait toujours dit qu'elle devait les considérer comme des frères.

Mais cet homme-là voulait autre chose.

Clairement et indéniablement, sans détour, il la voulait, elle.

Et il semblait faire fi de ce que Mme Gage ou Kate avaient pu dire par le passé.

Molly ne s'était jamais rendu compte qu'elle le désirait à ce point, mais en cet instant, ça ne faisait aucun doute. Elle fondait littéralement dans ses bras, à bout de souffle, et pour rien au monde elle n'aurait voulu se soustraire à cette exquise étreinte.

Des gémissements ne cessaient de sortir de sa gorge en un râle charnel continu, alors qu'elle oscillait contre lui, incapable de s'arracher à ces caresses enivrantes, trop heureuse de se soumettre aux doigts experts de son assaillant.

Les sensations étaient tellement puissantes qu'elle gémissait tour à tour de frustration, d'impatience et de désir, son ventre et son sexe animés d'un feu brûlant.

Il gémit à son tour, se pencha sur elle pour lui mordre l'oreille, son râle provoquant en elle des picotements de désir à travers tout le corps.

Sa bouche virile et avide lui parcourut la gorge et le cou d'une pluie de baisers humides, tandis que sa paume continuait de caresser habilement les chairs qui ne demandaient qu'à être touchées.

Et enfin, épilogue inévitable, il usa de son doigt expert pour la faire jouir.

Molly se souvenait encore à quel point elle avait tremblé ce soir-là.

C'était son premier orgasme.

Gênée au plus profond d'elle-même, elle s'était aussitôt arrachée à lui, les larmes aux yeux, le repoussant vivement.

— Non, ne me touche pas ! Ne reparlons plus jamais de cet épisode ! Ce n'est jamais arrivé !

Sur ce, elle était partie en courant.

Le lendemain, Garrett avait fait comme s'il ne s'était rien passé, comme elle le lui avait expressément demandé.

Lorsqu'elle avait voulu voir Julian pour lui en parler, il souffrait d'une terrible gueule de bois et avait bizarrement refusé de la voir.

Donc elle avait gardé l'événement pour elle.

Cela faisait douze nuits.

Sa soif charnelle avait été éveillée, elle voulait aller plus loin, impatiente d'en savoir plus sur les plaisirs du sexe et bien décidée à revivre un orgasme dans les plus brefs délais, avec l'homme qui lui avait procuré son premier.

Chaque fois qu'elle revivait la scène, une série de questions conflictuelles l'assaillait.

Pourquoi l'avait-elle embrassé ?

Pourquoi s'était-elle enfuie ?

Pourquoi l'avait-elle repoussé ?

Pourquoi ne lui avait-il rien dit ?

Pourquoi ne lui avait-elle pas enlevé son masque ?

Comment pouvait-elle être sûre que c'était bien Garrett ?

Cette dernière question était la plus déstabilisante.

Bien sûr qu'il s'agissait de Garrett, elle avait vu sa bague, mais pourtant… Au départ elle aurait juré qu'il s'agissait de Julian.

Quelle que soit la nature des questions, elle avait surtout très envie de revivre des moments ardents comme ceux du bal masqué.

Garrett s'était ouvert à elle, en exprimant ses sentiments par le biais d'une étreinte fougueuse et impromptue.

A présent, elle regrettait d'y avoir mis fin et de ne pas s'être montrée davantage reconnaissante de ses baisers, de ses caresses et attentions.

Plus elle y pensait et plus elle était convaincue d'une chose : le lien qu'ils avaient établi entre eux n'était pas anodin, ni banal. Non, c'était un lien spécial, extraordinaire, qui n'existait que très rarement entre deux êtres humains.

Le soir du bal masqué, elle était persuadée d'avoir trouvé l'âme sœur, l'homme de sa vie.

Sans qu'il ait prononcé un seul mot, elle avait réussi à sentir son amour. Son cœur avait chanté dans sa poitrine, et elle attendait que son prince charmant revienne vers elle.

Sauf que depuis, elle ne dormait pas et sa frustration était à son comble.

Elle frappa à plusieurs reprises dans l'oreiller puis se jeta dessus, s'ordonnant de dormir et de prendre des forces.

Demain, elle montrerait à Garrett ce qu'il ratait en gardant ses distances.

Julian savait pertinemment pourquoi il n'arrivait pas à dormir, pourquoi il était de mauvaise humeur et pourquoi sa vie semblait bancale depuis un moment.

Tout était la faute de Molly Devaney.

Elle le rendait fou, lui faisait perdre la tête. Et il n'y avait pas que son obsession pour son frère Garrett qui le poussait à bout.

A présent, pour compliquer les choses, elle dormait chez lui, dans la chambre d'à côté et il n'arrivait pas à fermer l'œil.

Le temps qu'ils chargent le coffre de sa voiture, une averse les avait surpris.

Arrivés chez lui, Molly était encore mouillée des pieds à la tête. Il n'avait cessé d'être attiré par sa poitrine moulée dans son chemisier trempé. Une vue exquise mais aussi bouleversante.

Dans son lit, insomniaque, il avait l'esprit envahi d'images de ses seins gonflés, de ses tétons durcis par la pluie et le froid.

Non, décidément, il filait un mauvais coton. En présence de Molly, il arrivait de moins en moins à maîtriser ses ardeurs.

Il repensa aussi au baiser léger qu'elle avait déposé sur sa joue dans le penthouse, enthousiasmée à l'idée de peindre une fresque murale pour ses nouveaux bureaux.

Il avait dû se faire violence pour ne pas la prendre dans ses bras et aller plus loin en capturant ses lèvres tentatrices et l'embrasser à en perdre haleine.

Et dans la cuisine, quand il l'avait retrouvée en fin d'après-midi… Quel supplice !

Oubliant ses manières, fort de son nouveau rôle de petit ami, il n'avait pas résisté à l'envie de l'embrasser dès qu'il l'avait vue.

C'était tellement bon de la sentir frémir à son contact, de la goûter, de la jeter dans un émoi dont lui seul était l'auteur.

Sans parler de l'épisode dans la voiture…

La façon dont elle avait sucé les cerises l'avait beaucoup excité aussi. Le sexe dur, il avait eu du mal à se concentrer sur la route.

Cela relevait du miracle qu'il se soit retenu d'arrêter

la voiture sur le bas-côté pour se pencher sur elle, lui prendre le visage entre les mains, aspirer les cerises de sa bouche si enivrante et goûter à ses lèvres pleines.

Mais d'où lui venaient ces idées saugrenues ?

Pendant des années, Julian avait tenté de vivre selon des règles qu'il s'était efforcé de suivre, tant bien que mal, sachant que la seule femme dont il ait jamais eu envie lui était interdite.

Molly était la seule fille avec qui il aurait voulu être enfermé dans un placard obscur, coincé dans un ascenseur en panne, naufragé sur une île déserte.

Elle était le seul élément pur dans sa vie, et malgré certains obstacles et quelques difficultés, il avait toujours réussi à préserver leur amitié et leur complicité.

Alors qu'ils progressaient vers leur vie d'adultes, il avait été rassuré par le sentiment qu'ils seraient toujours là l'un pour l'autre. De plus, jusqu'à présent, Molly n'avait manifesté aucun intérêt pour les hommes, donc elle était toujours disponible pour lui.

Julian s'était jeté corps et âme dans un hobby de fortune : accumuler les conquêtes sans lendemain pour ne pas penser à Molly.

Et à présent, voilà qu'elle voulait Garrett !

Un Gage. Son frère.

L'idée lui donnait la nausée, tout simplement. Il avait envisagé un tas de scénarios, mais pas celui-ci !

Au départ, il avait cru à une plaisanterie de la part de Molly, pensant que c'était lui qu'elle voulait rendre jaloux.

Et cela aurait fonctionné… Disons que cela

fonctionnait, inutile de se voiler la face, même si ce n'était pas le but recherché par Molly.

Il était jaloux de son frère. Vert de jalousie.

En effet, au fond lui, il s'était toujours imaginé que si Molly tombait un jour amoureuse d'un des fils Gage, il serait l'heureux élu.

Lui et lui seul, car elle ne semblait regarder aucun autre homme.

Même sa famille avait été un temps persuadée que Molly le voulait, ce qui avait attiré des ennuis à Julian. Et un nombre incalculable de leçons de morale !

Il s'était plié à la règle, il n'avait pas cherché à concrétiser son affection pour Molly, se comportant de manière irréprochable.

Mais aujourd'hui, le fait que Molly veuille se lancer dans une relation avec Garrett le perturbait au plus haut point.

Julian vivait dans cet enfer sentimental depuis trop longtemps. Désormais, il allait arrêter de se voiler la face. La magie, l'attirance, la dynamique entre Molly et lui n'étaient pas uniquement liées à une amitié profonde. Il y avait autre chose. Cela allait plus loin.

Il savait très bien que lorsque son sexe gonflait de désir pour elle rien qu'en la regardant, ou quand il se sentait parcouru de frissons en la voyant lui sourire, ses réactions n'étaient pas de nature amicale ni familiale.

Il rêvait d'elle depuis des années.

Des rêves puissants. Des rêves érotiques. Des rêves qui le vidaient de son énergie.

Il avait toujours cru qu'en ayant des relations sexuelles avec d'autres femmes, beaucoup d'autres femmes, il arriverait à oublier Molly, à ne plus avoir envie d'elle.

Mais dans les faits, sa tactique avait eu l'effet inverse.

Il avait envie d'elle encore plus, car aucune de ces femmes n'était Molly.

Personne n'arrivait à la cheville de cette petite bombe.

Toutes ces pensées, depuis près de deux semaines, avaient fini par l'amener à prendre une décision. Il allait passer à l'action. Même si la patience faisait partie de ses qualités, en ce qui concernait Molly, elle était arrivée à épuisement.

Il la voulait, il l'aurait.

Surtout, il ne voulait pas agir sans réfléchir et faire quelque chose qu'il pourrait regretter.

Avec Molly chez lui, le défi à relever serait d'autant plus difficile, mais il était prêt à tout pour atteindre son but.

Il allait prouver à sa famille et à leur entourage qu'il pouvait voler de ses propres ailes, qu'il méritait Molly, qu'il la voulait, entièrement et pas seulement comme une conquête qu'il attirerait dans son lit. Même si attirer Molly dans son lit figurait bien entendu en haut de sa liste de vœux. Et le jour où cela arriverait, ce serait le plus beau jour de sa vie.

Avant tout, il voulait leur montrer qu'il était prêt à tout pour avoir la confiance de Molly, et prêt à tout pour l'avoir dans sa vie. Prendre son indépendance serait sa carte maîtresse. Si elle s'installait un jour avec un homme, pour de vrai, ce serait avec lui, qu'ils le veuillent ou non.

Pour ce qui était de Molly… Il devait lui prouver qu'il était l'homme de sa vie, qu'il l'avait toujours été et qu'il le serait toujours.

Ils étaient faits l'un pour l'autre, il en était persuadé.

Et ce qui lui tenait le plus à cœur, c'était de finir ce qu'il avait commencé avec elle le soir du bal masqué…

- 4 -

Non, décidément, Molly n'arrivait pas à dormir.

Etait-ce parce qu'elle était dans l'appartement de Julian ou parce qu'elle ne cessait de repenser à la scène érotique du bal masqué ?

Dans tous les cas, bien après minuit, à bout de nerfs, elle descendit à pas feutrés dans la cuisine, espérant trouver une tisane à base d'herbes qui la calmerait et l'aiderait à dormir.

Tout ce qu'elle voulait, c'était trouver une façon de reposer son corps et son esprit.

Mais dans la cuisine, elle découvrit tout autre chose. Un homme au torse nu, parfaitement sculpté et musclé. Cette vision du propriétaire des lieux ne risquait pas de l'aider à trouver le sommeil.

Sa mission avait déjà à moitié échoué.

Julian portait pour tout vêtement un caleçon en coton blanc qui lui moulait le derrière à la perfection. Son corps était en appui contre le frigo alors qu'il en inspectait le contenu.

Molly s'arrêta net, interloquée.

La lumière provenant du frigo mettait en valeur la silhouette de Julian. L'espace d'un instant, elle put admirer les contours parfaits de son corps, le relief de ses muscles fermes…

Sa propre réaction la prit par surprise. C'était Julian John Gage, dans toute sa splendeur. Play-boy sexy, dangereux apollon. Ni héros, ni innocent, et il ne rentrait plus uniquement dans la case « meilleur ami ».

Difficile de s'arracher à cette vision idyllique.

De plus, à cet instant, le clair de lune réapparut, éclairant la pièce d'une lumière féerique et entourant Julian d'un halo mystérieux.

Le spectacle était tellement beau qu'elle en vacilla, le souffle coupé.

Elle prit le temps d'admirer son bras en extension contre la porte du frigo. Le mouvement de ses biceps sous sa peau dorée, ses hanches sveltes, la naissance de ses pectoraux. Ses jambes offraient aussi une vue délicieuse. Des mollets galbés, des cuisses solides, et un derrière… à croquer.

A croquer ?

Mais d'où lui venaient ces idées ?

Et encore… Heureusement qu'il avait son caleçon… Qu'aurait-elle fait s'il avait l'habitude de se promener nu chez lui ?

Elle fut envahie d'une bouffée de chaleur.

Non seulement elle le trouvait si sexy qu'elle aurait voulu pouvoir prendre une douche froide pour se remettre les idées en place, mais elle n'en revenait pas d'être en plein milieu de la nuit, dans sa cuisine, avec Julian, pratiquement nu.

Normalement, elle aurait dû saliver à la vue de Garrett. Car c'était à lui qu'elle pensait depuis près de deux semaines.

Alors pourquoi ressentait-elle de telles émotions en présence de Julian en caleçon ?

Ses hormones n'en faisaient qu'à leur tête, c'était la seule explication. Son corps était en émoi, sa peau frissonnait et son esprit était projeté dans la plus grande des confusions.

Même ses doigts la démangeaient. Elle mourait d'envie de tracer le contour de ses muscles, de toucher sa peau.

L'espace d'un instant, cette idée la réconforta.

Ce n'était pas la femme qui était émue devant un tel spectacle, mais bien l'artiste qui rêvait d'avoir un tel modèle à peindre. Après tout, elle éprouvait la même fièvre que lorsqu'elle se jetait corps et âme dans la confection d'une toile.

Sauf que dans le cas présent, elle avait surtout envie de peindre sur Julian John Gage, comme s'il était une toile.

Avec les doigts.

Elle le couvrirait de couleurs, mais laisserait ses lèvres au naturel. Elle y passerait les doigts, pour savoir de quoi elles étaient faites et pourquoi elles avaient un tel pouvoir.

En cet instant, elle aurait voulu les embrasser, pour en savoir plus, les mordre pour mieux en cerner l'épaisseur…

Stop !

Comment pouvait-elle penser à des choses pareilles alors qu'elle ne cessait d'affirmer qu'elle aimait Garrett ? N'était-elle donc qu'une fille aux mœurs faciles ?

Choquée d'avoir été prise en flagrant délit de

fantasme érotique, elle revint abruptement à la réalité présente.

Une boule se forma dans sa gorge et un profond sentiment de culpabilité s'empara d'elle. Si elle ne s'était pas rappelée à l'ordre, aurait-elle été capable de se jeter sur Julian, dans sa cuisine, sans vergogne ?

Que lui arrivait-il ?

Depuis le bal masqué, c'était comme si une force extérieure était intervenue dans sa vie, brouillant les pistes et s'amusant à la voir perdre son équilibre à chaque croisement.

Elle n'avait plus qu'une chose en tête : toucher, caresser, embrasser, goûter, et faire l'amour avec un homme.

Pas n'importe quel homme.

Garrett avait réveillé en elle les besoins primitifs d'une femme. Si bien qu'à présent, sa libido faisait des siennes, demandant plus de liberté ; son corps était beaucoup plus réactif et ce qu'elle éprouvait en présence de Julian la déstabilisait totalement.

Etait-elle en train de devenir nymphomane ?

Quelle horreur !

Et tout ça à cause de Garrett !

— Julian, j'ai l'impression que tu as oublié que tu avais une invitée.

Il fit volte-face, visiblement surpris.

— Molly, que fais-tu ici ? Je pensais que tu dormais, dit-il, sortant la tête du frigo.

— Les insomniaques ne dorment pas, par définition.

Elle aurait dû s'empresser de retourner dans

sa chambre, mais elle n'avait pas envie de quitter cette cuisine.

— Tiens, prends du lait ; pour moi, ça marche toujours, conseilla-t-il en lui tendant la bouteille après en avoir bu quelques gorgées.

Molly plaça ses lèvres à l'endroit où il venait de poser les siennes, tentant de ne pas en faire grand cas.

— Oh ! c'est froid, dit-elle avant de lui rendre la bouteille.

Au passage, elle ne manqua pas de remarquer à quel point son torse imberbe était lisse.

Jamais elle ne s'était sentie aussi petite au côté de Julian.

Aujourd'hui, sa carrure lui paraissait plus impressionnante, ses épaules plus larges, sa présence plus… effrayante.

— Je vais me coucher, fit-il après avoir rangé le lait dans le frigo.

— Je peux venir avec toi ?

Si elle retournait dans la chambre d'amis, elle n'arriverait pas à dormir, c'était certain. Elle serait obsédée, hantée par les images mêlées de l'homme masqué et de Julian en caleçon. Elle avait envie de se glisser à côté de Julian, de regarder un film avec lui et de retrouver son meilleur ami. Comme lorsqu'ils étaient enfants, elle voulait qu'il la rassure, qu'il promette de la protéger.

— Non.

— Oh ! s'il te plaît ! Sois sympa.

— Ce n'est pas une question d'être sympa. Je

ne dors pas avec des filles à qui je ne peux pas faire l'amour.

— Je ne suis pas n'importe quelle fille. Je suis moi.

— Justement, dit-il avant de tourner les talons.

— Allez, mets un bas de pyjama, j'amène mon oreiller.

Il continua à avancer, puis il disparut dans le couloir.

— Julian ?

— Bonne nuit, Molly, lança-t-il.

Puis elle entendit la porte de sa chambre se refermer.

Elle lui en voulait tellement !

Elle retourna dans sa chambre, s'allongea, les yeux grands ouverts, incapable de trouver le sommeil.

La seconde et la troisième nuit, Molly n'eut pas plus de chance. Julian refusait de la laisser venir dormir avec lui. Elle était surprise qu'il résiste à ce point et qu'aucune de ses implorations ne fonctionne.

Mais ce qui la surprit davantage, c'était le fait que Garrett n'ait absolument rien fait pour empêcher sa relation avec Julian. Ce n'était vraiment pas l'attitude d'un homme amoureux !

Cela dit, Garrett avait toujours été le plus difficile d'approche, donc peut-être fallait-il qu'elle redouble d'efforts pour attirer son attention.

Elle pensa aux habits sexy qu'elle pourrait porter pour le faire saliver. Elle était tellement prête à tout qu'elle songea même à remettre le déguisement qu'elle portait lors du bal masqué.

Le septième matin, après une sixième nuit

passée dans la plus pure agonie, elle en arriva à la conclusion que Julian la torturait volontairement.

Enfin, elle n'avait pas encore assez d'éléments pour soutenir sa thèse.

De mauvaise humeur à cause du manque de sommeil, et épuisée de peindre du matin au soir, elle se demanda si elle ne s'était pas un peu précipitée dans cette « fausse » relation avec Julian.

Elle avait à peine vu Garrett, elle lui avait à peine parlé. En revanche, elle n'arrêtait pas de voir Julian. Or Julian à moitié nu dans sa cuisine, ce n'était pas une expérience que l'on oubliait facilement ! Jour après jour, elle devait endurer la vue de ses abdominaux, de ses pectoraux, de ses biceps... C'était un véritable supplice.

Il portait des vêtements qui mettaient en valeur sa musculature, ou bien il ne portait pas assez de vêtements et ça la catapultait dans une sphère où elle entrait directement en fusion.

C'était comme avoir une boîte de chocolats ouverte devant soi sans pouvoir en mettre un dans sa bouche.

De la torture au premier degré.

Il était trop présent. Dans sa vie de tous les jours... et la nuit, dans ses rêves.

Au petit déjeuner, chaque fois que Molly se levait, elle sentait le regard de Julian posé sur ses jambes nues. Elle n'était pas habituée à ce que ses yeux verts observent son corps de cette façon.

Ce matin, il avait formulé une remarque plus personnelle, en la raccompagnant chez elle pour la journée.

— Tu parais presque nue sans taches de peinture.

Nue !

Elle ignorait pourquoi ce mot l'avait fait chavirer à ce point, mais l'idée que Julian puisse la voir nue était complètement incongrue.

Après l'avoir déposée, il repartit aussitôt.

Elle lui fit signe alors qu'il disparaissait à l'horizon, un sourire satisfait sur les lèvres.

Aujourd'hui, elle avait deux grandes missions à accomplir. Faire le travail préparatif des deux dernières toiles pour son exposition à New York, et trouver une robe pour la pendaison de crémaillère qui aurait lieu le soir même chez Landon et Beth.

Ils étaient mariés depuis deux ans, mais ils venaient seulement de faire leur lune de miel. Au début, ils s'étaient mariés car cela simplifiait les choses pour Beth, qui voulait récupérer la garde de son fils. Puis ils étaient tombés follement amoureux. Leur mariage était une vraie réussite.

C'était la première fois que Molly et Julian devraient faire face à tous les Gage en même temps.

Et la première fois qu'ils verraient Garrett ensemble. Ce serait le moment ou jamais d'attirer son attention.

Pour cette occasion, il ne suffisait pas qu'elle soit sexy et raffinée. Non, ce soir, elle devait être époustouflante.

Elle pénétra dans la maison qu'elle partageait avec Kate. C'était un lieu chaleureux, bien décoré et où elle s'était toujours sentie à l'aise.

Après avoir passé plusieurs jours avec un célibataire endurci, cet îlot de féminité était un véritable paradis.

— Je peux savoir ce que tu fais ici ?

Kate était déjà aux fourneaux.

— Je suis venue mettre de l'ordre dans mes peintures, expliqua Molly en se dirigeant vers sa sœur pour la prendre dans les bras.

— C'est drôle, mais je sens qu'il y a autre chose…

— Et moi je sens que tu as fait des cookies à la cannelle, dit-elle en prenant un sac pour mettre des biscuits dedans sans même demander la permission.

— Molly, ces biscuits sont pour chez Landon et Beth. Je peux t'en faire une fournée demain si tu veux.

A regret, elle remit les biscuits en place. Mais elle n'eut pas le cœur de quitter la cuisine. Elle avait envie de parler à sa sœur, de retrouver leur complicité. Elles avaient toujours été très proches, même si elles avaient toutes deux tendance à s'enfermer dans leur sphère de création. Kate dans la cuisine, Molly dans son studio.

Elle pouvait passer des mois enfermée à peindre. Kate pouvait passer des mois en cuisine. Si bien qu'elles en oubliaient facilement qu'il y avait une vie au-delà du travail.

Kate avait toujours été là pour elle, mais jamais elles n'avaient réussi à évoquer leurs relations amoureuses ou les hommes de leur vie.

On aurait dit qu'elles faisaient semblant au contraire que les hommes ne jouaient aucun rôle dans leur vie et que, hormis leurs liens avec les frères Gage, elles n'avaient pas besoin de présence masculine.

Jusqu'à récemment, Molly avait été pleinement satisfaite de la situation, dans la mesure où elle avait Julian comme meilleur ami. Et il valait au moins cent hommes, donc elle ne s'était jamais sentie en manque.

Jusqu'à ce fameux soir où son frère Garrett l'avait transformée en une créature désirable. Il l'avait embrassée et caressée jusqu'à ce qu'elle explose, littéralement.

A présent, Molly en redemandait.

Cela avait été tellement bon de ressentir ces émotions merveilleuses sous la caresse de ses lèvres et de ses mains. C'était comme si elle avait soudain repris vie, découvrant qu'elle aussi avait le droit d'être aimée.

Malheureusement, elle ne pouvait pas parler de la situation à Kate. Comment lui expliquer qu'elle faisait semblant d'aimer Julian alors qu'en fait elle aimait Garrett ?

Non, elle ne pouvait pas parler de Garrett. C'était trop tôt pour faire allusion au baiser qui avait transformé sa vie.

En revanche, elle pouvait parler d'autre chose.

— Tu as raison, il y a autre chose. Julian déteste ma garde-robe. Il trouve que j'ai plus d'affinités avec un épouvantail couvert de peinture qu'une jeune artiste de vingt-trois ans.

C'était difficile à avouer, d'autant plus qu'elle en voulait à Julian de lui avoir fait perdre confiance en elle.

— Tiens, c'est étrange, mais je ne suis pas surprise, dit sa sœur, lui jetant un regard entendu.

— Je sais. Vous êtes du même avis. C'est super, mais moi ça m'exaspère.

Soudain, elle repensa à la fille au style glamour qui était sortie de la chambre de Julian le fameux dimanche où elle avait accouru chez lui pour demander de l'aide.

Molly était capable de mieux faire. Elle avait plus d'un tour dans sa garde-robe et elle saurait donner une leçon à Julian.

Sa sœur la tira de ses pensées.

— Molly, je dois avouer que je ne te comprends pas. Tu disparais pendant des jours, tu ne donnes pas de nouvelles, tu ne m'appelles pas, tu ne réponds pas à mes messages. Tes deux derniers tableaux ne sont toujours pas terminés alors que ton exposition à New York approche. Cela fait des années que je te dis que tu devrais soigner ton style et ta coiffure, et aujourd'hui tu te réveilles enfin parce que Julian t'a dit qu'il n'aimait pas ta garde-robe ? Excuse-moi, mais je suis étonnée. Que se passe-t-il ? La nuit dernière, je n'arrivais tellement pas à dormir que j'ai appelé Garrett. Je suis vraiment inquiète !

— Garrett ? Qu'a-t-il dit ?

— Il m'a dit de ne pas m'inquiéter et qu'il te parlerait.

— C'est tout ?

— Je n'arrive pas à comprendre comment cela a pu arriver sans que je ne m'aperçoive de rien. Je pensais que cela se produirait plus tard, quand tu serais plus mûre et plus expérimentée.

— Je veux savoir quelle a été la réaction de Garrett. Il était en colère ? Inquiet ? Possessif ?

Peut-être qu'il était tellement sûr d'avoir Molly dans la poche qu'il ne s'inquiétait aucunement de la situation ?

Eh bien, ce soir, elle lui montrerait de quel bois elle se chauffait. Elle faisait confiance à Julian pour la guider dans cette entreprise.

— Je ne me souviens plus de ce qu'il a dit, mais tout ce que je sais, c'est que je me fais du souci pour toi. De plus, je croyais que tu étais vierge.

Kate la prit par les épaules, la forçant à lever les yeux.

— Je suis vierge.

Puis, se rendant compte de la situation et de ce qu'elle venait de dire, elle décida de mentir.

— Enfin… j'étais vierge avant Jules.

— Et… tu as eu mal la première fois ?

Cette question la projeta dans les affres de la culpabilité.

Voilà que sa sœur s'inquiétait pour elle, alors qu'elle lui mentait et qu'elle allait devoir inventer d'autres mensonges pour se sortir de ce mauvais pas.

— Il ne voulait pas me faire de mal mais…

Elle s'interrompit, espérant que cela suffirait à assouvir la curiosité de sa sœur.

— S'il était devant moi en ce moment, je lui tordrais le cou…

— Non ! C'était super ! C'était…

Elle eut soudain une image puissante de Julian John lui faisant l'amour. Mais n'aurait-elle pas dû penser à Garrett, en cet instant ?

Décidément, elle ne savait plus où donner de la tête.

Ses fantasmes portaient-ils sur Julian ou sur Garrett ?

— C'était… parfait, murmura-t-elle enfin.

— Si tu le dis…

Molly devait à tout prix changer de sujet.

— Pour en revenir à mon style d'épouvantail, j'aimerais vraiment infliger une bonne leçon à Julian.

— Et lui faire regretter ses critiques à ce sujet ?

— Exactement !

Elle imaginait déjà la tête que Julian ferait lorsqu'il la verrait sortir de l'ascenseur. Il serait très certainement choqué, voire subjugué et il regretterait de lui avoir dit un jour qu'elle ressemblait à un épouvantail.

Quant à Garrett, il regretterait d'avoir perdu de précieux moments passés loin d'elle.

Elles trouvèrent une robe de soie bleue dans la penderie de Kate.

— Mais il y a encore l'étiquette !

— Enlève-la.

— Non, je ne peux pas accepter.

— Mais si, elle va t'aller à merveille.

— Non. C'est toi qui dois la porter en premier.

Finalement, après avoir fouillé la garde-robe de sa sœur, Molly trouva son bonheur. Une robe noire cintrée avec un grand décolleté dans le dos. Bien décidée à sortir le grand jeu, elle décousit l'étiquette à l'arrière et porta le décolleté devant.

Quand Molly arriva dans le bâtiment de Julian, son cœur battait la chamade. Ses cheveux étaient retenus par une pince de cristal en forme de papillon, avec quelques mèches rebelles encadrant son visage.

A l'entrée, elle demanda au gardien de garder ses peintures et ses tableaux jusqu'à ce qu'elle descende les chercher.

Il la dévisage comme s'il ne l'avait jamais vue. Et elle eut soudain envie de rentrer chez elle se changer.

Non, elle devait se montrer confiante et assumer ce nouveau style. Garrett serait sûrement très impressionné par sa tenue.

Et si Julian n'était pas impressionné ?

Tant pis. Après tout, elle ne faisait pas ça pour lui. Pas du tout.

Enfin, un petit peu quand même…

L'ascenseur sonna.

Julian leva les yeux.

Il faillit lâcher la bouteille de vin qu'il avait dans les mains, un Penfolds Grange Hermitage 1951, dont il ne restait que vingt bouteilles dans le monde, et dont la dernière enchère s'était élevée à cinquante mille dollars.

Devant lui se trouvait une créature exotique qui ressemblait vaguement à Molly.

Quelle métamorphose !

Ce matin, il avait eu du mal à ne pas être attiré par les jambes nues de Molly sous un vieux T-shirt à lui.

Même après être sorti avec des actrices, des top-modèles, et des pin-up, jamais il n'avait éprouvé une telle sensation à la vue d'une femme.

Molly était belle à couper le souffle, séduisante à souhait, capable de faire tourner la tête de tous les hommes de la terre.

Son allure de femme fatale réveillait en lui les instincts primitifs d'un homme de Néandertal.

Julian était tout simplement estomaqué face à la bombe atomique qui venait de surgir devant lui.

Ses cheveux blond vénitien étaient vaguement noués en un chignon tombant sur sa nuque alors que quelques mèches douces et souples encadraient son doux visage, mettant en valeur la finesse de ses traits.

Ses lèvres joliment dessinées en forme de cœur brillaient d'une couleur pêche et la poudre argentée qui recouvrait délicatement ses paupières accentuait le bleu de ses yeux.

Les perles discrètes ornant ses oreilles lui donnaient une touche tellement sophistiquée qu'il aurait eu envie de la kidnapper dans son jet pour l'emmener jouer au baccara à Monaco.

Quant à la robe…

Quelle robe !

Le tissu noir satiné quittait ses épaules pour venir envelopper à la perfection ses seins qu'il mourrait d'envie de caresser, tandis que le décolleté offrait une vue imprenable sur la vallée laiteuse de sa poitrine.

La longueur de la robe était assez minimaliste et le tissu moulait à merveille le relief de ses hanches.

Soudain, il n'avait qu'une envie : être cette robe,

pour avoir le plaisir d'envelopper ses courbes féminines alléchantes.

Molly n'était plus la petite fille qu'ils avaient recueillie avec sa sœur des années auparavant. Non, Molly était devenue une belle jeune femme qui jusqu'à ce jour avait caché ses véritables atouts !

En cet instant, face à cette créature de rêve, il était prêt à passer aux choses sérieuses avec elle.

Vraiment sérieuses.

La nuit serait longue.

Tentant de se ressaisir après la tornade qui venait de balayer son appartement, il posa la bouteille de vin, la main tremblante.

Son cœur battait à toute allure et son esprit ne valait guère mieux.

— Tu as changé de garde-robe, Molly ? s'enquit-il, surpris d'arriver à aligner deux mots, la gorge asséchée par l'émotion.

— Oui, dans la mienne, je ne trouvais rien de sexy ni de sophistiqué.

Il se contenta de paraître étonné par cette remarque mais resta silencieux, se demandant quel devait être son prochain coup sur l'échiquier de la séduction.

Une partie de lui avait envie de mettre à la porte cet imposteur et d'exiger qu'on lui rende sa Molly aux cheveux en bataille et au visage couvert de peinture.

L'autre partie, en revanche, mourait d'emporter cette déesse dans sa chambre, de la déshabiller, de la voir offerte sur son lit et de la couvrir de baisers, voire plus si affinités.

N'importe quoi !

C'était une très mauvaise idée. Trop tôt pour penser à un tel scénario. Surtout avec Molly.

Et après tout, il était possible qu'elle ait choisi cette robe pour Garrett !

Cette pensée le terrassa.

Il ravala sa fierté, vert de jalousie.

Ses yeux continuaient de jouer au ping-pong sans qu'il n'ait aucun contrôle sur eux, passant du décolleté infernal aux hanches rondes, puis descendaient vers ses talons aiguilles, pour remonter vers ses jambes exquises jusqu'à sa poitrine généreuse, et ainsi de suite…

Un brasier alluma tout son être, l'animant d'un désir puissant qui le secoua, l'embarquant dans une spirale torride.

— Tu trouves ta tenue sexy et sophistiquée ?

Il la provoquait, bien entendu.

Intérieurement, il la trouvait très sophistiquée, et sexy au point d'en perdre la tête. C'était bien là le problème : cette robe était bien trop courte. Il ne manquerait pas de lui en faire la remarque à la première occasion.

— Allez, avoue, Julian, tu me trouves irrésistible et tu n'en crois pas tes yeux, dit-elle avant de lui tirer la langue.

Aussitôt, il pensa à tout ce qu'il aurait envie de faire avec cette petite langue rose et charnue à souhait.

— Qu'est-ce qui te fait dire ça ?

— La façon dont tu me regardes.

— Tu te trompes.

— Allez, Jules, ne sois pas mauvais perdant.

Avoue que tu es subjugué, le taquina-t-elle, visiblement très amusée par ce petit jeu.

— Non, je suis inquiet.

— Pourquoi ?

— Parce que je crois que tu as perdu une partie de la robe en route.

Molly blêmit.

— Tu… Tu n'aimes pas ma robe ?

— Disons qu'on peut à peine appeler ça une robe.

Elle marqua un léger temps d'arrêt.

— Tu sais quoi ? Peu importe que ma tenue ne te plaise pas. Tu n'es pas l'homme que je cherche à impressionner.

Sur ce, elle passa devant lui, l'effleurant au passage, et alla droit dans sa chambre.

Julian était furieux mais se garda bien de le montrer. Il la suivit jusqu'au seuil, observant les mouvements de ce corps gracieux qui le faisait saliver.

Il avait déjà attiré dans son lit des filles avec des longues jambes, des filles avec des lèvres pulpeuses, des filles avec des seins généreux, mais jamais il n'avait été autant excité à la vue d'une femme.

Il était aux abois tellement il avait envie de Molly.

Il aurait tout donné pour s'emparer de ses seins, les sucer jusqu'à en avoir des crampes, lui détacher son chignon et regarder sa chevelure rousse tomber en cascade sur ses épaules dénudées. Il aurait voulu déposer une pluie de baisers dans ce cou si fin, puis descendre vers la vallée de ses seins en direction de son intimité.

Plus simplement, il aurait voulu passer la soirée

avec elle, ici, dans cet appartement, prendre le temps d'explorer chaque parcelle de son corps et se régaler de tous ses attributs.

Il la connaissait bien, mais il avait envie de la connaître encore mieux.

Il savait qu'elle ne mangeait ses céréales qu'avec du lait aux amandes. Il savait que lorsqu'elle avait une idée pour un tableau, elle pouvait disparaître pendant des semaines dans son studio sans se soucier du reste du monde, mais qu'elle prendrait toujours le temps de venir lui dire bonjour. Il savait qu'elle avait donné son premier cachet d'artiste à un orphelinat. Il savait qu'elle avait regardé le film *Princess Bride* au moins vingt fois et que sa réplique préférée était celle que Westley disait chaque fois que la princesse Bouton d'or lui demandait quelque chose : « Comme vous voudrez, princesse. »

Il savait qu'elle espérait qu'il la complimente sur sa tenue. Il savait que, sous son allure confiante nouvellement acquise, elle était vulnérable et fragile.

Et tout ce qu'il souhaitait, c'était pouvoir la couvrir de compliments, d'attentions… et de baisers. Il rêvait de lui ôter sa robe avec les dents pour qu'elle sache à quel point il avait envie d'elle.

Une fois nue, il aurait envie de la goûter, de la mordiller, de la lécher, de la sucer, en commençant par ses orteils, en remontant sur ses jolies chevilles, ses mollets délicats, ses cuisses galbées, ses hanches arrondies, sa taille de guêpe…

Et il voulait fouiller son sexe de la langue, goûter sa moiteur et laper le fruit de son excitation pour lui.

Il voulait l'emmener au paradis, parce que c'était

la demeure des anges et qu'à ses yeux, Molly était un être angélique.

Enfin, il voulait lui dire qu'elle pouvait lui demander tout ce qu'elle voulait et qu'il lui répondrait : « Comme vous voudrez, princesse. »

Mais il n'en fit rien.

Impossible.

Pourquoi ?

Parce qu'elle ne portait pas cette robe pour lui. Elle avait en tête un autre homme. Et cette simple pensée lui donna envie de tout casser dans son appartement.

— Julian, pourquoi restes-tu sur le seuil de la porte ? Quel est le problème ?

Molly le tira abruptement de ses pensées.

— J'ai peur que tu attrapes une pneumonie, voilà le problème.

Après un moment d'hésitation, elle éclata de rire.

— Tu plaisantes ? Tu te soucies de ma santé ? Pourquoi tu n'admets pas que, pour la première fois de ma vie, je n'ai pas l'air d'un épouvantail couvert de peinture ?

Il la regarda, lèvres serrées, comprenant enfin la situation : elle avait mal pris sa remarque de l'autre jour.

Il avait dit ça comme ça, sans vouloir la blesser, mais visiblement elle avait décidé de lui infliger une leçon en lui prouvant qu'elle avait plus d'un tour dans sa garde-robe.

— Si tu ne veux pas être tripotée toute la soirée, je te suggère de mettre au moins un pull.

Il essayait de lui donner des conseils, en tant qu'ami. Voilà tout.

— Tu plaisantes ? Il fait chaud, je n'ai pas besoin de me couvrir.

L'étau se resserrait autour de lui. Il pouvait difficilement insister davantage sans paraître possessif ou maladroit.

Soudain, une idée lui vint à l'esprit.

— Dois-je te rappeler que nous sommes censés former un couple ? Donc officiellement, tu es avec moi et je n'ai pas envie que tous les hommes de la soirée se rincent l'œil en regardant ma petite amie.

— Julian, tu exagères. Je vais passer inaperçue, comme d'habitude. Personne ne va me regarder, hormis Garrett, qui finira par me demander en mariage.

Alors ça, jamais.

Julian se sentait terriblement mal, soudain. Et il perdait patience.

— Molly, je n'ai pas accepté ce rôle pour passer pour un imbécile pendant que tu te feras courtiser. Aux yeux de tous, tu es ma petite amie. Et je ne laisserai pas les hommes t'approcher.

Elle semblait à la fois interloquée et très amusée. Pas étonnant, d'ailleurs, jamais il ne s'était comporté comme ça envers elle. Même lui était surpris de sa propre réaction.

— C'est parfait. Tu pourras te servir de tes muscles pour me défendre contre mes assaillants.

Il s'avança vers elle, puis la prit par les épaules, avec son air le plus sévère, pour masquer sa jalousie.

Un sentiment qu'il n'avait jamais éprouvé avec une telle force.

— En effet, c'est ce que je ferai. Et tu sais pourquoi ?

— Je t'écoute.

— Parce que tous les hommes présents ce soir n'auront d'yeux que pour toi, « comme d'habitude », et encore plus dans cette tenue. Tu ne le remarques pas mais… tu es différente, Molly. Et les hommes te voient.

— Tu dis n'importe quoi.

Elle n'avait aucune idée de l'effet qu'elle avait sur lui ou sur les autres hommes.

— Non, c'est la vérité.

— Tu penses vraiment que je suis différente ?

— Oui. Et tu n'as pas besoin de changer de style pour plaire à Garrett. S'il ne t'aime pas comme tu es, alors il ne te mérite pas.

En entendant ces paroles, elle leva vers lui ses grands yeux bleus, dans lesquels il perçut pour la première fois une once de malice.

— Donc en fait… tu me trouves belle dans cette tenue ?

S'il la trouvait belle ? Il sentait son sexe dur pulser entre ses jambes, c'était un véritable supplice.

Et il aurait donné n'importe quoi pour que Molly change de tenue car sa jalousie atteignait des sommets.

Il avait envie d'elle, il n'avait pas envie d'attendre, il n'avait pas envie de la partager, et il voulait surtout lui enlever Garrett de la tête.

Mais il devait aussi lui avouer que cette robe lui seyait à merveille. C'était la moindre des choses.

— Tourne sur toi, pour que je te voie.

Elle obtempéra, pleine de grâce.

Il dut se retenir d'empoigner ses fesses admirablement fermes.

— Alors ? s'enquit-elle, ses yeux le couvant d'un regard tentateur.

— J'avoue, tu es absolument merveilleuse.

- 5 -

— Tu penses que ma robe plaira aussi à Garrett ?

Julian fut aussitôt irrité par la question que Molly venait de lui poser dans la voiture, alors qu'ils se rendaient chez Beth et Landon.

Il opta pour une réponse neutre.

— J'en suis sûr. Ne t'inquiète pas. Tu es belle à couper le souffle.

C'était plutôt à lui qu'il aurait fallu dire de ne pas s'inquiéter et de se détendre, car il sentait des points de tension partout dans son corps.

D'un côté, il avait envie de boire pour ne plus penser à l'embarras et la frustration de la situation, mais d'un autre côté, le bal masqué lui avait servi de leçon. Il s'était comporté comme un adolescent et il avait failli tout gâcher avec Molly.

Non, ce soir, il devait garder la tête froide.

Ce soir, Molly avait besoin de lui et il serait là pour elle.

Toujours est-il qu'il avait néanmoins l'impression d'avoir une bombe à retardement en lui qui pouvait exploser à tout moment. Mais la patience était de mise et son succès dépendrait de sa capacité à se maîtriser en présence de sa famille.

Cela dit, ce n'était pas facile de vivre avec le fait

que Molly se croie amoureuse de Garrett. Cette idée le hantait depuis une semaine. Jamais il n'avait éprouvé une telle jalousie.

Il avait toujours voulu Molly, il n'avait jamais vraiment su comment il parviendrait à ses fins, et tout à coup voilà que le destin précipitait les choses, mais sans pour autant répondre à ses attentes.

Pourtant, cette soirée serait placée sous le signe de la raison et il saurait se montrer raisonnable.

Les voilà qui étaient arrivés à destination.

Après avoir donné les clés au voiturier, il aida Molly à descendre de voiture.

Son parfum l'enivra et la vue de ses jambes nues, sa robe moulante, sa chevelure rousse, tout lui donna envie d'elle sur-le-champ.

— Molly ?

— Oui ?

Il eut envie de lui dire qu'à ses yeux elle était la plus belle femme du monde. Mais il n'en fit rien. Il la prit par la main, y déposa un baiser, puis il lui prit le menton pour la regarder droit dans les yeux.

— Tout ira bien, dit-il, souriant.

Main dans la main, ils entrèrent dans la demeure alors qu'un harpiste jouait un air qui emplissait l'atmosphère d'une douce musique.

Dès qu'ils pénétrèrent dans le salon, où famille et proches étaient réunis, ils furent aussitôt séparés.

Kate et Beth se chargèrent de Molly, tandis que Julian fut accaparé par sa mère.

— JJ, est-ce vrai, pour Molly et toi ?

— Maman, pourquoi m'avoir donné deux prénoms si tu ne les utilises pas ?

— Très bien, Julian John. Alors dis-moi ce qui se passe avec Molly.

Il prenait un malin plaisir à constater à quel point sa mère était perplexe quant à la situation. Elle qui avait tant de fois tenté de le séparer de Molly en l'envoyant à l'étranger, allant jusqu'à menacer de le déshériter s'il envisageait une relation sérieuse avec elle.

A l'époque, il avait été blessé de constater que sa famille ne lui faisait pas confiance. Aujourd'hui, il voulait prendre sa revanche et prouver aux membres de sa famille qu'ils s'étaient trompés à son sujet.

— Si tu as appris par des voies détournées que Molly et moi formions un couple, je peux te confirmer que c'est vrai. Tu peux donc sans plus tarder mettre à exécution tes menaces tant de fois formulées.

C'était bon de sentir qu'il avait un ascendant sur sa mère, qu'il pouvait se permettre de se rebeller sans craindre les conséquences. D'ailleurs, elle eut l'air d'être choquée par sa suggestion.

Mais Julian n'avait pas besoin de l'argent que son père lui avait légué. Il avait de belles économies en banque et la compagnie qu'il s'apprêtait à lancer était très prometteuse.

— Tu savais que cela finirait par arriver. De même que je savais qu'un jour je devrais assumer mes sentiments et vous prouver à quel point je tiens à Molly.

En prononçant ces mots, il s'aperçut à quel point ils étaient vrais. Il voulait Molly dans sa vie. Il ignorait combien de temps il arriverait encore à patienter. Et il ignorait quand elle se rendrait compte que Garrett et elles étaient incompatibles.

— Ne crois pas que je vais te laisser t'amuser avec Molly pour ensuite lui briser le cœur et la laisser tomber. Je me sens responsable envers elle.

En entendant les paroles de sa mère, il comprit où était le nœud du problème.

Depuis toujours, on l'accusait de vouloir faire du mal à Molly, alors qu'il ne souhaitait que son bien.

Il ne désirait pas blesser sa mère non plus, mais il voulait Molly et était prêt à tout pour l'avoir.

En un geste qui se voulait tendre, il prit la main de sa mère.

— Jamais je ne ferai de mal à Molly. Tu dois me croire. Cela me vexe que tu n'essaies pas de comprendre mes sentiments et je saurai vous prouver à toi et aux autres à quel point je tiens à elle, ajouta-t-il avant de la laisser pour rejoindre Landon.

Molly se trouvait en compagnie de Kate et de Beth, qui se mettait au courant des dernières nouvelles depuis son retour.

— J'étais vraiment sidérée d'apprendre que Julian et toi étiez ensemble et que tu avais déjà emménagé chez lui !

— Oui, nous avons tout de suite fait le grand saut, mentit Molly, qui observait du coin de l'œil Julian en grande conversation avec Landon.

Ce dernier paraissait perturbé et il n'arrêtait pas

de regarder dans sa direction. Puis elle vit Garrett se joindre à eux.

Aussitôt, elle pensa au prochain baiser qu'ils échangeraient. Mais quand ?

Puis son regard se reporta sur Julian. Sa chevelure dorée contrastait avec les cheveux bruns de ses frères. Elle fondit de tendresse. Et dire qu'à cause d'elle, ses frères étaient sûrement en train de lui mener la vie dure.

Garrett semblait le plus tendu des trois.

Etait-il jaloux ?

Landon semblait très détendu et surtout très amoureux. Il ne cessait de lancer des regards furtifs et langoureux en direction de Beth.

— Landon n'était pas surpris d'apprendre la nouvelle. Il a toujours su que ça arriverait un jour, lui confia justement celle-ci.

— Vraiment ? s'exclama Molly, interloquée.

Comment quiconque pouvait s'imaginer que Molly et Julian puissent former un couple ? Elle ne sortait jamais avec des hommes, alors que Julian était un véritable play-boy. Et pour les frères Gage, elle était comme une sœur. Enfin, sauf pour Garrett, qui avait enfin découvert qu'elle était devenue une femme digne d'être embrassée.

Reportant son attention sur les trois frères, elle posa d'abord son regard sur Garrett, mais ne s'attarda pas, passant aussitôt à Julian.

Il avait déjà ôté sa veste et sa cravate.

Son assurance transparaissait dans son allure confiante, renforcée par sa puissante virilité. Le message émanant de cet étalon était clair : j'assume mon nouveau rôle, je suis bien dans ma peau.

Julian tourna brusquement la tête, la surprenant alors qu'elle avait le regard fixé sur lui. L'expression de son visage se transforma aussitôt. Ses yeux changèrent de couleur en un instant, passant d'un gris vert à un vert doré digne de l'émeraude de Colombie. Son regard était des plus possessifs et semblait lui dire « tu m'appartiens, ta robe m'appartient, tout en toi m'appartient ».

Quoi ? Mais d'où sortait-elle des idées pareilles ?

Gênée, elle baissa les yeux, le ventre serré de spasmes chauds. Puis elle releva les yeux vers Julian, pour évaluer la situation.

Il venait de quitter ses frères et s'avançait vers elle, tel un loup s'apprêtant à dévorer sa proie.

La chaleur en elle se fit torride.

Soudain, elle comprit. Il jouait le rôle de l'amant possessif, prétendant qu'il la désirait plus que tout au monde pour mieux faire passer le message auprès de Garrett et le rendre terriblement jaloux.

Oui, voilà, c'était l'explication la plus plausible. Et c'était une idée géniale.

N'empêche, à mesure qu'il s'approchait d'elle avec des yeux de prédateur, ses jambes se liquéfiaient, elle fondait sur place.

Elle n'avait pas ressenti cela depuis la fois où Garrett l'avait embrassée. Sous son regard, elle se sentait désirable et désirée. Décidément, Julian était le maître incontesté de la séduction. Véritable ou feinte.

Qu'est-ce qu'il était beau et sexy !

Et ce soir, tout le monde croyait qu'il était à elle.

— Danse avec moi, murmura-t-il d'une voix rauque et charmeuse une fois arrivé à sa hauteur.

— Il n'y a pas de piste de danse.

— Il y a de la musique et nous sommes deux, ça suffit.

Elle sourit avant d'accepter la main qu'il lui tendait.

Au moment du contact, une décharge électrique lui parcourut le corps.

Aussitôt, il la serra contre lui et elle se laissa emporter en une étreinte qui la fit chanceler. C'était étonnant de sentir son corps soudain collé au sien. Mais ce qui l'étonnait encore plus, c'était la perfection de leur imbrication, comme s'ils étaient faits l'un pour l'autre.

Il était tellement proche.

Entourée de sa chaleur corporelle, elle se laissa aller, détendue, et animée de sensations étranges dans le bas-ventre. Les papillonnements à répétition qu'elle éprouvait en présence de Julian étaient déconcertants.

— Tu joues vraiment bien le rôle du petit ami possessif. C'en est presque énervant, ajouta-t-elle, souriante.

Elle se demandait si c'était le numéro qu'il faisait à chacune de ses conquêtes. Bizarrement, penser aux femmes avec qui Julian sortait la contraria. Pourtant, elle n'avait que faire de la vie amoureuse de Julian. Puisque ce n'était pas Julian qui l'intéressait, mais son frère.

— Est-ce que Garrett nous regarde ? murmura-t-elle, désireuse de mettre fin au plus tôt à cette mascarade.

En effet, ce petit jeu était potentiellement dangereux. C'était facile de se laisser séduire par Julian, et il ne fallait surtout pas se bercer d'illusions. Tout cela n'était qu'un scénario fictif.

— Je ne sais pas. Je n'ai d'yeux que pour toi.

Quelque chose dans sa voix la fit chavirer. Cette réaction la mit mal à l'aise.

Après quelques secondes de réflexion, elle eut une idée qu'elle partagea aussitôt avec Julian.

— Et si nous disparaissions quelques instants ? On pourrait s'enfermer dans une pièce obscure puis ressortir avec les habits en désordre et les cheveux ébouriffés.

— Comme vous voudrez, princesse, lui murmura-t-il à l'oreille pour toute réponse.

Ces paroles inattendues provoquèrent en elle un feu d'artifice de sensations qui explosèrent au plus profond de son intimité.

La caresse de ses lèvres contre son oreille fut également des plus excitantes.

Molly eut un réflexe de recul, tentant de calmer son cœur qui battait la chamade, se disant que Julian n'était pas conscient de l'effet que ces paroles pouvaient avoir sur elle ou ce qu'elles évoquaient.

— Tu es d'accord ? s'enquit-elle, surprise.

Il la cloua sur place d'un regard d'une tendresse inouïe, les yeux mi-clos, menaçant son équilibre précaire.

Dans son film préféré, *Princess Bride*, le héros,

Westley, regardait l'héroïne, Bouton d'or, de la même façon.

Elle souhaitait que Garrett la regarde ainsi à la fin de la soirée. Mais pour l'heure, c'était Julian qui jouait le rôle du héros.

Il lui releva le menton, puis passa son pouce sur sa lèvre inférieure. Ce simple geste la fit frissonner.

— C'est une excellente idée. Elle me plaît beaucoup, ajouta-t-il en lui adressant un clin d'œil coquin.

En voyant le sourire sexy de Julian, elle eut envie de lui sauter au cou pour l'embrasser. Mais déjà il la prenait par la main, l'attirant dans le couloir.

Elle éclata de rire, sans oser regarder les autres invités. C'était fabuleux de se sentir aussi libérée, et tellement grisant de ne pas respecter les conventions habituelles.

Enivrée de plaisir, elle emboîta le pas de Julian, joyeusement, comme si plus rien n'importait.

Il ouvrit une porte et la fit entrer précipitamment dans une petite pièce.

Dès qu'ils furent seuls dans cet espace silencieux, Molly eut l'impression d'avoir été happée dans une autre dimension, le cœur battant frénétiquement.

Plongés dans l'obscurité, isolés, avec le monde alentour qui disparaissait.

Dans cet espace confiné qui les enveloppait telle une cape de velours, elle fut aussitôt prise d'assaut par le parfum de Julian, pareil à une tornade olfactive qui lui brûla la gorge, balayant tout en elle sur son passage.

Elle ne tenait pas en place. Mais qu'est-ce qui la rendait si impatiente ?

— Tu portes du rouge à lèvres ?

Petit à petit, grâce au clair de lune qui pénétrait légèrement à travers les arbres, leurs yeux s'accoutumèrent à l'obscurité.

Elle le vit défaire les boutons du haut de sa chemise.

Cette vision la fit saliver. Elle se lécha les lèvres puis sans réfléchir se jeta sur lui. Après l'avoir agrippé par le cou, elle se mit à couvrir de baisers son visage, son cou, sa gorge, pressant son corps contre sa carrure musclée.

Il restait immobile, telle la statue d'un dieu olympien. Mais ce dieu était bien vivant, et il émanait de lui une chaleur virile et déconcertante.

Emportée dans son élan fougueux, Molly n'en revenait pas de la fermeté de sa peau qu'elle avait envie de goûter plus avant. Oserait-elle sortir sa langue et le lécher ?

— Molly ?

— Oui ? dit-elle, levant la tête à regret.

— Tu aurais pu mettre des traces de rouge à lèvres avec ton tube, tu n'étais pas obligée de m'embrasser.

Il lui fallut quelques instants pour comprendre la situation.

Sans se faire prier, elle s'était lancée dans cette étreinte passionnée, l'embrassant avec insistance à plusieurs endroits pour qu'il soit couvert de rouge à lèvres couleur pêche et que les invités comprennent le message. Enfin, disons que c'était surtout Garrett qui devait comprendre le message.

Elle eut un mouvement de recul, confuse, les joues rouge pivoine.

— Je… Je ne sais pas où j'ai mis mon sac, balbutia-t-elle.

Il dut sentir sa gêne, car il s'empressa de l'étreindre de nouveau.

— Ne t'inquiète pas, c'est très bien comme ça, susurra-t-il de sa voix rauque.

Mais elle hésitait, honteuse de s'être jetée ainsi sur lui, prête à le dévorer.

Comme pour la tenter, il défit de nouveau un bouton tout en la scrutant d'un regard hypnotique.

— Vas-y, embrasse-moi plus bas, sur le torse.

Il ouvrit sa chemise.

Elle crut défaillir. Ses jambes la soutenaient à peine.

Le corps de Julian ressemblait à une sculpture de maître. Ses muscles dessinés à la perfection, sa peau merveilleusement ferme. On aurait dit un athlète déifié.

Une vague de frissons la parcourut, l'immobilisant sur place.

Voyant qu'elle ne bougeait pas, il glissa une main dans sa nuque pour l'attirer contre lui, comme pour la tenter davantage.

Elle posa les mains sur son torse dénudé, puis ses lèvres se posèrent sur sa peau alors qu'elle le sentait défaire la pince qui retenait sa chevelure.

Ce simple geste la fit tressaillir des pieds à la tête.

Puis de nouveau, elle entra en contact avec ce corps qui la mettait dans tous ses états, lui coupant le souffle.

Julian était immobile et silencieux. Retenait-il aussi son souffle ?

Elle était parcourue de vagues de désir à répétition.

— Plus bas, murmura Julian, rompant le silence.

Son esprit chavira.

Pourquoi ressentait-elle un tel émoi ? Elle devait se rappeler que tout ceci n'était qu'une mise en scène pour rendre Garrett jaloux.

— Encore plus bas.

Aveuglément, elle lui obéit, tout en se demandant comment Julian montrerait à Garrett qu'elle l'avait embrassé sur le torse.

Parcourue de sensations sans précédent, elle continua à embrasser les abdominaux de Julian, se régalant de sa peau, se laissant envahir par la chaleur virile émanant de son corps d'apollon.

— Encore, plus bas.

Hypnotisée par les paroles de Julian, elle continua sa descente jusqu'à se retrouver quasiment à genoux.

Désorientée, elle leva les yeux vers lui.

Il l'observait, la mine rieuse, les yeux pétillants de malice, les lèvres plus tentatrices que jamais.

Aussitôt, elle se releva, joues écarlates, honteuse.

— Dis donc, j'ai bien cru que je n'arriverais pas à t'arrêter, lança-t-il, joueur.

— Imbécile !

Elle tenta de s'échapper, mais il la retint par les poignets, tout en éclatant de rire.

— Pas si vite, ma belle, à ton tour.

Il enfouit les mains dans sa chevelure, sans ménagement.

Elle se sentait perdue, vulnérable sous sa domination. Chaque fois qu'il entrait en contact avec sa peau, elle ressentait une décharge électrique, une émotion vive se répandant dans tout son corps. C'était comme recevoir une énorme dose d'adrénaline.

Son souffle, plus présent, plus sonore, lui faisait tourner la tête.

Elle perdait pied. Mais que lui arrivait-il ? C'était Julian, pas Garrett !

Il resserra son étreinte, puis ses lèvres s'approchèrent dangereusement de sa bouche.

Leurs regards se croisèrent dans la pénombre.

— Julian, je…

— Chut… Je veux aussi du rouge à lèvres sur ma bouche.

De ses mains, il lui entoura le visage. Puis se serra contre elle. Et c'est en cet instant qu'elle sentit son sexe dur contre son ventre.

Ses lèvres viriles vinrent effleurer les siennes. Ce contact, léger comme une plume, l'enflamma. Elle ouvrit la bouche, haletante.

Il s'éloigna d'elle, l'observant dans l'obscurité, puis il revint à la charge avec la même légèreté.

Cette fois, ses jambes se dérobèrent sous elle, son corps tel de la lave en fusion.

Une décharge fulgurante de désir lui vrilla le ventre, la clouant sur place.

Même le baiser de Garrett n'avait pas provoqué pareilles sensations. Elle n'aurait pas dû ressentir un tel besoin l'envahir, ni éprouver l'envie d'aller plus loin. Mais pourtant, c'était le cas.

La proximité de Julian l'enivrait d'un plaisir sans borne, sentir ses lèvres l'effleurer la fascinait au plus haut point, lui procurant des sensations inouïes. Jamais elle n'avait voulu un homme à ce point.

Oui, elle désirait Julian.

Plus que tout.

Là, maintenant, dans ce bureau.

Elle voulait que ce dieu l'embrasse à lui faire perdre haleine. Ce dieu que tout le monde désirait, mais que personne ne pouvait réellement posséder. Et encore moins elle.

Mais Julian ne l'embrassait pas. Il la titillait.

Le délicieux parfum masculin émanant de lui l'enveloppait d'un halo étourdissant. Elle ressentait un sentiment vertigineux en présence de cet homme qu'elle pensait connaître, mais qu'au fond elle connaissait si peu.

C'était comme si Julian, à la fois familier et étranger, venait de la réveiller, telle la Belle au bois dormant.

Voilà, elle se sentait éveillée. Et elle voulait les baisers de Julian.

Elle entrouvrit légèrement les lèvres alors qu'il effleurait sa bouche pour la troisième fois.

Mais en cet instant, il mit fin à leur étreinte. Et elle crut défaillir de frustration.

— Voilà, je crois que j'ai plus de rouge à lèvres que toi, dit-il avant d'ouvrir la porte du bureau.

Il partait ? Déjà ?

La lumière du couloir s'infiltra aussitôt dans la pièce.

Leurs regards se croisèrent alors qu'il attendait qu'elle le rejoigne.

Mais son corps refusait de bouger, son esprit refusait de la faire avancer.

Elle arrivait à peine à respirer, rechignant à ouvrir pleinement les yeux, légèrement aveuglée par cette lumière intruse. Impossible de savoir ce qui lui arrivait, mais intérieurement, une voix hurlait à l'attention de Julian, le suppliant de revenir vers elle, pour l'embrasser.

Comment le faire revenir ?

— JJ, attends !

Il s'immobilisa.

Le cœur de Molly s'arrêta.

Seules leurs respirations saccadées se faisaient entendre.

Puis leurs regards se croisèrent de nouveau, et là, ce fut le déclic. Un moment électrique d'une puissance sensationnelle. Il rentra de nouveau dans le bureau, laissant la porte légèrement entrouverte, puis s'avança vers elle, doucement.

Si doucement qu'elle crut se désintégrer de désir.

De nouveau, ils furent plongés dans la semi-obscurité. Mais cette fois, il y avait un élément supplémentaire, palpable, sauvage et probablement dangereux.

L'intensité du moment était intenable alors qu'il avançait à pas de loup vers elle.

Molly divaguait, enivrée d'excitation.

— Tu peux répéter ce que tu as dit ? s'enquit-il d'une voix faussement douce.

— JJ, attends.

Ses yeux brillaient telles des lanternes dans la nuit.

Molly sentait les battements de son cœur lancés dans un galop frénétique.

Il restait un petit pas entre eux, qu'il franchit.

Avec des gestes précis, il lui encercla le visage entre ses mains, l'immobilisant dans un étau charnel.

Puis il se pencha vers elle.

— Molly, j'ai mal entendu ou tu m'as appelé JJ ?

Elle était à bout. Animée d'un désir fulgurant.

C'était mal et pourtant elle ne pouvait s'empêcher de vouloir Julian plus que tout au monde. Son corps tremblait, de la tête aux pieds.

Ce petit jeu était parti d'un scénario abracadabrant. A présent, était-ce encore un jeu ?

Et sinon, qu'était-ce ?

Impossible de répondre. Devait-elle s'excuser de l'avoir appelé JJ et quitter la pièce au plus vite ? Mais avait-elle envie de quitter Julian ?

Non.

Soutenant son regard, elle s'entendit répondre :

— Oui, je t'ai appelé JJ.

Le silence s'abattit sur eux, implacable.

Molly l'avait appelé JJ et il allait devoir lui faire payer ça.

Sans attendre plus longtemps, il la serra contre lui, s'approchant de son visage.

— Tu te souviens de ce que je t'ai dit si tu m'appelais encore une fois comme ça ?

Un sourire coquin aux lèvres, elle acquiesça

doucement, l'air provocant et tentateur. Elle voulait qu'il lui fasse payer !

— Alors je vais devoir t'embrasser. Avec la langue, précisa-t-il, excité rien qu'à l'idée de goûter ses lèvres brillantes.

— O.K., JJ, miaula-t-elle.

Il la désirait tellement qu'il était prêt à exploser. Son cœur était sur le point de sortir de sa poitrine.

Il s'approcha un peu plus de son visage, touchant presque ses lèvres.

— « O.K., JJ » ? C'est tout ce que tu as à dire ? Soit…

N'y tenant plus, il vint recouvrir sa bouche de ses lèvres, tenant toujours son visage fermement entre ses mains.

Ce simple contact suffit à l'embraser. C'était comme si leurs deux corps étaient emportés dans un tourbillon érotique enflammant tout sur son passage.

Il resserra son étreinte alors qu'elle s'accrochait à ses bras, puis leurs bouches s'ouvrirent à l'unisson, affamées. Aussitôt, leurs langues se cherchèrent avidement alors que leur respiration haletante donnait le rythme de ce baiser fougueux.

Molly avait un goût de pêche.

Il adorait les pêches.

Il la fouilla davantage alors qu'elle le léchait en retour, tous deux visiblement désireux d'aller plus loin. D'une main, il lui caressa le dos, tandis qu'il sentait ses seins se presser contre lui et ses tétons frotter contre son torse.

Il oscillait entre l'euphorie et la frustration.

L'euphorie parce qu'elle se montrait plus aventureuse et que ses ongles s'enfonçaient dans ses épaules. La frustration parce que son sexe gonflé d'un désir intense pour elle était sur le point d'exploser contre le tissu de son pantalon.

Il l'attira davantage à lui, comme s'il avait voulu l'écraser contre son corps pour qu'ils ne fassent plus qu'un. A présent, elle se frottait contre lui, pour mieux lui manifester son désir, lui offrant mille et une saveurs d'une pureté insensée.

Le constat était simple. Il avait envie d'elle. Il voulait lui faire l'amour.

Stimulé par sa hardiesse, il s'empara de ses poignets pour lui soulever les bras au-dessus de la tête. Elle parut surprise par ce geste, mais loin d'être mécontente, elle laissa échapper un gémissement de plaisir qu'il captura dans sa bouche, l'embrassant de plus belle, plus longuement, d'un baiser plus profond, plus fouillé.

Son excitation augmenta de plusieurs crans lorsqu'il sentit qu'elle répondait à ses avances et qu'elle se montrait plus réceptive que jamais.

Elle était incroyable.

Jamais il n'avait désiré une femme à ce point.

Et en cet instant, son vœu le plus cher était de l'entendre jouir et la sentir perdre contrôle comme elle était en train de lui faire perdre le contrôle de ses sens.

Mais avait-elle vraiment envie de lui ? Comprenait-elle à quel point c'était sérieux pour lui ? Comprenait-elle combien il avait envie d'elle ?

— Molly, murmura-t-il avant de déposer une pluie de baisers dans sa nuque.

Les mains fouillant ses cheveux, elle s'agrippa à lui.

— S'il te plaît, ne t'arrête pas… J'ai envie de continuer de faire semblant un peu plus longtemps.

Interloqué par son intervention, il releva la tête.

— Molly, je t'interdis…

Il s'interrompit, enfonçant la langue dans sa bouche, la goûtant comme si c'était la première fois.

— Je t'interdis de penser à mon frère.

L'instant était brisé.

Il ne pouvait pas continuer.

C'était trop dur de penser que Molly ne faisait ça que pour rendre son frère jaloux. Même si leur petit jeu venait de prendre une nouvelle tournure et que, dans l'obscurité du bureau, elle n'était pas obligée de feindre d'avoir des sentiments pour lui.

Pourtant, ses petits doigts graciles lui entouraient encore les bras, elle avait toujours la tête levée vers lui, lèvres offertes.

En la voyant ainsi, ses grands yeux bleus fixés sur lui, il aurait pu facilement se convaincre qu'elle l'admirait.

Il lui caressa le visage, perdu dans un abîme d'excitation frustrée.

Il avait tellement envie d'elle.

Mais ce n'était pas possible. Par pour le moment, du moins.

— Voilà, Molly, je crois qu'on a fait du bon travail. En te voyant, Garrett n'aura aucun doute sur ce que nous avons fait dans ce bureau, dit-il, tentant de prendre un ton amusé.

Elle baissa la tête.

— Arrête, Jules, ce n'est pas drôle.

— Non, tu as raison. D'ailleurs, j'ai une question sérieuse. Je peux la poser ?

— J'écoute.

— Les baisers qu'on a échangés, cela faisait partie du jeu, c'était pour Garrett, ou tu as vraiment envie de moi ?

Elle laissa le silence s'installer, toujours tête baissée, puis elle répondit enfin.

— Tout le monde a envie de toi. Je n'arrive pas à y croire. Qu'est-ce qui nous a pris ? C'était de la folie.

Il la prit dans ses bras pour la calmer, déposant un baiser rassurant sur son front.

— Si tu ne peux pas faire ça avec ton meilleur ami…

— Je ne savais pas que ça se passerait comme ça ! C'est ta faute. Tu es un expert en séduction. Oh ! Julian, ne me lâche pas. Je veux rester dans tes bras encore quelques instants.

La lâcher ? C'était bien la dernière chose qu'il souhaitait faire. Il voulait au contraire la garder tout contre lui.

Pour toujours.

Il lui enserra la taille, réprimant la vague intense de désir qui revenait sans cesse à la charge quand il était en sa présence.

— Je n'ai pas cherché à te séduire, mais tu n'aurais pas dû me tenter en m'appelant JJ.

Incapable de résister, il s'empara de ses seins, les caressant tout en lui mordillant l'oreille.

— Maintenant, j'ai envie de t'embrasser jusqu'à ce que je te sente capituler dans mes bras, jusqu'à ce que tu me dises ce dont tu as envie car je ne suis pas sûr que tu le saches toi-même…

— Vous allez sortir de là ou vous avez besoin d'aide ?

La voix de baryton qui venait d'interrompre Julian fit sursauter Molly. Dans l'embrasure de la porte se tenaient Landon et Garrett.

Le premier avait l'air plutôt amusé, le second semblait très fâché.

A présent, il penserait que Molly était une fille aux mœurs légères.

L'idée lui déplut.

Julian se planta devant elle, comme pour la protéger. Ainsi cachée derrière lui, elle en profita pour tenter de remettre de l'ordre dans sa tenue et sa coiffure.

— On sortira d'ici quand on voudra. On n'a pas besoin d'aide, merci, dit Julian d'un ton calme.

Comment faisait-il pour garder une allure si tranquille, alors qu'elle était dans tous ses états ? Elle était vraiment gênée de la situation.

Au départ, le but de ce petit scénario était de rendre jaloux Garrett et qu'il s'imagine un tas de choses, mais jamais elle n'avait prévu d'être prise la main dans le sac.

Que lui était-il passé par la tête ? Comment expliquer ce qui venait d'arriver ?

Elle avait tout d'abord été enivrée par l'odeur virile

de Julian, le désir que ses lèvres avides avaient fait naître en elle, lui faisant revivre le baiser fougueux du bal masqué.

— Désolé, frérot, mais c'est maman qui nous envoie.

— Elle peut envoyer la police, si ça lui chante, dit Julian avant de claquer la porte.

Puis il se retourna vers elle.

— Molly, ça va ?

— Oui.

Hormis le fait que Julian venait de lui toucher la poitrine et que cela l'avait mise dans un état d'excitation étonnant.

— Je crois qu'on a atteint notre but, on peut ressortir, dit-il en lui tendant la pince à cheveux qu'il lui avait enlevée.

Elle la remit en place, curieuse de connaître la suite. C'était étrange de sentir en elle un mélange de culpabilité et d'excitation.

Surtout, elle repensait aux choses qu'il avait murmurées avant qu'ils ne soient interrompus, à la façon dont il l'avait embrassée, dont il lui avait caressé les seins.

Elle n'arrivait pas à lever les yeux vers lui, par peur qu'il ne perçoive la multitude de doutes qui l'assaillait.

Son plan d'origine ne tenait plus la route, inutile de se voiler la face. Que faire à présent ? Tout était trop confus.

Elle choisit d'opter pour la politique de l'autruche, au moins pour la soirée.

— Oui, tu as raison. On a atteint notre but, c'est

parfait. Merci, dit-elle en lui déposant un petit baiser sur la joue.

Elle ouvrit la porte puis sortit, la tête haute, passant devant les deux frères Gage restés sur le seuil en sentinelle, à qui elle adressa un sourire froid, de ses lèvres brûlantes qui venaient d'être embrassées par Julian.

Adoptant une allure fière, pour faire bonne figure, elle aurait donné n'importe quoi pour s'éclipser de la soirée. Son esprit était trop confus, ses sens trop chamboulés.

Garrett la rattrapa, la prenant par le bras.

— J'aimerais te parler. Tu pourrais passer me voir demain à mon bureau ?

Elle le regarda droit dans les yeux.

Pourquoi tentait-elle de se convaincre qu'elle l'aimait, alors qu'elle venait de ressentir un tourbillon d'émotions pour Julian ?

Elle n'avait pas envie de répondre à cette question. Pas maintenant.

— Oui, bien sûr. Vers midi ?

— Parfait, dit-il avant de lui déposer un baiser sur le front.

Bizarrement, son contact ne lui fit aucun effet, alors que dans les bras de Julian, elle venait de vivre une expérience incroyable.

Elle avait enfin réussi à attirer l'attention de Garrett, et pourtant cela ne lui procurait aucune satisfaction.

Comme un automate, elle traversa le salon pour rejoindre Beth et Kate.

Finalement, son plan semblait fonctionner. Elle aurait dû se réjouir.

Garrett voulait la voir. Peut-être cachait-il sa jalousie ?

Mais non, impossible de savourer sa victoire. Elle était trop décontenancée par l'épisode qu'elle venait de vivre avec Julian.

Quelle mouche l'avait piquée ? Elle avait ostensiblement tenté Julian. Etait-ce vraiment là le comportement d'une femme amoureuse d'un autre homme ? Et si cette incartade lui coûtait son amitié avec Julian ? L'amitié qu'elle chérissait le plus au monde ?

— Molly, que t'est-il arrivé ?

Mieux valait opter pour la vraie fausse vérité.

— Julian et moi avions envie d'avoir un peu d'intimité, mais nous avons été interrompus, dit-elle, lançant un regard noir en direction de Landon et Garrett.

Derrière elles apparut Julian.

Débraillé, couvert du rouge à lèvres couleur pêche qu'elle portait. On aurait dit qu'il venait de se battre avec une tigresse, Molly étant la tigresse en question.

Cette pensée l'excita instantanément.

— Julian, tu t'es vu dans une glace ? s'écria Beth.

Julian ne se tourna pas vers Beth mais vers Molly.

Aussitôt, elle sentit ses lèvres brûler sous son regard insistant. Ses seins, qu'il tenait voilà quelques instants entre ses mains chaudes, se gonflèrent de désir pour lui, tétons raidis.

Sa présence suffit à l'enflammer, faisant renaître

instantanément en elle le désir qu'elle avait éprouvé dans le bureau.

— Molly et moi avons fait une petite visite du bureau d'en bas. N'est-ce pas, Molly ?

Sa voix, rauque à souhait, raviva immédiatement son désir.

Alors que les deux femmes fixaient Julian du regard, il n'avait d'yeux que pour elle.

Craignait-il lui aussi qu'ils ne soient allés trop loin ?

Tentant de se montrer rassurante, elle lui sourit, ne supportant pas cette tension entre eux. Enfin, il lui sourit en retour.

Ouf ! Leur amitié était sauve.

Il vint à sa hauteur pour la prendre dans ses bras. C'était bon de retrouver sa chaleur. En cet instant, elle sut que tout irait bien, quoi qu'il arrive. Tant que Julian était à ses côtés.

— Tu sais que je t'aime bien, murmura-t-elle avant de lui embrasser la joue.

Ce n'était pas la première fois qu'elle le lui disait. Loin de là.

Mais pour la première fois, le sens profond de ses paroles était différent.

— Moi aussi, si tu savais…, dit-il avant de l'embrasser le plus tendrement du monde.

- 6 -

Dans l'ascenseur du *San Antonio Daily*, Molly ne savait pas à quelle sauce elle serait mangée.

Garrett lui avait donné rendez-vous. Elle était curieuse de connaître la nature de son intervention.

Comment réagirait-elle ? Elle n'en avait aucune idée.

— Molly !

A peine sortie de l'ascenseur, la secrétaire de Julian la héla.

— Je ne savais pas que vous passiez voir Julian. Il est parti déjeuner.

Molly donna l'accolade à Mme Watts, qui travaillait pour les Gage depuis toujours.

— Ne vous en faites pas. Je suis venue voir Garrett.

Alors qu'elle prononçait cette phrase, son estomac se noua. Elle n'était pas sûre de vouloir voir Garrett. En revanche, elle aurait donné n'importe quoi pour déjeuner avec Julian.

La secrétaire de Garrett la fit entrer dans le bureau puis referma la porte derrière elle.

Grand, brun, la carrure imposante, Garrett se tenait debout à côté de la fenêtre.

Puis le regard de Molly tomba sur Kate, assise dans un fauteuil.

— Molly, bonjour. J'imagine que tu sais pourquoi je t'ai fait venir, et pourquoi Kate et moi voulons te parler.

Finalement, ce rendez-vous n'était pas un tête-à-tête.

Garrett semblait distant, et pas du tout passionné comme il avait pu l'être le soir du bal masqué. Son regard posé sur elle ne véhiculait aucune chaleur, aucune sensualité.

S'était-elle trompée sur ses intentions ? Comment pouvait-il rester aussi impassible, après l'avoir surprise dans le bureau de Landon dans les bras de Julian ?

Julian la regardait avec beaucoup plus de… Julian était capable de l'enflammer d'un regard.

Mais elle ne devait surtout plus penser à cela. Les baisers torrides qu'elle avait échangés avec lui la veille étaient une erreur. Heureusement qu'ils étaient amis et qu'il ne chercherait jamais à aller plus loin avec elle.

Enfin, heureusement…

La nuit dernière, elle n'avait cessé de repenser à la scène du bureau, aux paroles qu'il lui avait susurrées, à la façon dont il l'avait embrassée et aux émotions puissantes qu'il avait fait naître en elle. C'était encore plus fort que le soir du…

Etait-ce possible ?

Non.

Alors que lui arrivait-il ?

Garrett la tira de ses pensées confuses.

— Molly, peux-tu nous expliquer ce qui se passe entre Julian et toi ?

Après une telle entrée en matière, plus aucun doute ne subsistait : elle s'était trompée sur les intentions de Garrett. D'ailleurs, il n'avait pas l'air jaloux du tout.

Visiblement, Garrett était attiré par elle lorsqu'il était soûl et qu'elle portait un costume osé, mais dans la vraie vie, tout cela n'existait pas.

Quelle idiote !

A son tour de monter au créneau.

— Toi et Kate ne comprenez rien à la situation, déclara-t-elle froidement.

Elle en avait assez de passer pour la petite fille naïve que l'on essaie de mener à la baguette.

Et elle en voulait à Garrett. Il l'avait attirée à lui en la faisant jouir comme jamais elle n'avait joui, et voilà qu'à présent il faisait comme si de rien n'était.

De quel droit se mêlait-il de sa vie ? Comptait-il interroger Julian également ? Et pourquoi mêler Kate à tout ça ?

Sa colère était sans borne.

— Julian et moi sommes ensemble. J'ai emménagé chez lui et je n'ai jamais été aussi heureuse.

En disant cela, elle s'aperçut à quel point c'était vrai.

Avec Julian, elle était heureuse. Elle avait toujours aimé être en sa compagnie, et ces derniers temps, ils avaient passé des moments formidables, drôles et tendres. Pas plus tard que ce matin au petit déjeuner, ils avaient réussi à rire de leurs frasques de la veille chez Landon et Beth.

— Malheureusement, c'est ce que nous redoutions depuis toujours. Landon, notre mère, Kate, moi-même. Nous avons peur pour toi, peur que tu ne sortes pas indemne de cette histoire.

Kate intervint :

— Nous nous faisons du souci pour toi, Molly. Depuis toute petite, tu es attirée par Julian et nous avons toujours tout fait pour te protéger et t'éviter d'avoir le cœur brisé à l'âge adulte.

Calmement, elle regarda tour à tour Garrett puis Kate.

— Vous n'avez pas à vous faire de souci pour Julian et moi, c'est notre relation, cela ne vous regarde pas. Un lien très fort nous unit depuis toujours.

Molly connaissait l'anecdote de leur arrivée chez les Gage.

Elle avait trois ans.

Kate avait tenté de la convaincre d'enlever la sucette qu'elle avait dans la bouche pour dire bonjour à tous les membres de la famille. Molly s'était entêtée pendant un temps, puis repérant Julian, alors âgé de six ans, elle était allée vers lui pour lui offrir la sucette. Mme Gage avait aussitôt interdit à Julian d'accepter le bonbon déjà entamé, mais il avait fait fi de l'interdiction et mis la sucette dans sa bouche sans hésiter.

Leur amitié avait été scellée instantanément.

Sa sœur la ramena à la réalité.

— Molly, je veux juste que tu saches où tu mets les pieds. Tu sais que les relations amoureuses de Julian ne durent pas.

— Là, c'est différent.

— On ne veut pas qu'il te fasse de mal.

Bien qu'à bout de patience, elle était décidée à défendre sa relation avec Julian. Même si elle était partie d'un scénario visant à rendre Garrett jaloux.

— Pourquoi me ferait-il du mal ? Julian est prêt à tout pour moi. Et je ne suis pas qu'une passade !

Sa sœur sembla d'autant plus inquiète.

— Tu es vraiment amoureuse de lui ?

Comment répondre à sa sœur sans mentir davantage ? Et que répondre ? Elle ne savait pas elle-même où elle en était. Depuis qu'elle avait emménagé chez lui, elle était bombardée d'émotions très fortes qui lui faisaient perdre le sommeil, se retourner dans son lit à se demander où elle allait.

Impossible de mettre de l'ordre dans ses sentiments.

Elle était venue dans le bureau de Garrett espérant qu'il fasse renaître en elle la flamme de leur premier baiser, mais finalement, il se montrait d'une froideur extrême envers elle.

Ce rendez-vous n'était rien d'autre qu'une attaque envers Julian et elle, et cela lui donnait envie de sortir ses griffes pour défendre leur couple et leur amitié.

— Julian ne me fera jamais de mal.

— Il n'a pas intérêt, sinon il aura de mes nouvelles, dit Garrett d'un ton sec.

Molly se tourna vers lui.

Plus elle observait Garrett et plus elle se disait que l'homme qui l'avait embrassée le soir du bal masqué était une illusion.

Alors que Julian était, depuis toujours, son

protecteur, son rayon de soleil, son sauveur, sa raison de vivre, son héros.

En cet instant, un choix s'imposait entre Garrett et Julian. Un choix aisé. Son héros l'emportait haut la main.

— Vous feriez mieux de vous mêler de vos affaires et de laisser Julian tranquille, une bonne fois pour toutes, lança-t-elle en se dirigeant vers la porte.

— Molly, nous sommes inquiets pour toi. Nous n'avons rien contre Julian. C'est mon frère et je l'aime.

Alors qu'elle s'apprêtait à tourner la poignée, elle se tourna vers Garrett.

— Si tu aimes vraiment ton frère, alors je te conseille de faire un peu plus attention à lui avant qu'il ne quitte le journal pour de bon. Il est prêt à passer à autre chose et, franchement, je comprends qu'il ait envie de couper les ponts.

— Couper les ponts ?

Elle sortit du bureau sans répondre.

Garrett courut après elle, l'attrapant par le bras pour l'arrêter.

— Molly, réponds-moi. Julian compte quitter le journal ?

— Garrett, lâche-moi, s'il te plaît.

— Il va partir, c'est ça ?

Elle regrettait de ne pas avoir tourné sa langue sept fois dans sa bouche. Elle avait parlé trop vite.

— Non… Tu as mal compris.

— Molly, ne me mens pas. Je sais que Julian

n'est pas heureux ici. Je me doutais qu'il préparait quelque chose.

— Garrett, laisse-moi.

— Attends, j'ai encore une question. Tu l'aimes ?

Elle le regarda droit dans les yeux, décontenancée par la question, mais surtout, stupéfaite de la réponse qui s'imposait à elle, claire comme de l'eau de roche.

Des larmes d'émotion lui montèrent aux yeux. La réponse était oui.

Oui, elle aimait Julian. Plus que tout.

S'arrêtant sur le seuil de son bureau, Julian aperçut Molly en tête à tête dans le couloir avec Garrett.

Il la tenait par le bras.

Son sang ne fit qu'un tour et son cœur se mit à battre anormalement vite. Sa vue se troubla. Une violente colère s'empara de lui.

Etait-ce donc là le but de Molly ?

S'était-elle entraînée avec lui pour pouvoir en faire profiter Garrett ?

La raison aurait voulu qu'il s'éclipse, mais la fureur le poussa à intervenir. C'était plus fort que lui.

A pas feutrés, il s'avança à leur rencontre.

— Désolé de vous interrompre. Garrett je te conseille de lâcher Molly si tu ne veux pas être défiguré à vie.

— Enfin, Julian, qu'est-ce qui te prend ? lança Garrett, obtempérant sans tarder.

Tendant la main vers Molly, Julian vit qu'elle

avait les paupières rouges. Pourquoi avait-elle les larmes aux yeux ?

Cette situation était des plus inconfortables. Comment en étaient-ils arrivés là ?

Il aurait voulu que les choses évoluent doucement, naturellement, pour leur laisser le temps de prendre leurs marques. Mais hélas, le destin précipitait les événements.

Molly n'était pas comme toutes les filles avec qui il était sorti. Elle était différente. De plus, elle le connaissait mieux que quiconque, le respectait, l'admirait. Avec elle, il se sentait bien, il se sentait lui-même. Il voulait que leur relation soit naturelle, sans mensonge, sans faux-semblant.

— Quel jour sommes-nous, Molly ?

Sa question la déstabilisa, mais comme il attendait, elle finit par répondre.

Alors il se pencha vers elle.

— Donc notre contrat n'est pas fini. Tu es encore ma petite amie. On a dit un mois, souviens-toi, lui chuchota-t-il à l'oreille.

Elle lui prit la main, puis le suivit, sans mot dire et sans un regard pour Garrett.

Julian donna des instructions à sa secrétaire puis ils se dirigèrent vers le parking. Ce ne fut qu'une fois rentrés à l'appartement qu'il rompit le silence.

— Tu peux me raconter ce qu'il a fait ou dit pour te faire pleurer ?

Elle le regarda de ses yeux étincelants d'innocence. Et il eut envie de la prendre dans ses bras, de la protéger, d'absorber sa vulnérabilité.

— Julian, je trouve ton comportement étrange.

Il poussa un profond soupir.

— Il ne te mérite pas ! Je connais un homme qui est fou de toi, qui serait prêt à tout pour toi. Tout, vraiment tout…

Elle éclata de rire.

— Les effluves de peinture te montent à la tête, non ? De qui parles-tu ? Qui est cet homme ?

— Devine.

— Je ne comprends pas ce que tu dis.

— Je ne supporte pas l'idée qu'il ait pu te faire pleurer. Et je ne comprends pas pourquoi tu es obsédée à ce point par mon frère. En fait, ça me rend fou.

Molly croisa les bras, stupéfaite.

Comment dire à Julian qu'elle s'était trompée au sujet de Garrett ? Qu'il n'était pas l'homme qu'elle croyait ?

Comment lui avouer qu'en réalité elle n'aimait pas Garrett ? Comment lui avouer que l'homme qu'elle aimait n'était pas à sa portée ? Et que Garrett et Kate l'avaient fait venir justement pour la mettre en garde contre lui car ils craignaient qu'il ne la fasse souffrir ?

Elle leur en voulait tellement !

Malheureusement, elle ne pouvait même pas laisser libre cours à sa frustration, car la seule personne à qui elle aurait voulu en parler, c'était Julian.

— Franchement, je ne comprends pas ta réaction.

— Tu peux me dire pourquoi tu le trouves aussi

irrésistible ? Et pourquoi tu es allée pleurer sur son épaule au lieu de venir me trouver ?

Que lui arrivait-il ?

A peine eut-elle aperçu la lueur trouble dans ses yeux émeraude qu'elle sentit ses jambes se dérober sous elle. Il était tellement beau, même hors de lui. D'ailleurs, jamais elle n'avait vu une expression aussi enragée sur son visage.

On aurait dit qu'il était jaloux de Garrett.

Etait-ce seulement possible ? Cette pensée fit naître en elle d'intenses émotions ; des émotions qui lui étaient de plus en plus familières ces derniers temps lorsqu'elle se trouvait en présence de Julian. Et qui créaient en elle un besoin puissant de se serrer contre lui, attisant un désir irrésistible.

Elle tremblait d'envie d'être proche de lui, de se retrouver enveloppée de son parfum enivrant, de plonger dans cette dimension charnelle, de sentir ses muscles l'entourer, d'être retenue prisonnière contre lui.

Tout contre lui.

Elle voulait se fondre en lui, comme si leur amitié ne suffisait plus à combler son besoin de lui, comme si leur relation devait passer à un autre niveau.

— Molly, tu comptes me répondre un jour ou pas ?

Elle n'arrivait pas à parler. Le regard intense de Julian la déstabilisait, l'empêchant de mettre ses idées en place ou de se concentrer sur la question.

— Jules, je ne sais pas quoi dire. Je suis perdue. Pour ce qui est de Garrett, il a toujours voulu jouer le rôle du grand frère protecteur, c'est tout.

— Garrett a toujours voulu te tenir éloignée de moi car il savait que… Il savait que je…

Soudain son regard s'assombrit, mais il n'alla pas plus loin.

Le moment était loin d'être érotique, et pourtant Molly sentit ses tétons durcir sous l'effet du désir.

— Molly, tu ne vas sûrement pas aimer ce que je vais te dire, mais j'ai besoin de te faire réagir. Alors voilà. Moi, j'ai toujours soupçonné que Kate était amoureuse de Garrett. Donc vous en pincez toutes les deux pour le même homme.

Elle le dévisagea, interloquée.

— Tu mens. C'est faux. Kate n'a pas de sentiments pour Garrett.

— Kate est comme une sœur pour moi et je peux t'assurer que j'ai raison.

Molly n'en revenait pas de cette révélation. Etait-ce vraiment possible ? Et si oui, depuis quand sa sœur aimait-elle Garrett en silence ?

— Julian, tu ne comprends pas… Il s'est passé quelque chose entre Garrett et moi. Un soir. On s'est embrassés. C'était magique, comme si nous étions faits l'un pour l'autre.

La réaction de Julian la glaça.

Son expression se figea, son regard se vida.

— Il t'a embrassée ?

— Je n'avais jamais ressenti de telles émotions, hormis avec toi hier soir. C'était comme si nous étions deux âmes sœurs qui avaient fini par se trouver.

Mais c'était une illusion et à présent je ne sais plus où j'en suis.

Julian fit quelques grandes enjambées nerveuses dans la pièce, puis il se posta devant elle, plus sérieux que jamais.

— Molly, dis-moi que ce n'est pas vrai.

Elle comprenait sa stupéfaction. La veille, elle l'avait embrassé à perdre haleine, et elle lui avouait aujourd'hui qu'elle avait fait la même chose avec son frère il n'y avait pas longtemps.

Que se passait-il ?

Pourtant, ce baiser avait bien existé… Alors pourquoi n'avait-elle rien ressenti pour Garrett en le voyant dans son bureau ?

— Je ne peux pas te dire que ce n'est pas vrai, mais je peux te raconter comment ça s'est passé.

— Oui, s'il te plaît, j'aimerais bien.

Elle se laissa choir sur un canapé, osant à peine le regarder.

— C'était le soir du bal masqué. Je portais le costume trop osé que tu m'avais incitée à mettre. J'étais sur la terrasse, dans la pénombre. Un homme s'est approché de moi, vêtu de noir. J'ai cru d'abord que c'était toi. On s'est embrassés, on a fait des choses assez intimes, puis j'ai remarqué une bague à son doigt et j'ai compris que c'était lui.

Le silence accablant qui se fit après son intervention l'effraya. Elle observa le visage de Julian devenir ténébreux.

Soudain, il quitta la pièce comme une tornade. Etait-il parti prendre une arme ? Allait-il commettre une bêtise ?

L'espace d'un instant, elle pensa le suivre pour lui

dire que ce n'était qu'un baiser, que ça ne comptait pas, que depuis les choses avaient changé.

Mais moins d'une minute plus tard, il revint dans la pièce, livide.

— Tu parles de cette bague ?

- 7 -

Clignant des yeux, Molly fixait la bague. Horrifiée. Bouche bée.

— Mais… que fais-tu avec la bague de Garrett ?

Elle avait toujours vu Garrett porter cette bague sertie d'un diamant bleu d'une valeur inestimable.

— Figure-toi que cette bague m'appartient depuis un mois. Je l'ai gagnée lors d'un pari avec mon frère. Il disait que la bague valait plus que ma balle de base-ball dédicacée par Mark McGwire. Il a perdu. J'ai récupéré la bague. Je la porte surtout quand je sais que je vais le voir, pour l'embêter.

Molly crut défaillir en entendant les paroles de Julian. Son cœur se mit à battre violemment dans sa poitrine.

Malgré la confusion qui régnait dans son esprit, elle comprit l'implication de ce que Julian venait de lui avouer : qu'il était en possession de la bague le soir du bal masqué. Autrement dit, c'était lui l'inconnu qui l'avait embrassée fougueusement, ce soir-là, en lui murmurant ces mots enivrants de sa voix rauque et séductrice.

Et c'était lui qui l'avait caressée, lui arrachant son premier orgasme.

Julian.

Son héros.

Son protecteur.

Son meilleur ami.

Son amour de toujours.

Comment avait-elle pu être aussi naïve ?

Elle s'était fait duper, pliant sous ses doigts habiles.

— Comment as-tu pu… ?

— Molly, je n'arrive pas à croire que tu n'aies pas su que c'était moi qui t'embrassais.

Un profond sentiment de déception et d'humiliation s'empara d'elle. Il savait et il n'avait rien dit.

Elle secoua la tête, incrédule.

— Je ne comprends pas.

Puis leurs étreintes lui revinrent à la mémoire. Trois au total. La première, passionnée et enivrée. La seconde, effrontée devant sa sœur. La troisième, dans un bureau sombre, où ils étaient censés faire semblant…

— Je ne comprends pas, répéta-t-elle, éberluée.

Il la rejoignit.

— Moi je comprends. Tu croyais que c'était Garrett qui avait fait gonfler tes lèvres de plaisir. Tu m'as laissé te toucher au plus profond de ton intimité, te caresser la poitrine, te…

— Arrête !

D'un bond, elle se leva du canapé, n'arrivant pas à se résoudre à admettre que c'était bien Julian qui l'avait mise dans cet état ce soir-là. Elle repensait aussi aux nuits d'insomnie passées à revivre la scène, se croyant sous l'emprise de Garrett et non la sienne.

Julian l'avait embrassée, Julian l'avait fait jouir dans ses bras, Julian avait chamboulé sa vie.

Puis il avait agi comme si de rien n'était, comme si cela ne signifiait rien pour lui.

Rien !

Il était son meilleur ami, et pourtant il n'avait rien dit. Il lui avait fait sentir qu'il la désirait, plus que tout au monde, puis il avait accepté de l'aider à séduire son frère !

— Comment as-tu pu me faire ça ? Comment as-tu pu ne rien dire ?

— Que voulais-tu que je dise ? Que c'était une erreur ? Que je m'étais laissé emporter par tes beaux yeux bleus et ta tenue sexy ? C'est toi qui as décidé de ne rien dire. Comme j'étais ivre et gêné de ne pas avoir réussi à me tenir, j'ai trouvé que c'était une bonne idée. Cela m'a donné le temps de réfléchir à la situation et de reprendre de zéro.

— De reprendre quoi de zéro ? Tu ne vois pas que tu as tout gâché, que tu as anéanti notre amitié ? hurla-t-elle en se dirigeant vers sa chambre.

— Molly, que fais-tu ?

— A ton avis ? Tu veux que je te fasse un dessin ? Je vais faire mes bagages !

— Ne pars pas !

— Si, je pars ! Je n'arriverai jamais à comprendre comment tu as pu accepter de m'aider à séduire Garrett après ce que tu m'avais fait le soir du bal masqué.

Après avoir claqué violemment la porte de sa chambre, elle s'y adossa, à bout de souffle.

Elle devait partir, c'était certain, mais pour le

moment, elle était bloquée. Pas question de demander à Julian de la ramener, et pas question non plus de demander à Kate de venir la chercher.

Au comble du désespoir, elle pensa soudain à la peinture murale inachevée dans les bureaux du dernier étage. Jamais elle n'avait abandonné une œuvre.

L'idée de se perdre dans un paradis silencieux fait de couleurs et de calme la rassura. Elle finirait sa commande puis elle partirait.

Le mufle !

Quelle mascarade !

Toute sa vie n'était qu'une mascarade. Son unique amitié venait de partir en fumée.

Des flashs du passé revenaient en boucle la hanter. Tous ses souvenirs heureux contenaient une image de Julian. Des visions de bonheur.

Une nausée lui souleva l'estomac.

Elle s'assit sur le lit, prit un oreiller entre ses bras puis tenta de se recomposer.

Impossible de retrouver une respiration normale. Impossible de se calmer. Jamais elle ne s'était sentie aussi vidée, idiote. Jamais elle n'avait souffert à ce point.

A bout, elle se laissa rouler sur le lit, recroquevillée, toujours accrochée à l'oreiller.

Puis les images du bal masqué revinrent de nouveau l'obséder.

La bouche de Julian, ferme et avide, ses gémissements rauques alors qu'il embrassait la naissance de ses seins, comme s'ils étaient faits pour lui et qu'il les attendait depuis toujours.

La façon dont il lui avait mordillé l'oreille, puis murmuré « chut » d'un ton suprêmement sensuel.

Les larmes lui brûlaient les yeux. Comment avait-elle fait pour ne pas savoir ?

Au départ, elle avait pensé que c'était lui, ayant reconnu son sourire de prédateur. Puis il s'était emparé d'elle, faisant chavirer ses sens, la projetant dans une dimension charnelle inconnue… et elle avait perdu pied avec la réalité, confondant l'identité de son assaillant.

Mais lui, pourquoi n'avait-il pas pu résister ? Pourquoi avoir ainsi gâché la confiance aveugle qu'elle lui vouait depuis sa plus tendre enfance ?

Elle l'avait aimé dès qu'elle l'avait vu, sans en avoir conscience.

Au début, il s'était agi d'un amour chaste, comme entre un frère et une sœur. Puis à treize ans, elle avait eu une révélation. Elle se souvenait encore du moment avec précision. Elle avait senti que cet amour s'était transformé, qu'elle éprouvait pour Julian des sentiments allant au-delà de ceux que l'on éprouvait pour un frère ou un ami.

Son entourage s'en était mêlé et elle avait été contrainte d'étouffer ces sentiments, les enfouissant au plus profond d'elle-même.

Et aujourd'hui, la réalité lui éclatait au visage.

Cette réalité qui la raillait, comme Julian venait de la railler en ne lui avouant pas la réalité de leur étreinte passionnée le soir du bal masqué.

C'était lui, l'homme qui avait fait son cœur prisonnier. L'homme qu'elle mourait d'envie d'embrasser de nouveau depuis cette soirée fatidique. L'homme qui était pour elle son âme sœur.

Et c'était lui l'homme qui venait de lui briser le cœur en mille morceaux.

Elle attendit que Julian passe à la salle de bains pour s'éclipser sans être vue ni entendue, refermant la porte de sa chambre pour ne pas éveiller ses soupçons.

Pendant des heures, Julian erra entre la solitude du salon et celle de sa chambre, hésitant à aller frapper à la porte de Molly pour s'assurer qu'elle allait bien.

La jalousie coulait dans ses veines tel un poison, alors qu'il se souvenait des miaulements de plaisir de Molly sous l'effet de ses caresses, qu'il repensait à la façon dont il l'avait fait jouir comme si son corps était une harpe dont lui seul savait jouer.

Et pendant tout ce temps, elle avait cru qu'il s'agissait de Garrett !

Son frère.

L'homme qu'elle était allée voir ce midi, à son insu. L'homme qui la possédait par l'esprit depuis des semaines. L'homme à qui il ne voulait surtout pas penser en cet instant.

Il se repassa la scène des aveux de ce soir. Quel traumatisme ! Il revoyait encore ses yeux blessés lorsqu'il lui avait appris que c'était lui, l'homme en noir qui l'avait embrassée le soir du bal masqué.

On aurait presque dit qu'elle était déçue que ça n'ait pas été Garrett.

A présent, il s'en voulait de ne pas lui en avoir reparlé le lendemain matin.

Et dire que depuis tout ce temps, elle s'était mise à la poursuite de Garrett en pensant au baiser de Julian.

Oui, il avait tout gâché.

S'il avait fait les choses correctement, sans se soucier de sa famille, à l'heure qu'il était, Molly serait dans ses bras, pour de vrai, et pas à cause d'un scénario fictif tiré par les cheveux. Et elle n'aurait eu d'yeux que pour lui, sans penser à Garrett.

Toutes ces nuits blanches ! Tous les soirs passés à la repousser alors qu'elle voulait venir dormir avec lui, en amie.

N'avait-elle pas vu comment il la regardait ? N'avait-elle pas senti qu'il était fou d'elle depuis toujours ? Il avait cru pouvoir sortir Molly de sa tête et de son cœur, mais il avait échoué.

C'était normal qu'elle soit déçue par son comportement, puisqu'il s'était jeté sur elle alors qu'il était ivre et n'avait pas osé avouer ses agissements par la suite.

Mais lui aussi était déçu par le comportement de Molly, qui s'était crue dans les bras de son frère et avait joui sous les caresses d'un homme sans connaître sa véritable identité.

Résultat, ils se morfondaient chacun dans leur coin.

Exténué, pensant trouver le sommeil, Julian s'était

effondré sur le lit. Mais impossible de fermer l'œil. Il souffrait, enragé, dégoûté, découragé.

A la réflexion, il aurait dû lui dire la vérité dès le lendemain, en espérant qu'elle lui pardonne. Ils auraient pu repartir sur de bonnes bases et il aurait alors eu le loisir de lui prouver à quel point il l'aimait.

Mais il n'en avait pas eu la force, redoutant sa réaction.

A présent, il devait trouver une solution pour sortir de cette impasse.

Molly était tout pour lui. Sa force, sa joie, sa vie.

D'un bond, il se leva de son lit puis sortit de sa chambre. Il frappa légèrement à la porte de Molly. Sans réponse, inquiet, il pénétra dans la pièce.

Elle n'était pas là.

Il la chercha partout dans son appartement. Rien.

Quand et comment s'était-elle éclipsée ?

Le cœur battant la chamade, il prit l'ascenseur, dans un dernier sursaut d'espoir. Alors qu'il montait vers le penthouse, il ne cessait de se répéter : « Elle est partie, elle m'a quitté ! »

Mais dès que les portes coulissèrent, il la vit.

Elle était allongée sur le marbre, avec pour simple vêtement une longue chemise boutonnée, sa chevelure rousse lui entourant la tête tel un halo de feu.

Elle dormait, ses mains en guise d'oreiller.

Tout en s'approchant d'elle, il absorbait la vision de cette ravissante jeune femme qu'il aimait depuis toujours. Son corps fragile méritait mieux que ce sol froid. Elle était faite pour dormir dans un grand lit, des draps de soie, des oreillers voluptueux et à son côté un homme qui l'aimait avec la même passion qu'elle mettait dans chacune de ses œuvres.

Les yeux rivés sur son visage angélique, il s'agenouilla auprès d'elle. Puis son regard fut attiré par les tubes de peinture vides éparpillés autour d'elle. Enfin, il remarqua que la fresque murale était terminée.

Elle n'avait pas voulu partir sans honorer sa commande. Sa mission accomplie, elle pourrait le quitter.

Pour toujours.

Elle allait partir au moment où il était sur le point de lancer sa compagnie, *JJG Enterprises*, au moment où il commençait à s'habituer à sa présence au quotidien, au moment même où il était prêt à consacrer tout son temps et son énergie au seul vrai projet qui lui tenait à cœur : lui prouver son amour et partager sa vie.

La gorge serrée par l'émotion, il lui caressa le visage du revers de la main.

Soudain, faisant fi de ses peurs et de ses appréhensions, il la prit dans ses bras puis se dirigea vers l'ascenseur. Elle était aussi légère qu'une plume. Son cœur se gonfla lorsqu'il la sentit se blottir contre lui, comme pour puiser dans sa chaleur.

Arrivés à l'étage de son appartement, Molly ouvrit les yeux. Leurs regards se croisèrent.

Il se crispa, craignant qu'elle ne lui ordonne de la poser par terre, puis il resserra machinalement son étreinte, de peur qu'elle ne lui échappe sans même prononcer un mot, et il attendit la sentence inévitable.

Mais au lieu de se débattre pour quitter ses bras, elle le prit par le cou et se mit à pleurer contre son épaule.

— Oh ! Molly, ne pleure pas ! Pardonne-moi, j'ai été maladroit. Je suis désolé.

— Non, Jules, ce n'est pas ta faute. Moi aussi je suis désolée. J'ai réagi de manière excessive. Et j'aurais dû savoir que c'était toi…

Julian ne supportait pas de la voir pleurer, c'était insoutenable.

Sans réfléchir à ce qu'il faisait, il l'emmena dans sa chambre. Il s'assit sur le lit, la tenant toujours serrée contre lui, absorbant ses tressaillements et ses convulsions.

— Pardon, Molly, j'aurais dû t'en parler et m'excuser, dit-il en lui caressant le dos.

Elle le regarda, ses grands yeux mouillés de larmes confuses.

— Non, c'est moi. Comment ai-je fait pour ne pas me rendre compte que c'était toi ? J'aurais dû le savoir. Au début j'ai cru que c'était toi, puis j'ai vu la bague. Pourquoi tu ne m'as rien dit ?

— Mon ange, j'ai cru que tu savais que c'était moi. J'ai cru que tu réagissais comme ça parce que c'était moi. J'allais te laisser, souviens-toi, mais tu m'as rappelé et je n'ai pas pu résister.

C'était tellement incroyable de la tenir dans ses bras, chaude, tremblante, vulnérable.

Il voulait la posséder, l'aimer, la faire sienne et que plus jamais elle ne pense à un autre homme que lui. Prenant son visage dans ses mains, il essuya les larmes qui lui inondaient les joues avec son pouce.

— Comment pouvais-tu croire que c'était Garrett ? Tu n'as jamais remarqué la façon dont je te regardais ? Tu n'as jamais senti à quel point je te désirais ? Tout le monde autour de nous le sait, mais pas toi ? Tu pensais vraiment que j'étais capable de t'aider à appartenir à un autre homme, alors que j'attends depuis si longtemps que tu sois mienne ?

Elle le regarda, subjuguée, comme si elle comprenait pour la première fois qu'il la voulait, elle et rien qu'elle.

De ses mains tremblantes, elle lui entoura le cou, puis l'embrassa le plus tendrement du monde.

— Julian, si tu savais comme je t'aime. Plus que tout au monde.

Puis de nouveau, elle posa ses lèvres sur les siennes.

Une décharge électrique détona en lui, plus puissante que tout, répandant une vague de désir à travers tout son corps.

Puis elle se recula légèrement, pour le regarder dans les yeux.

Il vit qu'elle était animée du même désir qui le déchirait en ce moment même.

Que faire ?

— Molly…

— Oui ?

— Tu… Tu as envie de moi ?

Enfin, il avait réussi à formuler la question qui l'obsédait.

Une question cruciale.

Ses lèvres picotaient encore du léger baiser qu'elle venait de déposer sur sa bouche. Il avait faim de ses lèvres roses, humides, tentatrices. Sans retenue, il les aurait dévorées sur-le-champ.

Il voulait la faire sienne.

Il devait la faire sienne.

C'était une question de vie ou de mort.

Plus question d'attendre.

Mais avant, il devait avoir la réponse à sa question.

— Molly, as-tu envie de moi ? As-tu envie d'être avec moi ? dit-il en laissant une main glisser le long de son dos pour venir se plaquer sur l'arrondi de ses fesses.

Elle acquiesça.

Il l'agrippa alors par les cheveux, pour mieux l'attirer à lui.

— Molly, je te veux. J'ai envie de t'embrasser, de te toucher, de te faire l'amour, murmura-t-il avant de prendre ses lèvres à pleine bouche.

Sa langue la fouilla, pénétrant dans l'antre accueillant.

Le plaisir du contact et de la connexion charnelle provoqua en lui un raz-de-marée de sensations fulgurantes, dévastant tout sur son passage.

Ce n'était pas la première fois, et pourtant, c'était différent de la première fois, exotique, enivrant, éblouissant.

C'était tout à la fois et surtout… C'était Molly.

Sa belle Molly, pétillante, belle, sensuelle, sensible. La Molly qu'il aimait depuis toujours.

Il lui saisit les jambes pour les caler sur ses hanches. Elle était à califourchon sur lui, un poids plume brûlant de désir. Sans ménagement, sans pudeur, elle oscillait contre lui, attisant un désir qui atteignait déjà des sommets, lui caressant le torse, l'embrassant partout où sa bouche pouvait se poser.

— Oh ! Jules, pardonne-moi !

— Mon amour, mettons ça derrière nous. N'y pensons plus. Tu veux bien ?

— Oui !

— Molly, si tu savais comme j'ai hâte de te faire mienne, dit-il avant de revenir chahuter sa langue de plus belle.

Elle se frottait contre son sexe durci, l'explorant de ses mains agiles.

C'était tellement bon de la sentir ainsi sur lui, habitée d'un désir que jamais il n'avait cru imaginable.

Les choses s'accélérèrent en un rien de temps. Il entreprit de lui déboutonner sa chemise mais quand elle prit le relais, il la laissa faire, préférant lui caresser le visage, passer les doigts sur ses lèvres gonflées de désir.

Jamais il n'avait senti un tel appétit chez une femme, jamais il n'avait lu autant de désir dans les yeux d'une femme.

Animé d'une excitation sans borne, il la souleva pour l'allonger sur le lit, puis s'empressa de se déshabiller et de finir de la dévêtir. Il avait hâte de la voir nue, de la tenir contre lui, de la lécher, de la goûter tout entière.

Surtout, il mourait d'envie de laper le fruit de son excitation pour lui, il rêvait de la mettre aux abois, de la sentir onduler contre lui, affamée de son corps, de l'entendre gémir de frustration avant la libération orgasmique,

Intérieurement, il brûlait d'un désir ardent et pourtant il avait à peine commencé ce qu'il voulait faire avec Molly, à Molly, autour de Molly, dans Molly.

Jamais il n'aurait cru vouloir une femme à ce point. Il la révérait, l'adorait.

Elle n'avait toujours pas fini de déboutonner sa chemise alors il l'arracha sans ménagement, les derniers boutons volant dans la pièce. Il était comme un monstre euphorique, mu d'une envie irrésistible. Enfin, il pouvait voir ce corps laiteux, cette peau soyeuse, profiter de cette vue idyllique. Elle était presque nue devant lui, rien que pour lui, et bientôt à lui. Il n'avait qu'une chose en tête : la dévorer jusqu'au petit matin.

— Molly, c'est vraiment ce que tu veux ? s'enquit-il, fougueux, avant de venir prendre un téton durci entre ses dents, provoquant immédiatement un gémissement de plaisir.

Il la fit rouler, l'emportant avec lui, s'agrippant fermement à ses fesses pour mieux la maintenir contre lui, suçant et mordillant un sein après l'autre comme une bête possédée.

Elle s'arqua contre lui alors qu'il prenait pleinement possession de sa poitrine, l'aspirant avidement.

— Oh oui, encore !

Il lâcha un cri rauque, incapable de résister à un tel appel.

Il voulait s'assurer qu'elle était certaine de le vouloir, lui et personne d'autre.

C'était tellement bon de la sentir offerte dans ce lit où il avait passé tant de nuits d'insomnie en pensant à elle, allongée dans une chambre voisine de la sienne.

Non, impossible de s'arrêter. Pour la première fois, il allait vraiment faire l'amour à une femme.

Le cœur battant la chamade à l'idée de ce qui allait se passer, quelque chose de monumental, d'irrévocable, Julian la retourna sur le dos, ses mains ne cessant de l'explorer, de la caresser, de la découvrir et redécouvrir.

— Molly, j'ai envie de toi. J'ai besoin de te prendre, là, maintenant, sur mon lit. C'est comme si j'avais attendu ça toute ma vie. Et toi ?

Elle le regarda de ses grands yeux bleus innocents.

— Jules, je…

— Tu quoi ?

— Je… Je suis vierge, avoua-t-elle timidement, avant de lui caresser les lèvres.

Il baisa les doigts qui venaient de le toucher.

— Ma douce, tu ne peux pas savoir comme c'est bon de savoir ça.

C'était un honneur d'être le premier homme à la pénétrer, et c'était aussi très excitant.

— J'ai un peu peur…

— Ne t'inquiète pas, mon ange. Je vais faire très attention, dit-il en faisant glisser la chemise sur ses épaules, pour la dénuder entièrement.

Il marqua une pause, subjugué par la vision angélique.

— Oh Molly, comme tu es belle !

Sa vue se troubla en voyant ce corps nu, offert à lui.

Ses jambes longues et fines, ses hanches menues,

le triangle roux au bas de son ventre, ses deux seins ronds, parfaitement dessinés et dotés de deux tétons roses qui ne demandaient qu'à être sucés et léchés jusqu'au petit matin.

Sans le lâcher du regard, elle lui prit une main pour la poser sur un de ses seins.

— Tu veux que je m'occupe d'eux ? s'enquit-il, suavement, tout en malaxant sa poitrine.

Dès qu'il lui titilla les mamelons des pouces, il la sentit frissonner de plaisir.

Puis il pencha la tête et se mit à mordiller un téton pointé vers lui. Il le suça avant de prendre le sein à pleine bouche, tout en laissant glisser une main en direction de son entrejambe.

Haletante, elle oscillait des hanches à mesure qu'il fouillait son intimité.

— Tu es tout humide, ma belle. Mais c'est tellement serré que je risque de jouir trop vite si je ne fais pas attention, dit-il alors qu'il laissait un doigt s'enfoncer dans sa moiteur.

Agitée, gémissante, elle ondulait sous lui, pressant son sein contre sa bouche.

Il la téta de plus belle, laissant échapper un grognement fiévreux, puis il fit pénétrer un deuxième doigt dans son sexe.

Ses cris emplissaient désormais la chambre, alors qu'elle s'arquait pour que son bassin vienne à la rencontre des doigts qui la découvraient.

Il s'arracha à ses seins, pantelant, pour se plonger dans l'océan de ses yeux animés d'une excitation nouvelle.

N'y tenant plus, il enfouit la tête entre ses jambes,

embrassant avidement ses lèvres intimes au point de la sentir tressaillir.

— Jules, arrête, je vais…

Se relevant, il la contempla, animé d'un désir sans borne, mu par une extase qui faisait naître en lui un besoin sans précédent de la faire sienne tout en rendant ce moment mémorable, pour lui comme pour elle.

— Tu vas jouir ? Déjà ? dit-il alors qu'il était remonté vers son visage, frottant son nez contre le sien, pour lui témoigner toute sa tendresse.

Elle acquiesça, son souffle rapide lui chatouillant les joues.

Il aurait voulu aspirer ses petits souffles, pour les faire siens et les garder enfouis en lui.

C'était plus fort que tout, il souhaitait qu'elle soit entièrement à lui. Pour toujours.

Attrapant sa lèvre inférieure de sa bouche gourmande, il la suça, tout en lui caressant de nouveau le sexe.

Alors qu'elle lui prenait les cheveux à deux mains, elle lui embrassa la bouche, le nez puis les joues.

— Je ne veux pas jouir seule. Quand ça arrivera, je veux te sentir en moi. Je me suis toujours demandé… J'ai toujours voulu savoir…

Tout en le fixant du regard avec envie, elle glissa une main entre leurs deux corps. Quelle surprise de sentir ses doigts entourer son sexe gonflé, comme si elle lui appartenait.

— J'ai envie de toi. J'ai envie de ça…, dit-elle, jouant avec son sexe, s'en emparant avec fougue.

Julian sentait qu'il pouvait jouir à tout moment,

il lui emprisonna les poignets, soulevant ses bras au-dessus de sa tête puis venant recouvrir ses lèvres pour l'embrasser à pleine bouche.

— Si tu continues à me caresser comme ça, je n'aurai pas le temps de te pénétrer.

Elle oscillait sous lui, soulevant la poitrine, l'implorant en silence de prendre de nouveau ses seins dans sa bouche.

— Oh ! Jules…

C'était tellement fou de la sentir ainsi offerte, prête à prendre tout ce qu'il avait à lui donner. Il était subjugué par son désir pour lui, enchanté de ressentir la connexion qui unissait leurs corps.

Sans perdre un instant, il tendit le bras vers la table de chevet, prit un préservatif dans le tiroir puis se protégea, tout en sachant qu'elle le regardait, intriguée, qu'elle observait le moindre de ses gestes, impatiente de connaître la suite.

— Tu veux vraiment que je vienne en toi ? demanda-t-il, la voix rauque, le ton avide, tout en enroulant ses jambes gracieuses autour de ses hanches.

— Oh ! oui ! cria-t-elle alors qu'il la pénétrait.

Petit à petit, il s'enfonça en elle, sans la brusquer.

Elle n'oscillait plus autant, attendant le moment.

— Je ne veux pas te faire mal, surtout détends-toi. Ouvre-toi. N'aie pas peur. Donne-toi à moi, Molly, dit-il tout en lui caressant les seins pour l'aider à se détendre.

Puis il enfouit une main à la jonction de leurs deux corps, titillant son clitoris pour mieux l'apprivoiser.

Il sentait qu'il progressait en elle, qu'il s'approchait des profondeurs de son intimité.

Soudain, elle souleva le bassin.

Ce mouvement leur tira à tous deux un cri de surprise. Un cri de plaisir pour lui, un cri de douleur pour elle.

Il s'immobilisa en elle, savourant le moment, son sexe pulsant frénétiquement, prêt à exploser. S'emparant de ses lèvres tremblantes, il lui laissa le temps de s'habituer à sa présence en elle, sans la brusquer.

Il rejeta la tête en arrière, envahi d'un profond sentiment d'extase, avant de se remettre à osciller en elle.

— Oh ! Molly, c'est tellement bon d'être en toi !

Puis il la chevaucha de nouveau, lentement, savourant ce moment inoubliable.

Elle gémit contre sa peau.

— Oui, Jules, encore, c'est bon, ne te retiens pas, prends-moi, dit-elle tout en s'agrippant à ses fesses.

— Tu n'as pas idée de l'état dans lequel tu me mets.

Il frottait ses hanches contre les siennes, tout en douceur, pour augmenter l'effet érotique de ce moment magique.

Un plaisir insoutenable l'enflammait, alors qu'il continuait à la pénétrer en un va-et-vient rythmé par leur désir mutuel, attendant de la sentir tressaillir sous lui, impatient qu'elle se laisse aller à lui, totalement.

Soudain, leurs regards se rencontrèrent.

Molly laissa échapper un cri de plaisir incontrôlé, enfonçant les ongles dans sa peau, s'arc-boutant de plaisir.

Elle ne le quittait pas des yeux, voyant qu'il se régalait de la voir jouir, de suivre les réactions de son corps, de son visage.

Elle avait envie de pleurer, de mourir, de voler.

Au début de la pénétration, elle avait cru que son sexe allait éclater. A présent, le plaisir emportait tout sur son passage.

Les yeux de Julian brûlaient d'une ardeur incroyable, d'une soif féroce, comme s'il voulait la dévorer sur place.

De ses mains il lui caressait la peau, glissant sur ses hanches, remontant sur ses seins. Puis se penchant sur elle, il entreprit de baiser, mordiller, lécher chaque parcelle de son corps.

Elle aurait voulu laper la sueur qui perlait sur son front d'apollon, s'approprier Julian autant qu'il désirait la posséder.

Tout en elle débordait d'amour pour lui.

Julian John.

Elle le voulait tout entier pour elle. Son regard séducteur, son sourire charmeur, son corps musclé, son sexe dur au plus profond de son ventre.

Lorsqu'il accéléra le tempo de ses coups de reins, elle se laissa emporter par la passion, capitulant sans conditions. Elle s'agrippa fermement à ses épaules, poussant des gémissements qui rejoignaient à l'unisson ses cris rauques de plaisir.

Enfin, le moment arriva.

Mue de soubresauts incontrôlables, elle le sentit convulser en elle. Leurs deux corps ne faisant plus qu'un, ils atteignirent ensemble ce moment libérateur, fruit de leur excitation et de leur amour mutuels.

Entrelacés, repus, comblés, ils se laissèrent le temps de remonter sereinement à la surface après être tombés dans l'abysse orgasmique.

Impossible d'étancher leur soif.

Après quelques heures de sommeil, Molly ouvrit les yeux, tirée de son rêve par les mains de Julian qui parcouraient son corps en direction de son triangle roux, lui écartant les cuisses.

Pénétrant sa moiteur de ses doigts agiles, il lui arracha des gémissements de plaisir et la fit s'étirer dans le lit pour mieux s'offrir.

Quand il plaça ses lèvres à l'endroit même que ses doigts venaient de quitter, elle s'agrippa aux draps, soumise à l'effet délicieux que sa langue produisait sur elle à chaque passage sur son sexe gonflé de désir pour lui.

— Oh ! Jules…

De nouveau, il la conduisit à l'orgasme, en un crescendo de coups de langue experts, puis il vint la rejoindre pour la pénétrer en un corps-à-corps qui leur arracha de nouveau des cris d'extase, les menant harmonieusement vers des sommets de jouissance.

Moins d'une heure plus tard, elle se réveilla, cherchant aussitôt sa chaleur car elle s'était éloignée de lui pendant son sommeil.

Elle roula sur le côté pour se coller à lui, entourant ses hanches d'une jambe et le prenant par la taille pour mieux s'agripper à lui.

Peu de temps après, elle prit conscience de son membre turgescent.

Julian s'empara aussitôt de sa bouche dans l'obscurité de la pièce. Elle lui offrit volontiers ses lèvres gonflées de désir.

Il se tourna à son tour sur le flanc avant de la pénétrer, lui murmurant de jolis mots d'amour et l'amenant au énième orgasme de la nuit.

Après avoir pris une douche, ils retournèrent au lit.

A cinq heures du matin, Molly ouvrit les yeux, blottie contre Julian, incapable de se rendormir, l'esprit virevoltant des images de la nuit et de l'excitation qui avait animé son corps à tant de reprises.

Elle n'en avait toujours pas assez de l'embrasser, de le toucher, de le palper, de le sentir.

— Jules, tu dors ?

— Non, plus maintenant, dit-il d'un ton taquin.

Il se réveillait à peine, mais déjà Molly attendait qu'il se colle à elle, en elle.

— Je suis encore nue, susurra-t-elle d'une voix tentatrice.

— Je crois savoir ce que tu veux, Molly chérie.

Il se mit à la chatouiller jusqu'à la faire hurler de rire et qu'elle le supplie d'arrêter sa torture.

Puis son regard se fit plus ténébreux, quand il s'empara de ses seins, les malaxant comme s'ils lui appartenaient depuis toujours.

Après l'avoir embrassée suavement, la dévorant comme s'il la goûtait pour la première fois, il la regarda droit dans les yeux, l'air mi-sérieux, mi-séducteur.

— Tu es sûre de pouvoir recommencer ? Je ne veux pas que tu aies mal à force de faire l'amour.

— J'ai envie de toi, un point c'est tout.

Il éclata de rire.

— Dis donc, je ne savais pas que ma petite Molly s'avérerait être une telle lionne insatiable ! remarqua-t-il, avec son sourire de prédateur prêt à fondre sur sa proie.

Ce qu'il fit, s'emparant avidement de ses seins, titillant ses tétons, les stimulant jusqu'à entendre des petits cris sortir de la gorge de Molly.

— Merci pour le formidable cadeau que tu m'as fait. J'ai tellement eu peur que tu l'offres à un autre homme. Je suis comblé, dit-il, passant d'un sein à l'autre.

Cet aveu inattendu la chamboula, attisant en elle une nouvelle vague d'excitation.

De nouveau, elle était aux abois, le désirant plus que tout.

Elle s'accrocha à lui, comme s'il en allait de sa vie, tandis qu'il la torturait de sa langue habile, mordillant ses seins au point de la pousser au bord de la folie.

— Oh ! Jules…

— Je suis là, Molly, tout va bien, lui murmura-t-il à l'oreille.

S'emparant de son visage, elle l'embrassa fougueusement pour lui témoigner son amour.

— Maintenant, c'est à moi de te torturer, dit-elle, rieuse.

Elle le fit rouler sur le dos.

Enfin, elle pouvait admirer son corps dans toute sa splendeur. Des pieds à la tête, Julian était un chef-d'œuvre.

Plissant les yeux, comme pour l'hypnotiser, il croisa les bras derrière la tête, se soumettant volontiers à ses caresses, tel un pacha dans son harem.

C'était un véritable régal de palper ses abdominaux, de sentir la fermeté de ses biceps, de tâter ses pectoraux…

Puis elle referma la main autour de son sexe dressé.

Il tressaillit à son contact.

Elle n'en revenait pas de la taille de son membre gonflé d'excitation pour elle, de le sentir pulser entre ses doigts.

Soudain, elle fut prise d'une envie irrésistible de le prendre dans sa bouche.

— Jules, je veux t'embrasser le sexe.

Ses narines se dilatèrent, son regard s'obscurcit.

— Comme vous voudrez, princesse.

Ces paroles attisèrent son envie.

Sans le quitter du regard, elle descendit vers son sexe, lentement.

Elle déposa un baiser sur la pointe du membre raidi, lèvres ouvertes, puis le regarda de nouveau.

— Comme ça ? Tu aimes bien ?

— Si j'aime bien ? J'attends ça depuis toujours ! Molly, je ne pensais qu'à toi.

Alors elle redescendit vers son sexe, sortant la langue pour le lécher sur toute sa longueur, le goûter en tout point. Puis petit à petit, elle ouvrit la bouche pour le prendre en elle.

— Toi aussi tu pensais à moi ?

Aussitôt, elle se releva, à califourchon sur ses hanches, puis se pencha pour l'embrasser sur la bouche.

— A ton avis, pourquoi je n'ai jamais eu de petit ami ? murmura-t-elle dans un souffle contre ses lèvres.

Elle sentit le frémissement qui le parcourut.

Il reprit le dessus en l'assaillant de sa langue avide, lui agrippant les fesses de ses mains viriles pour mieux la posséder.

— Jules, je veux te sentir en moi.

— Encore ?

— Encore !

Elle avait besoin de ce contact charnel, fusionnel, pour se convaincre que c'était vrai, qu'elle ne rêvait pas, qu'elle était à lui, qu'il était à elle.

Puissant et maître de la situation, il la fit rouler pour la positionner sous lui, prêt à la pénétrer.

Quel plaisir de se donner ainsi à lui, sans retenue.

Sa peau dorée scintillait de leurs ébats, ses muscles étaient gonflés pour mieux la contrôler. Elle n'arrivait pas à croire que cette créature fabuleuse ait envie d'elle à ce point, qu'il la contemple comme il la contemplait en cet instant, que son héros, son ami et son confident de toujours puisse être aussi son partenaire, le plus fantastique des amants.

— Viens, Jules.

Sans se faire prier, il la pénétra d'un coup de

reins possessif mais néanmoins contrôlé afin de ne pas lui faire mal.

— Oui ! hurla-t-elle, soumise à son assaillant, envahie d'un tourbillon de sensations, mélange d'amour, de passion et de tout ce qu'elle avait jamais voulu dans la vie.

Elle possédait tout cela, entre ses bras, après avoir attendu des années, si près du but.

Il laissa échapper un cri rauque et profond alors qu'il atteignait les profondeurs de son sexe, la chevauchant fougueusement, lui embrassant le visage comme s'il voulait la dévorer.

A force d'un va-et-vient soutenu, il les amena tous deux au bord du précipice, puis les fit basculer, leur offrant la libération de l'extase, le firmament de leur union charnelle.

Pendant l'heure qui suivit, ils somnolèrent, rassasiés, enchevêtrés, puis Molly sombra dans un profond sommeil, au comble de la félicité.

Elle pouvait dormir sur ses deux oreilles, car plus rien ne pouvait s'interposer entre elle et l'homme de sa vie.

- 8 -

Les rayons du soleil filtrant dans la chambre forcèrent Molly à ouvrir les yeux.

Il était 10 heures du matin.

Elle s'étira, en quête de la chaleur masculine qui l'avait enveloppée toute la nuit. Mais Julian n'était plus dans le lit. Aussitôt, une profonde déception l'envahit.

Avant de laisser place à la panique, elle s'assit dans le lit. Une note sur l'oreiller de Julian la rassura.

« Bonjour Picasso. Tu viens me rejoindre là-haut ? J'ai laissé un autre petit mot… ailleurs… Surprise !

A très vite, mon amour.

Julian. »

Il s'avéra que le second message se trouvait sur sa fesse gauche. A l'aide d'un tube de peinture rouge, il avait dessiné trois lettres : JJG.

Elle éclata de rire. Jamais elle n'aurait cru pouvoir se réveiller et se sentir aussi bien, à l'aise, satisfaite, comblée… En un mot : heureuse.

Comment avait-elle pu vivre toutes ces années auprès de Julian et passer à côté de tant de choses ?

C'était comme si la nuit dernière, il avait trouvé

la clé de la boîte à trésors où elle avait enfoui des tonnes de sentiments secrets pour lui. A présent qu'il avait ouvert cette boîte, elle craignait que son cœur n'explose d'amour pour lui.

Elle s'empressa de se doucher pour le rejoindre, tout en repensant à la nuit de folie qu'ils venaient de partager. Enroulée d'une serviette, elle se rendit dans sa chambre pour choisir sa tenue du jour.

Sans hésiter, elle enfila une jupe courte en jean blanc et un chemisier blanc en dentelle.

Puis elle alla faire du café dans la cuisine, fit réchauffer deux croissants, qu'elle enveloppa ensuite.

La mine béate, elle s'engouffra dans l'ascenseur avec deux tasses de café et les croissants.

Quel bonheur de rejoindre Julian aussi rapidement !

Elle s'imaginait facilement faire ça tous les jours. Monter un petit déjeuner à son mari, quelle charmante idée ! Il pourrait descendre la voir, à l'occasion de ses pauses, lui volant un baiser par-ci ou une caresse par-là.

Les portes de l'ascenseur s'ouvrirent, lui laissant enfin le loisir de rejoindre l'amour de sa vie.

Les rayons du soleil illuminaient l'espace à merveille. Le sol en marbre étincelait, des lustres en chrome brillaient au-dessus des bureaux ultra-contemporains et de l'équipement informatique dernier cri.

Elle était fière de sa peinture murale et espérait qu'elle plaise à Julian. Son œuvre n'était pas tout à fait finie, et elle avait aussi beaucoup de choses à déblayer mais pour le moment…

Julian.

Elle avait hâte de le retrouver, de l'embrasser, de se blottir contre lui…

Soudain, elle entendit des éclats de voix, empreints de colère.

Guidée par le son de mauvais augure, Molly trouva Julian derrière un bureau vitré. Il était magnifique, vêtu d'un pantalon kaki décontracté et d'un polo blanc.

Mais elle se sentit blêmir lorsqu'elle aperçut la personne avec qui il avait un échange visiblement animé.

Garrett.

Son cœur s'arrêta. Julian avait l'air furieux. Traits tendus, narines dilatées, mâchoires serrées, doigts crispés comme s'il était sur le point de commettre un homicide.

Ce n'était évidemment pas le début de matinée qu'elle avait envisagé aux côtés de Julian lorsqu'elle avait pris sa douche et repensé à leurs ébats de la nuit.

Quel était le sujet de la dispute ? Et pourquoi Garrett était là alors qu'il ne savait pas… Oh non !

Non, non, non, non, non.

Elle venait de comprendre la situation. Et malheureusement, elle sut instantanément quel était le sujet de la discussion.

Ses propres paroles revinrent la hanter. Sans le vouloir, elle avait dévoilé à Garrett le projet professionnel que Julian avait voulu garder secret.

Dans le bureau, la veille, elle s'en était voulu de ne pas avoir tourné sept fois sa langue dans sa bouche lorsque Garrett l'avait poursuivie dans le couloir pour en savoir plus.

Prise de panique, elle renversa du café brûlant sur son poignet, hurlant alors que le liquide lui piquait la peau.

C'est alors que les deux hommes se tournèrent vers elle, remarquant enfin sa présence.

Elle s'avança pour pénétrer dans la cage de verre. Son regard se posa d'abord sur Garrett, tant elle craignait de regarder en direction de Julian.

Etait-il fâché contre elle, malgré les moments idylliques qu'ils venaient de partager ?

Non, il n'y avait pas de raison qu'il lui en veuille. C'était un homme compréhensif et il l'aimait. Il saurait lui pardonner son excès de zèle quand elle lui expliquerait qu'elle avait fait ça pour le défendre contre Garrett et Kate.

Après tout, il aurait été obligé d'annoncer la nouvelle à son frère un jour ou l'autre et elle n'avait pas révélé un dossier top-secret.

Enfin, du moins, elle espérait que la situation ne se retournerait pas contre elle.

Prenant une profonde inspiration, elle prit son courage à deux mains et fit face à Julian, le plus naturellement possible, armée de son plus beau sourire.

— Bonjour Jules. Je suis désolée de te déranger, je ne savais pas que tu avais de la visite.

— Moi je ne le savais pas. Toi, en revanche, tu aurais dû le savoir puisque tu t'es chargée de l'invitation.

Son sang ne fit qu'un tour en entendant le ton de

sa voix. Son cœur manqua de s'arrêter en voyant son expression. Quelle froideur, quelle distance !

Lorsqu'elle tenta d'établir un contact visuel, elle fut mitraillée par la puissance de son regard accusateur.

— Jules, ne dis pas de bêtises. Je ne l'ai pas invité. Je… Tiens, Garrett, j'ai ramené deux tasses de café, tu peux prendre le mien, dit-elle en tendant la tasse vers l'intéressé.

Elle tentait tant bien que mal de renverser la vapeur et de forcer le destin à remettre sur de bons rails la matinée qui avait si bien commencé.

Si Garrett acceptait une tasse, peut-être que Julian accepterait l'autre et qu'ils pourraient tous les trois repartir sur de bonnes bases.

— Comme c'est mignon. La dulcinée innocente qui offre un café tout chaud à l'homme de sa vie. Mais c'est dommage, car Garrett allait justement partir. N'est-ce pas Garrett ?

Une fois de plus, Molly fut pétrifiée de panique en entendant les paroles glaciales de Julian. L'espace d'un instant, elle s'attendit même à ce qu'il éclate de rire et lui avoue qu'il la faisait marcher.

Mais aucun rire ne sortit de sa gorge. Et son air renfrogné indiquait qu'il ne prenait pas la situation à la plaisanterie, loin de là.

— Qu'est-ce que tu racontes, Julian ? s'exclama son frère.

Molly se rendit compte à son tour que Julian venait d'évoquer Garrett comme étant « l'homme de sa vie ».

Elle scruta un bref instant les tasses qu'elle tenait encore dans la main, et la brûlure sur son poignet.

Décidément, les images de rêve qu'elle avait visualisées dans son esprit en montant au penthouse s'envolaient une à une en fumée.

Julian venait-il de se moquer d'elle parce qu'elle avait cru l'espace de quelques semaines être amoureuse de Garrett, ou pensait-il encore qu'elle était vraiment amoureuse de son frère ?

Après la nuit écoulée, comment pourrait-il douter des sentiments qu'elle avait envers lui ?

Les jambes chancelantes, les mains tremblantes, elle s'approcha du bureau pour se libérer des tasses.

En proie à la plus vive émotion, paniquée et sur le point de pleurer, elle tenta de se rassurer en se disant que même si elle avait parlé sans réfléchir, elle avait dévoilé à Garrett le projet secret de Julian sans le faire exprès et surtout pas dans l'intention de le mettre dans l'embarras ou de le blesser.

Elle espérait avoir l'occasion de lui expliquer la situation dans quelques instants, à tête reposée, dès que…

Garrett interrompit le fil de ses pensées.

— Non, mais Julian, tu entends ce que tu dis ? Tu as perdu la tête ? Franchement, je m'inquiète pour toi. Quant à toi, Molly, merci d'être passée à mon bureau hier pour me tenir au courant des agissements de mon frère, lança Garret, avant de quitter la pièce en trombe.

Molly s'immobilisa, sidérée.

Elle n'en revenait pas !

Comment Garrett avait-il osé dire cela devant

Julian, étant donné la position délicate dans laquelle elle se trouvait ?

Jamais elle n'aurait cru que les choses puissent se détériorer aussi vite. Garrett venait d'anéantir toutes ses chances de remonter la pente et de regagner la confiance de Julian.

Sa matinée était fichue. Et les dégâts allaient peut-être au-delà de cette matinée.

Elle ignorait encore l'étendue des répercussions qu'aurait la visite de Garrett.

A présent, Julian la prenait pour une petite moucharde qui avait trahi sa confiance. Ce qui était à l'opposé de la réalité.

Elle avait voulu défendre Julian, furieuse que son frère et Kate puissent mettre en doute ses intentions au point de le soupçonner d'être capable de lui faire du mal.

Estomaquée, elle ne chercha pas à se justifier après ce que Garrett venait de dire. Elle lui en voulait énormément.

A cause de lui, Julian savait qu'elle avait parlé sans réfléchir et qu'elle l'avait mis dans l'embarras auprès de son frère qui, à cause d'elle, avait débarqué ce matin à l'improviste dans ses bureaux, le prenant au dépourvu.

Une fois Garrett parti, Molly attendit.

Soudain solitaire, le cœur battant, elle compta les secondes pendant lesquelles Julian l'observa, en silence.

Cinquante.

Cinquante secondes.

Un enfer.

Molly avait envie de hurler. Elle comprenait l'erreur monumentale qu'elle avait faite, se rendant compte à quel point elle avait manqué de jugeote.

Par principe, Jules ne faisait confiance à personne. A personne, sauf à elle.

Sauf qu'à cause d'elle, sa famille lui donnerait du fil à retordre et le mettrait sous pression.

C'était horrible ! Comment avait-elle pu agir ainsi ? Pourquoi ne lui avait-elle pas parlé plus ouvertement de la conversation qu'elle avait eue dans le bureau de Garrett ?

Le cœur lourd et battant la chamade, elle attendait qu'il brise le silence, chaque seconde semblant durer une éternité, la jetant davantage dans les affres de la culpabilité.

Les boutons de son polo étaient défaits, il portait la bague du bal masqué et il n'arrêtait pas de serrer et desserrer les poings.

Elle était au plus mal.

— Tu es allée moucharder auprès de mon frère.

Il avait parlé d'une voix basse, trop basse.

Si au moins il l'avait accusée d'être une menteuse, une moins que rien, ou s'il avait avoué qu'en fait il ne la désirait pas autant qu'il l'avait prétendu la nuit durant, elle n'aurait pas été aussi blessée qu'en entendant cette phrase qui venait de rompre le silence, lui transperçant le cœur telle une épée.

Elle n'avait jamais eu autant honte de sa vie.

— Jules, ce n'est pas ce que tu crois, parvint-elle à dire, la gorge serrée.

Mais son regard lui fit peur et elle baissa de nouveau les yeux.

Elle vit ses pieds avancer vers elle.

Il lui souleva le visage pour qu'elle ne puisse se soustraire à son jugement.

— Molly, tu as mouchardé auprès de mon frère. Comment as-tu pu faire ça ?

Le fait de se retrouver réprimandée par son regard vert glacial lui donna envie de s'enfoncer mille pieds sous terre, de disparaître pour toujours. Tout, sauf la sentence réprobatrice de son juge.

— Jules, crois-moi, enfin ! Je ne l'ai pas fait exprès. C'est sorti tout seul. J'étais hors de moi. Tu ne vas pas me dire que tu ne peux pas me pardonner, que tu vas me détester pour la vie.

— Te détester ? Molly, je n'arrête pas de te dire que je t'aime, que je t'ai toujours aimée. Mais toi tu t'es mise dans leur camp, contre moi. Alors que c'est pour toi que j'ai fait tout ça. Je savais que tant que je ne prendrais pas mon indépendance, je ne serais pas libre de mes agissements, pas libre de t'aimer comme je le voulais.

Il marqua une pause, le regard meurtri, le visage tendu.

— Le jour où tu es venue me demander de l'aide pour séduire Garrett, j'ai eu le déclic.

Chaque parole provenant de sa bouche tombait comme une stalactite, pointue, glaciale.

Les larmes de frustration accumulées sous ses paupières menaçaient de se déverser sur ses joues empourprées par la honte à tout moment.

— Ma famille a toujours tout fait pour m'empêcher de t'aimer. Ils m'ont envoyé à l'étranger, ils ont menacé de me déshériter, et chaque fois, j'ai plié. Mais l'autre jour, j'ai décidé de mettre fin à cette dynamique. Je te voulais depuis toujours et j'ai décidé de tout mettre en œuvre pour t'avoir. Tout ce que je demandais, c'était d'être avec toi.

Il s'interrompit de nouveau, tremblant.

Pourquoi parlait-il au passé ? Qu'essayait-il de lui faire comprendre ?

— C'était mon projet. Pour l'indépendance financière, je n'en ai parlé à personne, même pas à toi, car je ne voulais pas brûler les étapes. J'y tenais car cela allait me permettre d'aimer librement la personne pour qui j'avais le plus de sentiments au monde. Toi.

Sa voix se brisa.

Devait-elle intervenir ? Que dire ?

— Mais toi, tu m'as crucifié en te ralliant à leur cause.

Quand il posait ses yeux émeraude sur elle, c'était un mélange d'orage cinglant et d'éclairs de rage.

Et tout cela était sa faute.

Une larme s'échappa. Puis une seconde. Une troisième. Puis ce fut le déluge.

Pourtant, à présent elle savait que Julian l'aimait. C'était tellement bouleversant d'apprendre qu'il l'aimait depuis toujours, qu'il l'avait désirée en secret autant qu'elle le voulait, et qu'il avait œuvré en coulisse pour s'assurer son amour, pour qu'ils puissent enfin être réunis…

Et dire que cet amour aurait pu être à elle si elle n'avait pas…

Ce jour aurait dû être le plus beau jour de sa vie. Mais il devenait le pire.

En l'espace d'une journée, le destin lui avait offert les plus beaux moments et les plus horribles moments de son existence.

Molly aurait pu arracher son cœur de sa poitrine et le lui présenter sur un plateau pour lui montrer à quel point elle s'en voulait.

— Pardonne-moi, Jules. Je suis désolée. Je ne savais pas que c'était aussi important que je garde le secret. Je n'ai pas fait exprès de le dire…

D'un geste, il l'interrompit.

— Je te faisais confiance, Molly. Tu me connais mieux que quiconque. Je voulais tout te donner, mais là, ce n'est plus possible.

Il s'éloigna d'elle, comme s'il avait rendu sa sentence.

— Tu peux me faire confiance, Jules ! J'ai été maladroite, je le reconnais, je n'ai pas fait attention, mais je t'en supplie, pardonne-moi. Tu ne vas pas laisser Garrett te dicter ta conduite, si ?

Il se crispa. Elle trembla d'effroi en voyant l'expression hermétique de son visage. Son regard était vide, comme pour indiquer qu'il ne lui ferait jamais plus confiance. Pire, qu'il n'essaierait plus jamais de lui faire confiance.

Il se détourna d'elle, détaché, inflexible, lui offrant sa carrure de dos, impénétrable.

Sa première réaction fut de fuir dans son studio et de s'y enfermer pour toujours. Mais elle ne pouvait pas vivre sans Julian.

Si elle abandonnait, sa vie ne serait plus jamais comme avant. Elle devait rester là pour régler le problème, au plus vite.

Julian était l'être le plus cher et la chose la plus importante à ses yeux. Il devait lui pardonner son écart de conduite. Il le fallait.

Donc elle resta ancrée dans le sol, sous le regard qui la toisait comme un imposteur.

— Jules ? tenta-t-elle enfin.

Après avoir gardé le silence, il prit la parole, sans la regarder.

— J'étais ton lot de consolation, c'est ça ? En fait, c'est vraiment Garrett dont tu es amoureuse ?

Elle ouvrit la bouche, prête à se défendre, mais seul le bruit étouffé d'un serrement de gorge en sortit.

Sa question était tout simplement trop choquante, trop blessante. Ne savait-il pas déjà combien elle l'adorait ?

Pensait-il qu'elle aurait été capable de passer une nuit comme celle qu'ils venaient de passer si elle n'avait pas été follement amoureuse de lui ?

— Si c'était Garrett qui t'avait vraiment embrassée ce soir-là, serais-tu ici aujourd'hui ?

Cette nouvelle question l'anéantit.

Comment pouvait-il penser ça un seul instant ? Elle aurait eu envie de lui jeter quelque chose à la figure tellement elle lui en voulait.

Il était son seul et unique amour. Il n'y avait que lui. Elle ne voulait que lui.

Mais impossible de parler. Impossible de prononcer la moindre syllabe. De plus, à sa grande frustration, à présent, elle pleurait à chaudes larmes.

Jamais elle n'aurait cru pouvoir blesser quelqu'un

à ce point. Surtout Julian. Jamais elle n'aurait cru pouvoir être blessée à ce point. Surtout par Julian.

Son désarroi était indicible.

Elle aimait rire, peindre, s'amuser.

Jeune, dynamique, elle ne s'était jamais considérée comme une menace pour quiconque, même pas les araignées ou les insectes malvenus qu'elle escortait hors de chez elle sans les écraser.

Elle était prête à tout pour Julian, même à lui donner sa vie pour sauver la sienne. Quant à son cœur, il lui appartenait depuis toujours.

Et il s'apprêtait à partir.

— Julian, je t'en prie, écoute-moi. Je t'aime, dit-elle en essuyant ses larmes.

Mais déjà il pénétrait dans l'ascenseur, arborant la fierté toute masculine des Gage.

— Fais tes bagages, je te raccompagne chez toi.

- 9 -

Pendant précisément douze jours, onze heures, quarante-sept minutes et trente-deux secondes, Julian partagea son temps entre son projet professionnel et la salle de sport, se poussant à bout pour oublier.

Il n'avait pas remis les pieds au *San Antonio Daily.*

Hormis s'occuper du lancement de son nouveau projet, il avait fait du kayak, de la course à pied, de l'escalade, de l'aviron…

Chaque soir, il rentrait chez lui vers minuit, prenait une douche, mangeait puis s'allongeait sur son lit.

Mais le sommeil ne venait pas.

Des heures durant, il restait couché, repensant à ses moments avec Molly. Des images d'amour et des images de trahison.

Jamais il n'aurait cru que quelqu'un d'aussi calme que lui puisse ressentir des émotions aussi contradictoires et violentes.

Chaque jour, quand il voyait la fresque murale, il avait envie de l'effacer. C'était tellement vif, coloré, éclatant… Tellement Molly.

Et chaque jour, il pensait à ce projet qu'il avait élaboré pour le partager avec Molly, pour qu'elle en profite autant que lui.

A présent, il avait perdu goût à la vie.

Même son appartement, qu'il avait toujours considéré comme son havre de paix, lui pesait, lui renvoyant des images de Molly dans chaque pièce, à chaque moment de la journée.

Son odeur était toujours présente dans son lit.

Il retrouvait des affaires à elle éparpillées un peu partout. Des magazines de mode, sa brosse à dents, des tisanes…

Jusqu'à ce qu'il se rende compte du vide que créait l'absence de Molly, il ne s'était pas aperçu de la place qu'elle avait prise dans sa vie.

Comment oublier qu'elle cadrait parfaitement dans son quotidien, qu'ils s'entendaient à merveille, que leur complicité était hors du commun ?

Comment oublier à quel point il la désirait ? La façon dont elle le faisait se sentir en vie ?

Il avait à son actif une liste interminable de conquêtes féminines, mais jamais il n'avait fait l'amour comme ça, aussi passionnément. Jamais il n'avait passé une nuit entière à faire l'amour à une femme, sans se lasser d'elle.

Maintes et maintes fois il avait repensé à la nuit qu'ils avaient partagée. C'était tout simplement inoubliable.

La vision de Molly nue dans son lit, les cheveux épars sur son oreiller, était une image qu'il chérirait toute sa vie.

Elle lui avait déjà dit mille fois qu'elle l'aimait. Comme un ami, comme un frère. Mais l'aimait-elle d'un amour véritable ?

Il était le premier homme à qui elle s'était donnée. Il connaissait ses secrets, ses peurs, sa nourriture préférée. Il savait comment la faire jouir, où la chatouiller pour la titiller.

Aurait-elle souhaité partager cette nuit-là avec Garrett ?

Son sang bouillait à la pensée de son frère. Il n'arrivait pas à dépasser sa jalousie. Et il ne comprenait pas comment elle avait pu le trahir. Leur amitié de deux décennies n'avait-elle aucune signification pour elle ?

Tout en sachant qu'il se faisait du mal, il tentait parfois de repenser aux occasions où son frère et Molly avaient pu partager des moments d'intimité. Des regards échangés furtivement. Des contacts prolongés.

Mais il ne voyait rien.

Et tous ses souvenirs le ramenaient à Molly.

Molly petite demandant qu'il la porte sur son dos.

Molly blessée qui ne voulait que Julian comme infirmier.

Molly adolescente qui voulait que Julian lui apprenne à faire du surf.

Molly adulte qui l'invitait à prendre un café après avoir fini un tableau.

Molly, la jeune femme qui lui demandait de la prendre dans son lit.

A présent, il était seul. Tout seul. Et il avait le cœur brisé.

*
* *

Le soleil brillait, au zénith.

Molly fut étonnée de ne pas se désintégrer sur place.

Après des semaines cloîtrée dans son studio, c'était un miracle que sa peau ne fonde pas instantanément sous l'effet de la chaleur.

Les yeux plissés, elle regarda l'enveloppe qu'elle tenait entre les mains. Elle reconnut l'écriture de l'assistante personnelle de Julian, Mlle Watts.

Voilà à quoi leur amitié de toujours avait été réduite. Une correspondance postale.

Elle referma la boîte aux lettres, puis s'assit en tailleur sur la pelouse, fixant l'enveloppe sans la voir.

Il n'avait pas répondu à ses textos. Il n'avait pas retourné ses appels. Et il n'avait probablement pas écouté tous les messages qu'elle avait laissés sur sa boîte vocale.

Elle trouvait son attitude déraisonnable. Même si elle s'en voulait d'avoir dévoilé son secret, elle ne comprenait pas pourquoi il se comportait de manière aussi idiote et butée.

Avait-elle réellement tout gâché entre eux, par maladresse et excès de zèle ? Comment rétablir la situation et espérer se faire pardonner s'il refusait de lui parler ou de l'écouter ? Cela faisait quinze jours qu'ils s'étaient séparés et quinze jours qu'elle tentait en vain de s'excuser.

Sa dernière tentative de renouer les liens avec lui était récente. Elle lui avait rendu l'argent qu'il lui avait viré pour la fresque murale, sans message.

Inspirant profondément, elle trouva le courage d'ouvrir l'enveloppe. A l'intérieur, il y avait le chèque de cent cinquante mille dollars qu'elle lui avait renvoyé, déchiré en mille morceaux.

Elle crut entendre son cœur se fendre dans sa poitrine, en mille morceaux lui aussi.

Abattue, elle prit son visage dans ses mains, laissant les larmes couler à flots.

A ce moment-là, le bruit de la camionnette de livraison de Kate et Beth la tira de sa morosité.

Elle s'empressa d'essuyer ses larmes, remit les morceaux de papier dans l'enveloppe et se leva pour aller à leur rencontre.

— Je vais vous aider à décharger.

Elle se dirigea directement à l'arrière de la camionnette pour sortir les plateaux vides, espérant ainsi échapper aux questions de sa sœur et de Beth.

Cette dernière la suivit dans la cuisine.

— Molly ?

Pourvu que ses yeux ne soient pas trop rougis… Elle sourit pour faire bonne figure.

— Julian est venu voir Landon aujourd'hui. Il a donné sa démission, annonça sa sœur d'un ton préoccupé.

— Tant mieux pour lui, se contenta de répondre Molly.

Beth l'étudiait d'un regard scrutateur.

Molly aimait beaucoup Beth et avait envie de se confier à elle. Cette dernière avait traversé un divorce très dur, avant de trouver le véritable amour avec Landon. Elle comprendrait sûrement ce que Molly éprouvait. Mais Kate ne s'en remettrait pas de la voir dans cet état et elle ne voulait surtout pas causer de soucis à sa sœur.

Tout était sa faute et sa sœur l'avait mise en garde à plusieurs reprises. Finalement, elle n'avait que ce qu'elle méritait.

— Je ne sais pas si ça peut te rassurer, mais sache que Julian ne va pas bien du tout.

— Non, ça ne me rassure pas, murmura Molly.

C'était douloureux de se souvenir de la déception et de la colère qu'elle avait lues dans les yeux de Julian, donc savoir qu'en plus il souffrait par sa faute ne faisait qu'augmenter son sentiment de culpabilité.

Désorientée, elle s'enferma dans son studio pour voir les deux dernières toiles qu'elle avait terminées pour la galerie Blackstone à New York.

Les tableaux étaient ténébreux, reflets de son humeur.

Le soir, dans son lit, elle entendit Kate au téléphone.

— Non, ça ne va pas fort. Qu'allons-nous faire ?

Molly avait une suggestion : ne rien faire et surtout, ne pas se mêler de sa vie amoureuse. Quelques instants après la fin de la conversation, sa sœur vint la voir dans sa chambre.

— Kate, tu sais que j'ai des oreilles et qu'on n'habite pas dans un château ? Je ne sais pas à qui tu parlais, mais je t'ai entendue.

Sa sœur s'assit sur le rebord du lit puis lui prit la main.

— Molly, je crois que nous avons fait une terrible erreur.

— A quel sujet ?

— Au sujet de Julian et toi.

Elle roula sur un côté, s'éloignant de sa sœur.

— Molly, écoute-moi, insista Kate. Garrett, Landon, Beth et moi avons échafaudé un plan. Tu serais d'accord pour y participer ?

— Quel est le but de votre plan ?

— De vous réunir, toi et Julian.

— Je le déteste.

— Ah bon ?

— Je n'ai jamais rencontré un tel goujat de toute ma vie.

— Alors dans ce cas, inutile d'aller plus loin, dit sa sœur avant de se lever.

Molly s'assit d'un bond dans son lit et alluma la lumière. Et la vérité s'échappa, en un flot impossible à maîtriser.

— Je n'étais pas avec lui, pas vraiment. Nous ne formions pas un vrai couple. C'était un mensonge. On a fait semblant. Au début. En fait, je croyais que Garrett m'avait embrassée au bal masqué. J'ai cru être amoureuse de lui et j'ai demandé à Julian de m'aider à le rendre jaloux, à le séduire, mais en fait, je me suis rendu compte que…

Kate fit demi-tour, le regard compréhensif, la mine attendrie.

— Je sais, Molly. Tu penses que j'étais dupe de votre numéro ? Vous n'étiez pas un couple habituel, ça sautait aux yeux.

— Mais en fait, c'est Julian qui m'avait embrassée le soir du bal masqué. J'ai perdu les pédales. C'était comme si mon âme l'avait reconnu et pas mon esprit. Bref, je n'avais plus qu'une idée, trouver cet homme à tout prix et j'avais besoin d'être avec

Julian pour le faire. Je n'ai jamais regardé aucun autre homme. Inconsciemment, j'ai toujours aimé Julian, je lui ai toujours été fidèle…

— Chut, calme-toi. C'est bon. Vous êtes faits l'un pour l'autre, aucun doute là-dessus. Nous avons eu tort de vous tenir éloignés pendant si longtemps. Garrett est très inquiet pour lui. Julian court à sa perte. Il se nourrit à peine, s'épuise au travail, s'astreint à des activités sportives. Il ne parle à personne. Sa famille se sent responsable, sa mère s'en repent, mais il ne veut rien entendre. Il est très mal.

— Kate, arrête, je me sens encore plus mal de savoir ça.

— Tu veux encore de lui ?

— Si tu savais !

La seule idée de le revoir la grisait.

Lui parler. Le toucher. Le sentir…

— Pourquoi ?

— Pourquoi quoi ? s'enquit Kate.

— Pourquoi vous faites ça maintenant, après avoir tout fait pour nous empêcher d'être ensemble ?

— Parce que je t'aime Molly, parce que tu l'aimes, qu'il t'aime et qu'on vous aime tous les deux.

Molly prit sa sœur par la taille, se serrant contre elle aussi fort que possible.

— Si tu savais comme il me manque.

— Je sais, ma belle.

- 10 -

La météo était parfaite pour passer la journée au bord du lac.

En été, au Texas, il était rare d'avoir une journée ensoleillée avec juste assez de vent pour supporter la chaleur. Pourtant, en ce dernier dimanche du mois, c'est exactement le temps que les Gage avaient trouvé en se rendant à leur demeure de campagne située en bordure d'un joli lac naturel.

Julian avait tout d'abord refusé l'invitation, mais à force de persuasion, son frère Landon avait réussi à le convaincre. L'unique raison qui l'avait décidé était qu'il pourrait faire du ski nautique et du WaveRunner.

Et qu'il verrait Molly ?

Non, elle était sûrement encore à New York.

A bord de son WaveRunner, le vent le frappait de plein fouet au visage, alors que Garrett était à sa droite et Landon à sa gauche. La course était terminée.

Il jeta un bref coup d'œil en direction de la grande maison qui trônait au bord du lac, éclatante de blancheur. Les seules touches de couleur provenaient des bougainvilliers ornant la terrasse de bois qui longeait l'arrière de la maison et se transformait en ponton pour accueillir les bateaux de la famille ou des visiteurs.

Alors qu'il s'approchait, Julian vit sa mère en compagnie de Beth et David, son fils, autour de la grande table.

Il ralentit le moteur pour venir s'amarrer. Une fois le WaveRunner accroché, il sauta du bateau, sa combinaison dégoulinante, laissant derrière lui des marques d'eau sur les planches de bois du ponton.

Il alla rejoindre le petit groupe sur la terrasse.

— Landon m'a dit que tu avais définitivement quitté le journal, lui dit sa mère.

Il acquiesça en silence, n'étant pas d'humeur à expliquer le marché qu'il avait conclu avec Landon et ses raisons de l'accepter.

En effet, son frère avait réussi à le convaincre de continuer à s'occuper des relations publiques du *San Antonio Daily*, mais en indépendant, par le biais de JJG Enterprises.

— Tu es sûr de toi ?

— Oui.

Elle n'insista pas, et il savait parfaitement pourquoi. Sa mère culpabilisait d'avoir tenté maintes et maintes fois de le séparer de Molly, et à présent elle voyait à quel point il souffrait.

Ses frères arrivèrent à leur tour, leurs combinaisons également dégoulinantes, satisfaits de leur course.

Soudain, il aperçut une chevelure rousse qui sortait de la maison.

Son cœur s'arrêta. Son sang ne fit qu'un tour.

Molly ?

Non.

Sans ses lunettes de soleil, la luminosité lui jouait des tours. Ce n'était pas Molly. C'était Kate qui arrivait de la cuisine avec un saladier.

Garrett se leva pour aller à sa rencontre et lui prendre le saladier des mains. Au passage, il lui murmura quelque chose à l'oreille.

Kate répondit par un signe de tête en direction de Julian.

— Bonjour, Julian. Tu étais très occupé toute la matinée, je ne t'ai pas vu.

— Eh bien, tu me vois, je suis en vie. Te voilà rassurée.

Pourquoi avait-il répondu comme un mufle ? Décidément, le WaveRunner et le ski nautique de la matinée n'avaient pas suffi à l'épuiser assez. Il devrait faire du kayak dans l'après-midi pour se vider de la frustration qui l'habitait.

Autour de la table, la conversation était animée, mais Julian garda le silence. Il avait vu une rousse apparaître, mais qu'en était-il de l'autre rousse ?

Molly était-elle à New York ou avait-elle choisi délibérément de ne pas venir ?

Ça le démangeait de poser la question. Jamais il n'avait passé vingt-trois jours, quatre heures, trente-deux minutes et environ trente secondes sans lui parler. Le temps avait tellement traîné en longueur qu'il avait l'impression que cela faisait des années qu'il ne l'avait vue. Quel que soit l'angle sous lequel il abordait la situation, cette période était incontestablement la pire de sa vie.

Il sentait peser sur lui le regard observateur de

Kate, qui l'avait à peine quitté des yeux depuis le début du repas.

— Julian, tu ne manges pas ?

Il scruta le saladier, secouant la tête.

S'il avait déjeuné au côté de Molly, elle aurait pris tous ses croûtons, il aurait pris tous ses raisins secs.

Mais là, il n'avait pas faim.

Son regard fut attiré par Beth et Landon qui se contemplaient langoureusement, partageant chaque instant de leur vie amoureuse avec sérénité.

Intérieurement, Julian était prêt à exploser.

Son frère aîné avait trouvé la femme de ses rêves. C'était sa seconde femme, sa première femme et leur fils avaient péri dans un incendie. Après une période passée à ne pas sortir de chez lui et à ne voir personne, il avait rencontré Beth qui l'avait ouvert de nouveau au monde. A présent, il chérissait Beth et son fils David, et vivait dans le plus parfait bonheur.

D'habitude, Julian se réjouissait pour son frère, mais aujourd'hui, la vue des tourtereaux était insoutenable. C'était de la torture que de les voir ainsi vivre dans une telle osmose.

Pourquoi ? Parce que la seule personne avec qui il pouvait vivre en osmose était absente.

— Alors, Kate, comment va Molly ? s'enquit sa mère.

Il lui en voulut d'avoir lancé le sujet.

Fixant son verre de limonade, il regrettait de ne pas avoir opté pour de la vodka pure.

— Elle va bien. Elle était déçue de ne pas

pouvoir venir mais elle a dû rester à New York après le vernissage.

Et dire que c'était lui qui aurait dû l'accompagner, être à ses côtés pour le vernissage de sa première exposition solo !

Il s'agita sur son siège.

La seule pensée qui le réconfortait était que son ami de toujours, Josh Blackstone — le propriétaire de la galerie — soit auprès de Molly. Josh l'avait prise sous son aile dès que Julian lui avait parlé d'elle, emballé par ses tableaux frais et différents, ravi de pouvoir donner sa chance à Molly dans les murs de sa galerie new-yorkaise.

Autour de la table, la conversation continuait, avec Molly comme sujet central. Personne ne semblait se soucier de lui. Tout le monde chantait les louanges de Molly.

— Je suis tellement contente pour elle.

— Elle le mérite.

— Elle travaille dur.

— Elle a une imagination débordante.

Julian bouillait. Il ne voulait pas entendre un mot de plus sur Molly, et pourtant s'il quittait la table, ce serait mal vu.

— Vous vous rappelez quand elle collectionnait les emballages et qu'elle les accrochait dans des branches ?

— Ah oui, l'arbre à bonbons, je m'en souviens ! s'exclama Landon.

— Et vous vous souvenez de la fois où un critique a comparé ses tableaux à…

C'en était trop.

Julian repoussa bruyamment sa chaise, interrompant la conversation.

— Oh ! Julian, si tu vas à l'intérieur, tu peux demander en cuisine qu'on apporte le dessert ? s'enquit sa mère.

— Demande-leur toi-même, répondit-il sèchement.

Il avait eu sa dose. Pas question de rester une minute de plus en compagnie de sa famille.

Toujours dans sa combinaison, il se dirigea vers le banc où il avait laissé des habits secs.

Au loin, les autres continuaient à parler des chefs-d'œuvre de Molly. Aux yeux de Julian, c'était Molly le chef-d'œuvre.

Bizarrement, ses vêtements avaient disparu du banc. Aussitôt, il repartit vers la table.

— Je peux savoir qui a touché à mes vêtements ?

Kate parut aussitôt gênée.

— Oh ! désolée, c'est ma faute. J'ai tout suspendu dans le placard chauffé du cottage.

Sans dire un mot, exaspéré, il partit en trombe en direction de la petite bâtisse située à l'écart de la maison principale.

Une fois dans le cottage, il referma la porte puis se dirigea vers le placard.

A cet instant, il perçut un mouvement du coin de l'œil.

Il fit volte-face.

Molly était là, devant lui, près de la fenêtre.

Sa longue chevelure rousse tombait en cascade sur ses épaules dénudées. Elle arborait une ravissante robe d'été à fines bretelles, des sandales dorées, de grands anneaux aux oreilles et un sourire resplendissant.

On aurait dit une vierge attendant d'être sacrifiée.

Son corps le trahit, sans ménagement. La vision d'une Molly innocente, seule dans le cottage l'excita sur-le-champ.

Comment était-ce possible qu'il soit en érection aussi vite, alors qu'il venait de passer vingt-trois jours à tenter de l'oublier ?

C'était plus fort que lui, son corps réagissait au quart de tour en présence de Molly, les sens exacerbés par la vue de son teint de porcelaine, de ses yeux bleu océan, ses cheveux brillants, ses jolies dents blanches qui n'avaient pas hésité à le mordiller dans l'intimité de sa chambre.

— Toi ? dit-il, le souffle court.

Il prit conscience d'un léger bruit à l'extérieur. On avait refermé le verrou ! En cet instant, il comprit que sa famille venait de le piéger en l'enfermant avec Molly dans le cottage. Et cette dernière était de mèche.

— Oui, moi, confirma-t-elle calmement.

Tout à coup, peu importait que Julian ne semble pas vouloir être ici avec elle, qu'il ne veuille pas la voir, qu'il lui lance des regards de reproche, qu'il soit sur la défensive, que ses lèvres soient pincées.

C'était tellement bon de le voir, en chair et en os, de boire sa présence, de humer son parfum.

Il était toujours aussi beau et séduisant. Son torse

ferme et doré par le soleil semblait plus viril que jamais. Sa carrure paraissait plus large, sa silhouette athlétique plus sexy, et le bas de sa combinaison encore humide moulait à merveille ses cuisses et…

Ses cheveux mouillés étaient coiffés en arrière, si bien qu'elle pouvait tout à loisir admirer les traits sculptés de son visage d'adonis.

Enfin, après une longue attente, elle se retrouvait en présence de son play-boy, son dieu vivant, son âme sœur… Mais aussi l'homme qui voulait la rayer de sa vie.

Molly tremblait de panique, de désir, de remords.

— Je croyais que tu étais à New York, dit-il d'un ton neutre qui n'appelait pas de réponse.

Elle avait hâte de tout lui raconter. Le vernissage, la réaction des critiques… Tout s'était déroulé à merveille et les gens n'avaient eu de cesse de la féliciter d'avoir percé aussi jeune.

Aux yeux de tous, elle avait tout pour être heureuse.

Mais comment avouer qu'elle ne l'était pas ?

Comment avouer qu'elle se fichait de la célébrité et de sa réussite professionnelle car il lui manquait ce qu'elle désirait le plus au monde ?

— Je suis rentrée hier.

En silence, comme s'il n'avait pas entendu sa réponse ou comme s'il préférait ne pas continuer la conversation, Julian se dirigea vers le placard pour prendre ses vêtements.

Le voir se déshabiller provoqua en elle une vague de désir malvenue.

Dos à elle, il enleva sa combinaison, lui offrant ainsi une vue imprenable sur son derrière nu, musclé à merveille. Il enfila son caleçon, un pantalon en toile kaki, un polo, puis se dirigea vers la porte, tentant d'ouvrir le verrou.

Après avoir laissé échapper quelques jurons, il se tourna vers elle.

— Tu fais dans le kidnapping, maintenant ?

— Oui, tu as tout compris. Je me suis spécialisée dans le kidnapping de clients qui veulent me payer pour une œuvre inachevée.

Feignant ne pas l'entendre, il tenta d'ouvrir les fenêtres. Il se comportait comme un lion en cage, cherchant une issue à tout prix.

Molly lâcha un soupir. Comment allait-elle réussir à lui faire entendre raison ?

— Ecoute, Julian, ce n'était pas mon idée, mais je l'ai trouvée très bonne.

— Oui, enfin, vous avez oublié un petit détail dans l'équation. Ma volonté.

— J'ai compris, tu ne veux pas me parler ni me voir. Ce n'est pas grave. Moi j'ai des choses à te dire. J'essaie de te les dire depuis vingt-trois jours, alors maintenant, tu vas être obligé de m'écouter.

— Pas sûr.

— Soit, je vais te laisser encore quelques minutes pour tenter de t'échapper, mais dans la mesure où ta mère a fait installer ses barreaux extérieurs pour empêcher les intrus de pénétrer ici, cela m'étonnerait fort que tu arrives à sortir par les fenêtres.

Il la toisa d'un air méprisant.

— Je n'arrive pas à y croire. Pendant des années, ma famille m'a empêché de me rapprocher de toi et voilà que maintenant elle me force à être avec toi. Quelle ironie !

Secouant la tête, incrédule, il se mit à faire les cent pas.

Son énergie tumultueuse emplissait le cottage d'une atmosphère tendue. Molly aurait voulu se jeter sur lui, le prendre dans ses bras, le calmer comme elle l'avait fait tant de fois par le passé lorsque quelque chose le contrariait.

A présent, elle n'était plus sa confidente, il avait perdu confiance en elle et il n'aurait pas envie de s'ouvrir à elle.

Il semblait au comble de l'irritation d'être coincé dans le même espace qu'elle.

— Ta famille s'est rendu compte que nous étions malheureux l'un sans l'autre et essaie de remédier à la situation. Du moins, moi je suis malheureuse. Est-ce que tu peux me regarder pour que je puisse te dire ce que j'ai sur le cœur ? Ou faut-il que je t'appelle JJ pour te faire réagir ?

Il s'arrêta net, se tournant vers elle.

— Molly, ne t'avise pas de me provoquer.

— Sinon quoi ? Tu vas m'embrasser ?

— Non, je n'ai plus envie de t'embrasser.

Ses paroles, sèches, tranchantes, attisèrent en elle une vague de colère.

— Qu'est-ce qui te fait dire que j'aurais envie que tu m'embrasses ?

— Le fait que tu aies accepté que ma famille nous enferme, vociféra-t-il, mâchoire serrée.

Elle lui lança un regard noir de frustration, faute de pouvoir lui faire entendre raison.

La bataille semblait perdue d'avance. Non seulement il ne voulait pas être en sa présence, mais leur intimité ne signifiait plus rien pour lui.

Pourtant, elle ne pouvait pas oublier que le baiser qu'ils avaient échangé le soir du bal masqué avait bouleversé sa vie.

— JJ, vas-tu m'écouter ? J'essaie de rétablir le contact, de réparer mon erreur.

Quelques instants d'un silence tendu, puis il poussa un profond soupir avant de s'appuyer contre un mur, bras tendus.

— Vas-y, je t'écoute. Je ne peux pas faire autrement.

Molly était hypnotisée par ses doigts écartés sur le mur, les paumes appuyées contre la paroi. Comme elle aurait aimé que ses mains la parcourent en ce moment même, la touchent, la caressent…

Mais non, elle devait parler, maintenant qu'elle avait enfin son attention.

— A la soirée de Landon, Garrett m'a demandé de passer le voir à son bureau. J'ai accepté de me rendre au *San Antonio Daily* le lendemain, vers midi. Il voulait me parler de notre relation.

— Votre relation ? lâcha Julian, enragé.

— Mais non, voyons ! Notre relation à nous, Julian.

— Et ?

— Et alors je lui ai dit…

Il se tourna vers elle brusquement, la faisant tressaillir.

— Tu lui as dit que j'allais quitter l'entreprise

familiale pour être sûre de t'attirer ses faveurs ? Hein ? Avoue !

La douleur qui éclata dans la poitrine de Molly se répandit dans tout son corps, détruisant tout sur son passage.

— Julian, ose me regarder droit dans les yeux et me dire que tu me crois capable d'avoir fait une chose pareille. Vas-y ! hurla-t-elle, à bout de patience, blessée au plus profond d'elle-même.

Ses derniers espoirs s'envolaient. Il venait de l'anéantir sur place d'un regard noir et glacial. Pourtant, oubliant sa fierté, un dernier sursaut de survie la poussa à continuer :

— Julian, tu dois me croire. Je ne l'ai pas fait exprès. Je ne voulais pas dévoiler ton secret. C'est sorti tout seul. Ils n'arrêtaient pas de me mettre en garde contre toi, de dire que tu allais me faire du mal, et j'ai perdu les pédales. J'ai voulu te défendre et je n'avais plus les idées claires. Je t'en supplie. Crois-moi. Aide-moi. Je t'aime tellement. Je ne sais plus quoi faire.

Il passa une main nerveuse dans sa chevelure humide.

— Molly, c'était un projet que je voulais garder secret jusqu'à la dernière minute. Je ne voulais pas qu'ils l'apprennent et surtout pas par toi. Je suis désolé. Je n'arrive pas à te pardonner. Je t'en veux. Je ne comprends pas…

Alors qu'elle s'avançait vers lui, il leva la main, l'arrêtant dans son élan.

Tout en la gardant dans sa ligne de mire, il recula, chaque pas étant comme une distance incommensurable que jamais elle n'arriverait à couvrir pour réduire le fossé entre eux.

Il s'assit sur un banc près d'une fenêtre, elle s'installa seule sur une banquette à fleurs.

Elle ne pensait qu'à une chose : il n'avait pas dit qu'il l'aimait encore.

Que faire ?

Une idée lui vint à l'esprit. Elle pourrait tenter de le séduire, de le forcer à lui pardonner sa trahison.

Mais elle rejeta aussitôt l'idée.

D'une part, il ne montrait aucun signe qu'il la désirait encore, et d'autre part, entre eux, ce n'était pas qu'une histoire de sexe. Il y avait leur amitié, leur complicité, leur confiance mutuelle…

Cette confiance qui avait volé en éclats pour n'être plus qu'un lointain souvenir.

Molly se renferma dans sa bulle, faite de regret et de désespoir. Fut un temps où elle se sentait capable de tout, grâce à Julian. Mais aujourd'hui, son moteur n'était plus et elle se retrouvait seule face à une vie qui ne présentait aucun attrait.

Elle qui avait toujours été prête à tenter l'aventure sans se soucier des conséquences, elle se retrouvait perdue, sans but vers lequel tendre.

Le soleil était sur le point de se coucher, la lumière crépusculaire envahissant peu à peu le cottage.

Tout à coup, prise d'un sentiment de jalousie incontrôlée, elle se mit à l'imaginer dans les bras d'une jeune femme sophistiquée, blonde, aux longues jambes, aux seins pleins, au sourire tentateur.

— Tu as couché avec d'autres filles ? s'entendit-elle

demander, sans pouvoir retenir les paroles choquantes de sa bouche.

Il lui jeta un regard troublé, mêlé de colère.

— Je n'ai pas eu de rapport depuis que toi et moi… Non, dit-il, se détournant.

Avait-il peur de dévoiler ses émotions, d'en avoir trop dit ? Quoi qu'il en soit, sa réponse la soulagea, elle sentit ses muscles se détendre.

— Et toi ? lança-t-il brusquement.

— Bien sûr que non !

Leurs regards s'entrechoquèrent, aimantés par un champ magnétique sans précédent.

Puis un silence de plomb se fit, comme si plus un bruit n'existait au monde.

C'est lui qui baissa les yeux le premier.

— Alors, quel est le programme ? Ils vont nous laisser ici toute la nuit ? s'enquit Julian, continuant à scanner l'intérieur en quête d'une issue éventuelle.

Molly se sentait aussi désirée qu'un vieux tapis élimé et jeté sur le trottoir.

— Oui, c'est le programme. Ils ont laissé de la nourriture dans la kitchenette et du champagne dans le frigo.

C'était idiot de mentionner la bouteille, puisque visiblement, ils n'avaient rien à fêter.

Elle avait sous-estimé la fierté de Julian, et la sienne aussi.

A présent, elle en avait assez d'espérer, assez de vouloir obtenir son pardon, assez de s'excuser de ne pas avoir tenu sa langue.

Tout ce qu'elle voulait, c'était se mettre sous une

couette, fermer les yeux et attendre que la terre tourne de nouveau normalement.

Comme avant.

Elle leva vers lui ses yeux embués de larmes, mais il ne la regardait pas, les yeux détournés, inapprochable.

Même si elle rêvait de se blottir contre lui, ce n'était pas possible. Plus possible.

Elle s'empara d'un coussin, puis s'allongea, les yeux fermés, essayant de faire abstraction de sa présence.

C'était tellement étrange de se sentir aussi triste, aussi vidée et aussi brisée en présence de l'homme qu'elle aimait le plus au monde.

La voix de Julian rompit le silence :

— Tu te souviens quand tu as raté ton permis la deuxième fois ?

Elle acquiesça, la gorge serrée.

— Tu te souviens avoir emprunté la voiture de Landon pour t'entraîner ?

Sa gorge se serra davantage.

Pourquoi faisait-il cela ?

— Tu te souviens que tu l'as mise dans le décor ?

C'était trop horrible.

Comment nier l'évidence ?

— Tu te souviens que tu m'as appelé alors que j'étais à un match de base-ball et que j'ai volé à ton secours pour te tirer d'affaire ?

Allait-il se taire ?

— Tu te souviens que j'ai tout pris à ta place, que je t'ai sauvé la mise et que jamais je n'ai mouchardé ?

Elle pleurait à chaudes larmes, la tête enfouie dans le coussin.

— Je suis désolée. Je… Je ne sais pas quoi dire. Je suis désolée de t'avoir déçu. Tu as toujours été mon héros et moi… j'ai joué le rôle de la vilaine fille dans ta vie, balbutia-t-elle.

Il laissa éclater un rire sarcastique, comme s'il se fichait de ce qu'elle avait à dire. Puis le silence se fit.

Il regrettait sûrement de s'être fait piéger et de devoir passer tout ce temps avec elle.

— Si nous n'avions pas fait l'amour, tu serais encore mon meilleur ami ? Tu me parlerais encore ? demanda-t-elle, la voix tremblante.

— Peu importe. Tu n'as qu'à demander à Garrett d'être ton meilleur ami.

Cette phrase eut sur elle l'effet d'un déclencheur.

Le sentiment d'injustice et de colère qu'elle ressentait depuis quelques semaines était prêt à exploser.

Elle bondit du canapé, hors d'elle.

— Tu sais quoi, Julian ? J'en ai assez ! Si tu veux continuer à m'en vouloir pour l'unique moment dans ma vie où j'ai mal agi envers toi, sans même le faire exprès, alors d'accord, vas-y. Mais tu sais quoi ? Tu oublies que j'ai été là dans tous les moments clés de ta vie, tous les moments difficiles. J'ai été ta plus grande fan, si tu avais un fan-club, j'en serais la présidente. Je trouve que tu es l'être le plus formidable, le plus sensationnel et le plus fantastique que je connaisse. Mais si tu penses un seul instant que j'ai pu agir intentionnellement pour te faire du mal, et au profit de ton frère, tu es vraiment un imbécile et tu ne mérites ni mon amitié ni mon amour.

Elle était trop blessée, trop épuisée pour le supplier davantage. Elle pensait que Julian et elle pourraient surmonter toutes les épreuves, qu'ils étaient plus forts que tout, mais elle s'était trompée.

Les voilà qui se comportaient comme des étrangers, voire des ennemis, et qu'il n'y avait plus une once d'un sentiment partagé.

Il ne répondit pas, les traits tendus, la posture raide.

Molly s'installa de nouveau sur le canapé, fatiguée d'avoir voyagé, de ne pas avoir dormi depuis des jours, d'avoir trouvé puis perdu l'amour de sa vie.

Frustrée, à bout de nerfs, elle se retourna jusqu'à ce que le sommeil ait enfin raison d'elle.

A plusieurs reprises, sortant brièvement de son sommeil, elle vit qu'il l'observait.

Une fois, alors qu'elle ouvrait les yeux pendant la nuit, grelottante, elle pensa à voix haute.

— Tu devrais dormir. Tu pourras toujours continuer à me détester quand il fera jour.

Il s'approcha d'elle, une couverture à la main.

— Les insomniaques ne dorment pas, par définition, dit-il en posant la couverture sur elle.

Ce fut son seul geste attentionné de toute la soirée et de toute la nuit.

- 11 -

Il devait être environ 7 heures du matin quand Julian entendit quelqu'un ouvrir le verrou de l'extérieur.

Il n'avait pas fermé l'œil de la nuit, partagé entre l'envie de prendre Molly dans ses bras et d'enfoncer la porte.

Comment sa famille avait-elle pu penser qu'ils auraient des raisons de célébrer leurs retrouvailles ? La seule chose qu'il serait prêt à célébrer serait un coup de poing dans le visage de son frère. C'est d'ailleurs ce qu'il fit dès que la porte fut ouverte.

— Bonjour, Garrett, lança-t-il pour que son frère se retourne.

Et boom, il le frappa au visage, sans ménagement.

Le coup fut tellement fort que Garrett se retrouva instantanément au tapis, s'affalant dans un bruit sourd.

Dans le cottage, Molly se leva d'un bond et accourut sur le seuil pour voir ce qui se passait, les yeux écarquillés.

— Tu dois jubiler, remarqua-t-elle, depuis le temps que ça te démangeait.

Julian la regarda en silence, puis il baissa les yeux vers son frère.

— Oui, et je me sens libéré, espèce de fils de…

— De quoi ? Je te rappelle qu'on a la même mère, imbécile, répliqua Garrett tout en se rasseyant.

Il cracha du sang puis s'essuya la bouche d'un revers de manche.

— Je rentre chez moi, annonça Molly, sans même attendre qu'un des deux frères lui réponde.

Julian la vit se diriger à grandes enjambées vers la terrasse, puis quelques minutes plus tard, il entendit la camionnette de Kate partir en trombe.

Il avait envie de partir à sa poursuite, de hurler, de se lancer dans un corps-à-corps avec elle. Mais il ne voulait pas lui imposer plus de rage de sa part, préférant s'en prendre à son frère.

Justement, Garrett était sur le point de se relever. Il ne lui en laissa pas le loisir, le repoussant à terre d'un coup de genou dans l'épaule.

— Arrête de te mêler de ma vie privée et de ma vie tout court. Toi, maman… J'en ai assez. On n'a pas besoin de votre aide. Si on avait voulu se remettre ensemble, on l'aurait fait.

Garrett réussit enfin à retrouver son équilibre et à se remettre sur pied.

— Jules, arrête de faire l'idiot. Molly t'aime, tu le sais.

— Ouais, c'est ça. Eh ben, t'as qu'à mettre ça à la une du journal demain, ça devrait en intéresser plus d'un, jeta Julian, furieux, en tournant les talons.

Son frère le rattrapa, lui bloquant le passage.

— Tu veux qu'on se batte, c'est ça ? Allez, viens, je te prends, si tu veux, menaça Garrett en relevant ses manches.

Julian n'avait jamais vu son frère dans cet état.

— Dégage, lui répondit-il sur un ton d'avertissement.

— Molly ne t'a pas trahi, crétin ! Elle te défendait parce qu'on n'arrêtait pas de la mettre en garde contre toi. Elle t'aime ! Tu ne le vois donc pas ?

Julian n'écoutait pas. Il fulminait, ne sachant plus à quel saint se vouer.

Toute la nuit.

Toute la nuit il avait observé la peau satinée de Molly, ses vagues de chair de poule, ses soubresauts, sa respiration inégale, ses lèvres entrouvertes.

Toute la nuit il avait eu le sexe dur pour elle.

— Tu sais qu'elle t'aime plus que tout au monde ? Tu le sais ? Oui ? insistait Garrett.

Julian le toisa d'un regard méprisant.

Arriverait-il à refaire confiance à Molly ? Comment savoir qu'il serait le seul homme à ses yeux, dans son cœur, pour la vie ? Comment s'assurer que jamais aucun autre homme ne passerait avant lui ? Comment en être certain ?

— Et tu l'aimes tellement que tu étais prêt à te brouiller avec ta famille pour vivre pleinement ton amour avec elle. Pourquoi ? Tu peux me le dire ?

Une détonation silencieuse retentit au plus profond de son être. Julian voyait enfin la lumière.

Une révélation.

— Parce qu'elle est à moi. Depuis toujours. Parce que nous sommes faits l'un pour l'autre. Parce qu'elle m'a donné sa sucette… Elle est à moi, pour moi, pour la vie.

— Si c'est le cas, je ne vois pas ce que tu fais

encore là, avec moi, alors que Molly est déjà repartie. Tu vas la laisser partir ? Comme ça ? Tu penses que ce serait le genre de fille à hésiter entre toi et un autre homme ? Tu ne penses pas plutôt qu'elle serait du genre à ne vouloir que toi ? Depuis toujours ? Et pour toujours ?

Julian fixait un point à l'horizon, là où Molly avait disparu.

— On n'a jamais formé un couple.

— Pardon ?

— Tout ça n'était qu'un mensonge. Notre relation était un coup monté. En fait, elle te voulait, toi.

Il eut la nausée rien que de prononcer ces mots.

Comment avait-il pu accepter le scénario fictif de Molly lorsqu'elle était venue le voir, ce fameux dimanche matin ?

Garrett rejeta la tête en arrière, éclatant de rire.

— Ah oui ? Alors là, c'est la meilleure ! Non mais franchement, Julian, tu entends ce que tu dis ? Je peux t'affirmer que je sens quand une femme s'intéresse à moi, or Molly ne s'est jamais intéressée à moi. Je peux même te l'assurer, dit-il, les yeux tournés vers Kate, le regard animé de vives émotions.

Kate était plus loin, en train de parler à leur mère, sur le ponton.

S'apercevant que son frère l'observait, Garrett reporta son attention sur Julian.

— Molly t'aime depuis toujours. Elle voulait t'épouser. Pour son bal de fin d'année, elle voulait que tu l'accompagnes. Kate a tenté de lui faire comprendre qu'elle devait te voir comme un frère et choisir un autre cavalier pour la soirée. Elle a pleuré pendant des jours quand on lui a dit qu'elle ne pourrait pas t'épouser. Elle a même fait ses valises, un jour. Elle nous a dit qu'elle ne pouvait pas vivre à ton côté et te considérer uniquement comme un frère.

Julian avait du mal à assimiler toutes les informations que son frère lui donnait. Il repensait à Molly, à travers les différentes périodes de sa vie.

Jamais aucun homme n'y avait figuré.

Hormis lui-même.

Ils avaient eu un parcours aux antipodes.

Lui s'était lancé dans des conquêtes à répétition sans lendemain, alors qu'elle s'était fermée aux hommes. Jusqu'à ce qu'un baiser la réveille, telle la Belle au bois dormant.

Si seulement il avait su…

Pendant tout ce temps !

Elle avait voulu qu'il soit son cavalier pour le bal de fin d'année ? ! Elle voulait l'épouser !

Il l'avait considérée comme sa meilleure amie, et vice versa, alors que pendant tout ce temps, ils étaient fous amoureux l'un de l'autre.

Pour la première fois depuis des jours, son cœur semblait retrouver un rythme normal. Enfin, il avait l'impression de reprendre son souffle.

Néanmoins, il en voulait à son frère d'être intervenu dans sa vie amoureuse.

— Oui, enfin, toujours est-il que vous avez surtout ignoré le fait que je l'aimais plus que tout.

Julian vit son frère rebaisser ses manches, puis

observer de nouveau Kate à distance, le regard empli d'amour.

— Si tu l'aimes plus que tout, comme tu le prétends, je ne vois vraiment pas ce que tu fais encore là. Si j'étais toi…

— Si t'étais moi ? Tu veux me donner des conseils ? Tu veux que je suive ton exemple ?

— Je ne vois pas ce que tu veux dire, dit Garrett sur la défensive.

— Arrête. Je vois bien que tu as envie de Kate. Pourquoi tu ne fais rien ?

Garrett se crispa.

— C'est la grande différence entre nous. Toi, tu sais que tu mérites Molly, mais moi je ne sais pas si je mérite Kate.

Julian réfléchit à ce que son frère venait de dire.

— Non, je ne mérite pas Molly.

Il s'était montré injuste, intransigeant, incapable de pardonner.

Soudain, il repensa à Molly dans la nuit, vulnérable, frissonnante. Comme il avait voulu la réchauffer, la recouvrir de son corps. Mais son entêtement sans bornes l'en avait empêché, le poussant dans ses derniers retranchements.

Elle était tellement belle, même en colère contre lui.

Il s'était comporté en véritable mufle, déraisonnable, fermé, ne l'écoutant pas, laissant la jalousie et la colère prendre le dessus sur lui.

Son cœur se mit à palpiter brusquement à l'idée de la perdre. Pour la vie. Non, c'était impossible.

Il devait la récupérer, coûte que coûte. Il allait

repartir à sa conquête, et cette fois, ce serait pour la vie.

Son cœur se gonfla d'amour pour sa petite Molly.

La Molly qu'il avait toujours désirée, dont il avait toujours rêvé.

Elle ne l'avait pas trahi, il le comprenait à présent.

Et elle ne lui préférait pas son frère. C'était évident.

Il avait été aveuglé par sa colère, sa jalousie et sa fierté, mais à présent il était prêt à tout pour remédier à ses manquements et regagner l'amour de Molly.

— Je crois que si tu y mets du tien, tu pourrais la mériter de nouveau.

— Oui, moi aussi, et je sais comment m'y prendre, répondit-il à son frère. Allez, je file.

— Moi je vais aller mettre de la glace sur ma plaie, lança Garrett, sarcastique.

— J'ai une meilleure idée. Demande à Kate de le faire pour toi ! hurla Julian alors qu'il courait vers son Aston Martin.

Dès qu'il verrait Molly, il lui arracherait ses vêtements. Il la mordillerait, la lécherait et l'embrasserait jusqu'à ce qu'elle ne tienne plus sur ses jambes et qu'elle le supplie d'arrêter.

Alors il arrêterait, pour recommencer de plus belle.

Le cœur battant frénétiquement, il progressait dans un but unique.

Il ne sentait plus la douleur de ses muscles après

avoir frappé son frère. Son esprit n'était obnubilé que par un mot, une pensée, une femme.

Arrivé sur le perron de la maison qu'elle partageait avec sa sœur, il prit la clé qu'elles cachaient dans un pot de fleurs. Il ouvrit la porte d'entrée puis la claqua derrière lui. Immédiatement, il se dirigea à grandes enjambées vers la chambre de Molly.

Sa porte était entrouverte.

Il hésita, l'esprit confus, le corps aux abois.

Lorsqu'il pénétra dans sa chambre, il la vit allongée sur le lit, la tête enfouie dans les oreillers. Elle s'assit d'un bond avant de se lever, le fusillant du regard.

Elle avait raison d'être en colère contre lui, et pourtant il ne ressentait pour elle que de l'amour. Un amour immense.

Il ne la lâchait pas du regard.

Pas à pas, il s'approcha d'elle, lentement, avec un seul objectif en tête.

La prendre. Il la voulait. Là, maintenant, tout de suite. Elle était à lui.

Il était comme possédé. Par l'amour, par le désir, par cette femme. Par sa femme, la femme de sa vie.

— Je ne vois vraiment pas ce que tu fais ici. Retourne donc te battre avec ton frère, c'est sûrement plus grisant que d'être en ma compagnie.

— Tout compte fait, je préfère me battre avec toi, Molly.

— Dommage, moi je n'ai aucune intention de me battre avec toi.

Il lui adressa son fameux sourire dévastateur, irrésistible, lui avait-on dit.

— Alors je propose qu'on enterre la hache de guerre et qu'on fasse la paix. (Il la contempla quelques instants en silence, puis combla la distance entre eux.) Pardon, Molly.

Elle secoua la tête, comme si ses paroles étaient loin de suffire.

— « Pardon, Molly » ? Ah non, désolée, ça ne passe pas. Si au moins tu étais venu avec un bouquet de fleurs dans les mains, en me demandant de regarder par la fenêtre pour me montrer que tu avais fait livrer toutes les fleurs du Texas… Je te prendrais peut-être au sérieux. Mais là…

— Dis donc, Molly, tu ne serais pas un peu gourmande ? Je te promets de te livrer toutes les fleurs de la terre une fois que j'en aurai fini avec toi.

Soudain, elle le regarda, interloquée.

— Franchement, je ne vois pas de quoi tu parles.

— Compte jusqu'à trois.

— Un, murmura-t-elle.

Son cœur se retourna dans sa poitrine. Il faillit tomber à genoux devant elle, tellement il lui était reconnaissant.

C'était tellement dur de trouver les mots justes.

— Excuse-moi d'avoir été aussi jaloux et déraisonnable. Sache qu'il n'existe aucune autre femme sur terre capable de me rendre fou comme tu le fais. Je n'ai pas supporté l'idée que tu aies eu envie de leur dévoiler mon secret, que tu aies pu vouloir t'attirer les faveurs de mon frère. L'idée que tu puisses être avec lui comme tu l'avais été dans mes bras…

— Julian, il n'y a eu que toi. Jamais je n'ai eu

d'yeux pour un autre homme. Ce n'est pas à lui que j'ai réagi ce fameux soir. C'était à toi. J'ai tout de suite eu l'impression d'embrasser l'homme de ma vie, comme si nous étions faits l'un pour l'autre.

Il s'avança vers elle, d'un pas pressé.

— Je veux passer le reste de ma vie avec toi et je veux m'assurer que je serai toujours le seul et l'unique dans ton cœur. Et toi ? Tu es à moi, n'est-ce pas ?

— Deux, trois.

Il ouvrit les bras au moment où elle sautait vers lui.

Quel instinct ! Quel lien !

— Je t'aime, lui susurra-t-elle à l'oreille.

Inclinant la tête, il vint poser sa bouche avide sur ses lèvres, laissant échapper un gémissement de frustration trop longtemps enfoui.

Molly vint à sa rencontre, haletante, laissant éclater sa soif, empoignant sa chevelure jusqu'à ce qu'il sente ses ongles sur son crâne.

Il sentait l'effet de son assaut charnel dans chaque recoin de son corps. Ses baisers, appliqués, fouillés, fougueux, étaient plus beaux que tout.

S'emparant avidement de ses fesses, il s'immisça plus avant dans sa bouche, réclamant sa langue, léchant tout sur son passage.

— Tu m'as tellement manqué que je n'étais plus moi-même.

Il fit glisser les bretelles de sa robe sur ses épaules, dénudant ses seins avant de s'en emparer avidement. Suçant ses tétons un à un, en alternance, pour mieux les titiller, alors qu'une vague de désir se répandait en lui à la vitesse de l'éclair.

— Jules, si tu savais comme je t'en ai voulu d'avoir été aussi têtu, aussi…

— Chut…

D'un doigt, il la fit taire.

Elle le regarda, et il lut dans ses yeux le même désir que celui qui l'animait.

— Sois sage, sinon tu n'auras pas ce que tu veux, dit-il en lui présentant ses doigts qu'elle lécha avidement.

Elle miaula de mécontentement lorsqu'il retirait les doigts de sa bouche. Mais il les remplaça par sa langue avide et moite d'excitation.

— Molly, je t'ai fait pleurer ?

Il cessa de l'embrasser pour voir ou entendre sa réponse.

Elle acquiesça.

— Si tu savais…

— Combien de fois ?

— Un nombre incalculable de fois.

— Alors pour me faire pardonner, je devrai te faire l'amour un nombre incalculable de fois, dit-il en prenant ses seins à pleines mains pour les caresser tour à tour, les mordiller, les aspirer pour mieux les faire siens.

Molly tremblait de désir sous l'effet de ses mains expertes, alors qu'il soulevait sa robe pour la lui passer par-dessus la tête et la laisser uniquement vêtue d'une culotte en dentelle noire.

Il n'avait de cesse de la toucher.

C'était tellement bon de la sentir réagir avidement à son toucher, désireuse de s'offrir à lui, frottant sa poitrine contre sa bouche.

Les tétons durcis, Molly était prête à capituler de frustration tellement il s'occupait à merveille de ses seins, les titillant avec une exquise et insupportable patience.

Et quand il soufflait dessus, elle croyait perdre la tête, au bord de l'implosion. Cela faisait tellement de temps qu'elle attendait ça, qu'elle l'attendait, lui, l'homme de sa vie.

Têtu, soit, mais néanmoins son héros.

A présent, elle était dans ses bras, il était dans les siens, et ils ne pouvaient plus jamais se quitter.

Le souffle court, elle lui ôta sa chemise. Alors qu'il la jetait lui-même à l'autre bout de la pièce, ses muscles se gonflèrent harmonieusement.

— Figure-toi qu'à force de désespoir, j'étais sur le point d'appeler Garrett pour lui demander de faire semblant d'être amoureux de moi et voir ta réaction.

— Ah oui ? Intéressant. Et très drôle…

Il la mit de nouveau sur ses pieds pour lui enlever sa culotte. Une jambe, puis l'autre.

Il défit la boucle de sa ceinture.

— La seule différence c'est qu'il aurait fait semblant, alors que moi je n'ai jamais fait semblant. Pas un seul instant.

Une fois nu lui aussi, il la reprit dans ses bras, la colla contre le mur, lui nouant les jambes autour de ses hanches. Molly s'agrippa à lui, songeant que plus jamais elle ne le lâcherait.

— Tu as envie de moi ?

— A ton avis ?

Leurs regards scellés, il la pénétra d'un coup de

reins, sans plus attendre. Et elle poussa un cri de bonheur à l'idée d'être sienne de nouveau.

En désespoir de cause, elle aurait été prête à se satisfaire de son amitié, mais au fond, voilà de quoi elle rêvait réellement. De cette union charnelle, passionnelle, sans borne.

— Jules, dis-moi que tu m'aimes.

— Je t'aime comme un fou. N'en doute jamais. Je t'aime, je te vénère. Je t'adore. Je te veux. Toi et seulement toi.

Ses paroles ardentes la poussèrent vers le précipice.

Ils jouirent tous deux à l'unisson, laissant éclater des cris de libération.

Une fois leur désir assouvi, et les derniers spasmes de l'orgasme apaisés, Molly enfouit le visage dans le creux de son épaule.

Entourée de sa chaleur, se régalant de ses convulsions, sentant leurs deux corps harmonieusement entrelacés, elle était au comble de la joie, heureuse d'être de nouveau dans les bras de Julian.

Haletante et couverte de sueur, elle releva la tête au moment où il baissait la sienne pour l'embrasser.

Leurs lèvres se retrouvèrent en un baiser langoureux, lent et plein d'amour, qui la bouleversa.

— Chaque fois que tu m'embrasses, j'ai l'impression que c'est la première fois, murmura-t-elle en lui caressant le visage, tandis qu'il la portait sur le lit.

— Alors ça tombe bien, car je ne suis pas près d'arrêter d'embrasser ma femme.

Elle s'immobilisa, interloquée.

— Que veux-tu dire par là ?

Le sourire vorace, il lui prit la main pour y passer la fameuse bague du bal masqué.

— Demain, tu auras une vraie bague, avec un beau diamant. Mais pour l'instant, je veux que tu saches à quel point mon engagement est sérieux.

— Je ne doute pas un seul instant que ton engagement soit sérieux, dit-elle, rieuse, alors qu'elle contemplait son corps nu et son sexe encore dur.

Puis la réalité de la situation la frappa de plein fouet.

C'était invraisemblable. Incroyablement beau.

Posant la main sur l'épaule de Julian, elle fixa la bague quelques secondes, avant de plonger son regard dans ses yeux émeraude, animés d'un désir immense.

— Molly, acceptes-tu de m'épouser ? s'enquit-il, le visage resplendissant d'amour et de tendresse, la voix douce et caressante.

Emue aux anges, elle acquiesça d'abord en silence, ses yeux se faisant le reflet de l'amour qui les unissait.

Puis elle confirma, grâce à sa réplique fétiche :

— Comme vous voudrez, mon beau prince.

— Le 1er octobre —

Passions n°494

Un délicieux supplice - Janice Maynard

Dans le regard sombre de Gil Addison, Britt a vu défiler bien des émotions depuis leur rencontre. De l'hostilité, d'abord, quand elle lui a annoncé qu'elle enquêtait sur la disparition d'un membre du Texas Cattleman's Club. De l'arrogance, ensuite, lorsqu'elle a exigé de lui qu'il coopère. A présent, les yeux de Gil, chargés de désir, l'envoûtent, la caressent, la déshabillent... Jusqu'à ce que, lui faisant soudain oublier toutes les raisons pour lesquelles elle ne doit pas lui succomber, cet homme trouble et mystérieux pose sa bouche sur la sienne. Et la condamne à un délicieux supplice...

Tentation au Colorado - Barbara Dunlop

Grand, la mâchoire carrée, Seth Jabobs est l'incarnation du cow-boy ombrageux et, pour Darby, la tentation personnifiée. Mais, depuis qu'il a décidé de faire passer un chemin de fer sur ses terres, le maire de Lyndon Valley est surtout son adversaire – son ennemi, même. Un adversaire qu'elle est résolue à combattre de toutes les manières possibles. Même si cela implique pour elle d'utiliser la plus dangereuse des armes – celle de la séduction.

Passions n°495

Soumise à un prince - Olivia Gates

« Tu seras mon épouse. » A ces mots, Glory croit défaillir. Comment Vincenzo D'Agostino, prince de Castaldini, ose-t-il la soumettre à une telle folie, après l'avoir si cruellement rejetée six ans plus tôt ? Certes, elle n'est pas en mesure d'opposer un refus à cette ordonnance royale, mais jamais elle ne pourra supporter de passer ses jours et ses nuits auprès de Vincenzo. D'autant que, même s'il ne peut s'agir entre eux que d'un mariage temporaire, les sentiments qu'elle éprouve pour celui qui lui a brisé le cœur sont, quant à eux, malheureusement éternels...

Une princesse à conquérir - Olivia Gates

Aram Nazaryan n'en revient pas. S'il veut briguer un haut poste au royaume du Zohayd, il va devoir renoncer à sa chère solitude et prendre femme. Comble d'injustice, c'est la princesse Kanza Aal Ajmaan qu'on lui destine. Kanza, qu'il a rencontrée dix ans plus tôt et dont il n'a pas oublié le caractère impossible... D'abord furieux d'être soumis à un tel chantage, Aram voit bientôt sa curiosité piquée au vif, lorsqu'il se retrouve de nouveau en présence de la jeune femme. Car, loin de tenter de le séduire comme tant d'autres avant elle, Kanza le repousse sans ménagement – attisant immédiatement son désir...

Passions n°496

Retour à Sunset Ranch - Charlene Sands

De retour à Sunset Ranch, après douze ans d'absence, Sophia est aussi émue qu'inquiète. C'est là qu'elle a vécu une enfance heureuse, au milieu des chevaux. C'est là, surtout, que Logan Slade lui a offert son premier baiser – un instant de rêve qui s'est vite transformé en cauchemar quand il l'a rejetée aussitôt après... Hélas, revoir Logan est un nouveau choc pour Sophia. Non seulement sa beauté rude, et la note de danger qui teinte son regard, la troublent toujours autant, mais cet homme, furieux qu'elle ait hérité des terres de sa famille, semble résolu à lui mener la vie dure...

Troublants lendemains - Lilian Darcy

Ce n'était pas supposé devenir sérieux. Quand Lee a succombé au charme de Mac, un soir de Noël, elle n'imaginait pas que leur nuit passionnée aurait un lendemain. Ni que leur entente physique, parfaite, les conduirait à se revoir, encore et encore. A devenir amants, rien qu'amants. Non, ce n'était pas supposé devenir sérieux, entre eux, mais aujourd'hui que Lee est enceinte tout a changé. Et cela d'autant plus que Mac, s'il ne peut lui promettre l'amour, n'en est pas moins résolu à faire partie de la vie de leur enfant...

Passions n°497

La mémoire des sens - Brenda Harlen

Sutter Traub a été son premier amour, le seul à qui Paige s'est donnée corps et âme. Aussi, quand elle le voit réapparaître dans sa vie, a-t-elle soudain envie de lui pardonner de l'avoir quittée aussi brusquement, cinq ans plus tôt. Comme elle aimerait, en effet, se blottir contre lui, lui crier qu'elle l'aime encore ! Mais c'est impossible. Sutter n'est que de passage à Rust Creek Falls ; bientôt, il sera reparti. Et il n'est pas question pour elle de le laisser emporter une nouvelle fois son cœur brisé...

Le secret d'une inconnue - RaeAnne Thayne

Ridge Bowman n'est pas du genre à s'encombrer d'une femme. Sa vie solitaire à River Bow, agrémentée par les rires de sa fille, lui convient parfaitement. Mais, quand une belle inconnue se blesse dans sa propriété, il n'a bientôt d'autre choix que de lui proposer l'hospitalité. Noël approche, après tout, et la tempête menace, dehors... Au contact de la douce Sarah, Ridge se sent peu à peu gagné par des sentiments inédits. Cette femme lui plaît, c'est certain. Pourtant, il serait fou de la laisser prendre possession de son cœur. Car elle lui cache quelque chose, il en est persuadé...

Passions n°498

L'enfant dont elle rêvait - Kathie DeNosky

« Je veux que tu sois le père de mon bébé. » La voix tremblante, Summer ose enfin demander à Ryder, son meilleur ami, de l'aider à réaliser son rêve. N'est-il pas l'homme de la situation, lui qui, en plus d'être honnête, intelligent, et beau comme un dieu, s'est toujours montré des plus protecteurs envers elle ? Hélas, Summer comprend vite que Ryder n'a pas l'intention d'accéder aussi facilement à sa demande. Si elle veut devenir mère, elle va devoir accepter ses conditions – et, au creux de ses bras, concevoir cet enfant le plus naturellement du monde...

Un plaisir insensé - Susan Crosby

Tandis que la pluie frappe les vitres du pick-up, Jenny s'abandonne aux caresses de Win. Et goûte, quatre ans après la nuit qui a changé leur vie, au plaisir insensé que cet homme est encore capable de lui procurer. Jamais elle n'aurait imaginé qu'ils feraient l'amour le jour même de leurs retrouvailles. Et pourtant la force de Win, sa douceur, sa tendresse, le goût de sa bouche, celui de sa peau, tout en lui la transporte. Au point de lui faire oublier que leurs familles sont rivales depuis toujours, et qu'hier comme aujourd'hui aimer Win lui est interdit...

Passions n°499

Nuit de désir - Samantha Hunter

Entre son travail dans la bijouterie familiale et son désir de faire ses preuves en tant que détective privée, Tiffany n'a vraiment pas de temps à consacrer aux hommes. Non pas que cela soit une grande perte à en juger par ses dernières relations sentimentales... Mais quand sa meilleure amie, pour sa soirée de fiançailles, lui octroie comme cavalier l'homme le plus beau sur lequel elle ait jamais posé les yeux – un homme dans le regard duquel elle lit un désir égal au sien –, Tyffany sent un trouble puissant l'envahir. Puisque Garrett Berringer n'est en ville que pour quelques jours, pourquoi ne pas s'offrir entre ses bras l'aventure torride que son sourire irrésistible semble lui promettre ?

Audacieux rendez-vous - Crystal Green

Au moment de franchir le seuil de la haute bâtisse qui se dresse face à elle, Leigh ne peut réprimer un frisson. Lorsqu'elle a participé à la vente aux enchères organisée pour offrir à sa meilleure amie le mariage de ses rêves, proposer un dîner avec elle lui a semblé follement amusant. Mais aujourd'hui, alors qu'elle s'apprête à rencontrer l'homme qui a payé 5 000 dollars pour passer la soirée en sa compagnie, avec pour seule exigence qu'elle ne cherche pas à connaître son identité, elle se demande si elle ne commet pas une folie. Elle n'a jamais rien fait d'aussi dangereux de sa vie. Mais rien d'aussi excitant non plus...

A paraître le 1er septembre

Best-Sellers n°615 • suspense

Les secrets d'Asher Falls - Amanda Stevens

Depuis son arrivée à Asher Falls, en Caroline du Sud – une petite bourgade ramassée sur les contreforts des Blue Ridge Mountains dont elle doit restaurer le vieux cimetière – Amelia ne peut se départir d'un oppressant sentiment de malaise. Comme si sa venue ici suscitait la défiance des habitants… Pourquoi, en effet, ceux-ci s'enferment-ils dans le mutisme dès qu'elle évoque le cimetière de Bell Lake, englouti cinquante ans plus tôt sous les eaux profondes et insondables d'un lac artificiel ? A qui appartient la tombe qu'elle a découverte cachée au cœur de la forêt et dont personne, apparemment, ne sait rien ? Et, surtout, qui a tenté à plusieurs reprises de la tuer ? Si elle veut trouver la réponse à toutes ces questions, Amelia le sait : elle devra sonder l'âme de cette ville mystérieuse et en exhumer tous les secrets…

Best-Sellers n°616 • suspense

Mortel Eden - Heather Graham

Au milieu des eaux turquoises du sud de la Floride, l'île de Calliope Key est un véritable paradis terrestre à la végétation luxuriante, d'une beauté à couper le souffle. Rares sont ceux qui résistent à son charme – mais plus rares encore sont ceux qui connaissent ses secrets…

Lorsque Beth, venue passer quelques jours de vacances sur l'île, découvre un crâne humain à moitié caché dans le sable, elle comprend immédiatement qu'elle est en danger. Car deux plaisanciers ont déjà disparu, alors qu'ils naviguaient dans les eaux calmes de Calliope Key… comme s'ils menaçaient de troubler un secret bien gardé. Prise de panique, Beth dissimule en toute hâte le crâne. Mais ne peut échapper aux questions de Keith, un inconnu qui semble très intéressé par sa macabre découverte... Très vite, Keith se mêle – mais dans quel but ? – au petit groupe des vacanciers. Beth ne parvient pas à lui faire confiance. Pourtant, lorsqu'elle s'aperçoit que le crâne a disparu, et que de mystérieuses ombres envahissent la plage, la nuit, et rôdent autour de sa tente, elle comprend qu'elle va avoir besoin de son aide – et que, pour tous les vacanciers de l'île, le temps de l'insouciance est désormais révolu…

Best-Sellers n°617 • suspense

L'étau du mal - Virna DePaul

Lorsque le cadavre d'une adolescente est découvert enterré dans les environs de Plainville, l'agent spécial Liam McKenzie comprend tout de suite qu'il va devoir s'attaquer à une affaire beaucoup plus complexe qu'elle n'y paraît au premier abord. Et quand, quelques jours plus tard, une photographe de renom, Natalie Jones, est agressée chez elle, non loin de la scène de crime, il est aussitôt convaincu qu'il existe un lien entre les deux affaires. Qu'a vu la jeune femme, qui a poussé le tueur à sortir de sa cachette et à commettre une imprudence ? La clé de l'enquête se trouve-t-elle sur les photos qu'elle a prises deux mois plus tôt à Plainville ?

Pour élucider ce meurtre, et pour protéger Natalie, Liam McKenzie va non seulement devoir donner le meilleur de lui-même, mais aussi résister au désir fou que cette dernière lui a inspiré au premier regard. Car il ne peut se laisser distraire : chaque jour qui passe, le danger se rapproche d'elle…

Best-Sellers n°618 • roman

Amoureuse et un peu plus - Pamela Morsi

Diriger la bibliothèque de Verdant dans le Kansas ? Dorothy (D.J. pour les intimes) a l'impression de vivre un rêve aussi improbable que merveilleux. Et pas question de se laisser décourager parce que la bibliothèque n'a en réalité rien du pimpant établissement qu'elle avait imaginé, mais tout du tombeau lugubre. Pas question non plus de se laisser abattre parce que les membres de sa nouvelle équipe se montrent pour le moins étranges et peu sociables : elle saura les apprivoiser. Mais son enthousiasme et sa détermination flanchent sérieusement quand on lui présente Scott Sanderson, le pharmacien de la petite ville. Là, D.J. doit définitivement se rendre à l'évidence : elle est vraiment très, très loin du paradis dont elle avait rêvé. Car Scott n'est autre que le séduisant inconnu qu'elle a rencontré six ans plus tôt à South Padre et avec lequel elle a commis l'irréparable avant de fuir, éperdue de honte, au petit matin… Heureusement, elle ne ressemble en rien à la jeune femme libérée et passionnée qu'elle s'était alors amusée à jouer le temps d'une soirée entre copines : avec son chignon, ses lunettes et ses tenues strictes, elle est sûre que Scott n'a aucun moyen de la reconnaître.

Best-Sellers n°619 • historique

Envoûtée par le duc - Kasey Michaels

Paris, Londres, 1814

Lorsqu'il apprend qu'il doit succéder à son oncle, Rafael est sous le choc. Rien ne l'avait préparé à devenir duc un jour. Comment lui, un capitaine qui vient de passer six ans sur les champs de bataille, pourrait diriger le domaine familial ? Heureusement, il sait qu'il peut compter sur le soutien de Charlotte, sa chère amie d'enfance, à qui il a pensé avec tendresse toutes ces années. Elle qui chaperonne aujourd'hui ses sœurs à Ashurst Hall pourra le guider dans ses nouveaux devoirs. Mais lorsqu'il revient au domaine, c'est pour découvrir que l'adolescente maladroite qu'il avait laissée a disparu. A sa place, c'est une séduisante jeune femme, fière et sûre d'elle, qui l'accueille. Rafael est sous le charme... Mais autre chose en elle a changé. Si elle lui offre généreusement ses conseils, comme il l'espérait, Charlotte se dérobe avec gêne dès qu'il essaie d'en savoir plus sur elle. Pourquoi a-t-il l'impression qu'un terrible secret l'éloigne irrémédiablement de lui ?

Best-Sellers n°620 • historique

Audacieuse marquise - Nicola Cornick

Angleterre, 1816

Lorsqu'un aristocrate sans vergogne tente de la faire chanter, Tess comprend qu'il est temps d'assurer ses arrières. Elle avait cru pouvoir camoufler ses activités politiques sous une réputation de coquette mondaine et frivole, mais hélas, une femme seule est toujours vulnérable. Si elle veut continuer à œuvrer dans l'ombre contre la pauvreté et l'injustice, il lui faut une couverture honorable. Et qui pourrait mieux l'aider en cela que le vicomte Rothbury, mandaté pour arrêter les opposants au régime ? Elle a souvent croisé chez son beau-frère cet Américain franc et viril, anobli pour services rendus à la Couronne : elle sait qu'il ne sera jamais vraiment accepté dans la haute société tant qu'il n'aura pas épousé une aristocrate. Une riche marquise, par exemple... Tess frissonne en considérant les dangers d'une telle alliance mais, à n'en pas douter, ce mariage la placerait au-dessus de tout soupçon. Seulement, il lui reste encore à convaincre le vicomte, qu'on dit très méfiant à l'égard des femmes du monde...

éditions HARLEQUIN
www.harlequin.fr